James Hazel

THE MAYFLY
Die Chemie des Bösen

JAMES HAZEL

THE MAYFLY
Die Chemie des Bösen

THRILLER

Aus dem Englischen
von Kristof Kurz

blanvalet

Die Originalausgabe erschien 2017 unter dem Titel
»The Mayfly« bei Bonnier Zaffre, London.

Sollte diese Publikation Links auf Webseiten Dritter enthalten,
so übernehmen wir für deren Inhalte keine Haftung, da wir uns
diese nicht zu eigen machen, sondern lediglich auf deren Stand
zum Zeitpunkt der Erstveröffentlichung verweisen.

Verlagsgruppe Random House FSC® N001967

1. Auflage
Copyright © 2017 by James Hazel
The moral rights of the author have been asserted
Copyright © der deutschsprachigen Ausgabe 2018
by Blanvalet Verlag,
in der Verlagsgruppe Random House GmbH,
Neumarkter Straße 28, 81673 München
Redaktion: Catherine Beck
JB · Herstellung: sam
Satz: KompetenzCenter, Mönchengladbach
Druck und Einband: GGP Media GmbH, Pößneck
Printed in Germany
ISBN: 978-3-7341-0575-3
www.blanvalet.de

Für Jo
Ohne Dich sind alle Worte bedeutungslos

1

Dezember. Zwischen den Jahren. Die dünne Schneeschicht auf dem gefrorenen Erdboden knirschte unter Detective Chief Inspector Tiff Rowlinsons Stiefeln. Mit ihrem hohen Steinkamin und den herzförmigen Schnitzereien über der Tür wirkte die Blockhütte auf der Lichtung wie aus einem Märchen entsprungen. Ein Grundbesitzer aus der Gegend hatte sie vor sechzig Jahren als Sommerhaus für seine Tochter bauen lassen. Sie stand schon lange leer und war inzwischen von Schlingpflanzen und Moos überwachsen. Früher ein Idyll, nun Schauplatz eines grotesken Verbrechens.

Rowlinson umrundete den kleinen Holzbau langsam. Er hatte die Hände hinter dem Rücken verschränkt und den Mantelkragen unter dem weißen Schutzanzug aus Kunststoff hochgeklappt. Die Beamten von der Spurensicherung hatten die Lichtung mit blauweißem Plastikband abgesperrt und schlichen nun ratlos dahinter umher, wobei sie auf jeden ihrer Schritte achteten. Rowlinson kam das Ganze nur allzu vertraut vor. Er hatte zu viele Leichen, zu viele trauernde Angehörige und zu wenige verurteilte Täter gesehen. Er war abgestumpft und von diesem endlosen Kreislauf der Gewalt betäubt.

Doch nicht in diesem Wald.

In diesem Wald spürte Rowlinson wieder etwas.

Er ging auf die Blockhütte zu und duckte sich durch den Eingang. Die Luft in der Hütte war abgestanden. Er griff nach dem Inhalator in seiner Tasche, ertastete erleichtert das vertraute Plastikröhrchen, in dem der Metallbehälter steckte. Die eisige Kälte dagegen spürte er nicht mehr.

Die Hütte war vollkommen leer – bis auf das Opfer und die darum herumschwirrenden fleischfressenden Fliegen. Der Kopf des Leichnams war nach hinten über die Lehne des Holzstuhls gekippt, Mund und Augen waren weit aufgerissen, die Haut gelb und runzlig. Eine Wirkung des Gifts, hatte man Rowlinson gesagt. Jetzt verstand er die Bemerkung, die ein Spurensicherer gemacht hatte: »Der arme Teufel sieht aus, als hätte man ihm die Seele rausgesaugt.«

Das Opfer war nackt. Die Arme waren mit tiefen Schnitten bedeckt, die Brust regelrecht zerfetzt, sodass ein blutrotes Netz aus Muskeln und Gewebe zum Vorschein gekommen war. Auf dem Unterleib gab es ähnliche Wunden, die wegen des vielen Bluts jedoch kaum auszumachen waren. Überhaupt war es beinahe unmöglich zu erkennen, welche Körperteile unversehrt geblieben waren.

»Grundgütiger«, keuchte jemand hinter Rowlinson.

Er drehte sich um. Hardwick stand im Eingang und legte eine Hand auf den Mund.

»Chef, was verdammt noch mal ist das hier?«

DS Hardwick war einen Kopf kleiner als sein Vorgesetzter, aber dennoch so kräftig gebaut, dass er die Hütte förmlich auszufüllen schien. Ein eingebildeter Großstädter, aber trotz aller Eitelkeit ein tüchtiger Polizist.

»Er hat sich die Wunden selbst zugefügt«, sagte Rowlinson leise.

»Er hat sich selbst gehäutet, Boss?«

Rowlinson sah genauer hin. Hypersalivation – das Opfer hatte so viel schaumigen Speichel gebildet, dass es ihn nicht mehr hatte hinunterschlucken können. Irgendwann hatte sich das Opfer die Finger in den Mund gesteckt, um zu erbrechen, und dann so fest zugebissen, dass es sich beinahe die Hand abgetrennt hätte.

»Das Alkaloid hat ihm über viele Stunden hinweg unvorstellbare Schmerzen verursacht. Deshalb hat er auch versucht, sich selbst zu zerfleischen.«

»Wieso?«

»Um an sein Herz zu gelangen, Hartwick. Das war die einzige Möglichkeit, seine Qualen zu beenden.«

Drei Stunden zuvor hatte Sir Philip Wren im Arbeitszimmer seines Hauses in Kent gesessen – den Bauch voller Portwein und Brathuhn, den Kopf voll blumiger Phrasen, die er in seiner Dankesrede anlässlich seiner Aufnahme in den Order of the British Empire zu verwenden gedachte. Erst gestern hatte er den streng vertraulichen Anruf erhalten: Das Verleihungskomitee hatte beschlossen, den amtierenden Generalstaatsanwalt für seine Verdienste um das Rechtswesen und die Regierung Ihrer Majestät in den Ritterstand zu erheben. Endlich wurde sein Lebenswerk im Staatsdienst angemessen gewürdigt. Wren hatte die letzten vierundzwanzig Stunden in einem Zustand tiefer Glückseligkeit verbracht.

Leider war die Freude nur von kurzer Dauer gewesen. Jetzt befand er sich mit stechenden Kopfschmerzen im kalten Südwales.

Wie er es erwartet hatte, wimmelte es auf der Lichtung vor Spurensicherungsbeamten. Blaulicht blitzte, über allem lastete eine Atmosphäre der Unsicherheit. Und im Zentrum des Ganzen stand eine kleine Blockhütte mit Herzschnitzereien über der Tür.

Es geht wieder los.

Angeblich war Rowlinson, der leitende Beamte, ein kompetenter Polizist. Daran zweifelte Wren keine Sekunde. Trotzdem – wenn sich Wrens Befürchtungen als wahr herausstellten, war dieser Fall zu groß, um in seiner Zuständigkeit zu verbleiben. Rowlinson stand neben einem anderen Mann vor der Hüttentür und sah ihn mit der unbehaglichen Miene an, die schon so viele Detectives über die Jahre zur Schau gestellt hatten. Das konnte er ihnen nicht verübeln. Zu gern hätte er sie weiter ihre Arbeit machen lassen, doch das war unmöglich. Nicht in diesem Fall.

Als er die Lichtung überquerte, war er sich der neugierigen Blicke, die auf ihm ruhten, durchaus bewusst.

»Philip Wren.« Der Polizist hatte einen kräftigen Händedruck.

»DCI Rowlinson. Den Generalstaatsanwalt persönlich hatten wir nicht erwartet. Sir, wenn ich meinen Zuständigkeitsbereich überschritten habe ...«

»Überhaupt nicht. Ich will Ihnen keinesfalls auf die Zehen steigen, Chief Inspector. Ihre Zuständigkeit steht nicht zur Debatte.«

Das war eine glatte Lüge. Eine Sondereinheit der National Domestic Extremism and Disorder Intelligence Unit stand schon bereit, um den Fall zu übernehmen. Spezialkräfte.

»Dann verstehe ich nicht, wieso ...«

»Dürfte ich den Leichnam in Augenschein nehmen, DCI Rowlinson?«

Rowlinson trat unbehaglich von einem Fuß auf den anderen. Der Generalstaatsanwalt war in einem Jaguar XJ gekommen – und in Begleitung mehrerer Männer in dunklen Anzügen, die gerade die verdutzten Spurensicherungsbeamten zusammentrommelten und Verschwiegenheitsvereinbarungen unterzeichnen ließen. Rowlinson zögerte einen Augenblick, dann trat er beiseite.

Wren füllte seine Lunge gierig mit der kalten Luft, bevor er die Blockhütte betrat. Ihm drehte sich der Magen um, und er hoffte inständig, das Brathuhn nicht noch einmal zu Gesicht zu bekommen.

Rowlinson stand mit den Händen in den Taschen im Eingang und beobachtete ihn neugierig.

Dann räusperte er sich. »Das Gift wurde durch einen Katheter im Handgelenk verabreicht – vermutlich während das Opfer bewusstlos war. Die Substanz setzt alle Nervenzellen im Körper außer Gefecht. Die Schmerzen müssen unvorstellbar sein. Bedauerlicherweise ist das Gehirn zu überlastet, um seine Tätigkeit einzustellen. Dieser Zustand hält mehrere Stunden lang an, in denen sich das Opfer, wie Sie unschwer sehen können, selbst verstümmelt hat.«

»Befindet sich etwas in seinem Mund, Chief Inspector?«

Rowlinson hielt inne. »Was?«

Wren spürte einen Kloß im Hals. Er bekam kaum noch Luft. »In seinem Mund, Chief Inspector. Ist etwas in seinem Mund?«

Rowlinson warf einen Blick über die Schulter, als befürchtete er, zum Narren gehalten zu werden. Dann machte er zwei große Schritte auf das Opfer zu. Der Schaum um den weit aufgerissenen Mund war zwar beinahe getrocknet, dennoch löste sich etwas Speichel und lief wie Eiweiß das Gesicht des Toten hinunter. Rowlinson spähte in den Mund.

»Nichts.« Rowlinson stellte sich wieder gerade hin.

»Sehen Sie noch mal nach.«

Rowlinson beugte sich noch einmal vor. Wren ballte die Hände zu Fäusten. Vielleicht hatte Rowlinson ja recht. Vielleicht war da wirklich nichts zu finden.

»Moment mal«, sagte Rowlinson und nahm einen Stift und ein Paar blaue Plastikhandschuhe aus der Tasche. »Da ist doch was ...«

Wrens Anspannung wurde beinahe unerträglich, während sich Rowlinson vorbeugte, den Stift in den Mund des Toten steckte und vorsichtig wieder herauszog.

»Was um Gottes willen ist das?« Er hielt einen kleinen schwarzen Gegenstand ins Licht.

Philip Wren stürzte aus der Hütte.

2

6. April 1945

Konzentrationslager Buchenwald, Deutschland

Captain Ainsworth stand vor dem Haupttor, eine Zigarette im Mundwinkel. In der letzten Stunde hatte der Regen etwas nachgelassen, zögerlich durchbrachen die ersten Sonnenstrahlen die Wolken.

Die 89th Infantry Division war vor zwei Tagen eingetroffen. Man hatte mit Widerstand gerechnet, doch stattdessen war das Lager bereits in der Gewalt der Insassen gewesen. Offenbar hatte die Nachricht von den anrückenden britischen und amerikanischen Truppen das Lager schon vor mehreren Tagen erreicht, und die Deutschen hatten sich eilig zurückgezogen. Nachdem die Hierarchie zusammengebrochen war und die Wachen entweder Selbstmord begangen oder die Flucht ergriffen hatten, waren die Wachtürme von den Häftlingen gestürmt worden. Die tapferen Gefangenen – hauptsächlich Kommunisten – hatten die Waffen, die sie oft jahrelang versteckt gehalten hatten, endlich zum Einsatz bringen können. Dabei hatten sie ihren Peinigern gegenüber sogar Gnade walten lassen und Gefangene genommen.

Ainsworths Männer waren auf das, was sie in Buchenwald erwartete, nicht vorbereitet gewesen, obwohl sie von den Lagern und auch von Gerüchten über Massentötungen mit Giftgas gehört hatten. Ein polnisch-jüdischer Anwalt namens Lemkin hatte sogar ein neues Wort dafür geprägt: Genozid. Doch Wörter waren die eine Sache. Der Anblick eines Mannes, der aus Dankbarkeit für die Befreiung aus der Hölle auf Erden zu deinen Füßen tot zusammenbricht, war eine andere. Nichts hätte Ainsworth darauf vorbereiten können.

Zuerst waren sie auf die Tschechen gestoßen. Tausende, gedrängt auf einem Raum, der höchstens für ein paar hundert Menschen Platz bot. Nackt bis auf um die Hüften gewickelte Fetzen. Frierend. Sterbend. Ihre Körper waren durch die Mangelernährung so dürr geworden, dass sie kaum noch als menschlich zu erkennen waren. Lebende Tote mit gelblich-weißer Haut, die so schnell riss wie Papier und sich so fest über die Knochen spannte, dass Ainsworth jede Rippe zählen konnte.

Mit letzter Kraft hatten die Gefangenen die 89th Division wie Helden begrüßt. Obwohl sie kaum gehen konnten, hatten sie es irgendwie geschafft, mehrere Infanteristen auf die Schultern zu heben und im Triumphzug durchs Lager zu tragen. So peinlich es den Soldaten auch war, sie hatten die Gefangenen gewähren lassen, obwohl mehrere vor Anstrengung dabei zusammenbrachen.

Die Insassen stammten aus aller Herren Länder: Tschechen, Polen, Sowjetbürger, Franzosen und Kroaten. Auch Frauen waren darunter, von denen man viele zur Prostitution im Lagerbordell gezwungen hatte. Eine besondere Genugtuung für Ainsworth war die Befreiung mehrerer Landsleute: amerikanische und auch ein paar britische Piloten, die über Frankreich abgeschossen worden waren.

Die falschen Papiere, die man ihnen mitgegeben hatte, damit sie leichter aus feindlichem Territorium entkommen konnten, hatten die Nazis erst recht misstrauisch gemacht. Die Piloten waren als Spione verhaftet und zusammen mit den Juden nach Buchenwald gebracht worden.

Die Juden. Ein ganzes Volk, von den Nazis als »nutzlose Esser« gebrandmarkt.

Ein höfliches Hüsteln riss Ainsworth aus seinen Gedanken. Er hatte Henderson, der hinter ihm stand, gar nicht bemerkt. Der Corporal war ein guter Soldat und für einen Infanteristen nicht auf den Kopf gefallen, wirkte aber nun genau wie die anderen jungen Männer der Truppe bleich und niedergeschlagen.

»Der erste Teil des Insassenverzeichnisses, Sir«, sagte Henderson.

Ainsworth nahm das Papier entgegen, ohne es zu lesen. Stattdessen starrte er über die Tore hinweg zum Horizont. »Sir, wir haben nicht genug Medikamente für alle«, sagte Henderson nach einer Weile. »Wir können das Sterben nicht aufhalten.«

Ainsworth nickte grimmig. »Kein Grund, es nicht trotzdem zu versuchen.« Sein Magen gurgelte. Er vertrug die Chlortabletten nicht, mit denen das Trinkwasser versetzt war. »Das ergibt doch keinen Sinn, oder?«

»Sir?«

»Hitler wusste schon vor Monaten, dass sich das Blatt gewendet hat. Der Angriff auf Russland war ein Desaster. Obwohl er alle Ressourcen brauchte, hatten die Züge, die die Juden in die Vernichtungslager brachten, Vorrang vor den Militärkonvois. Vor Panzern, Soldaten, Waffen, Munition und anderen kriegsentscheidenden Dingen. Das ergibt überhaupt keinen Sinn.«

»Angeblich hat er seinen nordischen Göttern Opfer dargebracht, Sir.«

»Sind Sie ebenfalls dieser Meinung, Henderson?«

Der Soldat zögerte. »Vielleicht, Sir.«

»Haben Sie auf dem Weg hierher die Dora gesehen?«

»Die hat wohl niemand verpasst, Sir.«

Auch wenn die Deutschen die Dora bereits aufgegeben hatten, war die 89th mit aller gebotenen Vorsicht vorgerückt, um das gewaltige Eisenbahngeschütz zu sichern. Sein gigantisches, 1350 Tonnen schweres Kanonenrohr war in der Lage, fünfundvierzig Kilometer weit zu schießen und konnte nur auf Gleisen von einem Ort zum anderen gebracht werden. Die Pioniere hatten allerdings bezweifelt, dass es noch einsatzfähig war.

»Sind Sie wirklich der Meinung, dass ein Volk, das eine derart fortschrittliche Waffe herstellt, daran glaubt, tote Götter durch Menschenopfer wieder zum Leben erwecken zu können?«

Henderson antwortete nicht. Er hatte sich umgedreht, da in der Ferne ein Motorengeräusch zu hören war. Es gehörte zu einem Wagen, der sich in einer Staubwolke auf sie zubewegte. Ainsworth sah Henderson an, der erneut herumfuhr und den in der Nähe stehenden Soldaten Befehle zurief. Sie verteilten sich um das Tor herum, gingen so gut wie möglich in Deckung und brachten ihre Gewehre in Anschlag.

Ainsworth blieb reglos stehen und ließ den Revolver locker an der Hüfte baumeln. Er bezweifelte stark, dass die Nazis zurückkamen, und wenn doch, dann bestimmt nicht in einem Rolls-Royce.

Der Wagen hielt direkt vor Ainsworth. Bis auf die unvermeidlichen Dreckspritzer war das Auto hervorragend gepflegt – auf keinen Fall ein Zivilfahrzeug. Ainsworth hob die Hand und gab damit Henderson und den anderen Soldaten Entwarnung. Sie ließen die Waffen sinken.

Ein großer Mann mit blondem, lockigem Haar stieg aus dem Fond. Er setzte sich einen Hut auf und zog einen Trenchcoat über den Nadelstreifenanzug. Für jemanden, der sich durch feindliches Gebiet chauffieren ließ, sah er noch ziemlich jung aus.

»Captain Ainsworth, nehme ich an?«

Ainsworth hob eine Augenbraue, bevor er die Hand des Neuankömmlings schüttelte. Was zum Teufel wollte dieser Brite hier draußen? Ainsworth bemerkte den festen Händedruck. *Also weder Reporter noch Politiker.*

»Willkommen in Buchenwald«, knurrte Ainsworth. »Mr. ...«

»Ruck. Colonel Ruck.«

Der Mann reichte ihm mehrere Papiere, die Ainsworth diesmal sehr aufmerksam las. Sobald er fertig war, sah er seinen Besucher skeptisch an. »Britischer Geheimdienst?«

»In der Tat. Militärischer Nachrichtendienst, Sektion fünf.« Ruck lächelte freundlich, wobei sich das Menjou-Bärtchen über seiner Oberlippe hob wie ein zweiter Mund. Seine Stimme war so geschmeidig wie sein Auftreten.

»Wie kann ich Ihnen helfen, Colonel Ruck?«

»Lassen Sie mich Ihnen zunächst zu dieser gelungenen Operation gratulieren, Captain.«

»Tja. Wenn wir ein paar Jahre früher dran gewesen wären, hätten wir tatsächlich noch was bewirken können.«

»Bitte, Captain, keine falsche Bescheidenheit. Allein Ihre Anwesenheit hat die Jerrys in die Flucht geschlagen, oder? Ein höchst zufriedenstellender Sieg, kann ich mir vorstellen.«

Ainsworth widerstand der Versuchung, »Kommen Sie zur Sache« zu sagen. Der Mann war ein Bürokrat. Ein Sesselpupser, der auf dem Schlachtfeld nicht lange überlebt hätte.

»Als Sieg würde ich das nicht bezeichnen. Mit Verlaub, Colonel Ruck, aber was verschafft mir die Ehre?«

Ruck bedeutete Ainsworth mit einer Geste, sich die Papiere noch einmal anzusehen. »Ganz hinten ist ein Brief, der alles erklären sollte.«

Ainsworth las auch den Brief sorgfältig durch.

»Diese Leute sind mir völlig unbekannt«, sagte er.

»Vielleicht wären Sie so freundlich, diesbezüglich Nachforschungen anzustellen?«

Ainsworth sah Henderson an, der mit ausdrucksloser Miene zurückstarrte. Der Brief war von Flottenadmiral Leahy unterzeichnet – Roosevelts Stabschef. Das Siegel wirkte echt, die Unterschrift ebenfalls. Ainsworth warf einen Blick hinter Ruck. Die beiden Yankee-Soldaten, die neben der auf Hochglanz polierten Motorhaube des Rolls standen, trugen rote Pfeile als Schulterabzeichen: Black Devils. Ein von Elitesoldaten eskortierter Offizier des britischen Geheimdiensts, der einen Brief vom höchstrangigen Militär nach dem Präsidenten bei sich hatte, befahl Ainsworth, ihm mehrere Personen zu überstellen – *falls* sie noch lebend in Buchenwald zu finden waren.

Ainsworth zögerte. »Wir haben noch kein vollständiges Verzeichnis der Gefangenen, Sir«, erklärte er und gab Ruck den Brief zurück. »Es könnte Tage dauern, diese Personen aufzustöbern.«

Ruck lächelte höflich. »Lesen Sie den Brief noch mal genauer, Captain. Wir sind nicht hinter Juden her, sondern hinter Nazis. Ärzten, um genauer zu sein.«

»Ärzte?« Ainsworth konnte sich ein leises Lachen nicht verkneifen. »Hier gibt es keine Ärzte, Colonel Ruck. Dieser Ort war nicht dazu gedacht, Leben zu verlängern. Das hier ist – war – ein Vernichtungslager. Hinter diesen Mauern wurden Zehntausende unter schlimmeren Bedingungen gehalten als Geflügel. Wer nicht gestorben ist, steht kurz davor. Hier gibt es keine Ärzte.«

Ruck zuckte mit den Schultern, nahm eine schmale Zigarettenpackung aus dem Mantel und zündete sich eine an. Einer der Elitesoldaten hinter ihm scharrte ungeduldig mit den Füßen.

»Gibt es denn eine Krankenstation?«

»*Eine Krankenstation?* Nein. Große Kammern, in denen Hunderte verängstigter Menschen vergast wurden. Große Erdlöcher voller Leichen. So etwas gibt es hier. Ein gemütliches Wartezimmer mit einem Aquarium und Zeitschriften auf dem Beistelltisch eher nicht, Colonel.«

Ruck schnupperte in die Luft, was Ainsworth an ein Raubtier erinnerte, das Witterung aufnahm. »Sonst nichts außer diesen Kammern? Kleinere Räume vielleicht? Oder Instrumente. Sägen, Skalpelle, chirurgische Masken, so etwas?«

Ainsworth schüttelte den Kopf. »Nur Tod und ...«

»Sir?«, unterbrach ihn Henderson und hustete nervös. Ruck und Ainsworth drehten sich zu ihm um. »Was ist mit den Vorzimmern zur Hölle?«

3

Charlie Priest briet Seezunge.

Ein bisher wenig erfolgreiches Unternehmen. Die Butter in der Pfanne war zu heiß und schäumte. Der Fisch krümmte sich vor seinen Augen zusammen wie Papier im Feuer.

»Zu viel Hitze«, murmelte er.

Er warf das fehlgeschlagene Experiment zu den beiden vorherigen Versuchen in die Mülltonne und stellte die Pfanne ins Spülbecken, wo sie wütend zischte. Selbst seine Küchenutensilien machten ihm Vorwürfe.

Während er noch überlegte, wo er sich diesmal etwas zu essen holen sollte, klopfte jemand an die Tür.

Wie jedes neue Penthouse im Gebäude verfügte auch dieses über eine kleine Überwachungskamera im Flur. Immerhin war es ja möglich, eine Stricknadel durch einen normalen Türspion zu stoßen. Priest warf einen Blick auf den Bildschirm. *Na toll. Der Abend wird ja immer besser.*

Er entriegelte die Tür und öffnete sie.

»Guten Abend, Officer«, seufzte er.

Priests Gast lächelte ein Lächeln, bei dem nur die Mundwinkel nach oben wanderten, alle andern Gesichtsmuskeln jedoch völlig starr blieben. »Mr. Priest?«

»Ja.«

Der Polizist hielt eine Schachtel in der Hand. Es war nur ein ganz gewöhnlicher Pappkarton, etwas größer als eine Schuhschachtel. Der Beamte war etwa in Priests Alter, höchstens etwas älter. Fettige schwarze Haarsträhnen lugten unter dem Polizeihelm hervor. Der Stern darauf glänzte im Licht, das aus Priests Wohnung in den Flur fiel.

»Darf ich reinkommen?«, fragte der Polizist.

»Haben Sie was zu essen in der Schachtel da? Ich bin am Verhungern.«

»Sir, dürfte ich vielleicht erst mal reinkommen?«

Priest zuckte mit den Achseln und trat beiseite. *Warum nicht?* Der Beamte knipste erneut das künstliche Lächeln an und folgte Priest in die Küche. Dort stellte er die Schachtel vorsichtig auf der Arbeitsfläche ab. Seine Uniform war makellos. *Muss wohl neu bei der Truppe sein.*

»Nett hier«, sagte er und blickte sich aufmerksam um.

Die Küche sah aus wie aus dem Katalog. Schwarze Granitarbeitsflächen auf Holzmöbeln in unaufdringlichen Farben. Die limettengrünen Streifen an der Wand hinter den Armaturen passten genau zu den Sitzbezügen der Barhocker. Es roch nach verbranntem Fisch.

»Wonach ...?«, fragte der Polizist.

»Seezunge.«

»Ach so. Die verbrennt einem schnell mal.«

»Eigentlich nicht. Da muss man sich schon anstrengen.«

Ein mitleidiges, aber unaufrichtiges Lächeln.

»Wie kann ich Ihnen helfen, Officer?«

»Der Superintendent schickt mich. Die Archive werden gerade aufgeräumt, und dabei hat man ein paar Sachen von Ihnen gefunden. Um ehrlich zu sein, hatte

21

ich vorher noch nie von Ihnen gehört, aber der Superintendent sagt, dass Sie früher mal eine große Nummer bei der Met waren. Deshalb soll ich das hier persönlich vorbeibringen.«

»Ich habe vor zehn Jahren beim CID aufgehört.«

»Wirklich? Na ja, anscheinend haben Sie einen bleibenden Eindruck hinterlassen.«

»Anscheinend. Ich vermisse gar nichts von damals.«

»Sehen wir doch mal nach.« Der Polizist öffnete die Schachtel und nahm einen langen Metallgegenstand heraus.

»Ein Schlagstock«, sagte Priest. »Amerikanisches Modell. Neunzigerjahre, würde ich schätzen. Der gehört mir nicht.«

»Nicht?« Der Beamte sah den Schlagstock verwirrt an. Er musterte ihn genau, als könnte er ihm ein Geheimnis verraten, wog ihn in der Hand und schüttelte bedächtig den Kopf.

»Der Superintendent schickt Sie?«

»Genau.«

»Pritchard?«

»Genau.«

»DSI Pritchard?«

»Genau.«

Priests Kopf steckte unmittelbar hintereinander zwei Schläge ein. Zuerst traf ihn der Schlagstock gegen die Schläfe – er hatte ihn zu spät kommen sehen. Dann krachte sein Schädel gegen die Granitarbeitsplatte. Dieser zweite Aufprall schickte ihn ins Reich der Träume.

Priest öffnete die Augen. Nichts, nur das Rauschen des Bluts in seinen Ohren.

Pritchard war vor drei Jahren in Pension gegangen. Die Uniform war echt gewesen, der Polizist darin nicht. Das hätte Priest schon viel früher aufgehen müssen. Der Beamte hatte einen Helm getragen, obwohl das nächste Polizeirevier drei Meilen entfernt war. Einen Helm setzte man nur auf, wenn man zu Fuß auf Streife ging. Im Auto trug man eine Schirmmütze, und der Kerl war ja wohl kaum drei Meilen marschiert, nur um Priest seinen alten Krempel zurückzubringen.

Du verdammter Idiot. Erst lässt du den Fisch anbrennen ...

Obwohl Priest erst nichts erkennen konnte, war er sich sicher, dass der falsche Polizist hier irgendwo im Raum war. Priest saß auf einem Stuhl. Seine Handgelenke waren mit Kabelbindern an die Lehnen gefesselt. Seine Füße waren ebenfalls fixiert, das Plastik schnitt in seine Haut. Einige unwillkürliche Bewegungen während seiner Bewusstlosigkeit hatten tiefe Schnitte auf seinen Knöcheln hinterlassen. Durch das Klebeband, das um seine Brust und die Stuhllehne gewickelt war, konnte er außer dem Kopf so gut wie nichts bewegen.

Auf seinem Gesicht lag ein Geschirrtuch, sodass er kaum etwas sehen konnte. Lediglich der Geruch nach verbranntem Fisch verriet ihm, dass er sich noch in seiner Küche befand.

Er rüttelte an den Handfesseln, worauf ein sengender Schmerz durch seinen Arm fuhr. An Flucht war nicht zu denken – er war dem Mann in der blauen Uniform wehrlos ausgeliefert. Wahrscheinlich blieben Priest nur wenige Minuten, um das Blatt zu wenden. In einem fairen Kampf Mann gegen Mann hätte der Sieger schnell festgestanden. Der falsche Polizist war keine eins achtzig groß und ziemlich schmächtig. Priest maß eins neunzig und wog hundert Kilo, das meiste davon Muskelmasse. Leider war es kein fairer Kampf gewesen – sein Gegner hatte ihn nicht zuletzt durch reines Glück überwältigen können.

Priest saß eine gefühlte Ewigkeit gefesselt da, obwohl nur wenige Minuten vergingen. Minuten, in denen er an nichts anderes als das Summen in seinem Kopf und den verdammten Fischgestank denken konnte.

Dann wurde das Tuch plötzlich weggerissen. Priest erblickte seine Küche und den grinsenden Polizisten, der unverschämterweise darin stand.

»Erwischt!«, verkündete der falsche Beamte.

Priest erwiderte nichts darauf, sondern starrte den Eindringling nur mit ausdrucksloser Miene an.

»Das haben Sie wohl nicht kommen sehen, Priest. Jetzt sind Sie bestimmt stinksauer.« Der falsche Polizist warf das Geschirrtuch zur Seite, trat ein paar Schritte zurück, verschränkte die Arme und grinste. »Machen Sie sich keine Vorwürfe. Die Uniform hat zwei Riesen gekostet.«

Das entsprach wahrscheinlich sogar der Wahrheit. Eine so gute Kopie aufzutreiben war zwar nicht unmöglich, aber teuer. Allmählich fragte sich Priest, wie er aus dieser Sache heil herauskommen sollte.

»Aber das war es wert«, fuhr der falsche Polizist fort. »Einem anderen Besucher hätten Sie ja wohl kaum aufgemacht. Der Pförtner unten war übrigens ebenfalls sehr hilfsbereit.«

»Was wollen Sie?«, fragte Priest.

»Nur ein bisschen plaudern. Fürs Erste nur eine kleine Unterhaltung. Damit Sie mich etwas besser kennenlernen.«

»*Mich* kennen Sie wohl schon?«

Der Mann grinste. »Sie sind Charles Priest. Alle nennen Sie Charlie. Geschieden, keine Kinder, 43 Jahre alt. Sie haben in Cambridge studiert und sind 94 zur Met. Zwei Jahre Streife, dann steile Karriere beim CID. 97 zum Detective Sergeant befördert, 2001 zum Detective Inspector. 2004 haben Sie dann still und heimlich den Dienst quittiert und sind Anwalt geworden. Erst in der Rechtsabteilung eines internationalen Konzerns, dann mit eigener Kanzlei, spezialisiert auf Betrugsdelikte. Sie verdienen eine halbe Million im Jahr und belegen im Ranking der besten Rechtsanwälte des Landes regelmäßig einen Spitzenplatz. Ihre Eltern sind tot. Sie haben eine Schwester, Sarah Boatman, 39, Teilhaberin einer Werbeagentur, und einen Bruder, William Priest, 46, vor fünf Jahren für geistesgestört erklärt und gegenwärtig zwangseingewiesen in einer forensischen Klinik für Schwerverbrecher. Sie leiden unter einer dissoziativen Störung, was bedeutet, dass Sie die Realität gelegentlich verlassen und sich komplett von Ihrem Selbst verabschieden. So eine Art außerkörperliche Erfahrung. Soll ich weitermachen?«

Priest schniefte. Er hatte im letzten Jahr mehr als eine halbe Million verdient. Alles andere traf jedoch so ziemlich zu.

»Anscheinend haben Sie mein Facebook-Profil gelesen.« Die blasse Haut und die stecknadelkopfgroßen Pupillen des Mannes verrieten Priest, dass die Großspurigkeit des Mannes wohl chemische Ursachen hatte, doch neben dem Kokain erkannte Priest noch etwas anderes in seinen Augen. Etwas, das ihm größere Sorgen bereitete als die Kabelbinder um seine Arme und Beine. Etwas Totes.

Der falsche Polizist blätterte durch einen Papierstapel

auf der Arbeitsfläche. Nichts Interessantes – Rechnungen, Listen, Rezepte. Die Gebrauchsanweisung für die teure Kaffeemaschine, die ihm seine Schwester Sarah letztes Weihnachten geschenkt und die er immer noch nicht ausprobiert hatte. Doch wie dem auch sei – es waren *seine* Papiere.

»Priest und Co.«, murmelte der falsche Cop und besah sich eine Visitenkarte. »Natürlich hat er das Ding Ihnen geschickt.« Er steckte die Karte ein und wandte sich wieder Priest zu.

»Werden Sie mir auch irgendwann verraten, worum es hier eigentlich geht?« Überrascht bemerkte Priest, wie ruhig er trotz der Wut klang, die allmählich in ihm aufstieg.

»Sie haben etwas, das mir gehört«, sagte der Mann langsam. »Etwas, das mir sehr wichtig ist.«

»Die Adresse Ihres Dermatologen? Sie sollten den Pfuscher verklagen.«

»Nein, Mr. Priest. Etwas unendlich Wertvolleres.«

Priest versuchte, trotz seiner Fesseln so deutlich wie möglich mit den Schultern zu zucken.

Da er nichts sagte, fuhr der falsche Polizist fort: »Dann will ich Ihnen mal auf die Sprünge helfen. Ich bin auf der Suche nach einem USB-Stick. Und wenn ich ihn habe, werde ich Ihr Haus niederbrennen, Mr. Priest. Ob Sie mir den Stick freiwillig geben oder nicht, entscheidet darüber, ob Sie immer noch an diesen Stuhl gefesselt sind, wenn ich das Streichholz anzünde.«

Priest beobachtete ihn schweigend. Der Mann ging zur Schachtel auf dem Küchentisch hinüber, kramte darin herum und nahm schließlich eine Bohrmaschine heraus.

»Wollen Sie ein paar Regale aufhängen?«, fragte Priest.

Diesmal lächelte der Eindringling nicht. »Ich habe die ganze Nacht Zeit, Mr. Priest. Und Sie können nirgendwo hin. Haben Sie eine Ahnung, wie viele Löcher ich in Ihren Körper bohren kann, bevor Sie das Bewusstsein verlieren?«

»Nein.«

»Ich auch nicht. Finden wir's doch gemeinsam raus.«

Der falsche Polizist nahm einen Bohrkopf aus der Schachtel und befestigte ihn an der Maschine. Dann drückte er mehrmals auf den Einschalter, sodass der Bohrer rotierte. Priest spürte Panik in sich aufsteigen. *Jetzt habe ich die wertvollen Minuten verschwendet.* Er schluckte. Seine Kehle war trocken. Dann ruckte er die Arme hin und her, doch er konnte sie keinen Millimeter bewegen. Er war völlig wehrlos.

Der Eindringling drückte den Bohrkopf an Priests Ohr. Priest behielt den Mund geschlossen und versuchte, etwas weniger Sauerstoff durch die Nase einzusaugen. Wie so oft hatte er das Gefühl, dass dies unmöglich echt sein konnte. Doch diesmal *fühlte* es sich echt an. Er durfte auf keinen Fall weiter hyperventilieren. Solange er bei Bewusstsein war, konnte er sich irgendwie aus dieser Sache herausreden. Obwohl die Chance dafür mit jeder Sekunde geringer wurde.

Der falsche Polizist schaltete den Bohrer ein. Priest warf den Kopf zur Seite und verzog das Gesicht, als der Bohrkopf seine Haut verbrannte.

Der Irre lachte.

Der Dreckskerl genießt das richtig! Priest war mit seiner Weisheit am Ende und beschloss, auf Zeit zu spielen.

»Okay, also gut. Die Daten sind da vorne.« Er deutete mit dem Kopf auf das schwach beleuchtete Wohnzimmer.

Der Eindringling nahm zögernd den Bohrer weg. »Wo?«

»Ich habe die Daten auf den Computer in der Ecke kopiert und den Stick vernichtet.«

»Warum?«

Gute Frage. »Einfach so.«

Der falsche Cop sah Priest misstrauisch an. Dann rieb er mit der Hand über den Bohrer. Priest roch abgestandenen Zigarettenrauch und Alkohol. »Wenn Sie mich anlügen, fange ich mit Ihren beschissenen Augen an.«

4

Priest schätzte, dass der falsche Polizist mindestens drei Minuten brauchen würde, um seinen Bluff zu durchschauen. In Priests Welt waren zweite Chancen Gold wert. *Da kann meine Ex ein Lied von singen.* Er hatte nicht vor, diese zweite Chance zu vergeuden.

Er konnte sich zwar nicht vorbeugen, aber den Kopf senken. Weit genug, um an das Feuerzeug in seiner Hemdtasche zu gelangen. Er krampfte die Bauchmuskeln zusammen und krümmte den Rücken, bis es knackte. So gelang es ihm, die Zunge um den Metallkopf des Feuerzeugs zu legen und es aus der Tasche in seinen Mund zu befördern. Sobald er es fest zwischen die Zähne geklemmt hatte, hob er den Kopf und drehte die rechte Hand, bis die Handfläche nach oben zeigte. Der Kabelbinder glitt in das weiche Fleisch seines Handgelenks wie ein Käseschneider. Vor Schmerz biss er fest auf das Feuerzeug. Dann setzte er sich einigermaßen gerade hin und spuckte es aus.

Einen Augenblick lang schien das rote Plastikfeuerzeug in der Luft zu hängen wie in einem unsichtbaren Spinnennetz. Die Flugbahn kam ihm völlig daneben vor. Er hatte die Schwerkraft falsch eingeschätzt, das Feuerzeug würde seine Hand niemals erreichen. Priest blinzelte, und in diesem Sekundenbruchteil änderte sich die Szene erneut.

Seine Finger schlossen sich knapp um den Plastikzylinder. Er hielt den Atem an und bugsierte das Feuerzeug zwischen Daumen und Zeigefinger. Schließlich hielt er es senkrecht in der Hand und atmete tief aus. Das Ganze hatte fünfundzwanzig, maximal dreißig Sekunden gedauert. Er drehte den Regler voll auf, rieb das Zündrad gegen den Feuerstein und entzündete so das Gas. Die Flamme tanzte unsicher, dann stabilisierte sie sich. Behutsam schob er das Feuerzeug mit den Fingern über seine Handfläche in Richtung Handgelenk, dann senkte er die Flamme vorsichtig mit dem Zeigefinger, bis sie seine Haut erreichte.

Der Schmerz folgte sofort. Sein Arm verkrampfte sich. Sein gequälter Körper befahl seinem Gehirn, das Feuerzeug sofort fallen zu lassen. Priest hielt es weiter fest, obwohl die Schmerzen unerträglich waren.

Endlich traf die Flamme auf Plastik. Priest biss sich auf die Lippen. Nur gelegentlich entfuhr ihm ein Keuchen. Die Schmerzen in seinem Arm machten ihn wahnsinnig. Zunächst reagierte das Plastik nicht. Die Flamme loderte darum herum und verbrannte die Haut zu beiden Seiten. Sein Oberarm bebte, und das Zittern setzte sich zum Handgelenk fort. Lange hielt er es nicht mehr aus. Er fluchte und zischte; sein Körper übernahm allmählich die Kontrolle, der Drang, die Hand wegzuziehen, wurde unwiderstehlich. Es roch nach auf kleiner Flamme gegrilltem Fleisch.

Als er es nicht länger aushielt und kurz davor war, seine Fluchtpläne aufzugeben, veränderte sich die Konsistenz des Kunststoffs. Mit quälender Langsamkeit wurde er weicher. Tränen strömten aus Priests Augen; es war, als würde sein Körper zusammen mit dem Plastik schmelzen.

Dann war seine Willenskraft am Ende. Sein Hemdsärmel schwelte bereits. Wenn er Feuer fing, hatte er keine Möglichkeit, die Flammen zu löschen. *Jetzt weiß ich, wie sich die Seezunge gefühlt hat …*

Endlich riss der Kabelbinder und fiel zu Boden. Die Enden glühten, eine winzige Rauchsäule stieg auf. Sein Handgelenk wollte er sich gar nicht erst ansehen. Es fühlte sich an, als würde ein Messer darin stecken.

Das Feuerzeug war ebenfalls auf den Boden gefallen, aber das spielte keine Rolle. Er konnte mit der freien Hand die Schublade im Küchentisch aufziehen und den Brieföffner herausnehmen. Er hatte seinem verstorbenen Vater gehört – eine gerade Klinge mit gekrümmtem Beingriff, in den die Initialen FP graviert waren.

Er ließ die Klinge zwischen Handgelenk und Kabelbinder gleiten und schnitt die andere Hand los. Dann befreite er sich von den Beinfesseln und dem Klebeband um seine Brust. Schließlich taumelte er keuchend und prustend vom Stuhl und beugte sich über den Küchentisch. Höchstens zwei Minuten. *Nicht schlecht, Houdini, obwohl ich das Klavierspielen in Zukunft wohl knicken kann.* Er hatte noch Zeit. Priest kniff die Augen zusammen. Alles drehte sich. Hatte er eine Gehirnerschütterung? Es fühlte sich nicht so an, als wäre er *hier*, in diesem Raum. Doch das war ja nichts Neues. *Fünfzehn Sekunden.* Er erlaubte sich fünfzehn Sekunden langsames, kontrolliertes Atmen.

Dann ging es weiter.

Der Schlagstock lag neben der Schachtel auf dem Tisch.

Priest packte die Waffe. Schmerz fuhr in seinen Arm, als er die Hand um den Griff schloss, doch er ließ den Stock nicht los. Die Idee, ihn gegen den Brieföffner oder ein Messer aus der Küche zu tauschen, verwarf er sofort wieder. Nein. Mit einem Messer konnte man zwar eine Sauerei veranstalten, einen entschlossenen Gegner aber nur mit Mühe außer Gefecht setzen. Mit dem Schlagstock dagegen würde er den Spuk mit einem wohlplatzierten Hieb beenden.

Er packte den Stock am Quergriff, sodass das kurze Ende seinen Unterarm schützte. Im Gegensatz zu einem normalen Knüppel bildete der Stock so eine Verlängerung seines Arms, und er konnte präziser zuschlagen und mit dem kurzen Ende gegnerische Angriffe parieren.

Einen Augenblick lang blieb er still stehen und lauschte. Er hörte weder das Klicken der Tastatur oder der Maus noch das Surren des Computerlüfters. War der Eindringling überhaupt noch in der Wohnung?

Priest zog die Schuhe aus, die selbst bei aller Vorsicht Krach gemacht hätten, und bewegte sich lautlos durch die Küche bis zur angelehnten Tür. Durch den Spalt konnte er zwar ins Wohnzimmer, aber nicht bis zum Schreibtisch sehen. Ob der Mann noch vor dem Rechner saß? Priest lauschte konzentriert. Nichts.

Vorsichtig schob er die Tür mit dem Ende des Schlagstocks auf. Sie quietschte nicht. Noch ein Stück, und er konnte den Raum einsehen. Vor einer roten Ledersitzgruppe stand ein gläserner Beistelltisch. Ein Zweiundfünfzigzollfernseher hing über einer Kaminattrappe. Eine ganze Wand wurde von Bücherregalen eingenommen, die vom Boden bis zur Decke mit Krimis, Horrorromanen, Klassikern, Fachbüchern über Psychologie, Hypnose und Kriegskunst vollgestellt waren. Dazwischen fanden sich Biografien berühmter Politiker und gelegentlich auch Comics. Eine auf den ersten Blick wilde und wenig systematische Zusammenstellung.

Bis auf mehrere Strahler über dem Sofa und dem Aquarium, die eher der Atmosphäre als der Beleuchtung dienten, war der Raum völlig dunkel. Die den Bücherregalen gegenüberliegende Wand bestand vollständig aus deckenhohen Fenstern. Die zugezogenen Vorhänge verdeckten den Blick auf die Lichter der Stadt. Weitere Türen führten in die beiden Schlafzimmer, das Bad und das Arbeitszimmer, eine Treppe auf einen privaten Dachgarten, von dem aus man einen schönen Blick auf Covent Garden hatte. Der falsche Polizist konnte überall sein.

Priest drückte die Tür etwas weiter auf. Alle seine Muskeln waren bis zum Zerreißen gespannt. Er war jederzeit bereit, dem Mistkerl den Schlagstock über den Schädel zu ziehen. Jeder Herzschlag dröhnte wie eine Armee, die über gefrorenen Erdboden marschierte. Und das war nicht das einzige Geräusch: Im neunten Stock konnten auch die Sicherheitsglasfenster die Geräusche der Straße darunter nicht aussperren: die Menschen, die sich in Kaufhäusern und Cafés drängten, das Rauschen des Verkehrs, die schrägen Töne der Straßenmusikanten. Manchmal saß Priest nachts in seinem Dachgarten und lauschte dem geschäftigen Lärm, dem Summen jener gewaltigen, endlos rotierenden Maschinerie.

Niemand saß am Schreibtisch. Der Computer war unberührt. Im Raum herrschte vollkommene Stille. Mehrere Sekunden lang glaubte Priest, sich in einem Vakuum zu befinden. Er hielt den Schlagstock gegen einen möglichen Angriff vor sich und ging ein paar Schritte in den Raum hinein. Alle Türen waren geschlossen. Priest richtete sich auf. Es war zwar lange her, seit er Streife gegangen war, doch die Verwandlung vom Polizisten zum Kriminalbeamten zum Anwalt hatte ihn nicht seiner Körperkraft beraubt. Er war von Natur aus schlank und athletisch gebaut und hatte breite Schultern. Gegenwärtig litt er allerdings unter einer Gehirnerschütterung, und die Schmerzen in seinem Arm waren so stark, dass er den Schlagstock kaum ordentlich greifen konnte. Da war es kein Wunder, dass er zum zweiten Mal an diesem Abend einen Sekundenbruchteil zu spät reagierte.

Der falsche Polizist sprang auf seinen Rücken und schlang ein Kabel um seinen Hals. Priest hob den Stock, um sein Gesicht zu schützen, wurde jedoch zur Seite geschleudert. Er keuchte und bemerkte mit wachsender Panik, dass er keine Luft mehr bekam. Der Würgereflex verschlimmerte es noch. Die beiden drehten mehrere brutale Pirouetten, während Priest versuchte, seinen Angreifer abzuschütteln. Sie prallten gegen ein Bücherregal. Priest rammte seinen Gegner förmlich hinein, worauf dieser ihn nur noch stärker würgte.

Priest spürte heißen Atem in seinem Nacken. Ein triumphierendes Grunzen drang an sein Ohr. Er sah Sterne, als sein müdes, an Sauerstoffmangel leidendes Gehirn allmählich abschaltete. Nach und nach versagten seine Muskeln, und seine Gegenwehr wurde schwächer. Einen Moment lang dachte Priest an seinen Vater, sah sein strahlendes Lächeln und die tiefblauen Augen, die er von ihm geerbt hatte. Sein Vater starrte ihn herausfordernd an, befahl ihm, keinesfalls aufzugeben. *Du darfst niemals den Schwanz einziehen. Lass dich nie unterbuttern oder rumschubsen, Charlie. Egal, was passiert.*

Er rammte das kurze Ende des Schlagstocks in die Rippen seines Gegners. Das Metall bohrte sich in den Körper des falschen Polizisten, der kurzzeitig den Griff um das Kabel lockerte. Das reichte Priest, um kräftig nach Luft zu schnappen und ein weiteres Mal auf dieselbe Stelle zu schlagen, nur härter. Jetzt heulte der Mann vor Schmerz auf und wich zur Seite aus, jedoch ohne Priest loszulassen. Dieser machte sich nun die Hebelwirkung zunutze, um den Schlagstock weiter in die Flanke des Mannes zu treiben, bis er das befriedigende Knacken von Knochen hörte.

In einer einzigen Bewegung wirbelte Priest nach rechts herum und drückte die Arme des falschen Polizisten mit dem Schlagstock nach unten. Dadurch war dessen Kopf ungedeckt, und Priest schlug mit der linken Faust so hart zu, wie er konnte. Dann drehte er den Schlagstock herum und packte ihn am kurzen Ende. Viel Raffinesse war nun nicht mehr erforderlich. Er baute sich über dem blutenden Mann auf. Anscheinend hatte er ihm mit dem Schlagstock ein Stück Haut aus dem Gesicht gerissen. Wie leicht wäre es gewesen, ihm den Garaus zu machen, ihm den Kopf einzuschlagen, sodass er platzte wie eine Wassermelone. Schon hob Priest die Waffe, doch irgendwas hielt ihn zurück. Er zögerte.

Charlie, es reicht, sagte sein Vater. *Du bist nicht dein Bruder.*

Priest ließ den Arm sinken. *Du bist nicht dein Bruder, Charlie.* William Priest hätte nicht gezögert, sondern dem Mann den Schädel entzweigeschlagen – nur um mal nachzusehen, was darin war.

Aus diesem Grund würde William das Fen-Marsh-Klinikum nie wieder verlassen.

»Wer sind Sie?«, fragte Priest.

»Spielt das eine Rolle?«

»Ich habe überhaupt keinen USB-Stick. Das war gelogen.«

»Scheiße!« Der Eindringling hustete einen Klumpen rötlicher Spucke aus. »Er hat gesagt, dass Sie ihn haben.«

»Wer ist *er*?«

Als der falsche Polizist nicht antwortete, machte Priest einen Schritt auf ihn zu – um ihn hochzuheben und gegen die Wand zu drücken, bis er seine Antworten hatte. Aber so weit kam es nicht; der Eindringling hatte noch genug Kraft, um sich auf Priest zu stürzen, sein Bein zu packen und die Zähne in seinem Knöchel zu versenken. Einen Augenblick lang dachte Priest, dass er ihm glatt den Fuß abgebissen hatte, so stark waren die Schmerzen. Er verlor das Gleichgewicht, und während er zu Boden ging, floh der falsche Polizist durch die Küche. Kurze Zeit später wurde die Wohnungstür aufgestoßen. Unten auf der Straße spielten die Musikanten immer noch ihren schrägen Blues.

5

24. März 1946

Ein abgelegener Bauernhof in Mittelengland

Sie setzten den Nazischlächter gegenüber von Ruck an den Tisch. Zwei Tommys mit Lewis-Maschinengewehren über den Schultern drückten ihn grob in den Holzstuhl. Nachdem sie seine Hände hinter dem Rücken gefesselt hatten, rissen sie ihm den Sack vom Kopf und traten schnell zurück, als hätte der Gefangene eine ansteckende Krankheit.

Ruck wartete, bis sich sein Gast in der acht Meter langen Scheune umgesehen hatte. Ohne die Pflüge und die anderen Landmaschinen, die normalerweise hier abgestellt wurden, wirkte sie leer und steril – bis auf den Tisch, an dem Ruck und sein Gefangener saßen. Ketten hingen von den Dachsparren und baumelten gespenstisch im Wind, der durch die Ritzen in den Wänden pfiff.

Ruck wischte sich das Haar aus der Stirn. Obwohl seine Frisur perfekt geschnitten war, fielen ihm ständig blonde Haarsträhnen ins Gesicht. Auch sein maßgeschneiderter Savile-Row-Anzug war makellos. In dieser schäbigen, von wenigen Lichtstreifen erhellten Scheune wirkte er völlig fehl am Platz.

Der Nazi trug eine sackähnliche Kriegsgefangenenuniform. Er blickte Ruck direkt in die Augen und saß kerzengerade, mit erhobenem Kopf und so würdevoll da, wie es die Umstände erlaubten. Ruck fragte sich, wie viele Menschen um Gnade flehend in diese Augen geblickt hatten. Er kannte diese verzweifelten Blicke – immerhin hatte er sie selbst schon erlebt.

Kurt Schneider war größer als Ruck und beängstigend dünn. Selbstverständlich kein Vergleich zu den wandelnden Skeletten, die sie aus dem Konzentrationslager befreit hatten. Ruck hatte ihm in den letzten Wochen sowohl Schlaf als auch Essen vorenthalten, und diese Entbehrungen zeichneten sich nun auf seiner kränklich blassen Haut ab. Ansonsten wirkte Schneider jedoch ungebrochen. Die tiefen Falten in seinem Gesicht und die silbernen Haarbüschel auf seinem runzligen Schädel hatten ihn vor der Zeit und wider die Natur altern lassen. Ein durchdringendes Auge sah Ruck trotzig an, das andere wanderte zur Seite. Ruck zündete sich eine Zigarette an. *Ich starre den Wahnsinn direkt an.* Er vermied direkten Blickkontakt, während er dem Doktor die Schachtel hinhielt. Erst dann fiel ihm ein, dass dessen Hände gefesselt waren. Mit einem Schulterzucken steckte Ruck das Päckchen wieder ein, saß einfach nur da und wartete, ob Schneider zuerst sprechen würde, was er allerdings bezweifelte.

Nein, das ist kein Wahnsinn. Das ist das Böse.

Ruck hatte sich geirrt: Schneider sprang plötzlich aus dem Stuhl, nur um sofort wieder darauf zusammenzusinken. Es war kein Fluchtversuch, sondern Ausdruck von Frustration und Wut, vielleicht sogar des Protests. Ruck hob eine Augenbraue.

»Glauben Sie etwa, dass mir eine Scheune Angst macht,
Sie Schwein?«, blaffte Schneider. Sein Englisch war wie
erwartet sehr gut, sein Akzent jedoch unüberhörbar.

*Der kehlige Ton der Herrenrasse. Die Sprache des Teu-
fels.*

Ruck ließ die Worte im Raum hängen.

»Wo sind wir hier?«, wollte Schneider wissen.

»Auf einem Bauernhof. Weit weg von London. Und
noch weiter von Berlin.«

»Mir haben beide Städte nie besonders gut gefallen.«

»Gut, weil beide auch inzwischen bis zur Unkenntlich-
keit entstellt sind. Obwohl die eine ein bisschen heller
gebrannt hat als die andere.« Ruck bemerkte Schneiders
interessierte Miene. »Haben Sie es noch nicht gehört,
Doktor? Der Krieg ist vorbei. Hitler ist tot. Russland bleibt
ein rückständiger, kommunistischer Staat.«

»Das spielt keine Rolle für mich. Entweder lügen Sie,
und wenn eine Invasion nicht unmittelbar bevorsteht,
werden Sie mich töten lassen. Und wenn Sie die Wahrheit sagen, werden Sie mich ebenfalls umbringen.«

Ruck hatte das kurze Zucken in Schneiders umherirren-
dem Auge bemerkt, als er ihm verraten hatte, dass Hitler
tot war. Hatte der Deutsche geübt, in zwei verschiedene
Richtungen gleichzeitig zu blicken? Sicher hatte er noch
Abartigeres in seinem Repertoire.

»Warum sind Sie nicht mit den anderen aus Buchenwald geflohen, Dr. Schneider? Sie wussten doch schon
Tage vorher, dass Ainsworth und seine Männer im An-
marsch waren. Weshalb haben Sie sich nicht … in Sicherheit gebracht?«

»Nun, dann hätte ich jetzt nicht das Vergnügen, mich
mit Ihnen zu unterhalten.« Er starrte Ruck unverwandt

an. Anscheinend hatte er sich ebenfalls beigebracht, nicht mit diesem verfluchten Auge zu blinzeln.

Ruck lehnte sich zurück und nahm einen weiteren Zug. Zwei Jahre lang hatte er in einer als »London Cage« bekannten Einrichtung in Kensington gearbeitet, einem Geheimgefängnis, in dem Nazis gefoltert und verhört worden waren. Dabei war er direkt der Sektion für Kriegsgefangenenvernehmung unterstellt gewesen, einer Unterabteilung des militärischen Nachrichtendiensts, die offiziell gar nicht existierte. Ruck war darauf spezialisiert, in kürzester Zeit Informationen aus den Gefangenen herauszupressen. Nach dem Ende des Kriegs hatte man ihn dem MI5 zugeteilt. Nun lautete seine Aufgabe, in den Trümmern des vom Krieg zerstörten Kontinents nach Informationen zu suchen, die der Bergung wert waren.

»Mein Name ist Ruck, ich arbeite für den militärischen Nachrichtendienst der britischen Regierung, Sektion fünf. Ich bin Colonel, obwohl ich von meinem Rang nur selten Gebrauch mache, und außerdem Experte für Verhöre, verdeckte Informationsbeschaffung und Spionage. Bis auf einen von mir verfassten Bericht, den nur wenige Ausgewählte zu Gesicht bekommen und unmittelbar nach der Lektüre vernichten werden, wird es keine Aufzeichnungen über dieses Gespräch geben. Wenn Sie während der Gerichtsverhandlung oder zu irgendeinem anderen Zeitpunkt diese Treffen erwähnen, werden wir alles abstreiten. Haben Sie das verstanden?«

Schneider dachte eine Weile darüber nach. »Ich bin ganz Ohr, Herr Ruck. Fürs Erste jedenfalls.«

Die Scheunentür hinter Schneider öffnete sich, und Licht fiel herein. Eine Frau wurde von zwei Soldaten hereingeführt, zwei weitere trugen einen schmalen Schreibtisch und einen Stuhl. Sie bauten alles etwa zehn Meter von Ruck entfernt auf, dann stellten sie eine Stenografiermaschine darauf, und die Frau setzte sich. Währenddessen blieb Schneider völlig reglos.

»Parfum«, sagte der Doktor schließlich, atmete tief ein und schloss die Augen. »Französisch.« Er öffnete die Augen wieder und sah Ruck aufgeregt an. »Unsere persönliche Stenotypistin. Sie protokolliert für Ihren Bericht, nicht wahr?«

Ruck sagte nichts. Die Frau blickte auf. Sie war viel jünger, als Ruck erwartet hatte – höchstens zwanzig. Eine unscheinbarere Person wäre ihm lieber gewesen – ständig ertappte er sich dabei, ihr einen Blick zuzuwerfen, obwohl er schon nach wenigen Sekunden alles gesehen hatte: glänzendes braunes Haar, eine Brille mit breitem schwarzen Gestell, ein zierliches, herzförmiges Gesicht. Hübsch. Perlenkette um den Hals. Bleistiftrock. Auf ihre Aufgabe völlig unvorbereitet – wie alle anderen, die man ihm zuteilte. Sie sah aus, als würde sie in einer Bank auf der Oxford Street arbeiten, statt Verhörprotokolle aufzunehmen.

Ruck nickte ihr zu, woraufhin sie anfing zu tippen.

»Dr. Schneider, was war Ihre Aufgabe in Buchenwald?«

»Ich war Arzt auf der dortigen Krankenstation.«

»Krankenstation? So nennen Sie das also?«

Schneider schwieg.

»Man hat ein Gericht einberufen, Dr. Schneider. In Nürnberg. Das erste wahrhaft internationale Tribunal, wie es heißt. Im Oktober dieses Jahres wird die Anklageschrift veröffentlicht. Auch Ihr Name wird darin zu finden sein. Was sagen Sie dazu?«

»Nürnberg? Waren Sie in letzter Zeit in Nürnberg, Herr

Ruck? Das ist ein Trümmerfeld. Churchills Kriegsmaschinerie hat es dem Erdboden gleichgemacht.«

»Und die Amerikaner haben es wieder aufgebaut. Sie sollten jetzt mal den Justizpalast sehen.«

Schneider schnaubte verächtlich. »Ich habe mir nichts zuschulden kommen lassen und auch nichts zu befürchten.«

»Allein Ihre Mitgliedschaft in der SS reicht für die Todesstrafe.«

»Ich war niemals Mitglied der SS.«

»Wie Sie meinen, Doktor. Ihre politische Gesinnung ist sowieso zweitrangig für mich. Übrigens ist die SS inzwischen eine illegale Organisation, Sie tun also gut daran, Ihre Verbindungen zu leugnen. Obwohl die Amerikaner wohl nicht lange brauchen werden, um ein paar Akten zu sichten, eins und eins zusammenzuzählen und Sie unter Anklage zu stellen.«

Schneider dachte einen Augenblick nach. Vielleicht wollte er der Stenografin auch nur Gelegenheit zum Aufholen geben. In den nächsten Augenblicken war bis auf ihr Tippen nichts zu hören. Schließlich starrte der Deutsche Ruck mit neu erwachtem Interesse an.

»Anscheinend bin ich bereits ein toter Mann, Herr Ruck. Warum gewähren Sie mir dann nicht einen letzten Wunsch und verraten mir, was Sie von mir wollen?«

Ruck nickte und erlaubte sich ein winziges Lächeln. Der Nazi war verunsichert. Eine ordentliche Leistung für einen Vormittag. Ruck nahm mehrere Fotografien aus einer Tasche und breitete sie auf dem Tisch aus.

»Sie behaupten zwar, Arzt auf der Krankenstation gewesen zu sein, doch wir beide wissen, dass Sie an Menschenversuchen beteiligt waren. Stimmen Sie mir da zu?«

»Voll und ganz.«

»Gut.«

Ruck legte fein säuberlich mehrere Schwarz-Weiß-
Fotografien in einer Reihe vor Schneider aus. Aus mehreren Blickwinkeln zeigten sie einen Raum mit einem
Operationstisch in der Mitte, in dem ein heilloses Durcheinander herrschte. Lederriemen hingen vom Tisch herab,
überall lagen Instrumente verstreut. Dunkle Flecken bedeckten den Boden.

»Das war Ihr Operationssaal. Stimmen Sie mir da zu?«

»Ja.«

»Die Vorzimmer zur Hölle. So haben sie die Amerikaner jedenfalls genannt. Ein passender Name, wie ich finde. Kein einziges Ihrer Opfer hat in die Folter eingewil-
ligt, der Sie sie ausgesetzt haben. Was wollen Sie dem
Nürnberger Gericht erzählen? Dass Ihre Arbeit zum
Wohle der Menschheit war?«

»Was meinen Sie, Herr Ruck, ob man mir wohl einen
Anwalt stellt? Und welche Beweise werden sie für diesen
angeblichen Prozess nur heranziehen?«

»Sie haben alle Aufzeichnungen über Ihre Experimente
beseitigt, bevor Buchenwald aufgegeben wurde. Sie blieben auf persönlichen Befehl Himmlers zurück, um die
Akten zu vernichten. Deshalb waren Sie noch dort, als
das Lager befreit wurde. Habe ich recht?«

Ein plötzlicher Windstoß ließ das Scheunentor erzittern.
Die Stenotypistin zog ihre Jacke fester um ihre Schultern.
Irgendetwas war merkwürdig an ihr, aber er kam nicht
darauf. War es die Art, wie sie dasaß, ihre konzentrierte
Miene? Wie dem auch sei, irgendwas an ihr störte ihn.

»Es gab drei Vorzimmer zur Hölle«, fuhr Ruck fort.
Schneider blickte teilnahmslos drein. »In den ersten bei-

den fanden wir Hinweise auf chirurgische Operationen, die an Lagerinsassen durchgeführt wurden – hauptsächlich von Ihnen, aber auch von anderen unter Ihrer Leitung. Sie haben – zu welchem Zweck auch immer – Gliedmaßen amputiert sowie mit Senfgas und anderen Giften experimentiert. In einem Fall wurde einer Frau aus nächster Nähe in die Hüfte geschossen, damit Sie die Effektivität verschiedener Behandlungsmethoden bei Schusswunden untersuchen konnten. Die meisten Menschen, die diese Räume betraten, verließen sie nie wieder.«

»Sie langweilen mich allmählich, Herr Ruck.«

»Reden Sie etwa nicht gern über Ihre Arbeit, Doktor? Ziemlich ungewöhnlich für einen Pionier der Wissenschaft wie Sie, oder?«

Schneider wedelte mit der Hand, als wollte er eine Fliege verscheuchen. »Wären Sie so nett, mir zu verraten, warum ich Ihnen das alles sagen sollte? Die Amerikaner werden mich anklagen und zum Tode verurteilen. Meine Leistungen dagegen werden Jahrhunderte überdauern. Wie werde ich in die Geschichte eingehen? Als Mörder? Als Wissenschaftler? Als Revolutionär? Das kommt wahrscheinlich darauf an, wer die Geschichtsbücher schreibt. Aber nichtsdestotrotz – *ich werde in die Geschichte eingehen*. Ich und meine Arbeit. Kann es etwas Wichtigeres geben? Was wird von *Ihnen* bleiben, Herr Ruck? Ein Name? Eine Nummer? Ein Dienstgrad? Gar nichts, außer einer Fußnote in meiner Geschichte. Also bitte, fragen Sie, solange Sie noch können. Genießen Sie den Augenblick. Gehen Sie jedes Experiment einzeln mit mir durch, wenn Sie wollen, das interessiert mich nicht. In ein paar Jahren wird es niemanden interessieren.«

Wieder war bis auf die Stenografiermaschine nichts zu

hören. Ruck rieb sich nachdenklich das Kinn. »Wie gesagt, Doktor. Es gab drei Vorzimmer der Hölle.«

Schneider öffnete den Mund, um etwas zu sagen, überlegte es sich aber wieder anders.

Ruck bemerkte, dass der Nazi seine Haltung geändert hatte.

»Ich will Ihnen mal was erzählen, Herr Ruck.« Schneider beugte sich so weit vor, wie es seine Handschellen erlaubten. »Ich weiß noch, wie ich einmal die Neuankömmlinge im Lager beobachtet habe. Sie dachten, dass ich mich nicht für sie interessiere. Dass ich sie nicht für Menschen hielt. Das entsprach weder der Wahrheit, noch war es mir gegenüber fair. Ich betrachtete jeden mit dem Auge eines Pedanten, begutachtete jede Narbe, jedes Muttermal, jede Rundung. Ich suchte mir meine Patienten sorgfältig aus. Liebevoll sogar. Natürlich wussten sie, wer ich war. Ich gestattete gewissen Gerüchten, die Runde im Lager zu machen. Und sie zuckten vor mir zurück, wenn ich auf der Suche nach den wenigen Auserwählten durch die Reihen ging.«

Ruck schnippte die Asche von seiner Zigarette und nahm einen tiefen Zug. Die Stenotypistin war langsamer geworden, drückte die Tasten mit vollkommener Präzision. Was sie wohl gerade dachte? Und plötzlich wusste er, was mit ihr nicht stimmte: *Sie hat keine Angst. Nicht annähernd so viel, wie sie haben sollte.*

»Kommen wir zu den Experimenten mit Gift, Dr. Schneider. Das war Ihr Spezialgebiet, nicht wahr?«, fragte Ruck und riss sich von der Frau in der Ecke los.

»Ach, Sie sind Chemiker, Herr Ruck?«

Ruck nahm noch einen Zug. »Uns sind ein paar interessante Gerüchte zu Ohren gekommen. Angeblich haben

Sie mit einem Gift experimentiert, das so stark war, dass sich die Opfer selbst verstümmelten, damit die Schmerzen nicht auf andere Teile ihres Körpers übergriffen.«

Schneider antwortete nicht, sondern sah Ruck nur mit leichtem Desinteresse an.

»Außerdem haben wir Hinweise darauf, dass andere SS-Offiziere und Aufseher bei der Verabreichung des Gifts zugegen waren. Weshalb das?«

»Das würden Sie nicht verstehen.«

»Wetten?«

Schneider lachte. »Herr Ruck, Sie überschätzen sich. Wie wollen Sie etwas verstehen, das Sie nicht mit eigenen Augen gesehen haben?«

»Was wollten Sie damit erreichen, Doktor?«, bohrte Ruck nach. »Was versprach sich Ihr Publikum von diesen Darbietungen? Befriedigung? Unterhaltung? Erleuchtung?«

»Herr Ruck, wollen Sie wissen, wie man das Gift herstellt? Das kann ich Ihnen gern zeigen. Geben Sie mir Ihren Stift. Fräulein, etwas Schreibpapier bitte.«

Schneider drehte den Kopf so weit er konnte und machte der Frau ein Zeichen. Ruck kaute eine Weile auf seiner Zigarette herum. Er würde seinen Gefangenen erst nach reiflicher Überlegung befreien und mit einem Füllfederhalter bewaffnen. Schließlich nickte er den beiden Soldaten zu. Der eine hielt Schneider mit seiner Lewis in Schach, während der andere die Handschellen löste und ein Blatt Papier auf den Tisch legte. Schneider sah Ruck erwartungsvoll an. Der zögerte, dann schob er es dem Doktor zusammen mit dem Stift zu. Schneider kritzelte etwas auf das Papier und warf Ruck den Füller wieder zu.

Ruck las, was auf dem Blatt stand. »Modifiziertes

Strychnin. Weshalb das? Ist Strychnin nicht schon tödlich genug?«

»Vielleicht zu tödlich.«

Ruck verzog das Gesicht. Bedauerlicherweise war er einmal Zeuge eines Ablebens durch eine Strychninvergiftung gewesen. Das natürliche Alkaloid, das aus den Samen der in Indien heimischen Gewöhnlichen Brechnuss gewonnen wurde, wirkte schnell und führte zu einem grässlichen Tod. Das Opfer zuckte und verkrampfte sich so grotesk, als wäre es von bösen Geistern besessen.

»Und weshalb diese Modifikationen?«

»Um den Tod sozusagen auf der Schwelle stehen zu lassen, ohne ihn hineinzubitten. Ganz einfach.«

»Eine ziemlich nutzlose Verhörmethode«, bemerkte Ruck. »Wenn Sie so was damit im Sinn hatten.«

»Überhaupt nicht.«

»Weshalb dann? Wozu das Ganze?«

Schneider wirkte amüsiert. »Also hat Gott die Welt geliebt, dass er seinen eingeborenen Sohn gab, auf dass alle, die an ihn glauben, nicht verloren werden, sondern das ewige Leben haben.«

»Johannes 3,16.«

»Sie sind bibelfest, Herr Ruck. Wie altmodisch.«

»Mein Vater war Pfarrer. Ein guter, ehrlicher Mann. Bis eine Nazibombe in seinem Gesicht explodiert ist und ihm das Leben genommen hat.«

Schneider zuckte mit den Schultern. Sein Gesicht war zur Maske erstarrt. Die Haut um Augen und Mund war so straff, dass er kaum zu einem Ausdruck fähig war.

Schneider beugte sich vor. »Wie vertraut sind Sie mit Ihm, Herr Ruck?«, fragte er mit leiser Stimme und deutete zur Decke.

»Mit Gott?«

»Natürlich. Mit Gott.«

»Nun, vertraut genug, um zu wissen, dass er während Ihrer Schreckensherrschaft in Buchenwald nicht anwesend war.«

»Nein.« Schneider schüttelte energisch den Kopf. »Sie sind naiv. Ich gab jenen, die an Seine Existenz glauben, die Gelegenheit, diese Welt vorübergehend zu verlassen und die Heilige Dreifaltigkeit zu schauen.«

»Sie haben Gott gesehen? Indem Sie menschliche Wesen der Folter unterzogen?«

»Keine menschlichen Wesen – nutzlose Esser.«

Nachdenklich lehnte sich Ruck zurück und sah zur Stenotypistin hinüber. Zum ersten Mal glitten ihre Finger von den Tasten ab. Die Wachen traten von einem Bein aufs andere. Wieder rüttelte ein Windstoß am Scheunentor. Ein Sturm zog auf.

6

Die Kanzlei Priest & Co. nahm vier Stockwerke eines schmalen denkmalgeschützten Gebäudes ein, das sich etwa eine Viertelstunde zu Fuß von den Royal Courts of Justice entfernt in einer Straße namens The Nook befand. Die Gasse war im Prinzip nichts weiter als eine Verlängerung der Strand, in der es außer Charlie Priests Kanzlei und einem absurd winzigen Lokal namens Piccolo Café, das Priest des Öfteren frequentierte und zum Ärger der dortigen Barista stets nur Tee bestellte, nichts von Interesse gab.

Priest sprang die Treppe hinauf, wobei er zwei Stufen auf einmal nahm, ging federnden Schrittes an der kleinen Bronzeplakette an der Wand vorbei – dem einzigen Hinweis darauf, welche Firma in dem Gebäude residierte – und betrat den vornehmen Empfangsbereich. Der Duft von altem Leder hing in der Luft, die Möbel waren aus dunklem Mahagoni oder Eichenholz. Eine Wand war vollständig mit Tuschkarikaturen berühmter Anwälte und Richter bedeckt, an der anderen reichten Bücherregale mit Gesetzestexten vom Boden bis zur Decke. Ein vergilbtes Poster warb für die berühmten »Carbolic Smoke Balls«, die zum Gegenstand einer wegweisenden Gerichtsverhandlung geworden waren.

Priest verabscheute den Raum bis hin zu den Plastikblumen auf dem Kamin, doch er musste ja den Klienten gefallen und nicht ihm.

Maureen sah vom Empfangstresen auf und warf ihm einen vorwurfsvollen Blick zu. Er hatte sie gebeten, den für heute Vormittag angesetzten Termin mit der Bank zu verschieben, was dort offenbar für Unmut gesorgt hatte. Doch da Priest keine Hypothek aufgenommen, seinen Dispokredit niemals überzogen und lediglich ein gewöhnliches Kundenkonto dort hatte, war er wohl kaum die größte Sorge der Bank.

Er sah Maureen im Gegenzug mit reuiger Miene an, eilte in sein Büro, bevor sie etwas sagen konnte, und schloss die Tür hinter sich.

Priest hatte nur aus einem Grund das größte Büro im Gebäude: Er hatte einfach die meisten Akten abzulegen.

Rasch ließ er sich auf den Sessel hinter einem großen, modernen und mit Papieren übersäten Schreibtisch fallen, auf dem zwei Bildschirme standen. Über die stumm geschalteten Flachbildfernseher an der Wand zu seiner Linken lief Sky News. Er spähte in einen Kaffeebecher zwischen den beiden Bildschirmen und erblickte eine schaumige Schimmelschicht darin.

Ich muss mal ein Wörtchen mit der Putzfrau reden. Vielleicht ist in Zukunft eine Entlohnung auf Leistungsbasis angebracht.

Er bewegte die Maus, woraufhin die beiden Monitore zum Leben erwachten und Anmeldebildschirme zeigten. Automatisch gab er das Passwort ein. Er musste nachdenken. Irgendjemand hatte gestern Abend gewaltige Mühen auf sich genommen, um etwas in die Finger zu bekommen, das Priest gar nicht besaß. Oder von dem er es nicht wusste. Es war ein schrecklicher Abend gewesen – nicht zuletzt, weil sein Angreifer weiterhin auf freiem Fuß war. Priest schauderte. Er konnte das verbrannte Handgelenk noch immer kaum bewegen.

Natürlich hätte er die Polizei rufen müssen, dessen war er sich voll bewusst. Aber er hatte es nicht getan. Priest war acht Jahre lang Polizist gewesen, bevor er den ultimativen Verrat an seinen Kollegen begangen hatte und Anwalt geworden war. Und als hätte das natürliche Misstrauen zwischen den Hütern und den Verdrehern des Gesetzes nicht schon gereicht, hatte er zusätzliches Salz in die Wunden seiner Exkollegen gestreut, indem er nach seinem Berufswechsel auch noch eine Menge Geld verdient hatte.

Zum Glück ist es mir egal, was die Leute von mir denken. Zumindest diejenigen, die mich nicht umbringen wollen.

Priest bezweifelte, dass es viel brachte, seinen Fall zu Protokoll zu geben. Außerdem standen ihm weit ergiebigere Möglichkeiten zur Verfügung als die Behörden. Wenn er jemanden finden wollte, musste er sich selbst darum kümmern. *Wenn es meine Kopfschmerzen zulassen. Vielleicht sollte ich erst mal mit einem heißen Tee in einer sauberen Tasse anfangen.*

Nach einem höflichen Klopfen öffnete sich die Tür, und ein riesiger Schwarzer in einem glänzenden grauen Anzug ohne Krawatte trat ein. Das maßgeschneiderte lindgrüne Hemd passte genau zum Einstecktuch in der Brusttasche. Eine Rolex blitzte an seinem Handgelenk.

Vincent Okoros Karriere war ebenso schillernd und beeindruckend wie der Mann selbst. Genau wie Priest war der gebürtige Nigerianer ein juristischer Spätzünder.

Vor seiner Zulassung als Anwalt im Jahr 1995 hatte er zehn Jahre lang eine Firma geleitet und dann als Stipendiat des renommierten Lincoln's Inn Jura studiert, wobei er sich auf komplizierte Wirtschaftsfälle konzentriert und einen Namen als gnadenloser Spezialist des Kreuzverhörs und gerissener Taktiker gemacht hatte.

Okoro schloss die Tür hinter sich und nahm Priest gegenüber Platz. Der Sessel stöhnte unter seinem Gewicht. Alles Muskeln – Okoro hatte kein Gramm Fett am Leib. Priest hegte sogar den Verdacht, dass er ein einziger Muskel war. Und an diesem Morgen ein ziemlich grimmig dreinblickender Muskel.

»Ich habe die letzte Stunde am Telefon mit Monroe verbracht«, sagte Okoro. Seine Stimme war so erlesen wie sein Anzug – majestätisch geradezu. Das Knurren eines Königs, jedes Wort mit nigerianischer Sanftheit moduliert.

»Mit wem?«

»Mit Monroe. Unserem Bankmanager.« Okoro nickte geduldig.

»Ach der.«

»Er will noch eine weitere Planliquiditätsrechnung.«

»Was war denn an der letzten falsch, die ich erstellt habe?«

»Du hast noch nie eine erstellt, Priest. Solange ich dich kenne, hast du noch keine einzige Planliquiditätsrechnung erstellt.«

»Also wollen sie keine *weitere*. Sie wollen … *überhaupt eine*.«

Okoro lächelte und nickte langsam, als hörte er angenehme, beruhigende Musik. »Priest, du siehst beschissen aus.«

52

»Ich hab kaum geschlafen.«

Okoro hob neugierig die Augenbrauen. »Unter der Woche? Wow. So weit ist es also schon gekommen?«

»Ist es schon nach zwölf?« Priest wollte auf die Uhr sehen, erblickte aber nur hässliche Brandwunden, die er schnell mit dem Ärmel zudeckte.

»Was?«

Priest kramte in der untersten Schublade und förderte eine Flasche Blended Malt Scotch zutage. Er hatte keine Ahnung, wie sie überhaupt dorthin gekommen war – wahrscheinlich das Geschenk eines dankbaren Klienten. Im Augenblick war er jedoch sehr froh, dass er sich an sie erinnert hatte. Priest schenkte zwei Gläser ein, schob Okoro eines hin, leerte das andere und sah sein Gegenüber erwartungsvoll an.

Misstrauisch betrachtete Okoro das Glas. »Ist das neue Firmenpolitik, dass ab Mittag getrunken wird?«

Priest leerte ein zweites Glas. Er trank weder aus Gewohnheit noch zur Entspannung. Wahrscheinlich hätte ihn sogar ein dreizehnjähriges Mädchen unter den Tisch trinken können. Doch im Moment brauchte er etwas, um die Nervosität zu dämpfen.

»Ist irgendwas, Priest?«

Priest schüttelte den Kopf, ohne die Hand von der Flasche zu nehmen.

»Was ist gestern Nacht passiert?«

»Nicht viel. Ein Abend wie jeder andere auch. Ich hab mir eine alte *Simon-Templar*-Folge angesehen, die Fische gefüttert und ein bisschen Klavier gespielt. Dann hat mir jemand beinahe den Schädel eingeschlagen. Als ich wieder aufwache, bin ich an meinen Stuhl gefesselt, und dieser Typ hält mir eine Bohrmaschine vors Gesicht.«

In der darauffolgenden Stille rieb sich Priest die Stelle im Nacken, an der ihn der Schlagstock getroffen hatte. Er hatte zwei golfballgroße Beulen – es war ein Wunder, dass sein Kopf noch ganz war.

»Du kannst doch gar nicht Klavier spielen, Priest.«

»Spielt das Detail denn eine Rolle?«

»Könntest du dieses Gefasel etwas näher ausführen? Ich hab nächste Woche einen Gerichtstermin.«

Priest seufzte und kippte den nächsten Whisky. Als die bernsteinfarbene Flüssigkeit seine Kehle versengte, fiel ihm etwas ein: *Ich hasse Whisky.* Er verdrängte den Gedanken und erzählte Okoro haarklein vom letzten Abend, wobei er sorgfältig darauf achtete, nichts auszulassen, was irgendwie von Bedeutung sein konnte. Als er geendet hatte, herrschte erneut Schweigen.

Okoro holte tief Luft. »Und dieser Gentleman ist dir völlig unbekannt?«

»Ja.«

»Du hast ihn nie zuvor gesehen?«

Priest schüttelte den Kopf. »Nein.«

»Und du weißt nicht, was er von dir wollte?« Wieder hob Okoro die Augenbrauen. Priest spürte seine Skepsis.

»Einen USB-Stick.«

»Mit welchem Inhalt?«

»Keine Ahnung.«

»Aha. Wieso dachte er, dass du ihn hast?« Okoro rieb sich den kahlen Kopf, als hätte er Schmerzen.

»Er hat was davon gemurmelt, dass es ihm jemand gesagt hätte. Aber er hat mir nicht verraten, wer.«

»Kam er dir irgendwie bekannt vor?«

»Nein.«

Okoro nickte weiter bedächtig vor sich hin.

Er hatte seinen großen Durchbruch im Jahre 2003 gehabt, als ihm die Stelle des stellvertretenden Staatsanwalts am damals neu gegründeten Internationalen Strafgerichtshof angeboten worden war. Zum ersten Mal in der Geschichte konnten Kriminelle, die sich des Völkermords, eines Kriegsverbrechen oder Verbrechen gegen die Menschlichkeit schuldig gemacht hatten, zur Verantwortung gezogen werden, wenn sich nationale Gerichte nicht zuständig fühlten oder nicht den Mumm zu einer Anklage hatten. Okoro hatte zu einer ausgewählten Gruppe aus Eliteanwälten gehört, die Recht und Gesetz in gesetzlosen Gegenden aufrechterhielten und diejenigen zur Rechenschaft zogen, die für die Menschheit nur Verachtung übrig hatten.

Er war mit Verbrechen und Grausamkeit also durchaus vertraut.

»Geht's dir gut?«, fragte Okoro schließlich.

»Ich kann mein Handgelenk kaum rühren, und mein Kopf fühlt sich an, als hätte ein Wanderzirkus seine Zelte in meinem Frontallappen aufgeschlagen. Meine Augen tun weh, ich hatte heute Morgen schon zwei Mal Nasenbluten, und alles schmeckt irgendwie komisch.«

»Aber geht's dir *gut*?«, hakte Okoro nach.

Priest sah Okoro eine Weile an. Hinter dem kaum merklichen Lächeln war echte Besorgnis zu erkennen, obwohl der Rechtsanwalt so tat, als wäre er völlig entspannt, indem er Augenkontakt hielt und sich nicht zu heftig bewegte. Wie immer empfand Priest die Gegenwart des sanften Riesen auf merkwürdige Weise beruhigend. Und heute war er noch froher als sonst, auf seinen Rat zurückgreifen zu können.

»Ja, mir geht's gut«, sagte er schließlich. »Obwohl es

mich rasend macht, dass ich auf ihn reingefallen bin. Seine Geschichte war scheiße, aber die Uniform täuschend echt. Ich frage mich, wo er sie herhat.«

»Du weißt genau, dass man alles beschaffen kann, wenn man die richtigen Leute kennt, Priest. Was bedeutet, dass er Verbindungen hat. Vielleicht solltest du deine Entscheidung, die Polizei nicht hinzuzuziehen, noch mal überdenken.«

»Und woher willst du wissen, dass ich eine solche Entscheidung getroffen habe?«

»Weil ich den großen Charlie Priest besser kenne als er sich selbst.«

»Hm.« Priest tat so, als würde er es erwägen, obwohl er seine Meinung nicht geändert hatte. »Ich werde drüber nachdenken.«

Okoro nickte.

Der Computer kündigte mit einem Piepen die Ankunft einer E-Mail an. Zum Glück war es eine ruhige Woche. Priest & Co arbeiteten ausschließlich für einige ausgewählte und sehr wohlhabende Klienten: internationale Konzerne, die gegen Korruption auf mittlerer Führungsebene vorgehen wollten, Dotcom-Firmen, die gegen ihre eigenen Geschäftsführer klagten, und Unternehmen, die ihre Konkurrenten illegaler Machenschaften, Schmiergeldvergabe und Kartellbildung verdächtigten. Gelegentlich war auch ein korruptes Parlamentsmitglied darunter.

Der Schlüssel zum Erfolg von Priest & Co waren Ergebnisse. Sie lieferten, was sie versprachen, und das auch noch termingerecht. Dabei war eine Erfolgsquote von hundert Prozent einfach zu erreichen: Man musste sich nur seine Klienten sorgfältig aussuchen, nicht mehr als zwei Fälle gleichzeitig bearbeiten und seine Ressourcen geschickt einsetzen. Priest nahm nur Fälle an, für die er die Kapazitäten hatte und die er auch gewinnen konnte.

Er hatte insofern Glück gehabt, als dass der Besuch des falschen Polizisten in die Flaute zwischen dem Abschluss eines wichtigen Falls und dem Anfang des nächsten gefallen war. In die Ruhe vor dem Sturm. Besagter wichtiger Fall war von Theramere International Plc gekommen, einer Blue-Chip-Firma, die Erlebnispakete verkaufte – Rennwagen- und Ballonfahrten, von Sterneköchen zubereitete Menüs. Das Unternehmen war so schnell gewachsen, dass die Gründer den Überblick verloren und einem von einem Konkurrenzunternehmen abgeworbenen Geschäftsführer vertraut hatten. Irgendwann fragten sie sich dann, weshalb dieser Geschäftsführer weitaus mehr verdiente, als sie ihm bezahlten. Nach einer dreiwöchigen Verhandlung vor einem Richter in roter Robe hatten Priest & Co. aufzeigen können, dass der Geschäftsführer drei weitere Unternehmen in Marokko, Deutschland und Holland leitete, die ganz ähnliche Dienstleistungen anboten. Er hatte die Firmen zu seinen Gunsten gegeneinander ausgespielt. Nun würde er den Rest seines Lebens damit zubringen, Entschädigungszahlungen an Theramere zu leisten.

Okoro verlagerte sein beträchtliches Gewicht von einer Seite auf die andere, was der Stuhl mit einem deutlichen Ächzen quittierte. »Also, dieser Kerl investiert eine Menge Geld und viel Zeit in einen Plan mit dem Ziel, sich etwas – elektronisch gespeicherte Daten unbekannter Natur – von dir zu beschaffen. Er führt den Plan auch aus, bekommt aber nicht, was er will ...«

»Weshalb er«, führte Priest Okoros Gedankengang zu Ende, »es noch mal versuchen wird.«

»Du musst vorsichtig sein.«

»*Wir* müssen vorsichtig sein«, korrigierte Priest.

»Was soll das heißen, *wir?*«

»Er wusste ziemlich viel über mich, Okoro. Vielleicht weiß er auch, wer du bist.«

Okoro kicherte. »Ich kann schon auf mich aufpassen. Aber um dich mache ich mir Sorgen. Willst du den anderen erzählen, was passiert ist?«

Priest ließ die Frage in der Luft hängen. Mit den »anderen« meinte Okoro die beiden anderen Mitarbeiter von Priest & Co.: Simon »Solly« Solomon und Georgie Someday. Priest hatte bereits entschieden, Georgie ins Vertrauen zu ziehen. Mit ihren 25 Jahren war sie zwar die Jüngste im Team, doch was ihr an Lebenserfahrung fehlte, machte sie durch Geistesschärfe wieder wett. Priest war selten eine so brillante Juristin über den Weg gelaufen.

Bei Solly, der bei Priest & Co. fürs Finanzielle zuständig war, verhielt es sich etwas komplizierter. Der Buchhalter konnte mit Zahlen umgehen wie kein Zweiter, war aber sozial inkompetent, ein schwieriger Gesprächspartner und möglicherweise sogar autistisch. Wie er in seltenen Momenten der Klarheit zu sagen pflegte: »Menschen sind keine Zahlen, Priest.« Zum Glück. Solly konnte die Bewegung eines Pfund Sterling durch acht verschiedene Konten in vier verschiedenen Ländern in einer sechshundert Seiten dicken Bilanz verfolgen. Wären Menschen tatsächlich Zahlen, Simon Solomon hätte der beste Psychiater der Welt sein können. Da dem aber nicht so war, wollte Priest ihn nicht mit Geschichten über bohrmaschinenschwingende Wahnsinnige beunruhigen.

»Ich werde es Georgie gegenüber erwähnen. Bei Solly weiß ich noch nicht so recht.«

»Du wirst es ihr gegenüber erwähnen? Ganz beiläufig, so als hättest du ein neues Rezept für Zitronenkuchen?«

Priest zuckte mit den Schultern. Okoro stand auf. Es war, als erfüllte plötzlich eine große Sturmwolke Priests Büro.

»Ich werd' mich mal umhören. Falls du einen Platz zum Übernachten brauchst ...«

Priest winkte ab. »Nein, nein, ich komm schon klar. Außerdem kann mich deine Frau nicht leiden.«

»Meine Frau kann deine mangelnden Umgangsformen, deine fehlenden Tischmanieren und deine Arroganz nicht leiden. An dir *per se* hat sie nichts auszusetzen.«

»Das ist trotzdem eine lange Liste.«

»Ja, und ich gebe ihr in jedem Punkt recht. Pass auf dich auf, Priest.« Okoro marschierte aus dem Raum.

Priest drehte sich zum Fenster um und betrachtete den Eingang des Piccolo Café. Er brauchte Urlaub. An einem warmen, aber nicht zu heißen Ort mit goldenen Stränden und einem kristallklaren Ozean, wo einem die Drinks von leicht bekleideten Schönheiten serviert wurden. Sobald es ihm irgendwie gelungen war, dem nächtlichen Besucher mit der Bohrmaschine das Handwerk zu legen, würde er ein paar Reisebüros aufsuchen und sich mit Broschüren eindecken. *Das hat man von einer Nahtoderfahrung: Plötzlich überlegt man, was man alles im Leben verpasst hat.*

Der Alkohol brachte seine Gedanken zum Schwimmen. Seit seiner Scheidung war er nicht mehr so verwirrt gewesen, und seine Ehe mit Dee Auckland war eine Ewigkeit her. Aber es war zu ihrem Besten gewesen: Er war sozial unfähig, sie war unzurechnungsfähig.

Obwohl es nicht kalt war, zitterte er.

In der Schublade, in der auch der Whisky gewesen war, lag unter einem Papierstapel ein altes Foto. Priest nahm es heraus. Es war an den Ecken eingerissen und in der Mitte einmal gefaltet gewesen. Ich sollte sorgsamer damit umgehen, dachte er. Das Bild zeigte die drei Priest-Geschwister – William, ihn selbst und Sarah. So viel Potenzial, die Gesichter von naivem Staunen erfüllt. Damit war es spätestens in dem Moment vorbei, in dem William gestanden hatte, ein Serienmörder zu sein. *Polizistenbruder als moderner Jack the Ripper enttarnt* hatte die Schlagzeile nach der Gerichtsverhandlung gelautet.

Dies hatte natürlich einige Fragen zur Folge: Wie hatte sich der studierte Psychologe William in so einen blutrünstigen Mörder verwandeln können? Wie war es ihm gelungen, so lange unbemerkt zu bleiben? Warum hatten sich alle erfahrenen Profiler in seinem Fall getäuscht? Was war die Ursache für seinen Wahnsinn? Hatte man ihn als Kind missbraucht, hatte er einen Schlag auf den Kopf bekommen?

Oder hatte er das Böse im Blut?

Priest betrachtete seine versengten Handgelenke, die schwarze, eiternde Wunde, die jedes Mal schmerzte, wenn er die Hand bewegte. Das Blut, das in dem Netz aus Adern darunter floss, war dasselbe Blut, das …

Wieder klopfte es. Priest steckte das Foto in die Schublade zurück, bevor Okoros kahler Kopf in der Tür erschien.

»Priest, da will dich jemand sprechen?«

»Wer denn?«

»Keine Ahnung. Aber er hat eine ziemlich wichtig aussehende Dienstmarke.«

7

Neville McEwen war fetter, als ihn Priest in Erinnerung hatte. Der Körper des rothaarigen Schotten drohte praktisch überall aus dem schlecht sitzenden Anzug zu platzen. Und er war alt geworden: Jahrelanger Alkohol- und Zigarettenkonsum hatten sein Gesicht tiefrot gefärbt.

Okoro bedeutete ihm, Priest gegenüber Platz zu nehmen und ließ sich selbst in der Ecke nieder. Als sich der Schotte schwer auf den Stuhl fallen ließ, verzog Priest das Gesicht. *Viel mehr hält das gute Stück nicht mehr aus.*

Trotz der zusätzlichen Pfunde hatte Priest McEwen sofort erkannt. Während sich Priest in Windeseile zum Detective Inspector hochgearbeitet hatte, war McEwen als Detective Sergeant herumgekrebst. Es war kein Geheimnis gewesen, dass McEwen auf den Posten spekuliert und lange darauf gewartet hatte. Von einem zehn Jahre jüngeren Mann mit einem Viertel seiner Erfahrung auf der Zielgeraden überholt worden zu sein, musste ihn schwer getroffen haben. Priest erwartete also eine gewisse Feindseligkeit – er hatte die Karriere des Fettwansts um fünf bis sechs Jahre zurückgeworfen.

»Charlie Priest«, murmelte McEwen. »Da soll mich doch ...«

Priest beugte sich über den Schreibtisch, um besser

hören zu können. Wie ihm jetzt wieder einfiel, hatte McEwen eine beklagenswert undeutliche Aussprache. Und durch die Kombination aus Schlafmangel, Whisky und – möglicherweise – einer Gehirnerschütterung schwirrte Priest sowieso schon der Kopf.

»DS McEwen.«

»Inzwischen *DI* McEwen.«

»Oh, Glückwunsch, alter Knabe.«

»Wie lange ist das her?«, knurrte McEwen.

»Lange.«

»Aye. Lange.«

»Was können wir für Sie tun, Detective Inspector McEwen?«, fragte Okoro von seiner Beobachterposition hinter dem Polizisten aus.

McEwen drehte sich nicht um. »Ich spreche mit dem Leierkastenmann. Und nicht mit seinem Äffchen.«

Okoro ließ sich dadurch nicht aus der Ruhe bringen. Vor zwanzig Jahren hätte er vielleicht noch auf die Beleidigung reagiert, inzwischen hatte er sich daran gewöhnt. Priest schnalzte in der darauffolgenden Stille mit der Zunge.

»Sie sehen gar nicht gut aus, Priest. Lange Nacht?«

»Ich habe empfindliche Haut. Die lässt mich gelegentlich etwas müde aussehen.«

»Aye. Müde. Na klar. Priest, ich würde Ihnen gern ein paar Fragen stellen. Wo waren Sie gestern Abend?«

»Sie haben keinen Sergeant dabei«, bemerkte Priest.

»Na und?«

»Ist mir nur aufgefallen. Merkwürdig.«

McEwen holte tief Luft, was wie eine startende Turbine klang. »Wo waren Sie gestern Abend, Priest?«

»Zu Hause.«

»Allein?«

»Inspector, worum geht's hier überhaupt?«, unterbrach Okoro.

McEwen beachtete ihn nicht weiter. »Schon mal von Ellinder Pharmaceuticals International gehört?«

»Dem Pharmakonzern?«

»Wie der Name schon sagt, ja. Kennen Sie Kenneth Ellinder, den Geschäftsführer?«

»Nein.«

»Sein Sohn Miles wurde gestern Nacht tot in einem Lagerhaus der Firma gefunden.«

»Okay.«

»Sagt Ihnen der Name Miles Ellinder auch nichts, Priest?«

»Gar nichts.«

»Aha.« McEwen schniefte laut und wischte sich die Nase am Ärmel ab. Er räusperte sich, zog dabei einen Schleimklumpen hoch und schluckte ihn wieder herunter. Dann legte er ein Foto auf den Tisch. Es zeigte das Gesicht eines Mannes in den Dreißigern mit zurückgekämmtem schwarzen Haar und toten Augen.

Priest schluckte. Der Mann trug zwar keine Polizeiuniform, hatte aber trotzdem verdächtig große Ähnlichkeit mit seinem Besucher von letzter Nacht.

»Das hier ist Miles Ellinder«, sagte McEwen. »Schon mal gesehen?«

»Bedaure. War's das?«

»Nein, das war's noch lange nicht. Miles Ellinders Leichnam wurde heute Morgen zufällig vom Hausmeister gefunden, der die offen stehende Kellertür bemerkte und nachsehen ging. Und da lag er. Wir gehen von einem Mord aus.«

Priest zuckte mit den Schultern. »Na schön.«

»Wissen Sie, weshalb wir von einem Mord ausgehen?«

»Nein.«

»Sind Sie sich da sicher?«

McEwen zog ein weiteres Foto aus der Innentasche seines Jacketts und klatschte es auf den Tisch. Priest sah es sich lange an. Wie bei einem dieser Magisches-Auge-Bilder dauerte es eine Weile, bis er begriff, dass das Bild genau das zeigte, was er auf den ersten Blick gesehen hatte. Grundgütiger. Aus dem Augenwinkel bemerkte Priest, wie Okoro aufstand und sich über den Schreibtisch beugte. Er wollte, dass sich das Bild änderte, wollte, dass das eigentliche Motiv zum Vorschein kam, doch je länger er es anstarrte, desto eindeutiger wurde die Szene. Vor der Realität gab es kein Entkommen. Einen Augenblick lang musste Priest mit plötzlicher Übelkeit kämpfen.

»Was sagen Sie dazu?«, fragte McEwen höhnisch.

»Einen solchen Tod sollte niemand sterben«, meinte Okoro leise.

McEwen nahm das Foto wieder an sich. Es hatte nicht lange auf dem Schreibtisch gelegen und sich doch unauslöschlich in Priests Gedächtnis eingebrannt.

»Woher wollen Sie wissen, dass das Miles Ellinder ist?«, fragte Priest. Das Bild war zwar scharf, der Leichnam jedoch etwa drei Meter von der Kamera entfernt. Sein Kopf war leicht zur Seite gedreht. Priest hatte unmöglich feststellen können, ob es sich tatsächlich um den falschen Polizisten oder überhaupt nur den Mann auf dem Foto handelte, das ihm McEwen als Erstes gezeigt hatte.

»Die Angehörigen haben ihn identifiziert. Gar kein Zweifel«, grunzte McEwen. »Er wurde auf einer Eisenstange gepfählt, die genau zu diesem Zweck an den Boden des Lagerhauses geschweißt wurde. Sie steckt vom Rektum bis zum Genick in seinem Körper, wurde aber wahrscheinlich nur anfangs mit Gewalt dorthin befördert. Die Stange war eingefettet, sodass die Schwerkraft den Rest erledigen konnte. Ein schneller Tod, aber nur, wenn man großes Glück hat. Leider hatte er kein Glück. Der Gerichtsmediziner sagt, dass er bis zu einer Stunde rumgezappelt hat. Die Stange hat die meisten lebenswichtigen Organe verfehlt. Die ganze Sauerei war sorgfältig geplant.«

McEwen beugte sich so weit vor, wie es sein Bauch zuließ, und sah Priest durchdringend an.

»Sein Gesicht kommt Ihnen also nicht bekannt vor, nein? Was ist mit der Stange im Arsch? Hat *das* vielleicht Wiedererkennungswert?«

Priest antwortete nicht.

McEwen war wenig beeindruckt. »Können Sie mir verraten, weshalb Mr. Ellinder eine Ihrer Visitenkarten bei sich hatte, wo Sie ihn doch gar nicht kennen?«

McEwen holte eine Beweismitteltüte aus durchsichtigem Plastik hervor und warf sie Priest hin. Der wusste bereits nach einem kurzen Blick auf die blaue Schrift, dass es eine von seinen Karten war. Dann fiel ihm ein, dass der falsche Polizist eine eingesteckt hatte, bevor die Bohrmaschine zum Einsatz gekommen war.

»Weiß ich nicht.« Priest schüttelte den Kopf.

»Sie wissen es nicht?«

»Ich bin ein vielbeschäftigter Mann, Inspector. Und ich verteile viele Karten.«

»Ist er ein Klient von Ihnen? Oder von Ihren Partnern?«

»Ich kenne alle Klienten meiner Kanzlei. Und dieser Mann gehört nicht dazu.«

»Besonders hilfreich ist das alles nicht, Priest.«

»Ich beantworte Ihre Fragen, oder nicht? Woher wissen Sie, dass er die Karte bei sich hatte?«

»Seine Kleidung lag in der Ecke. Sieht so aus, als hätte er die Uniform eines Streifenpolizisten getragen. Wahrscheinlich eine Fälschung. Sonst haben wir nichts gefunden – keine Brieftasche, kein Handy. Der Hausmeister hat ihn erkannt. Die einzige Spur, die ich momentan habe, führt zu Ihnen.«

»Tut mir leid, Inspector, aber da kann ich Ihnen nicht weiterhelfen.«

»Sie sind sich im Klaren darüber, dass ich mir in Nullkommanichts einen Durchsuchungsbefehl für Ihre Kanzlei besorgen kann? Mit diesem schönen Papier darf ich in jede Akte, jede Schublade, in jeden Tresor und jede Kloschüssel schauen. Das würde ich aber nur ungern tun, weil das immer so eine furchtbare Unordnung hinterlässt.«

»Ich bitte Sie, Inspector. Das ist doch Zeitverschwendung, das wissen Sie so gut wie ich«, sagte Okoro. »Momentan haben Sie noch eine Schonfrist, aber wie lange dauert es, bis die Medien Wind davon bekommen? Ein paar Stunden, höchstens. Vielleicht sollten Sie in eine etwas vielversprechendere Richtung ermitteln.«

»Ein interessanter Gedanke.« Nun wandte sich McEwen zum ersten Mal Okoro zu. »Leider hat der neue Assistant Commissioner darauf bestanden, dass ich in *genau diese* Richtung ermittle.«

Priest seufzte. »McEwen, ich bin mir ziemlich sicher, dass sich der AC nicht die Bohne für mich interessiert.«

»Kommt drauf an, um wen es sich dabei handelt.« McEwens Miene verzog sich zu einem leichten Grinsen, was seinen dünnen Lippen etwas Reptilienhaftes verlieh. Ein verstörender Anblick.

»McEwen, die Personalpolitik der Met interessiert mich schon seit zehn Jahren nicht mehr. Ich habe nicht die leiseste Ahnung, wer der neue AC ist.«

McEwen musste lachen. »*Sie* kennt Sie sehr gut, Priest. Sie hat mir sogar persönlich befohlen, hierherzufahren und Sie in die Mangel zu nehmen. Sicher dachten Sie, dass sie noch in Manchester sitzt, aber sie ist zurück. Sie wurde befördert, scheint Ihnen aber immer noch in herzlicher Abneigung verbunden zu sein: Dee Auckland.«

Priest spürte, wie sich ein Kloß in seinem Hals bildete. »Dann richten Sie mal herzlichen Glückwunsch zur Beförderung aus«, sagte er. Das war ein Problem. Seine Exfrau bedeutete Ärger.

»Aye. Sie freut sich, wieder hier zu sein, und sie hat ein persönliches Interesse an diesem Fall. Nicht zuletzt aufgrund der damit verbundenen Publicity. Das verstehen Sie doch sicher.«

»Vollkommen.«

»Wie dem auch sei« – McEwen stand auf –, »ich mache mich mal wieder auf den Weg. Ich muss mir noch einen Durchsuchungsbefehl beim Richter abholen. Alles Gute, Jungs.«

Okoro stand ebenfalls auf. Als sich McEwen zum Gehen wandte, standen sich die beiden Schwergewichte einen Augenblick lang gegenüber. Dann öffnete Okoro die Tür, und McEwen zwängte sich an ihm vorbei. »Danke für den Besuch, McEwen«, sagte Okoro freundlich.

Priest saß stocksteif im Sessel. Er hätte sowieso nicht aufstehen können. Seine Beine verweigerten ihm den Dienst.

McEwen stand schon in der Tür, als er sich noch einmal umdrehte. »Kennen Sie sich mit Eintagsfliegen aus?«

Priest blinzelte zwei Mal. »Meinen Sie diese kleinen Insekten?«

»Wie der Name schon sagt, leben sie nicht besonders lange.«

Nun war Priest zu neugierig, um die Bemerkung zu ignorieren. »Was hat das mit Eintagsfliegen zu tun?«, fragte er.

Auf McEwens Krötengesicht zeichnete sich ein selbstgefälliges Grinsen ab. »Sie haben ihn gezwungen, eine zu verschlucken, bevor sie ihm die Stange in den Arsch gerammt haben.«

Priest beobachtete vom Fenster aus, wie McEwen in seinen Wagen stieg und The Nook in Richtung Fluss entlangfuhr. In der Entfernung war der Verkehrslärm auf der Strand zu hören – das Brummen der Motoren im Leerlauf, die Hupen der ungeduldigen Londoner, Sirenengeheul. Er spürte, wie ihm die Realität allmählich entglitt, als ob sich alle Gespenster in seinem Kopf gleichzeitig auf ihn stürzten. Ihre hohlen Schreie hallten durch die Leere. *Ich gehöre nicht zur wirklichen Welt. Ich bin ein Geist.* Er zwang sich dazu, sich zu beruhigen. Sein Kopf dröhnte.

Okoro hatte wieder vor Priests Schreibtisch Platz genommen.

»Du hast es ihm nicht gesagt«, stellte Okoro fest.

»Nein.«

»Ziemlich riskant, Priest.«

»Warum?«

»Behinderung der Justiz und so weiter?«

»Pah. Immerhin hat uns das etwas Zeit verschafft. Der

Richter wird ihm den Durchsuchungsbefehl nicht so einfach geben. Damit haben wir ein paar Tage Vorsprung.«

»Um was zu tun?«

»Um herauszufinden, was zum Teufel hier los ist.«

»Freust du dich schon auf das Wiedersehen mit deiner Ex?«

»Ganz und gar nicht, Okoro.«

»Ist sie noch sauer auf dich?«

»Davon gehe ich mal aus.«

»Ab jetzt stehst du unter Beobachtung.«

Priest nickte. Damit hatte er gerechnet. Er war müde, ausgelaugt, am Rande der Erschöpfung. Und er machte sich Sorgen um Sarah. Aus irgendeinem Grund fand er, dass es wieder an der Zeit für einen Besuch war – und wenn auch nur, um ihr mitzuteilen, dass seine verrückte Ex wieder in der Stadt war. Dass man Dee befördert und erneut versetzt hatte, überraschte ihn nicht. *Wen sie wohl diesmal zur Verzweiflung getrieben hat?*

Bis vor ein paar Minuten hatte Priest noch gedacht, dass Dee die Polizeichefin von Manchester war. Für diesen Posten hatte sie ihn immerhin vor fünf Jahren verlassen. Außerdem hatte sie ihn für »geisteskrank« erklärt. Dagegen konnte Priest schwer etwas sagen. Die dissoziative Störung, unter der er litt, war selbstverständlich eine Krankheit. Er hatte versucht, es ihr verständlich zu machen: dass ihn von einem Augenblick auf den anderen das Gefühl überkommen konnte, völlig von seiner Umwelt losgelöst zu sein. Im besten Fall war es, als würde sich seine Umgebung leicht verändern – wie ein Migräneanfall, bei dem sich die Realität lediglich verzerrt, aber nicht in ihren Grundfesten erschüttert wird. Wie in einem Traum, wenn der Träumende weiß, dass er träumt. Im schlimmsten Fall, einer kompletten Dissoziation, wurde er aus seinem Körper in eine fremdartige Welt katapultiert, in der er sich selbst – oder eine perverse Parodie seiner selbst – beim vergeblichen Versuch beobachtete, sich zurechtzufinden. Diese Anfälle, so selten sie auch vorkamen, konnten Minuten oder sogar Stunden dauern; ein Albtraum, in dem der Träumende nicht weiß, ob er schläft, wach oder überhaupt am Leben ist.

Es war nicht leicht, sich in einer Welt zurechtzufinden, die manchmal nur halb und gelegentlich ganz und gar *unwirklich* war. Ja, er machte unpassende Bemerkungen, war flapsig und hin und wieder sogar regelrecht beleidigend. Na und? Er meinte es ja nicht so. Manchmal kam es ihm vor, als würde sein Leben an ihm vorbeiziehen wie eine Reihe vergilbter, verblasster Dias; dann fühlte er sich nur aufgrund der Reaktionen, die er in den anderen hervorrief, als vollwertiges menschliches Wesen.

Dee hatte das alles nicht interessiert. Priest kannte Insekten mit mehr Einfühlungsvermögen.

Ihre abschließende Demütigung – *du bist geisteskrank* – hatte ihm bestätigt, was er insgeheim immer gewusst hatte: *Leute mit dissoziativer Störung werden beschissene Ehemänner, aber soziopathische Zwangsneurotikerinnen noch beschissenere Ehefrauen.*

Georgie stand in der Tür und hüstelte höflich. Wie lange war sie schon hier? Mehrere Minuten, schloss Priest aus der Miene Okoros, der seine Augenblicke der Gedankenverlorenheit zu ertragen gelernt hatte. Georgie trug einen Faltenrock, eine weiße Bluse, und hatte das rote Haar zusammengebunden. Sie stand etwas verlegen da.

»Verzeihung«, sagte sie. »Ich habe angeklopft, weiß aber nicht, ob ich reinkommen soll oder …«

»Nur zu, Georgie«, sagte Okoro. »Kommen Sie rein. Priest ist zurück aus dem Reich der Träume.«

»Danke.« Sie betrat das Büro und sah Priest an. »Oh. Sie sehen aber gar nicht gut aus, Charlie.«

Priest nickte bedächtig. Da hatte sie wohl recht. Heute Morgen hatte er nicht geduscht, sein Anzug war verknittert, und eine Krawatte trug er auch nicht. Wahrscheinlich ähnelte er einem Statisten aus einem Zombiefilm.

»Ja, nun, es war ein anstrengender Vormittag. Georgie, Sie besitzen die Fähigkeit, eine Menge verstörender Informationen in kurzer Zeit zu bewältigen. Von dieser Fähigkeit werden Sie in den nächsten fünf Minuten Gebrauch machen müssen.«

»Toll!« Sie holte Notizblock und Stift heraus und sah ihn erwartungsvoll an.

Sie ist viel zu eifrig. Priest gab ihr einen leicht gekürzten Abriss der letzten vierundzwanzig Stunden, wobei er die Bohrmaschine und McEwens Besuch erwähnte, ihr die Umstände, unter denen Miles Ellinder zu Tode gekommen war, jedoch verschwieg. Es war besser, wenn sie gewisse Einzelheiten nicht sofort erfuhr. Nachdem er geendet hatte, herrschte eine kurze Pause. Er hatte Mühe, das Rauschen des Verkehrs von dem des Bluts in seinen Ohren zu unterscheiden.

Einen Augenblick später ließ Georgie den Stift sinken. »O Gott!«, sagte sie. Sie war entsetzt, konnte aber gleichzeitig eine gewisse Aufregung nicht verbergen.

Er sah sie an und musste zum ersten Mal seit Tagen lächeln. Georgie war den anderen Kandidaten, die sie vor einem Jahr zum Bewerbungsgespräch geladen hatten, haushoch überlegen gewesen. Auf dem Papier hatte sie lediglich wie eine weitere vielversprechende Anwältin gewirkt: guter Abschluss in Oxford, als zusätzliche Qualifikation konnte sie – genau wie Priest – einen Master in Philosophie vom King's College in London vorweisen. Sie war einfallsreich und engagiert. Doch das, was sie nach Priests Ansicht von den anderen unterschied, war die scheinbar unerschöpfliche Energie, die hinter ihren smaragdgrünen Augen schlummerte.

»Aus offensichtlichen Gründen wäre es mir ganz recht, wenn nichts davon nach außen dringt. Einverstanden?«

»Na klar. Topsecret!« Sie überlegte einen Augenblick, wie sie die nächste Frage formulieren sollte. »Wie haben Sie sich aus dem Stuhl befreien können?«

»Ich habe die Fesseln mit einem Feuerzeug durchgeschmolzen.« Priest hielt das Handgelenk in die Höhe, das an ein schlecht gegrilltes Kebab erinnerte.

»Tut das nicht weh?«, fragte Georgie mit echter Anteilnahme.

»Ja, Georgie, es tut – kaum überraschend – scheißweh.«

Sie nickte und machte sich eine Notiz. *»Tut scheißweh«, wahrscheinlich.*

»Somit hätten wir festgestellt, dass es keine besonders angenehme Erfahrung ist, einem bohrmaschinenschwingenden Wahnsinnigen durch das Versengen der eigenen Haut zu entkommen. Was wissen wir über Ellinder Pharmaceuticals International?«

»Die stellen in erster Linie Antidepressiva her«, sagte Okoro. »Ein gewinnbringendes Geschäft. Wie man sich vorstellen kann, nagt die Familie Ellinder nicht gerade am Hungertuch.«

»Ellinder«, sagte Georgie nachdenklich. »Ellinder.« Sie nahm ihr iPhone aus der Tasche und tippte auf dem Display herum.

Priest wartete geduldig, bis sie fertig war. Sein Kopf schmerzte zwar noch, aber er konnte allmählich wieder klar denken.

Endlich blickte sie auf, zufrieden mit ihren Rechercheergebnissen. »Die Ellinder-Firmengruppe stand 2011 vor dem Schiedsgericht der britischen Wettbewerbskommission. Die Firma hatte ein Antidepressivum namens Meilopain entwickelt, hergestellt und für Millionen an den Nationalen Gesundheitsdienst verkauft. Nach fünfzehn Jahren lief das Patent ab, und die anderen Pharmakonzerne durften das Medikament ebenfalls produzieren und weitaus günstiger vertreiben. Das ist ein ganz gewöhnlicher Vorgang, ein Medikament ist schließlich nur genau das. Das von Ellinder hergestellte Meilopain war nicht wirksamer als die Billigversionen, nur sechs Mal so teuer. Als der Markt mit diesen Generika überschwemmt wurde, musste sich Ellinder auf bis zu fünfundsiebzigprozentige Gewinneinbußen einstellen. Daher bezahlte der Mutterkonzern die anderen Pharmafirmen dafür, mit der Einführung der Generika noch ein paar Jahre zu warten, damit Ellinder die Gesundheitskasse noch etwas länger anzapfen konnte.«

»Und wie ging's aus?«, fragte Priest.

»Sie wurden zu einer Strafe von fünfzehn Millionen Pfund verdonnert.«

»Welche Rolle spielte die Familie dabei?«

»Keine Ahnung. Ich habe das Protokoll der Verhandlung hier, ich kann mal nachsehen.«

»Prima. Hat Theramere schon bezahlt?«, erkundigte sich Priest bei Okoro.

»Gestern hundert Riesen. Am Monatsende kommen noch mal zweihundertfünfzig dazu.«

Die Gebühren betrugen insgesamt beinahe eine Million. Nicht schlecht für zwei Jahre Arbeit. Der betrügerische Geschäftsführer war dazu verurteilt worden, den Löwenanteil zu bezahlen, doch Priest & Co. hatten darauf bestanden, sich ihre Gebühren direkt von der Firma zu holen. Priest hatte unter allen Umständen vermeiden wollen, sein Geld von einem Mann eintreiben zu müssen, der sein Vermögen auf Offshore-Konten versteckt hatte.

»War's das?«, fragte Georgie.

»Ja. Ach so, McEwen hat von Eintagsfliegen gesprochen.«

»Eintagsfliegen?«

»Die haben irgendwie mit der ganzen Sache zu tun. Machen Sie sich darüber mal schlau.«

»Geht klar.« Sie lächelte breit.

Priest wartete, bis sie verschwunden war. Dann atmete er einen Schwall alkoholgeschwängerter Luft aus. *Ich kann ihr vertrauen.* Okoro war ebenfalls aufgestanden und hatte sich mit verschränkten Armen vor dem Schreibtisch aufgebaut.

»Kommt sie damit zurecht?«, fragte er.

Priest machte eine wegwerfende Handbewegung. »Georgie? Auf jeden Fall. Sie ist die Beste.«

»Und hübsch dazu.«

»Ist mir noch gar nicht aufgefallen.«

Okoro kicherte. »Na klar. Also, was hast du jetzt vor?«

Priest lehnte sich zurück und starrte die Decke an, die sich langsam zu drehen schien. »Hier sitzen und nachdenken«, sagte er schließlich.

»Okay, guter Plan. Und dann?«

Priest überlegte. »Gehen wir erst mal davon aus, dass McEwen die Wahrheit gesagt hat. Was bedeutet, dass ein geistig verwirrter, aber auch verzweifelter Mann der

Überzeugung war, dass sich ein USB-Stick mit Daten unbekannter Natur in meinem Besitz befindet. Besagter verwirrter Mann wurde später gefoltert und auf groteske und aufsehenerregende Weise getötet. Aber weshalb?«

»Vielleicht, weil er sich die Daten nicht von dir besorgen konnte. Oder weil er sie überhaupt erst verloren hat.«

»Beides plausible Vermutungen, aber ich fürchte, dass die Hintergründe etwas komplexer sind.«

»Inwiefern?«

Priest öffnete den Mund, konnte aber nicht antworten. Er betrachtete seine Hand, die sich nicht anfühlte, als gehörte sie ihm. So geht es los. Er wusste, dass Okoro ihn anstarrte, obwohl er ihn nur verschwommen sehen konnte. In seinem Kopf hörte er Stimmen, die eine wohlbekannte Unterhaltung führten.

»Hast du es gespürt?«

»Was gespürt?«

»Diese Loslösung.«

»Ich weiß nicht, wovon du redest, Wills.«

»Das bezweifle ich. Du bist mein Bruder. Durch unsere Adern fließt dasselbe Blut. Wenn du gedankenverloren in den Spiegel schaust, dann weiß ich genau, dass das kein Tagtraum ist.«

»Das hat gar nichts zu bedeuten.«

»Wir sind eins, Charlie. Ich weiß, was du denkst, wenn du in den Spiegel schaust.«

»Hör auf, William.«

»Du denkst: Wer zum Geier sieht mich da gerade an?«

Priest wusste nur zu gut, was mit ihm nicht stimmte. Meistens verhielt er sich wie ein ganz normaler Mensch, doch die übrige Zeit verbrachte er in einer anderen Welt. Die Derealisation – ein weiteres Symptom der dissoziativen Störung – trat immer dann auf, wenn sich Priests Wahrnehmung veränderte und er sich mit einer schemenhaften Parodie auf die normale Welt herumschlagen musste. Solche Episoden – Williams *Loslösung* – konnten Stunden, manchmal sogar mehrere Tage anhalten.

»Priest?« Schlagartig wurde er sich bewusst, dass ihn Okoro mit besorgter Miene ansah. »Hast du gerade wieder einen deiner … Momente?«

Priest schüttelte den Kopf. »Nein, nein. Alles klar.«

»Wie üblich bin ich von deiner Fähigkeit, die Unwahrheit zu sagen, tief beeindruckt.« Okoro seufzte tief. »Ich werde in dieser Angelegenheit mal einige diskrete Nachforschungen anstellen. Geh du nach Hause und ruh dich aus, okay?«

Priest nickte, und Okoro entfernte sich. Dann war ein regelmäßiges Tropfen zu hören, wie aus einem undichten Wasserhahn. Priest senkte den Blick. Vor sich auf dem Schreibtisch sah er eine kleine Pfütze aus einer klebrigen, dunklen Flüssigkeit.

Er hatte wieder Nasenbluten.

8

Es war immer noch kalt, der Nebel war dichter geworden und hing wie ein feuchtes Leichentuch in der Luft, doch auch das konnte Priest nicht davon abbringen, die zweieinhalb Meilen zu Sarahs Haus zu Fuß zurückzulegen. Es waren nur wenige Jogger unterwegs. Wahrscheinlich schadeten sie ihrer Gesundheit durch das Einatmen der Abgase mehr, als sie durch das Laufen wieder wettmachten. Priest musterte ihre Gesichter aufmerksam. Miles' Tod bedeutete nicht, dass er nun außer Gefahr war. Obwohl die kühle Luft für einen klaren Kopf sorgte, konnte er den Spaziergang nicht genießen.

Der Anblick des gepfählten Miles Ellinder war der reinste Albtraum gewesen. Priest hatte das Foto zwar nicht genauer ansehen können, doch die Seile, die von der Decke des Lagerhauses herabhingen, waren ihm nicht entgangen. Mit ihnen hatte man Ellinder festgebunden, während man seinen zappelnden Körper auf die fettige Stange gezwungen hatte. Priest schauderte.

Von der grauenhaften Szenerie einmal abgesehen, beunruhigte ihn noch etwas anderes an dem Foto. Er wusste nur nicht, was.

Er versuchte, alles so logisch wie möglich zu betrachten, seine Fragen so weit wie möglich herunterzubrechen.

Was befand sich auf dem USB-Stick, den Miles Ellinder gesucht hatte? *Offensichtlich etwas Wichtiges. Wichtig genug, um dafür zu töten.* Wer hatte Ellinder darauf gebracht, dass Priest den Stick hatte? *Natürlich hat er das Ding Ihnen geschickt, hatte Ellinder gesagt. Wer hat mir den Stick geschickt und warum?* Warum hatte man Ellinder gefoltert und auf beinahe rituelle Art ermordet? Wieso dieser Aufwand? Welche Botschaft wollte man damit übermitteln? Und wer hatte ihn überhaupt umgebracht? *Es war mehr als ein Mensch nötig, um so etwas durchzuziehen.* Und schließlich: Warum tauchte gerade jetzt seine Exfrau wieder auf?

Priest bog in eine Wohnstraße. Auf einer Seite parkten mehrere Autos vor den viktorianischen Reihenhäusern. Kurze Treppen mit schwarzen Eisengeländern führten zu den Eingängen im Hochparterre. Sarahs Vermieter war ein Profitgeier der übelsten Sorte. Priest hatte ihr unzählige Male angeboten, die Kaution für eine andere Wohnung zu übernehmen, doch obwohl sie seine Hilfe ehrlich zu schätzen wusste, hatte sie noch immer abgelehnt. Ryan Boatman, ihr Ehemann, verkomplizierte die Sache noch weiter. Er war arbeitslos und würde es wohl auch in nächster Zeit bleiben. Auch sein letzter Plan, schnelles Geld zu machen, war – wie von Priest vorhergesagt – spektakulär gescheitert. Priest empfand für seinen Schwager ungefähr so viel Sympathie wie für ein Magengeschwür. Diese Abneigung beeinflusste unweigerlich auch die Beziehung zu seiner Schwester, sosehr er dies auch zu vermeiden versuchte.

Priest klopfte. Kurz darauf öffnete Sarah die Tür. Freudige Überraschung war in den für die Familie Priest typischen blauen Augen zu erkennen.

»Ziemlich spontaner Besuch für deine Verhältnisse«, bemerkte sie.

»Was? Wie meinst du das?«

»Du weißt genau, was ich meine. Brauchst du Geld?« Sie lachte und küsste ihn auf die Wange, als er den Flur betrat. Das Haus war viel zu klein, aber makellos sauber. Die Schuhe standen fein säuberlich unter der Garderobe, an der jedes Familienmitglied seine Jacke an einen eigenen beschrifteten Haken hängen konnte. Der Teppich war frisch gesaugt, und ein irgendwie künstlicher Duft hing in der Luft. *Wahrscheinlich, damit man ihren bescheuerten Mann nicht riechen muss.*

»Ryan ist nicht da.«

»Oh. Wieder mal eine lange Aufsichtsratssitzung, was?«

»Der war unter der Gürtellinie«, sagte sie und führte ihn in die Küche. Eine Kaffeemaschine blubberte in der Ecke. »Leider hab ich nichts von dem Tee da, den du normalerweise trinkst.«

»Kaffee tut's auch, Sarah.«

Sie reichte ihm eine Tasse. Er setzte sich an die Kücheninsel und sah ihr dabei zu, wie sie Tillys Bilder von der Arbeitsfläche nahm und in den Ordner steckte, in dem sie die Kunstwerke ihrer Tochter aufbewahrte. Er verkniff sich ein Lächeln – in Sarahs Welt hatte alles seinen Platz. Priest hatte den Geschmack seiner Schwester immer bewundert, die adretten Kostüme und das kurze, zerzauste blonde Haar. Sie war stellvertretende Geschäftsführerin einer neu gegründeten PR-Agentur, die sich auf Schadensbegrenzung spezialisiert hatte. Zu ihren Aufgaben zählten das Verfassen von Presseerklärungen für sexsüchtige Boy-Band-Mitglieder ebenso wie Comeback-Kampagnen für in Misskredit geratene Firmen. Der Vorteil dieser leitenden Position war, dass sie, wenn nötig, auch von zu Hause arbeiten konnte.

»Also, was verschafft mir die Ehre?«

»Ich wollte nur mal nach dir sehen.«

»Der große Charlie Priest schaut nicht einfach nur mal vorbei, um nach jemandem zu sehen. Nicht mal nach seiner Schwester. Allerdings ist es ein glücklicher Zufall, dass mein *alleinstehender* großer Bruder ausgerechnet heute aufkreuzt.« Sie lächelte verschmitzt.

Er antwortete nicht, sondern zog nur in gespielter Neugier die Augenbrauen hoch. Er ahnte, was als Nächstes kommen würde.

»Eine Bekannte von mir ...«

»O Sarah, bitte nicht schon wieder.«

»Jetzt hör doch erst mal zu.«

»Sarah ...«

»Sie wird dir gefallen, wirklich. Sie ist genau dein Typ.« Für gewöhnlich endeten ihre Verkuppelungsversuche damit, dass er ihr versicherte, glücklich zu sein, und sie bat, so etwas in Zukunft bleiben zu lassen. Heute allerdings war er zu müde, um sich mit ihr zu streiten.

»Also«, sagte sie trotz seines flehenden Blickes, »sie ist sechsunddreißig und selbstverständlich ebenfalls Single. Hat vor ein paar Jahren eine ziemlich hässliche Scheidung durchgemacht. Teilhaberin einer Wirtschaftsprüfungsgesellschaft. Sie spielt Tennis, mag Filme, hört Indie und geht gern ins Theater. Gebildet und kulturinteressiert. Genau wie du.«

»Ich bin nicht kulturinteressiert. Ich schaue Zombiefilme.«

»Und sie kann gut kochen.«

»Ich nicht.«

»Eben. Ihr ergänzt euch ganz wunderbar.«

»Dann kann ich ja Zombiefilme schauen, wenn sie in der Küche steht.«

Sarah seufzte. »Du willst dich nicht so richtig darauf einlassen, oder?«

Er zwang sich zu einem Lächeln, konnte seine Nervosität aber nur schlecht verbergen.

»Charlie, was hast du auf dem Herzen?«, fragte sie und kniff die Augen zusammen. Sie durchschaute ihn so mühelos wie ihre verstorbene Mutter.

»Also, wegen deiner Idee mit dieser Datingsite ... Ich hab das alles nicht so richtig verstanden, aber vielleicht solltest du es einfach durchziehen.«

Sie sah ihn einen Augenblick lang verwirrt an. »Woher dieser plötzliche Sinneswandel?«

»Na ja, jetzt finde ich, dass es eine gute Idee ist.«

»Beim letzten Mal hast du es noch als – wie war das? – unausgereiften, verkitschten Quatsch bezeichnet«, bemerkte Sarah tadelnd.

Priest verzog das Gesicht. *Ich soll das gesagt haben?* »Ja, ja. Aber du kannst es schaffen.« Sarah hatte ihm vor ein paar Monaten von ihren Plänen für eine neue Datingwebsite erzählt. Sie hatte sich auch einen besonderen Dreh ausgedacht, an den sich Priest zu seiner Schande aber nicht mehr erinnern konnte. Nur seine mangelnde Begeisterung hatte er nicht vergessen. Angesichts der jüngsten Ereignisse fühlte er sich jedoch verpflichtet, dies wiedergutzumachen. *Noch so eine Nachwirkung davon, dem Tod von der Schippe gesprungen zu sein. Erst übermäßiger Alkoholkonsum, dann Reue. Was kommt als Nächstes? Vielleicht ja Erleuchtung, obwohl ich mir das gerade nur schwer vorstellen kann.*

»Du hast gesagt, dass man nie sein Hobby zum Beruf machen sollte«, sagte Sarah.

»Okay, das war womöglich etwas voreilig«, gab er zu.

»Und nicht gerade nett.«

»Vielleicht. Wie war das? Zehn Prozent aller Beziehungen kommen online zustande?«

»Zwanzig.«

»Also gut, zwanzig. Du hast also kaum Konkurrenz und bietest einen maßgeschneiderten Service an. Und du hast dich selbst.«

»War das ein Kompliment? Bist du krank?«

»Ich habe leichte Kopfschmerzen.«

Sie schüttelte den Kopf und stand auf, um ihm Kaffee nachzuschenken. Oben lief eine Zeichentrickserie. Tilly, vermutete er.

»Du gibst doch auf dich Acht, oder? Du weißt, was passiert, wenn …«

»Ich strecke dir das Startkapital vor«, unterbrach er sie.

»Charlie …«

»Nein, wirklich. Wie viel brauchst du? Das Design kriegst du allein hin, aber du brauchst Hilfe bei der Programmierung und der Suchmaschinenoptimierung. Und einen Marketingfritzen. Das Rechtliche kann ich übernehmen. Wie wär's mit einem kleinen Büro in der Innenstadt? Reichen Hunderttausend für das erste Jahr?«

»Charlie, ich weiß das zu schätzen, wirklich. Aber das ist eine Menge Geld.«

»Hundertfünfzig?«

Sie sah zu Boden, streckte die Hand aus und legte sie auf die Schulter ihres Bruders. Wieder erinnerte sie Priest an ihre Mutter.

»Ryan ist nicht so begeistert von der Idee«, sagte sie.

»Und?«

»Und? Solche Entscheidungen treffen wir immer gemeinsam.« Sie verschränkte trotzig die Arme.

»Du verdienst hier die Brötchen. Also solltest du auch bestimmen, wo's langgeht.«

»So funktioniert eine Ehe aber nicht, Charlie. Das solltest du doch wissen. Deshalb ging deine erste auch den Bach runter.«

»Was hat er denn dagegen einzuwenden?«

»Er hat seine Gründe.«

Sie schwiegen eine Weile. Priests Kopf schmerzte immer noch. Am liebsten hätte er Sarah von den letzten vierundzwanzig Stunden erzählt, sich alles von der Seele geredet, doch das wäre ihr gegenüber nicht fair gewesen. Er verscheuchte den Gedanken und richtete seine Wut auf Ryan. Es war mehr als offensichtlich, weshalb er dagegen war, dass seine Frau ihre gut bezahlte Stelle aufgab. Was sie verdiente, gab er angeblich für »Kundenpflege« aus. In Wahrheit verspielte er das Geld oder versoff es mit seinen idiotischen Freunden. Dieses sichere Einkommen wollte er nicht für ein Start-up riskieren.

»Weißt du was, Sarah? Hier geht es nicht um ihn. Es geht um dich.«

»Es geht um *uns*. Es ist *unsere* Entscheidung«, protestierte sie.

»Er ist ein Kontrollfreak.«

»Nein.« Sie knickte ein. »Du ... ach, lass gut sein, Charlie. Bitte.«

»Wenn er dein Gehalt nicht sofort wieder verspielen würde ...«

»Bitte, Charlie.«

83

»Ich will doch nur das Beste für dich.«

»Was glaubst du, wie ich mich dabei fühle?«, wollte Sarah wissen.

»Was?«

»Bei diesem ›Ich will doch nur das Beste‹-Scheiß?«

»Ich weiß nicht, was du meinst.«

»Doch, das weißt du. Ich muss nicht beschützt werden, und deine offensichtliche Abneigung gegen Ryan geht mir schon lange auf den Wecker. Schon mal darüber nachgedacht, wie es mir dabei geht, wenn mein Bruder ständig über meinen Mann herzieht?«

»Na ja, wenn er nicht so ein Arschloch wäre …«

»Er ist für uns da.«

»Er ist für *sich* da, Sarah. So war er schon immer.«

»Du musst das nicht tun, Charlie.«

»Was tun?«

»Die Vaterrolle übernehmen.«

»Tue ich doch gar nicht. Ich sage nur, dass dein Mann ein Arschloch ist.«

»Charlie …«

»Und ein Säufer und Nichtsnutz.«

»Charlie …«

»Mit dem Charme eines Kohlkopfs.«

»Charlie!«

Sie knallte ihre Tasse auf den Tresen und sah ihn ebenso erstaunt wie verärgert an. Dann deutete sie mit dem Kinn auf die Tür. Priest drehte sich um und ließ den Kopf hängen. Tilly stand in der Küche und starrte ihn an. Ihr Gesicht unter der wilden Haarmähne wirkte verwirrt.

Priest wollte etwas sagen, brachte aber nur ein kaum hörbares Geräusch hervor, das zumindest reumütig klang.

»Onkel Charlie ist zu Besuch, Schätzchen«, sagte Sarah

und zwang sich zu einem Lächeln. »Normalerweise kommt er nur am Wochenende, stimmt's? Sag Hallo.«

»Hallo Onkel Charlie.«

»Hi Tilly. Wie war's in der Schule?«

Sie trottete zu ihm hinüber und legte mehrere Bilder auf den Tresen. Er hob sie so vorsichtig auf, als könnten sie in seinen Händen zu Staub zerfallen.

»Wow, die sind ja toll«, sagte er und half Tilly, auf seinen Schoß zu klettern. Sarah murmelte etwas von Wäsche, die sie noch zu erledigen hatte, und verließ die Küche. Priest hoffte, dass sie nicht lange wegblieb. Er hatte das dringende Bedürfnis, sich zu entschuldigen. Plötzlich kam er sich ziemlich dämlich vor.

»Das ist Mami.« Tilly deutete auf einen aus mehreren scheinbar zufällig ausgewählten Farbschichten bestehenden Fleck.

»Ja, das sieht man ganz deutlich. Ist sie nicht wunderschön?«

»Hmmm. Ja.« Tilly nahm ihre Buntstifte aus einem Hello-Kitty-Federmäppchen und malte weiter an ihrem Bild, wobei sie leise vor sich hin summte. Priest sah ihr über die Schulter.

»Sind das Wolken?«

»Das sind Vögel, Dummi.«

»Oh.«

Zum Glück war Ryan nicht da. Er hätte niemals geduldet, dass Tilly auf seinem Schoß saß, sondern hätte sie hochgehoben und aus dem Raum getragen. Als würde Priest eine Bedrohung darstellen. Ihn als eine Gefahr für seine Tochter hinzustellen war eines der wenigen Machtinstrumente, die Ryan zur Verfügung hatte. Dabei hatte er nur wenig Ahnung, was eine dissoziative Störung

85

überhaupt war. »Das, was auch William the Ripper hat«, sagte er immer.

»Und was ist das hier? Eine Vogelscheuche?«

»Nein, das ist Mami.«

Sie kicherte. Er musste ebenfalls lachen.

»Die Haare von deiner Mami gefallen mir aber gut«, sagte er. »Darf ich mitmachen?«

Sie nickte und reichte ihm eine blaue Wachsmalkreide, mit der er den Himmel ausmalen sollte.

»Mami sagt, dass der Himmel für uns alle blau sein soll«, sagte Tilly und malte rote Äpfel an einen Baum.

»Da hat Mami ganz recht«, flüsterte Priest, der den Spruch noch von seiner eigenen Mutter kannte. Sarah hatte sich wohl ebenfalls daran erinnert.

»Und wo ist dein blauer Himmel, Onkel Charlie?«, fragte Tilly nach einer Weile.

Priest spitzte die Lippen und malte weiter. *Wo ist mein blauer Himmel?* Tilly wandte sich einem anderen Teil des Bildes zu.

»Im Moment sind ein paar schwarze Wolken davor, Schätzchen«, sagte er. »Vielleicht sehe ich ihn ja morgen.«

9

Es wurde bereits dunkel. Er drückte auf einen Schalter an der Wand, um die Heizung anzustellen. Nur für eine Stunde, damit es nicht mehr ganz so kalt war. Anschließend sperrte er die Tür ab und rüttelte mehrmals prüfend am Knauf. Wieder sah die Hand nicht wie *seine* Hand aus, aber das störte ihn nicht weiter.

Dieses Gefühl – das der Psychiater *Derealisation* genannt hatte – war ihm vertraut: Die Welt löst sich in ein nebliges Traumland auf. Ein Nirwana, wo Gegenstände ihre Größe und Gestalt verlieren. Wo sich Menschen in verzerrte Parodien ihrer selbst oder, schlimmer noch, in Roboter verwandeln. Gegen diese unheilbare und unberechenbare Krankheit ist eine Migräne Kinderkram, hatte der Psychiater gesagt.

Priest war nur einmal bei dem Psychiater gewesen. Das hatte gereicht.

Als Sarah wieder in die Küche gekommen war, hatte er sich kleinlaut bei ihr entschuldigt. Sie hatte die Entschuldigung angenommen, ihm einen Kuss gegeben und ihm versprochen, ihre Wirtschaftsprüferfreundin erst anzurufen, wenn er bereit dafür war. Was auch immer das heißen sollte.

Priest wusste nicht, was ihn mehr ärgerte – dass er

Sarah mit schöner Regelmäßigkeit vor den Kopf stieß oder ihre scheinbar endlose Bereitschaft, ihm zu verzeihen. Er hatte dies ebenso wenig verdient wie ihre trotz seiner Fehler grenzenlose Liebe. Seit sie William aus ihrem Leben verbannt hatte, konnte sie Priest nicht lange böse sein. Egal, was er anstellte.

Auf dem Weg nach Hause fragte er sich, ob er Sarahs Angebot, ihn ihrer Bekannten vorzustellen, nicht hätte annehmen sollen. Er war seit fünf Jahren Single, doch sein sexuelles Verlangen hatte deshalb nicht nachgelassen. Außerdem war es mehr als wahrscheinlich, dass Sarah besser wusste, wer für ihn geeignet war, als er selbst. Immerhin war sie von Anfang an der Meinung gewesen, dass Dee eine schlechte Wahl darstellte. Was war also sein Problem? Hatte er Angst vor einer gescheiterten Beziehung? Wohl kaum – in dieser Hinsicht hatte er schließlich mehr als genug Erfahrung.

Nein, es ist komplizierter. Ich habe Angst vor mir selbst. Vor den Gespenstern in meinem Kopf.

Priests Eltern waren 2002 verstorben. Ihr Flug von Berlin nach England hatte sich verspätet. Sie hatten so schnell wie möglich nach Hause gemusst und daher auf Einladung eines Geschäftsfreunds einen Privatjet genommen. Die kleine Maschine war über dem Ärmelkanal in einen Sturm geraten und abgestürzt. Bis heute lag das Wrack irgendwo auf dem Meeresgrund. Seitdem hatte Priest erfolglos versucht, die Leerstelle auszufüllen, die der Tod ihrer Eltern in Sarahs Leben hinterlassen hatte.

William war 2010 verurteilt worden, ein Jahr nach Tillys Geburt. Er hatte acht Menschen auf dem Gewissen. Zumindest wusste man von acht Opfern. William war für unzurechnungsfähig erklärt und in eine forensische

Psychiatrie eingewiesen worden. Von diesem Tag an war dieser Schandfleck der Familie für Sarah Geschichte gewesen. Tilly wusste nichts von ihrem Onkel William, und so sollte es auch bleiben. Sarah hatte ihn aus ihrem Leben getilgt – sie hatte Fotos zerrissen, seine ungeöffneten Briefe verbrannt und alles weggeworfen, was er ihr geschenkt hatte oder was sie an ihn erinnerte. Sie hatte ihn vollkommen ausgelöscht.

Nicht ohne Grund hatte sie von Priest dasselbe erwartet, doch das brachte er nicht übers Herz. Dass er unter derselben psychischen Störung wie sein Bruder – der Mörder – litt, hatte die heimtückische Saat des Zweifels in seinem Herzen gesät. Ein Zweifel, der ihn weiter heimsuchte.

Nein, ich bin noch nicht bereit für eine Beziehung. Nicht, solange diese Geister nicht ausgetrieben sind.

Er nahm eine Maiskonserve aus dem Küchenschrank und öffnete sie. Sich etwas zu kochen war ihm zu viel Aufwand, also aß er den Mais direkt aus der Dose.

Dabei sah er fern. In den Nachrichten kam etwas über Miles' Tod. Priest stellte den Ton lauter, bis die Stimme der Sky-News-Moderatorin durch den Raum hallte.

Heute am frühen Morgen wurde Miles Ellinder – Sohn des Millionärs Kenneth Ellinder und einer der Erben der Ellinder-Firmengruppe – tot im Keller eines Lagerhauses in Südlondon aufgefunden. Das Gebäude gehört angeblich einer Tochterfirma seines Vaters. Man ermittle in einem ungeklärten Todesfall, hieß es vonseiten der Behörden, die sich darüber hinaus nicht weiter äußern wollten.

Vor wenigen Stunden drückte der Geschäftsführer von Ellinder International, Kenneth Ellinder, sein Bedauern über den Verlust seines geliebten Sohns aus und bat die Öffentlichkeit, die Familie ungestört trauern zu lassen. Noch sind die Umstände, unter denen Miles Ellinder ums Leben kam, unbekannt, doch aus den der Familie nahestehenden Kreisen heißt es, dass Miles mit erheblichen persönlichen Problemen zu kämpfen hatte. Da er sich seit über einem Jahr nicht in der Öffentlichkeit gezeigt hatte ...

Priest stellte den Ton ab. Mehr wollte er gar nicht hören. Er schaltete den Wasserkocher ein, goss das kochende Wasser über einen Earl-Grey-Beutel und nahm die Tasse mit ins Schlafzimmer. Dort holte er eine Schuhschachtel unter dem Bett hervor, nahm den Deckel ab, kramte darin herum und zog schließlich eine Glock heraus. Er überprüfte das Magazin, spannte den Hahn und vergewisserte sich – drei Mal – dass die Waffe gesichert war. Er ließ die Schachtel auf dem Bett liegen, warf den Teebeutel in den Mülleimer und ging mit der dampfenden Tasse ins Wohnzimmer. Der Raum hob und senkte sich so gemächlich wie ein Schiffsdeck. Priest nippte am Tee. Die heiße Flüssigkeit sorgte dafür, dass er, wenn auch nur für einen Augenblick, in die Wirklichkeit zurückfand. Er fütterte die Feuerfische, als ihn eine plötzliche Müdigkeit überkam.

Mühsam zerrte er einen roten Ledersessel, der vor dem Fernseher stand, durch den Raum, damit er die Küchentür im Blick hatte, wenn er darauf saß. Er ließ sich hineinfallen. Jetzt schwankte der Raum schon beängstigend schnell. Priest legte die Pistole in seinen Schoß. Eine Stunde später fiel er in einen traumlosen Schlaf.

Das Klingeln eines Handys weckte Priest. Zunächst erkannte er den Klingelton nicht. Erst nach einer Weile fiel ihm ein, dass es sein eigener war. Das Handy lag auf dem Boden vor ihm. Er hob es auf und ging ran.

»Priest?«, fragte eine vertraute Stimme.

»Okoro.«

»Gut geschlafen?«

Priest rieb sich den Nasenrücken. »Nein.«

»Ein Jammer. Kommst du noch ins Büro?«

»Vielleicht. Wie spät ist es?« Priest stand auf. Dabei fiel die Pistole klappernd auf den Boden. Er zuckte zusammen, dann erinnerte er sich, dass die Waffe gesichert war, und atmete erleichtert auf.

»Halb zehn«, sagte Okoro. »Kommst du später rein oder nicht?«

»Diesbezüglich verweise ich auf meine vorherige Antwort.«

»Zwei Leute wollen dich sprechen. Sie sehen ziemlich wichtig aus.«

»Na schön. Ich springe noch schnell unter die Dusche. In einer Stunde bin ich da.«

»Ich sage ihnen, dass du in zwanzig Minuten da bist.«

Er warf den beiden Menschen im Empfangsbereich nur einen kurzen Blick zu. Ein alter Mann und eine Frau Anfang vierzig. Priest stöhnte innerlich auf. Der Mann war bereits aufgestanden, um ihn zu begrüßen. Beide waren überaus korrekt gekleidet. Wahrscheinlich die Leute von der Bank.

Priest tat so, als hätte er sie nicht gesehen, und ging an ihnen vorbei, woraufhin ihm Maureen einen finsteren Blick zuwarf. Auch hier wollte er vorgeben, nichts zu bemerken, aber er war ein schlechter Schauspieler. Er lief die Treppe zu seinem Büro hinauf.

»Charlie …«, rief ihm Maureen hinterher.

»Guten Morgen!«, rief Priest und ließ die Bürotür hinter sich ins Schloss fallen.

Dann schaltete er den Computer ein und warf einen Blick in sein E-Mail-Postfach. 107 ungelesene Nachrichten, ein neuer Rekord. Er leitete sie nach und nach an Solly weiter, was etwas unfair war – immerhin wusste Priest genau, dass sich Solly sofort um jede Mail kümmerte, damit sein Postfach nicht verstopfte. Danach würde er wahrscheinlich alles acht Mal mit seinem Virenschutzprogramm überprüfen, die Festplatte defragmentieren und schließlich die RAM-Speichermodule ausbauen und mit einem antiseptischen Tuch abwischen. Aber es ging gerade nicht anders.

Er rief Georgie an und bat sie in sein Büro. Sie stand praktisch sofort in seiner Tür. Ihr Haar war nicht hochgesteckt wie sonst, sondern fiel offen über die Schultern.

»Es geht um einen gewissen Ray Boatman«, sagte er, bevor sie ihn auch nur begrüßen konnte. »Finden Sie so viel wie möglich über ihn heraus.«

»Okay. Hat das mit Ellinder zu tun?«

»Nein.«

»Wonach suchen wir denn?«

Darüber dachte er eine Weile nach. »Keine Ahnung«, sagte er schließlich. »Nach allem Möglichen.«

Einen Augenblick lang sah sie ihn verwirrt an. Priest tat so, als würde er eine Akte auf seinem Tisch lesen, damit sie keine weiteren Fragen stellte. Als er wieder aufblickte, war sie verschwunden.

Das Telefon klingelte. Er sah aufs Display, wartete noch etwas ab und ging dann ran.

»Maureen?«

»Sie haben Besuch.«

»Ich weiß.«

Er legte auf, hob gleich wieder ab und wählte eine Nummer, die er von seinem iPhone ablas. Es klingelte ewig lang.

Schließlich meldete sich eine mürrische Stimme. »Der *beschissene* Charlie Priest.«

»Giles, du musst mir einen Gefallen tun«, sagte Priest nüchtern.

»Wie bitte?«

»Du musst mir einen Gefallen tun.«

»*Ich* soll *dir* einen Gefallen tun?« Giles klang misstrauisch und leicht angetrunken.

»Ja.«

»Leck mich, Priest.«

»Giles, jetzt sei doch vernünftig.«

»Vernünftig? Nach dem letzten Gefallen, den ich dir getan habe, hast du mich fallen lassen wie eine heiße Kartoffel. Ich war drei Monate in einem russischen Gefängnis«, knurrte Giles.

»Du warst in der Ausnüchterungszelle eines russischen Polizeireviers. Und das höchstens ein paar Tage.«

»Da hat's nach Wodka gestunken.«

»Das muss ja die Hölle gewesen sein. Also, was meinst du?«

Eine Weile lang war nur ein Brummen zu hören. Priest fragte sich, ob es an der schlechten Verbindung lag oder ob die Zahnräder in Giles' Kopf hörbar rotierten.

»Also gut«, sagte Giles schließlich.

»Prima. Gestern Nacht wurde ein gewisser Miles Ellinder in London ermordet. Weißt du was darüber?«

»Nur Gerüchte. Anscheinend gehen im Moment ziemlich merkwürdige Sachen vor sich. Und weiter?«

»Ich will alle Dokumente, die du in die Finger kriegen kannst. Zeugenaussagen, den Autopsiebericht, die Polizeiakte, einfach alles.«

»Was? Unmöglich. Selbst für dich kann ich so was nicht besorgen, Priest.«

»Es ist wichtig.«

»Das ist mein Job auch.«

Giles gehörte zur SO15, der Antiterroreinheit der Londoner Polizei. Als ihn Priest vor zwanzig Jahren kennengelernt hatte, war er noch ein kleiner Heroindealer gewesen. Kaum vorstellbar, dass er heute zu den tapferen Menschen zählte, die London vor dem IS schützten. Priest und Giles hatten in der Vergangenheit des Öfteren miteinander zu tun gehabt, und Priest war sich ziemlich sicher, dass Giles ihm noch einen Gefallen schuldig war.

»Guck einfach mal, was du tun kannst, okay?«

»Priest!«, rief Giles wütend. »Sag mir nur einen Grund, weshalb ...«

»Weil ich den Russen nach wie vor die Wahrheit verraten könnte«, fiel ihm Priest ins Wort.

Daraufhin herrschte einen Augenblick lang Stille in der Leitung. Schließlich lenkte Giles ein. »Also gut, ich kümmere mich drum.«

Klick.

Eine E-Mail von Maureen traf ein. Der Betreff lautete: »Besucher für Sie im Foyer!« Den Rest las er gar nicht. *Die Bank kann warten. Jeder kann verflucht noch mal warten.* In einer Schreibtischschublade waren Schmerztabletten, womöglich hergestellt von Ellinders Pharmakonzern. Er nahm drei. Heute ging es ihm schlechter als gestern, er hatte noch keinen Tee getrunken. Und doch war er konzentriert und überraschend fit für jemanden, der in den letzten achtundvierzig Stunden nur acht geschlafen hatte. Irgendetwas war stärker als die lähmenden Schmerzen in seinem Hinterkopf. Und er wollte sowieso nicht länger herumsitzen und sich selbst bemitleiden.

Das Telefon klingelte wieder. Diesmal war es Solly. Er hörte sich an, als wäre er am Rande eines Nervenzusammenbruchs, aber so klang er ja immer.

»Priest. Die vielen Mails!«

»Ich weiß, Solly. Tut mir leid.« Priest bemühte sich nach Kräften, die Geduld nicht zu verlieren.

»Wie viele sind es denn noch?«

»Nur noch ein paar.«

»Kannst du sie mir nicht in Tranchen schicken, dann kann ich mich um eine nach der anderen kümmern?«

»Klar doch, Solly.«

»Gott sei Dank.«

Priest legte auf, schickte die übrigen Mails in einem Schwung los und wartete, dass das Telefon wieder klingelte. Doch nichts geschah. *Prima. Damit ist Solly den restlichen Tag lang beschäftigt.*

Er rief Georgie an.

»Hallo?« Sie ging beim ersten Klingeln ran.

»Georgie«, sagte er wie beiläufig. »Dieser Typ, der gestern ermordet wurde, Miles Ellinder … habe ich erwähnt, dass er gepfählt wurde?«

»Sie meinen, er wurde – na ja – auf einen Pfahl gespießt?«

»Genau.«

»*Wirklich?*« Sie klang etwas zu aufgeregt für seinen

Geschmack. »Soll ich mal nachforschen, was das zu bedeuten hat?«

»Genau. Ja, deshalb rufe ich Sie an.«

»Schon dabei!«

Klick.

Priest starrte den Hörer einen Augenblick lang an, bevor er auflegte. Georgie schien in solchen Dingen recht begeisterungsfähig zu sein. Hoffentlich war das ein gutes Zeichen.

Plötzlich saß Okoro vor ihm. Priest zuckte zusammen. Er hatte weder gehört noch gesehen, wie er hereingekommen war.

»Hast du …?«

»Geklopft? Ja. Ich habe schon die ganze Zeit geklopft, Priest. Irgendwann hatte ich die Schnauze voll und bin einfach reingekommen.«

»Tut mir leid. Ich war etwas abgelenkt«, rechtfertigte er sich.

»Ganz offensichtlich.«

»Wollen wir nicht einen Tee trinken oder …?«

»Die Leute am Empfang.«

»Die Bank, nehme ich an. Okoro, wir haben keinen Dispokredit bei denen, aber dafür eine Million in Barbestand, und das Gebäude gehört uns. Was gibt's da für ein Problem?«

»Die sind nicht von der Bank.«

»Die Berufshaftpflichtversicherung?«

»Miles Ellinders Vater. Und seine Schwester.«

Priest rieb sich das Kinn, wobei ihm einfiel, dass er sich seit Tagen nicht rasiert hatte, was ihn wiederum daran erinnerte, dass er *gestern* schon schrecklich ausgesehen hatte und heute wohl noch schlimmer.

*Miles Ellinders Vater und seine Schwester wollen mich
sehen. Das ist eine völlig unerwartete Wendung. Scheiße.
Habe ich heute Morgen die Fische gefüttert?*

»Was sagst du jetzt?«, fragte Okoro.

»Oh.«

»Ich konnte sie mit dem Vorwand beschwichtigen,
dass du sie nicht erwartet hast und gerade dabei bist,
deine anderen Termine zu verschieben, aber ihre Geduld
hat Grenzen. Wahrscheinlich hat Kenneth Ellinder in
seinem ganzen Leben noch nie so lange auf etwas gewartet.«

»Ja. Das liegt vielleicht an seinem vielen Geld.«

»Könnte schon sein.« Okoro streckte sich. »Ich werde
jetzt aufstehen, sie in diesen Raum führen und dann die
Tür schließen. Damit hast du etwa eine halbe Minute, um
dich einigermaßen präsentabel zu machen. Gerade siehst
du *tatsächlich* wie einer der Letzten aus, die Ellinders
Sohn lebend gesehen haben.«

10

Aus der Nähe erinnerte Kenneth Ellinder an einen Universitätsprofessor, nicht an den Geschäftsführer eines Konzerns. Dünne graue Strähnen fielen ihm bis auf die Schultern, und er trug ein Tweedsakko mit Ellenbogenschonern. Es fehlte nur noch die Nickelbrille.

Die hochgewachsene, elegante Frau in Ellinders Begleitung sah Priest kurz an und nahm dann unaufgefordert vor seinem Schreibtisch Platz. Sie hatte den Raum nicht einfach nur betreten, sondern vielmehr in Beschlag genommen. Dass sie Ellinders Tochter war, war nicht auf den ersten Blick ersichtlich. Volles, rotbraunes Haar umrahmte das schmale Gesicht. Ihrer Miene nach zu urteilen, war sie es nicht gewohnt, so lange zu warten – in dieser Hinsicht ähnelte sie ihrem Vater durchaus.

Priest hatte den etwas bedrohlich wirkenden Okoro aus dem Raum geschickt. Dafür saß Georgie mit übergeschlagenen Beinen zu seiner Linken.

»Vielen Dank, dass Sie uns jetzt zu empfangen geruhen«, sagte Ellinder. »Das ist meine Tochter Jessica.«

Sie lächelte nicht. Das schien ihr physisch unmöglich zu sein, obwohl sie ungeachtet der sauertöpfischen Miene durchaus attraktiv war.

Priest räusperte sich unbehaglich. Er wollte ihnen sein

98

Beileid aussprechen, doch die Worte blieben ihm im Hals stecken.

»Aber selbstverständlich«, sagte er stattdessen. »Das hier ist meine Mitarbeiterin Miss Someday. Stört es Sie, wenn sie ebenfalls anwesend ist?«

»Durchaus nicht.«

Georgies Lächeln wurde nicht erwidert.

»Wenn Sie erlauben, komme ich direkt zur Sache«, sagte Ellinder. »Wahrscheinlich haben Sie von dem bedauerlichen Unfall gehört, dem mein Sohn zum Opfer gefallen ist.«

Priest nickte langsam. *Ein bedauerlicher Unfall.* Das war die Untertreibung des Jahrhunderts.

»Mein Beileid. Eine Tragödie. Sie müssen gerade durch die Hölle gehen.« Einen Augenblick lang vermutete Priest eine weitere Person im Raum. Dann wurde ihm klar, dass er selbst das gesagt hatte.

»Mr. Priest, in der Hölle kann man sich wenigstens damit trösten, nicht die einzige verdammte Seele zu sein, die dort zu leiden hat«, sagte Ellinder.

»Ja, ich ... genau.« Dieser Gedanke klang so kompliziert, dass Priest nicht mal versuchte, ihm zu folgen. Kenneth und Jessica Ellinder wussten natürlich, unter welch grotesken Umständen Miles Ellinder gestorben war, aber wussten sie auch, dass er es wusste? *Wahrscheinlich nicht.*

»Es ist nicht angenehm, wenn man seine schmutzige Wäsche in aller Öffentlichkeit gewaschen bekommt«, fuhr Ellinder fort. Dann sah er Priest erwartungsvoll an, doch was genau er erwartete, war diesem ein Rätsel.

»Darüber müssen Sie sich hier keine Sorgen machen, Mr. Ellinder«, sagte Priest leise.

»Versteht sich.«

»Mr. Priest, uns ist zu Ohren gekommen, dass Sie gestern Besuch von der Polizei hatten.«

Priest brauchte eine Weile, um Jessica Ellinders Worte und die Drohung, die in ihnen mitschwang, zu verarbeiten. Ihre Stimme klang ungewöhnlich rau.

»Ja«, gestand Priest.

»Ging es um den Mord an meinem Bruder?«

»Ja.«

»Man hat eine Ihrer Visitenkarten in der Manteltasche meines Bruders gefunden.«

»Nein, meinen Informationen zufolge befand sie sich in seiner Kleidung, die in einer Ecke des Lagerhauses gefunden wurde.«

Jessica Ellinder runzelte die Stirn – ein Hinweis darauf, dass McEwen bezüglich des Fundorts der Karte gelogen hatte. Wahrscheinlich hatte er die Visitenkarte wichtiger erscheinen lassen wollen, als sie tatsächlich war. Georgie rutschte auf ihrem Stuhl herum.

»Detective Inspector McEwen zufolge waren Sie nicht besonders kooperativ«, sagte sie. Sie war schwer zu durchschauen. Trotzdem entging Priest nicht, dass sie ihn sorgfältig beobachtete.

»Ich habe seine Fragen beantwortet.«

»Und das angeblich recht zurückhaltend.«

Priest schnalzte mit der Zunge. »*Kurz und knapp* trifft es wohl besser.«

»Ein Polizeibeamter würde es ausweichend nennen.«

»Sie würden eine gute Polizistin abgeben, Miss Ellinder.«

Er konnte keinen Ehering an ihren schlanken Fingern erkennen, was wohl bedeutete, dass sie tatsächlich *Miss*

Ellinder war. Sie machte keine Anstalten, ihn zu korrigieren.

»Gut möglich«, pflichtete Ellinder bei. »Meine Tochter ist meine engste Vertraute. Die Augen und Ohren eines alten, gebrechlichen Mannes. Ich werde meine Firmengruppe in gute Hände übergeben.«

»Wollen Sie sich zur Ruhe setzen?«

»Sozusagen, Mr. Priest. Mir bleibt keine andere Wahl, die Umstände zwingen mich dazu. Wenn meine Ärzte recht behalten – und das ist meistens der Fall –, habe ich noch sechs, im besten Fall zwölf Monate zu leben.«

Georgie atmete hörbar aus. Priest musterte Ellinder lange und aufmerksam. Er sah nicht krank aus, aber das musste ja nichts heißen. In seinen feuchten Augen jedenfalls schimmerte feste Entschlossenheit. Wahrscheinlich sagte er die Wahrheit.

»Das tut mir leid, Mr. Ellinder.«

»Muss es nicht. Ich habe das Leben sowieso satt, und meine Angelegenheiten sind wohlgeordnet. Bis gestern hätte ich als zufriedener Mann sterben können, doch das hat sich geändert. Prioritäten ändern sich, Menschen ändern sich. Wenn ich mir mein Leben so ansehe, wundert es mich nicht, dass mir Gott noch einen letzten Stein in den Weg legt.«

»Ich kann mir Ihren Verlust nicht ansatzweise vorstellen.«

Ellinder machte eine wegwerfende Handbewegung. »Aber woher denn. Zunächst einmal war Miles nicht mein Sohn, sondern mein *Stiefsohn*. Das Kind meiner Frau aus einer früheren Beziehung. Er ist – *war* – ein miserabler Geschäftsmann, der es fertigbrachte, auch noch die profitabelste Firma, deren Leitung ich ihm übertrug, in wenigen Wochen in den Sand zu setzen. Eine wandelnde Katastrophe.«

»Miles und ich haben uns nicht besonders nahegestanden, Mr. Priest«, fügte Jessica Ellinder hinzu.

Priest nickte. *Nicht besonders nahe. Schon verstanden.*

»Im letzten halben Jahr«, sagte Ellinder mit einem tiefen Seufzen, »haben wir Miles kein einziges Mal zu Gesicht bekommen. Er war spurlos verschwunden. Wir hielten ihn für tot.«

Eine etwas voreilige Annahme, fand Priest. »Und Sie hatten keine Ahnung, wo er sich aufhielt?«

»Mein Halbbruder war in etwas sehr Unappetitliches verwickelt, Mr. Priest«, sagte Jessica. »Wir wissen zwar nicht, was es war, aber es war gefährlich und kostete ihn schließlich das Leben.«

»Miles war unfähig, sich längere Zeit auf etwas zu konzentrieren«, erklärte Ellinder. »Er lebte wochenlang wie ein Einsiedler, verbarrikadierte sich in seinem Haus und schottete sich von der Welt ab. Wir sind uns ziemlich sicher, dass er Drogen nahm. Die Tatsache, als Geschäftsführer eines Pharmakonzerns einen drogensüchtigen Sohn zu haben, entbehrt nicht einer gewissen Ironie, das ist mir durchaus bewusst. Doch die ganze Sache war etwas komplexer. Vor einigen Jahren hat Miles eine tiefgreifende Veränderung durchgemacht.«

Priest rief sich ins Gedächtnis, wie sich der grinsende Irre über ihn gebeugt und ihm einen Bohrkopf ins Ohr gerammt hatte. *Stecknadelgroße Pupillen, toter Blick. Die Augen eines Abhängigen.* Das erschien plausibel.

»Wie lange war er schon süchtig?«

»Seit seinem achtzehnten Lebensjahr«, sagte Ellinder und rieb sich den Kopf. »Er kam mit den Privilegien, die ihm zuteilwurden, nicht zurecht. Nicht jeder ist für so etwas geschaffen, verstehen Sie? Geld zerstört den Charakter, insbesondere den eines Heranwachsenden, der noch nicht gefestigt ist. Miles' Therapie hat mich ein kleines Vermögen gekostet. Ich habe ihm mehr oder weniger eine Entzugsklinik bauen lassen. Aber er hat es nicht mal versucht. Geld und Frauen, Alkohol und Pillen, mehr hat ihn nicht interessiert. So war Miles.«

»Das muss doch für Sie beide sehr schwer gewesen sein.«

»Selbstverständlich. Aber in jeder Familie gibt es ein schwarzes Schaf, nicht wahr, Mr. Priest?«

Priest nickte. War das eine Anspielung auf William? Wollte ihm der Alte zu verstehen geben, wer hier das Sagen hatte, indem er persönlich wurde? *Nun, ein Höflichkeitsbesuch ist das hier wohl nicht, oder?*

»Sie sagten, dass Miles vor einigen Jahren eine Veränderung durchgemacht hat?«, fragte Priest.

»In der Tat. Vorher war er laut, exzentrisch und peinlich. Dann hat er sich allmählich rargemacht. Er zog sich in sich selbst zurück, brach den Kontakt zu uns, ja sogar zu seiner Mutter ab. Das war angesichts seiner Verachtung für unsere Familie nicht verwunderlich, doch er hat auch auf alle Zuwendungen finanzieller Art verzichtet. Damals habe ich ihn selbstverständlich unterstützt, obwohl meine Tochter der Ansicht ist, dass ich damit nur seine Sucht finanzierte. Damit hat sie zweifellos recht, doch was hätte ich tun sollen? Als er sich zurückgezogen hat, habe ich versucht, ihn zu erreichen. Aber ich bin gegen eine Wand gelaufen.«

»Und jetzt sind nur noch Sie drei übrig?«

»Ich habe noch eine Schwester«, sagte Jessica. »Scarlett.

Sie arbeitet im Ausland und hatte mit Miles so gut wie nichts zu tun.«

»Warum hat Miles den Kontakt zu Ihnen abgebrochen?«, fragte Priest.

Ellinder antwortete nicht sofort. »Ich glaube, Miles hatte vor etwas Angst«, sagte er schließlich. »Aber nicht vor dem Tod. Vor etwas viel Schlimmerem. Er war in etwas äußerst Gefährliches verwickelt. Etwas, das weit über seine elende Welt aus Drogen und Prostitution hinausreichte.«

»Aber Sie wissen nicht, was das war?«

»Es war zweifellos kriminell. Miles war drogensüchtig, aber eben auch Millionär, Mr. Priest. Es gibt nur eine begrenzte Anzahl von Gründen, aus denen man ein Verbrechen begeht. Geld ist bei Weitem das häufigste Motiv, und davon hatte Miles mehr als genug. Womit die meisten hochriskanten Verbrechen, bei denen das Geld die Hauptrolle spielt – Drogenschmuggel, Zuhälterei, Organhandel, Betrug –, schon mal wegfallen. Seine Beweggründe müssen weitaus komplexerer Natur gewesen sein.«

»Etwas Persönliches womöglich. Vielleicht ging es um eine wie auch immer geartete Form der Unterhaltung? Um Spaß?«

Ellinder holte tief Luft und fuhr sich mit der Hand durch das silberne Haar. Dann sah er seine Tochter an.

»Das ist durchaus möglich, so ungern wir das auch zugeben, Mr. Priest«, sagte sie. »Doch wir wissen es nicht und haben die Vermutungen satt. Was es auch war, es hat ihn getötet.«

»Auf ziemlich aufsehenerregende Art«, wagte Priest anzumerken.

Jessica starrte Priest mit eiskaltem Blick an. »Ziemlich.«

»Man hat mich über die Einzelheiten in Kenntnis gesetzt«, sagte Ellinder und starrte gedankenverloren auf den Tisch. »Offenbar war der Tod meines Stiefsohns ebenso schmerzhaft wie entwürdigend. Miles war beileibe kein Heiliger, doch niemand verdient es, so zu sterben.«

»Also hatten Sie doch noch etwas für Miles übrig?«, wollte Priest wissen. Noch während er überlegte, ob die Frage womöglich zu unverschämt gewesen war, wischte sie Ellinder einfach beiseite.

»Er gehörte zur Familie, ob mir das gefiel oder nicht.«

Priest nickte. William gehörte auch zur Familie. *Ob mir das gefällt oder nicht.*

»Wie dem auch sei«, fuhr Ellinder fort, »meine Gefühle tun in dieser Angelegenheit wenig zur Sache. Um Schaden von der Firmengruppe abzuwenden, muss dieses Fiasko schleunigst aufgeklärt werden. Und um meiner Frau Lucia willen. Auch für sie.«

»Sie haben nur noch wenige Monate zu leben. Gestern wurde Ihr Stiefsohn gepfählt in einem Ihrer Lagerhäuser aufgefunden. Für die Medien ist dieser Mord ein gefundenes Fressen, und wenn erst die Umstände seines Todes bekannt werden – was nur eine Frage der Zeit ist –, wird sich das zur größten Story des Jahres ausweiten. Der Börsenwert Ihrer Unternehmen befindet sich in freiem Fall, Ihre Firmen rasen auf den Bankrott zu. Und doch sitzen Sie hier und unterhalten sich mit mir.«

»Sie sind ein Freund direkter Worte, Mr. Priest«, sagte der alte Mann. »Und Sie haben recht. Aber diese Unterhaltung ist für uns von höchster Wichtigkeit.«

Jessicas Miene war zu entnehmen, dass sie diese Ansicht nicht unbedingt teilte.

»Es wird Sie womöglich enttäuschen zu erfahren, dass …«, begann Priest.

Ellinder hob die Hand und schloss die Augen. Er schien sich mit aller Kraft auf etwas zu konzentrieren. »Der Beamte, der für die Mordermittlung zuständig ist – McEwen. Kennen Sie Ihn?«

»Ja. Wir waren vor langer Zeit Kollegen. Als ich noch bei der Polizei war.«

»Dann wissen Sie ja, dass er intellektuell überfordert, inkompetent und hoffnungslos rückständig ist. Ein stümperhafter Clown, dessen bisher größte Leistung darin besteht, bei den Pressekonferenzen seine Blähungen unter Kontrolle zu behalten.«

Kenneth Ellinder stieg dramatisch in Priests Gunst.

»Mit so einem wichtigen Fall hätte wohl jeder seine Schwierigkeiten«, gab Priest zu bedenken.

»Sehr diplomatisch, aber wir wissen beide, dass der Mann ein Trottel ist. Ich habe mich darum bemüht, McEwen von diesem Fall abziehen zu lassen. Leider ohne Erfolg … Sie sehen, auch mein Einfluss ist begrenzt. Wie alle staatlichen Behörden ist auch die Polizei hoffnungslos unterfinanziert und von den Gewerkschaften korrumpiert. Die Zukunft meiner Familie und meines geschäftlichen Erbes stehen auf Messers Schneide, und wissen Sie, was DI McEwen gerade tut?«

Priest schüttelte den Kopf.

»Er beantragt einen Durchsuchungsbefehl für Ihre Kanzlei. Was für eine Zeitverschwendung! Das bringt doch nichts. Nein, ich werde nicht darauf hoffen, dass ein Mann wie McEwen uns rettet. Ich brauche jemanden, der zu weitaus mehr imstande ist. Jemanden, der schlau, mutig und gerissen ist. Jemanden wie Sie, Mr. Priest.«

»Wie mich?« Priest war entsetzt, doch ein Blick in diese feuchten Augen verriet ihm, dass es Ellinder todernst meinte. »Wieso mich?«

»Gute Frage. Eigentlich war es die Idee meiner Frau Lucia. Es gibt drei Gründe. Erstens, und das ist das schlagende Argument: Sie sind bereits in den Fall verwickelt. Wenn Sie glauben, dass Sie nur durch Zufall in diese Sache gerutscht sind, wird McEwen Sie bald eines Besseren belehren. Vielleicht haben Sie Miles getroffen, vielleicht auch nicht. Das geht mich nichts an. Aber Ihre Visitenkarte wurde bei ihm gefunden, und jetzt müssen Sie wohl oder übel herausfinden, warum. Und wenn Sie schon dabei sind, können Sie mir auch den Gefallen tun und herausbekommen, was meinem Sohn zugestoßen ist.«

Priest wurde mulmig. So musste sich Atlas gefühlt haben, als er den Blick zum Himmel gerichtet und sich gefragt hatte, wie er das Teil am besten schultern sollte.

»Zweitens«, fuhr Ellinder fort, »sagt man Ihnen eine gewisse Rücksichtslosigkeit nach. Außerdem heißt es, Sie seien gewitzt, einfallsreich und mit vielen Talenten gesegnet. Sie haben fähige Mitarbeiter und sind es gewohnt, zu ermitteln – immerhin ist das Ihr Beruf. Sie nehmen Firmen auseinander, bis Sie die faulige Stelle gefunden und herausgeschnitten haben. Darum geht es doch bei der Aufdeckung von Betrugsdelikten, nicht wahr? Wenden Sie Ihre Methoden einfach auf diesen Fall an, auch wenn er nichts mit Betrug zu tun hat.«

»Und drittens?«

»Ich kannte Ihren Vater, Mr. Priest. Wir waren Freunde. Davon wussten Sie wahrscheinlich nichts. Über manche Bündnisse, die in gewissen Londoner Clubs geschmiedet werden, wird nun mal Stillschweigen bewahrt. Das ist kein Verbrechen, sondern gehört zum guten Ton. Zumindest war das früher so. Wäre Felix noch am Leben, würde er keine Sekunde zögern, sich auf die Suche nach dem Mörder *meines* Sohns zu machen. Leider ist er tot. Also sind Sie die nächstbeste Alternative.«

Priest lehnte sich zurück. Soweit er sich erinnern konnte, waren die Ellinders niemals zu Gast in seinem Elternhaus gewesen, doch das musste nichts heißen. Als Priest noch ein junger Mann gewesen war, hatten sich seine Eltern oft monatelang auf Geschäftsreise begeben. Es war sehr gut möglich, dass sie dabei auch die Ellinders getroffen hatten.

»Ihr Tod war eine Tragödie, Mr. Priest«, sagte Kenneth Ellinder leise. »Aber sie wären stolz auf das gewesen, was Sie nach ihrem Ableben auf die Beine gestellt haben.«

Priest fragte sich, ob sie auf seine Scheidung ebenso stolz gewesen wären. Oder auf die Zeit, in der er als Barkeeper gejobbt hatte, um sein Leben einigermaßen in den Griff zu bekommen. Immerhin hatte er niemanden ermordet. William konnte das nicht von sich behaupten.

»Das ist ein bisschen viel auf einmal, Mr. Priest, dessen sind wir uns bewusst«, sagte Jessica, ohne ihm in die Augen zu sehen. Bei jedem anderen hätte diese Förmlichkeit Unbehagen hervorgerufen, sie dagegen schaffte es irgendwie, eine ruhige Würde auszustrahlen. »Aber mein Vater ist fest entschlossen, Sie zu engagieren.«

»Sie werden Zugang zu allen Informationen bekommen, die Sie brauchen«, versicherte ihm Kenneth Ellinder. »Sie erhalten Einblick in alle meine Firmenunterlagen. Jessica wird Ihnen dabei selbstverständlich zur Seite stehen. Sie ist eine äußerst versierte Geschäftsfrau.«

»Aha«, sagte Priest. *Und ich muss mich zwingen, sie nicht anzustarren. Keine Ahnung, weshalb.*

»Selbstverständlich werden wir Sie auch bezahlen.«

Daran hatte Priest keinen Zweifel, obwohl er wünschte, dass der Alte dieses Thema lieber nicht erwähnt hätte. In die verzweifelten Augen eines todgeweihten Mannes zu blicken, der ihn dafür bezahlen wollte, den Mord an seinem gepfählten Sohn aufzuklären, kam ihm irgendwie ... schmutzig vor.

Priest dachte lange nach, bevor er antwortete. »Ich weiß nicht, ob ich Ihnen eine große Hilfe sein kann«, sagte er schließlich.

Ellinder hob eine Hand. Offenbar sollte die Geste Priest ermahnen, keine vorschnellen Entscheidungen zu treffen. »Sie müssen sicher noch in Ruhe darüber nachdenken.«

»Ich weiß nicht, ob ich Ihnen eine große Hilfe sein kann«, wiederholte Priest. »Tut mir leid.«

»Wie hoch ist Ihr Stundensatz?«

Priest zögerte. »Fünfhundert.«

»Wir bezahlen das Doppelte. Das Dreifache, wenn Sie herausfinden, was mit meinem Sohn passiert ist.«

Georgie zog scharf die Luft ein.

»Ich kann Ihnen versichern, dass Geld dabei keine Rolle spielt.«

»Was dann?«, fragte Jessica scharf. Zu seinem Erstaunen bemerkte Priest, dass er darauf keine schlüssige Antwort hatte.

Wo liegt das wahre Problem? Ich kann ihnen ja schlecht erzählen, dass ich durchaus bereits im Spiel bin, aber noch nicht weiß, für welche Seite ich spiele. Priest knetete sein unrasiertes Kinn. Diese Bewegung schien irgendwas in Kenneth Ellinder auszulösen. Abrupt stand er auf und hielt Priest die Hand hin.

»Ich verstehe, dass das alles selbst einen Mann von Ihren Fähigkeiten überfordert, Mr. Priest. Ich hoffe, dass wir Sie wenigstens überreden konnten, über unser Angebot nachzudenken. Felix hätte sich die Sache sicher auch erst in Ruhe durch den Kopf gehen lassen, da bin ich mir sicher.«

Priest stand ebenfalls auf und schüttelte Ellinders Hand. »Natürlich. Ich werde darüber nachdenken.«

Der alte Mann lächelte. »Bitte teilen Sie mir Ihre Entscheidung morgen Vormittag mit.«

Als sich die Tür hinter den beiden schloss, fiel Priest auf, dass ihm Jessica Ellinder kein einziges Mal in die Augen gesehen hatte.

11

25. März 1946

Ein abgelegener Bauernhof in Mittelengland

Bertie Ruck aß Eier. Zwei Stück. Pochiert. Mehr war am Morgen nach seinem ersten Gespräch mit Dr. Schneider nicht aufzutreiben. Er war seit letzter Woche auf dem Bauernhof und hatte die ersten Tage damit verbracht, Notizen, Dokumente, Fotografien und Berichte zu sichten. Alles, was ihm einen tieferen Einblick in die Materie verschaffte.

Der Deutsche war schon seit Monaten hier, abgeschnitten von der Außenwelt – nicht zuletzt zu seinem eigenen Schutz. Man hatte das Gehöft entsprechend umgebaut. Gitter an den Fenstern, schwere Riegel und Schlösser an den Türen. Im Nu hatte sich der Bauernhof in ein Gefängnis verwandelt. Die sechs Soldaten, die Schneider bewachten, hatten nicht allzu viel zu tun. Offenbar hegte er keine Fluchtpläne. Wohin hätte ein deutscher Gefangener in England nach Kriegsende auch flüchten sollen? Anfangs hatten sie befürchtet, er könnte – wie Himmler – Selbstmord begehen. Doch auch daran schien Schneider nicht interessiert.

Ruck hatte schlecht geschlafen. Es war immer noch

kalt, der Winter wollte nicht vergehen. Das Bett war unbequem und klamm, die Küche hatte schon bessere Tage gesehen. Die Sonne schien auf den Steinboden, den warmen Ofen und die vielen Regale mit Töpfen und Pfannen.

Lance Corporal Fitzgerald lehnte in der offen stehenden Tür und rauchte eine selbstgedrehte Zigarette. Sein außergewöhnlich schmaler und langer Körper schien nirgends so richtig hineinzupassen, sodass er ständig eine gebückte Haltung annahm. Bisher war es Ruck gelungen, ihn zu ignorieren, obwohl Fitzgeralds Piepsstimme allmählich an seinen Nerven zerrte.

»Nun sagen Sie schon«, drängte Fitzgerald fröhlich und sah Ruck an, als erwartete er einen Zaubertrick von ihm. »Wie war's?«

Ruck seufzte tief. *Dieser Unsinn dauert noch eine Woche. Dann darf ich zurück nach London und muss mich nicht länger mit Nazis und Idioten herumschlagen.*

»Lance Corporal, Sie wissen doch, dass meine Unterhaltungen mit Dr. Schneider höchst vertraulich …«

»Schneider?«, fragte Fitzgerald ehrlich verwirrt. »Ich rede von Eva!«

Ruck schluckte und blickte auf. »Von wem?«

»Eva! Eva Miller. Die Braut mit dem heißen Fahrgestell!«

Fitzgerald grinste dümmlich. Seine Zähne waren so lang und schief wie der Rest von ihm. Ruck fühlte sich zunehmend von ihm belästigt. Was erlaubte sich dieser freche Dreckskerl? Wo waren der Respekt, die Disziplin gegenüber einem Vorgesetzten? Ruck hatte die Nase voll von diesem System, das hier draußen während einer Operation, die es offiziell gar nicht gab, sowieso keine Rolle spielte.

»Sie meinen die Sekretärin?«, fragte Ruck seufzend.

»Ja, genau. Mann, das ist mal ein Prachtweib. Ich weiß nicht, wie Sie's in ihrer Nähe aushalten. Sie ist übrigens auch hier untergebracht. Gleich gegenüber. Sie hat ein eigenes Zimmer, direkt neben meinem. Ist gestern angekommen, mit einem Privatwagen.«

»Aha.«

»Nicht schlecht, oder? Eine Frau in der Nähe zu haben, mein ich. Da hat man was zu träumen, wenn's nachts kalt wird. Wetten, dass es zwischen diesen großen Titten schön warm ist?« Fitzgerald verstummte, als er ein höfliches Hüsteln hinter sich hörte, und sprang von der Tür weg, als hätte er sich verbrannt.

Eva schien es weder peinlich zu sein, noch ärgerte sie sich, als sie an ihm vorbeirauschte. Fitzgerald wollte etwas sagen, brachte außer einem merkwürdig überraschten Wimmern aber nichts heraus. Ruck aß weiter seine Eier. Fitzgerald murmelte etwas und verzog sich.

Ruck sah zu Eva auf. Sie war wirklich außergewöhnlich attraktiv. Weiße, beinahe durchsichtige Haut, tiefroter Lippenstift. Braune, makellos frisierte Locken. Aber da war noch etwas anderes, etwas, das er gestern nur von Weitem gesehen hatte und nicht so recht hatte einordnen können. Auch jetzt war es noch zu spüren, wie sie etwas unsicher vor dem Tisch stand. Sie war elegant und anmutig. Die Bluse unter dem blauen Mantel war perfekt gestärkt, die Falten ihres Rocks messerscharf. Sie sah aus wie eine nagelneue Spielzeugpuppe, direkt aus der Verpackung.

»Colonel Ruck.« Sie nickte ihm höflich zu.

»Sie sind Amerikanerin.«

»Zur Hälfte, ja. Wie haben Sie das gemerkt?«

»An Ihrer Kleidung.« Zur Sicherheit blickte er noch einmal zu ihr auf.

Eva sah an sich herab. »Boston«, sagte sie. »Aber meine Mutter ist aus Cheltenham.« Sie fischte eine Zigarette aus ihrer Handtasche. »Haben Sie ein Streichholz für mich, Colonel Ruck?«

Er wühlte in seinem Mantel, zog eine Streichholzschachtel heraus und riss eines an. Sie hielt die Hände um die Flamme und zündete sich die Zigarette an. Der Rauch kräuselte sich in der Abendsonne.

»Sie sind keine große Plaudertasche«, bemerkte sie.

»Nein«, pflichtete Ruck ihr bei.

Sie setzte sich und schlug die Beine übereinander. Ruck wandte sich wieder seinen Eiern zu, die ihm plötzlich recht unappetitlich vorkamen. Er beugte sich vor und nahm einen Schluck von seinem inzwischen eiskalten Tee. Mit Nazis konnte er ja noch umgehen, aber mit Frauen? Er wollte etwas sagen, doch ihm wollte einfach keine vernünftige Bemerkung oder Beobachtung einfallen. Schließlich entschied er sich für eine Frage. »Sind Sie mit Ihrer Unterkunft zufrieden?«

»Aber ja«, sagte sie. »Nachts ist es zwar etwas kühl, aber dafür ist die Bettwäsche sauber. Man scheut keine Mühen, es uns so bequem wie möglich zu machen. Nur weiß ich nicht, was dieser Aufwand überhaupt soll.«

»Meine Rede.«

»Warum trinken Sie kalten Tee?«

Ruck warf einen Blick auf die Tasse. Draußen war es eiskalt, in der Küche trotz des hellen Sonnenscheins nicht viel wärmer. Dennoch stieg kein Dampf von seiner Tasse auf. *Sehr gut beobachtet, Miss Miller.*

»Ist das nicht eine amerikanische Eigenart?«, fragte er.

»Traditionell heiß servierte Getränke kalt zu sich zu nehmen?«

Das zauberte ein Lächeln auf Evas Lippen, wodurch sich ihr ganzes Gesicht veränderte. Sie war die personifizierte Eleganz und Klasse, doch hinter ihren grünen Augen lauerte etwas Beunruhigendes. Er nahm noch einen Schluck Tee.

»Colonel, als ich hierher versetzt wurde, hieß es, dass ich keine Fragen über das stellen dürfte, was wir … hier tun. Man hat mir auch eingeschärft, Sie nicht mit meiner Neugier zu belästigen.«

»Dann lassen Sie's.«

Eva nickte.

»Also gut«, sagte sie. »Das nächste Verhör beginnt in einer Stunde.«

Sie verließ den Raum. Ruck sah sich um. Ohne sie wirkte die Küche auf einmal viel trostloser.

Ruck ging über den Hof zur Scheune hinüber, in der Schneider bereits saß. Er hatte den Doktor eine Weile warten lassen und die Wärter gebeten, ihn in so unbequemer Lage wie möglich an den Stuhl zu fesseln; nicht, weil Ruck die Schmerzen des Nazis Freude bereiteten, sondern weil diese Maßnahme womöglich seine Zunge lösen würde. Wenn auch nur, damit er schneller wieder in seine Zelle zurückkonnte.

Er war kurz davor gewesen, telefonisch in London eine neue Stenotypistin anzufordern, doch irgendetwas hatte ihn davon abgehalten. Es kam ihm exzentrisch vor – die Sekretärin musste ausgetauscht werden, weil … ja, weil? Weil sie ihn verunsicherte? Das war lächerlich.

Kurz vor der Scheunentür merkte er, dass er seinen

Füllhalter in dem behelfsmäßigen Büro vergessen hatte, das für ihn über der Küche eingerichtet worden war. Er fluchte leise, drehte sich um und ging zum Bauernhaus zurück. Als er den Hof überquerte, sah er Fitzgeralds schlaksige Gestalt in der Küchentür stehen. Zigarettenrauch stieg auf und wurde vom Wind davongetragen.

Ruck wartete, bis Fitzgerald die Zigarette weggeworfen hatte und wieder ins Haus gegangen war. Der Mann fiel ihm fürchterlich auf die Nerven, und er wollte sich auf keinen Fall weiteres Gejammer von ihm anhören. Glücklicherweise war Fitzgerald bereits verschwunden, als Ruck die Küche betrat.

Leise ging er die Treppe hinauf. Schon am ersten Tag hatte er sich alle knarzenden Bodendielen eingeprägt, sodass er sich nun mehr oder weniger lautlos durch das Haus bewegen konnte. Eine überflüssige Vorsichtsmaßnahme – die Lage des Bauernhofs war geheim, die Gebäude selbst scharf bewacht. Dennoch – die Jahre im Cage hatten ihn Wachsamkeit gelehrt.

Ruck erreichte die Bürotür. Sie stand einen Spalt weit offen. Er blieb stehen und lauschte; unwillkürlich bewegte sich seine Hand zur Pistole im Halfter. Hatte er gerade ein Geräusch auf der anderen Seite der Tür gehört? Er war sich nicht sicher.

Vorsichtig drückte er die Tür auf und spähte in den Raum hinein.

Eva stand mit den Händen hinter dem Rücken mitten im Zimmer. Sie schien weder schockiert noch beunruhigt darüber, ertappt worden zu sein. Sie sah ihn einfach nur mit ausdrucksloser Miene an. Abwartend.

»Was machen Sie hier?«, wollte Ruck wissen. Er zog die Tür hinter sich zu und verschränkte die Arme.

»Ich brauche Farbband für die Schreibmaschine.«

Ruck warf einen kurzen Blick über ihre Schulter auf seinen Schreibtisch. Alles schien an seinem Platz zu sein. Die Schubladen waren ebenfalls unverändert – die mittlere halb aufgezogen.

Farbband für die Schreibmaschine.

»Das finden Sie im Lagerraum auf der anderen Seite des Hofs.« Ruck deutete mit dem Kinn auf das Fenster über dem Schreibtisch.

»Natürlich«, sagte sie, ohne sich umzudrehen.

Er machte einen Schritt auf sie zu. Sie blieb, wo sie war, die Hände gehorsam hinter dem Rücken verschränkt. Wut stieg in ihm auf. Diese Unterwürfigkeit war nur Fassade, genau wie der Schmollmund, die roten Lippen, die geschminkten Augen, die so unverkennbar intelligent funkelten. Doch er hatte sie durchschaut.

Sie war viel zu neugierig für eine Sekretärin.

»Sie sind sehr jung für einen Colonel«, sagte sie.

»Und Sie sehr unverblümt für eine Sekretärin.«

»Entschuldigen Sie.« Das klinische Interesse, mit dem sie ihn begutachtete, ließ ihn schaudern. »Nichts für ungut, aber Sie sind ... ich weiß nicht, Sie scheinen mir nicht der Typ zu sein, der diese Verhöre genießt.«

»Wir alle müssen tun, was unser Land von uns verlangt«, entgegnete Ruck ohne große Überzeugung. Eigentlich hätte er sie darauf hinweisen sollen, dass ein solches Benehmen nicht akzeptabel war. Doch andererseits hatte sie nicht unrecht.

Sie trat so dicht an ihn heran, dass er sie riechen konnte, und er hatte den Duft einer Frau schon lange nicht mehr gerochen. Ruck stand kerzengerade da und versuchte, sich nicht von ihrer Nähe oder Aufdringlichkeit beeinflussen zu lassen, doch irgendetwas regte sich in ihm – mit einem Mal fühlte er sich sehr verletzlich, so als könnte sie direkt in seinen Kopf blicken und seine persönlichsten Geheimnisse lesen. Sie sah alles, dessen war er sich sicher. Jeden intimen Gedanken, jedes unanständige Verlangen.

»Aufhören«, sagte er und wandte sich ab.

»Was?«

»Hören Sie damit auf. Wir haben viel zu tun.«

Sie hielt ihm die Hand hin. Nun gab es keinen Zweifel über ihre Absichten. Es war so einfach – er musste nur ihre Hand nehmen und dann … wohin? Auf den Schreibtisch? Auf den Boden? Trotz seiner Nervosität riss er sich zusammen, öffnete die Tür, scheuchte sie hinaus und schloss die Tür wieder hinter ihr.

»Bitte verzeihen Sie, Colonel Ruck«, rief sie mit seidenweicher Stimme, während sie die Treppe hinunterging. »Aber wir können unsere Natur nicht verleugnen, meinen Sie nicht auch?«

12

Priest ging früh nach Hause. Im Büro herumzusitzen und weitere Warnmeldungen bezüglich seines übervollen Mailpostfachs entgegenzunehmen brachte ihn auch nicht weiter.

Zu Hause warf er ein Fertiggericht in die Mikrowelle und wartete vor dem sich drehenden Teller. Auch er selbst schien sich mit seinen Problemen im Kreis zu drehen. Das Ergebnis war wenig überzeugend: Es sah aus wie eine Mischung aus Hundefutter und Trockennahrung für Astronauten. Immerhin sorgte das Essen dafür, dass er nicht vor Schwäche ohnmächtig wurde.

Er fütterte die Fische und rauchte dann eine Zigarette auf dem Dachgarten. Leider dämpfte das Nikotin nicht wie erhofft die unguten Vorahnungen in seiner Magengegend, sondern verschaffte ihm nur weitere Kopfschmerzen. Er ging wieder hinein, betrachtete kurz die Bierflasche ganz hinten im Kühlschrank, entschied sich dann jedoch für eine Tasse Earl Grey, die er mit ins Wohnzimmer nahm. Dort ließ er sich neben dem Aquarium in einen Sessel fallen. *Scheiße, und was jetzt?* Ein Rotfeuerfisch kam herangeschwommen und musterte ihn neugierig.

Priest starrte zurück.

»Du bist mir auch keine Hilfe.«

Es klingelte.

Priest holte die Glock und steckte sie hinten in den Gürtel. Dann drückte er eine Taste an der Sprechanlage. Er erkannte die Gestalt auf dem krisseligen Bild der Türkamera sofort.

»Sie wissen, wo ich wohne?«, fragte er, nachdem er ihr die Tür geöffnet hatte.

»Allerdings«, sagte Jessica Ellinder.

Ohne weitere Erklärung marschierte sie an ihm vorbei und stellte sich erwartungsvoll in die Küche.

»Kann ich Ihnen etwas anbieten?«, fragte er und schloss die Tür hinter sich.

»Ja«, sagte sie nach einer kurzen Pause. »Kaffee. Schwarz.«

Priest benutzte die Kaffeemaschine in der Ecke nur selten. Schnell und heimlich wischte er unauffällig den Staub mit einem Lappen ab, bevor er Wasser einfüllte.

Während der Kaffee durchlief, herrschte angespanntes Schweigen, das Priest als unbehaglich empfand, Jessica jedoch nicht weiter zu stören schien. Schließlich reichte er ihr den Becher, den sie aufmerksam betrachtete. *Mist, der Becher ist ihr zu gewöhnlich.* Ich hätte eine Tasse samt Unterteller reichen sollen.

»Sie fragen sich sicher, warum ich hier bin.«

»Ich frage mich gerade eine Menge Dinge«, sagte Priest. »Aber fangen wir doch damit an.«

»Ich will diese Schmierenkomödie verhindern.«

Priest hob die Augenbrauen. »Okay.«

»Sie haben sich bereits entschieden, das Angebot meines Vaters nicht anzunehmen. Ich bin gekommen, um Sie umzustimmen.«

»Woher wissen Sie, dass ich das Angebot nicht annehmen will?«, fragte Priest.

»Sie haben nicht *ja* gesagt.«

»Ich habe aber auch nicht *nein* gesagt«, gab er zu bedenken.

»Dass Sie nicht *ja* gesagt haben, war aufschlussreicher.«

»Haben Sie Jura studiert?«

Jessica schnaubte verächtlich, blies auf den Kaffee und nahm einen Schluck. Er musste noch kochend heiß sein, doch sie verzog keine Miene.

Priest stellte sich auf einen langen Abend ein und holte sich doch das Bier aus dem Kühlschrank. Als er sich wieder umdrehte, war sie bereits im Wohnzimmer.

»*Pterois*«, sagte sie. Sie betrachtete das Aquarium. »Feuerfische.« Sie ließ eine Hand über die gesamte Länge der Scheibe gleiten, was deren Bewohner jedoch nicht weiter interessierte.

»Als ich zwölf Jahre alt war, wäre ich in der Gordon's Bay beinahe auf einen getreten. Ich hätte sterben können.«

»Südafrika«, bemerkte sie.

Priest nickte beeindruckt. »Familienurlaub.«

»Und jetzt halten Sie drei Exemplare in einem Glaskasten in Ihrem Wohnzimmer gefangen. Sie haben Ihre Angst besiegt, und aus dem Gejagten wurde der Gefängniswärter. Glückwunsch.«

Priest zuckte mit den Schultern. »Außerdem gefallen mir die Farben.«

Jessica drehte sich zu ihm um und blickte ihn durchdringend an. Es war das erste Mal, dass sie ihm in die Augen sah.

»Irre ich mich, oder haben Sie etwas dagegen, dass ich das Angebot Ihres Vaters annehme?«, fragte er.

»Was mein Vater will, will ich auch.«

»Nein, das bezweifle ich.« Er hielt inne. »Haben Sie nicht gesehen, was die mit Ihrem Bruder angestellt haben? Wer *die* auch immer sind.« Priest wartete auf ihre Antwort, wollte ihre Reaktion einschätzen. Die Art, auf die Miles Ellinder gestorben war, beunruhigte ihn aus irgendeinem Grund über alle Grausamkeit hinaus.

Sie dachte eine Weile nach. »Das tut nichts zur Sache, Mr. Priest. Mein Vater hat noch sechs Monate, höchstens. Blutkrebs. Allein Sie heute Morgen aufzusuchen hat ihm schreckliche Schmerzen bereitet. Aber er ist besessen davon, die Wahrheit herauszufinden. Warum wir Miles auf… auf *diese Weise* verloren haben. Mir persönlich hat Miles seit dem Tag, an dem er zum ersten Mal eine Crackpfeife in der Hand hatte, nichts als Kummer gemacht. Er hatte dieses Schicksal mehr als verdient. Doch solange mein Vater lebt, werde ich dieses Spiel mitspielen, so viel bin ich ihm schuldig. Wenn er glaubt, dass Sie eine wichtige Figur in diesem Spiel sind, dann glaube ich das auch.«

Gerade hatte Priest ihr noch einen Keks anbieten wollen, doch das erschien ihm jetzt etwas unpassend. Das Bier schmeckte merkwürdig, und er warf einen Blick aufs Etikett: Das Haltbarkeitsdatum war seit vier Monaten abgelaufen. Er nahm noch einen kleinen Schluck und stellte die Flasche dann neben das Aquarium auf den Tisch.

Weder sie noch ihr Vater kannten die Fotos vom Tatort. Kenneth Ellinder sagte, dass er über die Einzelheiten mündlich informiert wurde, wahrscheinlich durch McEwen. Dass sie sich damit zufriedengaben und noch nicht mal den Leichnam sehen wollten, bewies, wie wenig sie für Miles übrig gehabt hatten.

Er war sich deutlich bewusst, dass Jessica ihn wachsam beobachtete. Als rechnete sie damit, dass ihm Flügel wuchsen und er ihr ein Ei vor die Füße legte. Er machte ein paar Schritte auf sie zu, sie einen zurück. Er roch ihr Parfum, ein zarter und leichter, ihm aber unbekannter Duft. Sie trug einen eleganten langen Mantel in Herbstfarben und eine am Kragen geöffnete Bluse, die etwas seidige weiße Haut freigab.

»Was soll das werden?«, fragte sie.

Er drückte auf einen Knopf hinter ihr, woraufhin sich die Vorhänge surrend öffneten und den Blick auf einen feuchten, nebligen Londoner Abend freigaben. Er stellte sich mitten vor das Fenster und blickte auf die Stadt hinaus.

»Tut mir leid«, sagte er.

»Aber nicht doch«, sagte sie nicht ganz überzeugend. »Miles wird mir nicht fehlen. Er wird wohl niemandem fehlen, außer seiner Mutter.«

»Ich meinte das mit Ihrem Vater«, unterbrach er sie.

Jessica antwortete nicht, daher drehte er sich zu ihr um. Auch er beherrschte die Kunst des neugierigen Blicks.

»Sie sagten, Sie wollen eine Schmierenkomödie verhindern. Was genau meinen Sie damit?«

»Nun, zum einen haben Sie meinen Vater, McEwen und mich angelogen. Sie haben meinen Bruder getroffen.«

Nicht zum ersten Mal in den letzten vierundzwanzig Stunden kam sich Priest ertappt vor.

»Woher wissen Sie das?«

»Ich weiß, dass er Sie kürzlich aufgesucht hat, vielleicht sogar in seiner Todesnacht. Unter Umständen sind Sie einer der Letzten, die ihn lebend gesehen haben«, sagte sie nüchtern und ohne jegliche Andeutung oder Anklage.

»Wer hat Ihnen das erzählt?«

»Miles selbst«, sagte sie. »Oder besser gesagt: Er hat mir erzählt, dass er zu Ihnen wollte. Es war ein etwas hitziges Telefonat. Wir waren beide wütend. Ich, weil er sich einfach so aus dem Staub gemacht hatte und nicht dafür interessierte, dass unser Vater bald stirbt. Er war wütend, weil es mir gelungen war, ihn zu finden. Dann hat er irgendwas von einem ›Priester‹ gemurmelt. Zuerst dachte ich, dass er beichten gehen wollte oder so. Erst nachdem man Ihre Visitenkarte bei ihm gefunden hat, wurde mir klar, dass er keinen *Priester,* sondern *Sie* gemeint hat.«

»War er denn katholisch?«

»Um Himmels willen, nein.«

»Und Sie haben Ihrem Vater nichts von diesem Telefonat erzählt«, stellte Priest fest.

»Nein.«

Priest grinste. »Dann sind wir wohl beide nicht ganz aufrichtig.«

Sie schien das nicht besonders witzig zu finden und verschränkte die Arme. Priest bemerkte eine leichte Rötung des Dekolletés. Offenbar war es ihr schnell anzusehen, wenn sie erregt war. Er fragte sich, wie viel an Jessica Ellinder Fassade war.

»Das ist kein Spiel, Mr. Priest. Warum wollte Miles Sie sehen?«

Diesmal war ihr Ton eindeutig anklagend. Priest dachte nach. Es hatte keinen Sinn, es noch länger zu leugnen. Außerdem stand sie so entschlossen in seinem Wohnzimmer und starrte ihn so vorwurfsvoll an, dass er wohl gar keine andere Wahl hatte, als ihr die Wahrheit zu sagen.

»Er wollte etwas von mir«, gestand Priest. »Einen USB-

Stick. Er dachte, dass ich ihn hätte. Was das für Daten waren, hat er mir leider nicht verraten.«

Sie dachte nach. Seltsamerweise war sie nicht im Geringsten verärgert darüber, dass er ihr dies heute Morgen vorenthalten hatte. Sie blieb völlig ruhig.

»Weshalb glaubte er, dass Sie diese Daten hätten?«

»Da habe ich keine Ahnung.«

»Wie hat er auf Sie gewirkt?«

»Aufgeregt. Als er mich an einen Stuhl gefesselt und mit einer Bohrmaschine vor meinem Auge herumgefuchtelt hat, kam er mir beinahe etwas gereizt vor.«

Die Reaktion, die er mit dieser Bemerkung provozieren wollte, blieb aus. Stattdessen wandte sie sich zum Gehen.

»Danke für den Kaffee«, sagte sie.

»Das war alles?«

»Ja. Wollen Sie sich es nicht doch noch einmal überlegen und das Angebot meines Vaters annehmen?«

»Ich werde darüber nachdenken, aber ich bin mir nicht sicher, ob ich diesem Fall gewachsen bin.«

»Da bin ich ganz anderer Meinung«, sagte sie, öffnete die Tür und trat in den Flur. »Sie stecken sowieso schon viel zu tief drin. Sie brauchen unsere Hilfe genauso wie wir die Ihre.«

13

Priest kannte den Wärter vom Sehen, doch sein Name fiel ihm nicht mehr ein. Karl, Conrad, Percy oder so ähnlich, es war auch egal. Der Typ redete sowieso nicht mit ihm. Mehr als ein höfliches Lächeln hatte er ihm seit Monaten nicht entlocken können.

Karl, Conrad oder Percy beobachtete Priest dabei, wie der sein Handy und die Brieftasche in einem durchsichtigen Schließfach deponierte und den Schlüssel einsteckte. Dann wurde Priest durch eine schwere Metalltür geführt, die sich sofort wieder hinter ihm schloss. Einen Augenblick lang stand er mit dem grimmigen Wärter in einem schrankgroßen, luftlosen Raum, dann klickte es, und er betrat die Klinik durch eine weitere dicke Metalltür.

Es war wie eine andere Welt. Eine stille Wildnis, in der die Gefahr überall zu spüren war. Auch die Luft schien anders zu sein, schal und schwer. Die Wärter nannten diesen Bereich die »Twilight Zone«. Jetzt verstand er auch, warum. Der Besucherbereich befand sich auf der anderen Seite eines Innenhofs, in dem zwischen Grasflächen Beete abgesteckt waren. Dort bauten die Insassen Gemüse an.

An der Tür zum Besucherbereich wurde er mit einem festen Handschlag begrüßt.

»Dr. Wheatcroft«, sagte Priest erfreut.

»Mr. Priest. Wie schön, Sie zu sehen.«

»Gleichfalls.«

Für jemanden, der den ganzen Tag mit Serienmördern, Vergewaltigern und Irren zu tun hatte, strahlte Wheatcroft eine erstaunliche Ruhe aus.

»Wie geht es ihm?«

Wheatcroft seufzte und fuhr sich mit der Hand durchs Haar. Seine Frisur saß auch danach noch bombenfest.

»Ganz gut, ganz gut. Er war diese Woche etwas zerstreut und hat mehrere Therapiesitzungen ausgelassen. Angeblich ödet ihn die Gegenwart der anderen Patienten an.«

»Also ist er wieder ganz der Alte«, sagte Priest.

»Leider ja. Es geht zwar nur langsam voran, doch es geht voran. Ihr Besuch wird ihm sicher guttun.« Wheatcroft berührte kurz Priests Arm und trat dann beiseite, um ihn durchzulassen.

Dr. William Priest sah aus, als grübelte er intensiv über ein faszinierendes Rätsel nach. Zwei Pfleger führten ihn zu dem Tisch, neben dem Priest wartete, und setzten ihn auf einen Plastikstuhl. Priest nahm seinem älteren Bruder gegenüber Platz. Die Ähnlichkeit war unverkennbar – beide hatten dichtes braunes Haar und hellblaue Augen. Fünf Jahre in der Fen-Marsh-Hochsicherheitsanstalt hatten jedoch ihren Tribut gefordert. Unter den Augen des einst so gut aussehenden William zeichneten sich tiefe Ringe ab. Seine Haut war kalkweiß. Priest kam es vor, als wäre sein Bruder jedes Mal, wenn er ihn sah, etwas weniger Mensch.

»Brüderchen«, sagte William mit einem flüchtigen Blick auf Priest. »Was für ein erfreulicher Besuch.«

»Wie geht's, Wills?«

Ihre Blicke trafen sich. William dachte nach, dann streckte er die Hand aus und berührte Priests Gesicht. Sofort sprang ein Pfleger vor, umklammerte Williams Arm und seinen Nacken. Das alles ging so schnell, dass Priest keine Zeit zum Reagieren blieb.

»Halt!«, rief er endlich.

Der Pfleger hielt inne, sah Priest an und lockerte den Griff. William schien den Zwischenfall gar nicht wahrgenommen zu haben.

»Lassen Sie ihn los.«

»Brüderchen, du hast dich beim Rasieren geschnitten«, sagte William und fuhr sanft mit einem Finger den kleinen Kratzer auf Priests Kinn nach. »Vor zwei Tagen. Seither hast du dich nicht mehr rasiert. Was beschäftigt dich so, dass du keine Zeit für dein morgendliches Ritual hast?«

Priest nickte dem Pfleger zu. Der zog sich zurück und sah seinen Kollegen unsicher an.

»Ich hatte ein paar anstrengende Tage«, erklärte Priest.

»Ja, die Welt da draußen muss wirklich aufregend sein.«

»Vermisst du sie?«

»Nur bestimmte Dinge.« William legte den Kopf schief wie ein neugieriger Vogel. »Irgendwas macht dir doch zu schaffen, Brüderchen. Etwas mehr als *ein paar anstrengende Tage.*«

»Weil ich mich nicht rasiert habe?«

»Weil ich es in deinen Augen sehen kann.«

Priest seufzte schwer. »Du warst schon immer ein guter Menschenkenner.«

William gab einen triumphierenden Laut von sich. »In

der Tat! Du besuchst mich zwei Tage früher als erwartet. Du hast Augenringe und trägst nun schon den zweiten Tag das gleiche Hemd. Du riechst nach Kaffee, den du nur trinkst, wenn du keinen Earl Grey im Haus hast. Entweder ist er dir ausgegangen – was eher unwahrscheinlich ist –, oder du hattest heute Morgen nur Zeit für eine schnelle Koffeindosis. Und als du das Jackett ausgesucht hast, warst du ebenfalls in Eile.«

»Woher weißt du das?«

»Weil der Federhalter – der teure Füllfederhalter, den dir unsere Schwester zum zweiunddreißigsten Geburtstag geschenkt hat – nicht in der Innentasche steckt«, sagte William. »Das ist mir aufgefallen, als du den Stuhl zurückgeschoben hast. Sonst hast du den Füller immer dabei, was bedeutet, dass er in der Tasche des Jacketts steckt, das du *letzte Woche* getragen hast. Dass du es versäumt hast, ihn herauszunehmen und in *dieses Jackett* zu stecken, weist darauf hin, dass du heute Morgen wenig Zeit hattest.«

»Und dass wir uns zwei Tage früher sehen als sonst, bedeutet ...?«

»Das ist einfach. Vor zwei Tagen ist dir etwas Traumatisches zugestoßen, und jetzt hast du vor, irgendetwas wiedergutzumachen oder irgendein Geheimnis zu lüften. Deshalb besuchst du mich noch schnell, damit du den Kopf frei für diese anderen Dinge hast.«

Priest bemerkte, dass der kleinere der beiden Wärter von einem Fuß auf den anderen trat. Das rote Licht der Überwachungskamera hinter ihm war vor der weißen Wand kaum zu übersehen.

»Jetzt du«, forderte William aufgeregt.

Priest seufzte noch mal. Es war ein ermüdendes Spiel,

doch sie spielten es, seit sie sprechen konnten. Er musterte William von oben bis unten und warf dann einen Blick auf den mit den Füßen scharrenden Pfleger. »Der Mann da ist neu. Er heißt Harry Clarke und hat sich vor Kurzem eine Katze zugelegt, wahrscheinlich eine aus dem Tierheim. Er hat keine Kinder, hat sich aber vor nicht allzu langer Zeit scheiden lassen. Er spielt regelmäßig, aber nicht besonders gut Golf und leidet unter Diabetes Typ 1.«

Priest sah zum Pfleger auf. Dem war vor Verblüffung die Kinnlade heruntergeklappt; er nickte und blickte seinen Kollegen hilfesuchend an.

William drehte sich um und ließ den Blick ebenfalls über den Pfleger schweifen. »Bravo, Charles. Aber höchst elementar. Mal sehen. Er ist neu, weil du ihn noch nie gesehen hast. Bei dem kleinen Zwischenfall eben hast du die Kratzer auf seinem Arm gesehen. Viel zu tief für ein junges Kätzchen, also eine ausgewachsene Katze aus dem Tierheim. Eine beinahe unmerkliche Verfärbung am Ringfinger, daher kürzlich geschieden. Eine Hand ist etwas weniger gebräunt als die andere – die Hand, an der er den Golfhandschuh trägt. Dass das überhaupt erkennbar ist, bedeutet, dass er den Handschuh oft anzieht, was wiederum heißt, dass er viele Abschläge macht. Und je mehr Abschläge, desto schlechter der Spieler. Das mit dem Diabetes war nicht ganz so leicht. Er trägt eine Kette um den Hals, und Schmuck ist den Pflegern nur in Ausnahmefällen erlaubt. Zum Beispiel, wenn es sich um einen Notfallanhänger mit Hinweisen dazu handelt, was im Falle eines diabetischen Komas zu tun ist. Aber woher kennst du seinen Namen?«

Priest zuckte mit den Schultern. »Der steht auf seinem Namensschild.«

»Ah, da sieht man's mal wieder.« William klatschte begeistert. »Äußerst clever, Brüderchen.«

Die Veränderung geschah von einem Moment auf den anderen. Ein verstörender Anblick, doch Priest, der seinen Bruder seit fünf Jahren jede Woche besuchte, war an dessen plötzliche Stimmungsschwankungen gewöhnt. Daher blieb er völlig ruhig, als William die Tischkante umklammerte, sich verschwörerisch vorbeugte und mit einer eine Oktave tieferen Stimme zu flüstern anfing.

»Ich bin an ihm dran, Brüderchen. Der Direktor. Er beobachtet mich nachts. Er glaubt, dass ich schlafe, aber da täuscht er sich. Ich vermeide seit Monaten jeglichen REM-Schlaf, sodass ich auf seine nächtlichen Besuche vorbereitet bin. Er glaubt, dass er mich in seiner Gewalt hat, aber da hat er die Willenskraft seiner Laborratte unterschätzt.«

Priest seufzte innerlich über die Wahnvorstellungen seines Bruders.

»Der Direktor« war Williams Spitzname für Dr. Wheatcroft. Er hatte die fixe Idee, dass Wheatcroft irgendwie seinen Wahnsinn verursacht hatte und nun Experimente an seiner *Schöpfung* durchführen wollte.

»Dr. Wheatcroft ist ein guter Arzt …«

»Du darfst seinen Namen nicht aussprechen!«, rief William wütend. »Er prüft mich, Charles. Er will mich an den Rand der geistigen Erschöpfung treiben. Er will, dass ich wieder *töte!*«

»Das sind nur Träume, Wills. Dumme Träume.«

»Glaub ja nicht, dass ich Fantasie und Wirklichkeit nicht mehr unterscheiden kann, nur weil ich in dieser Einrichtung gefangen gehalten werde.« William redete sich in Rage. Die beiden Pfleger traten ein paar Schritte vor, um im Notfall eingreifen zu können. Priest blieb völlig ruhig.

»Ich bin nicht ganz gesund, Charles«, fuhr William fort. »Eine Fehlfunktion des Gehirns. Aber die ist nicht natürlichen Ursprungs. Der Direktor hat mir den Samen dafür eingepflanzt, und jetzt sorgt er dafür, dass er gedeiht und Früchte trägt. Er will mich erneut in den Abgrund stürzen.«

Der ältere Pfleger legte die Hand auf Williams Schulter. Die Besuchszeit war vorbei. »Na los, William. Wir wollen Ihren Bruder nicht länger aufhalten.«

»Er will mich fertigmachen, Charles! Du wirst schon sehen.«

»*Na los,* William«, sagte der Pfleger.

Traurig beobachtete Priest, wie die beiden Männer William an den Armen packten. Vor fünf Jahren hätte er sie abgeschüttelt wie Kartoffelsäcke. Jetzt war er so verwirrt und durcheinander, dass er sie gewähren ließ.

»Bis nächste Woche, Wills«, sagte Priest leise.

»Er manipuliert dich, Charles. Wir dürfen ihn nicht gewinnen lassen!«

Die beiden Pfleger hoben William hoch. Er ließ sich ohne große Gegenwehr zur Tür führen.

»Ich bin noch nicht fertig!«, protestierte er. »Charles *muss* die Wahrheit erfahren. Noch ein letztes Wort.«

Der ältere Pfleger hob eine Augenbraue. Priest nickte. Sie blieben an der Tür stehen und lockerten ihren Griff, sodass sich William zu seinem Bruder umdrehen konnte.

»1971 haben russische Wissenschaftler ein Erdgasvorkommen in Turkmenistan entdeckt. Sie hielten es für Giftgas, zündeten es an und dachten, dass es in wenigen Tagen ausgebrannt ist. Aber es brennt nach vierzig Jahren immer noch. Die Einheimischen nennen es das Tor zur Hölle – ein großes Feuerloch mitten in der Wüste. Der Verstand ist wie dieses Loch, Charles. Wenn man ihn anzündet ... dann brennt er. Und brennt. *Und brennt.*«

14

William hatte recht. Priest hatte ihn tatsächlich früher besucht, um es hinter sich zu bringen. Wie immer hatte die Begegnung mit seinem Bruder die vertraute Mischung aus Schuldgefühlen, Trauer und Abscheu zur Folge. Schuldgefühle, weil er sich so selten und Sarah überhaupt nicht blicken ließ. Trauer, weil er seinen Bruder liebte. Seinen *Bruder* – und nicht die blutrünstige Kreatur, den Serienmörder, zu dem William Priest geworden war. Und schließlich Abscheu vor sich selbst. Weil er ihn im Stich gelassen hatte.

Auf dem Weg zum Büro googelte er das »Tor zur Hölle« – und erfuhr, dass es dieses brennende Erdgasvorkommen tatsächlich gab.

Als er an Maureen vorbeiging, sah sie ihn vorwurfsvoll an. Sie hatte sein merkwürdiges Benehmen nicht vergessen. Außerdem hatte sie heute Morgen zu viel Make-up und einen tiefroten Lippenstift aufgetragen, der ihr nicht stand und eigentlich bei jeder Frau übertrieben gewirkt hätte. Priest bezweifelte, dass er sich ein weiteres Mal an ihr vorbeischleichen konnte. Dafür war die alte Schachtel zu aufmerksam.

»Guten Morgen«, sagte er und wurde langsamer, ohne stehen zu bleiben.

»Sie kommen mir bekannt vor«, sagte sie. »Mr. *Priest,*
nicht wahr?«

»Genau. Ihr großzügiger Arbeitgeber.«

»Ach ja, richtig.«

Lächelnd ging er auf die Treppe zu. Dann blickte er auf
seine Arme hinab und bemerkte, dass der Jackettärmel
hochgerutscht war. Die Brandwunde leuchtete feuerrot
an seinem Handgelenk. Schnell zog er den Ärmel herunter – zu spät. Sie hatte es bereits gesehen.

Maureen seufzte. »Charlie, Sie müssen endlich Ihr
Leben auf die Reihe bekommen.«

Priest ließ die Worte einen Augenblick in der Luft hängen, dann ging er die Treppe hinauf.

Vincent Okoro wartete in seinem Büro auf ihn. Sein
cremefarbener Anzug war so perfekt maßgeschneidert,
dass er wie eine zweite Haut wirkte. Außerdem trug er
heute etwas weniger Geschmeide zur Schau. Bis auf
einen Diamantohrring von bescheidener Größe konnte
Priest nichts an ihm erkennen.

»Gerichtstermin?«, fragte Priest.

»Mündlicher Antrag auf Berufung«, erklärte Okoro
und setzte sich auf seinen Platz vor Priests Schreibtisch.

»Dein Antrag?«

»Der der Gegenseite.«

»Chancen?«

»Keine. Weil der Verteidiger ein Trottel ist. Aber sein
Klient ist sauer, weil ich ihn unangespitzt in den Boden
gerammt habe.«

»Verständlich.«

»Genug Geplauder. Was gibt's Neues? Wer wollte dich
gestern Nacht umbringen?«

Priest erzählte ihm von Jessica Ellinders abendlichem Besuch. Okoro nickte aufmerksam, unterbrach ihn jedoch nicht. Als Priest fertig war, gab er ihm einen Brief.

»Der kam heute Morgen per Kurier«, sagte Okoro. »Ich hab ihn für dich angenommen. Sieht wichtig aus. Du solltest ihn gleich öffnen.«

Während Priest noch den Umschlag betrachtete, ging die Tür auf, und Georgie trat ein. Sie hatte ihr Haar wieder zu einem Pferdeschwanz gebunden, trug ein Kostüm mit knielangem Rock und einem Blazer mit dunkelrotem Innenfutter. Die Brille mit den dicken Rändern hätte jedes andere Gesicht entstellt, Georgie Someday stand sie jedoch ausgezeichnet.

»Hi«, sagte sie und winkte schüchtern. »Ich wollte nur wissen …«

»Was es als Nächstes zu tun gibt?«, vollendete Priest.

»Genau!«

Priest schnalzte mit der Zunge. »Recherchieren Sie mal über die Pfählung als Hinrichtungsmethode. Ihre religiöse und soziale Bedeutung, die Geschichte, das Konzept dahinter – einfach alles.«

»Schon erledigt«, sagte Georgie und räusperte sich. »Die Pfählung wird im Allgemeinen mit einem rumänischen Tyrannen aus dem fünfzehnten Jahrhundert in Verbindung gebracht. Vlad der Pfähler, besser bekannt als Dracula.«

»Dracula? Wie bei Bram Stoker?«, fragte Okoro.

»Genau. Stokers Dracula beruht auf einer realen Gestalt, deren Lieblingshinrichtungsmethode das Pfählen war. Ich habe eine Menge Horrorromane gelesen«, fügte sie hinzu.

»Ziemlich grässliche Todesart«, meinte Priest.

»Ja. Vlad war einer der grausamsten Herrscher der Weltgeschichte. Er saß am Feuer, aß und trank, während sich seine gepfählten Feinde um ihn herum vor Schmerzen wanden. Am liebsten ließ er den Pfahl in den Anus einführen – oder, bei Frauen, in die Vagina.«

»Wohin denn sonst ...?« Priest erschreckten weniger die geschilderten Grausamkeiten als vielmehr die Begeisterung, mit der sie sie vortrug.

»Man kann das Opfer natürlich auch verkehrt herum aufhängen und den Pfahl in den Mund treiben«, sagte sie fröhlich. »Dann tritt der Tod aber schneller ein.«

Priest nickte. »Natürlich. Dass ich da nicht selbst draufgekommen bin ...«

Georgie fuhr ungerührt fort. »Eine Pfählung wird aus zwei Gründen durchgeführt. Zum einen ist es eine äußerst schmerzhafte und erniedrigende Todesart. Und zweitens weckt sie Assoziationen an einen Mann, dem Folter und Tod großes Vergnügen bereiteten.«

»Das hat ihn erregt?«

»Den meisten Quellen nach schon. Er hatte es besonders auf Frauen abgesehen. Er verstümmelte ihre Geschlechtsorgane und zwang Mütter, ihre eigenen Kinder zu essen. Wirklich kein besonders netter Mensch.«

Priest schluckte schwer. Hätte sich ihm die Möglichkeit geboten, hätte er Miles Ellinder mit Freuden die Faust ins Gesicht gerammt. Aber eine so sadistische Tat wie die, die Georgie gerade beschrieben hatte, war nur schwer vorstellbar.

Priest betrachtete wieder den Umschlag in seiner Hand. Er war weder gestempelt noch mit einer Briefmarke versehen. Auf dem sonst weißen Papier war mit Tinte ein einziges Wort geschrieben.

Priest.

»Wer hat den überbracht?«

»Fastlink. Eine private Kurierfirma.«

Priest hielt den Umschlag noch eine Weile in der Hand, dann riss er ihn auf und zog einen auf dickes cremefarbenes Papier geschriebenen Brief heraus. Er las ihn. Dann las er ihn noch mal. Dann sah er die anderen an.

»Vom Generalstaatsanwalt«, sagte er.

»Was, von deinem ...?«, fragte Okoro langsam.

»Genau. Von Sir Philip Wren. Meinem Patenonkel.«

15

Hayley Wren ließ sich auf den Stuhl vor dem Schmink-
spiegel fallen und betrachtete ihr müdes Gesicht. Sie
hatte Ringe unter den Augen, und ihre Haut war fleckig
und trocken. Sie verzog das Gesicht.

Vor ihr auf dem Schminktisch waren alle möglichen
Utensilien fein säuberlich angeordnet. Das meiste davon
hatte ihr ihre Mutter geschenkt – massenweise Parfums
und Cremes, empfohlen von Promis, von denen sie noch
nie gehört hatte. Ein weiterer vergeblicher Versuch ihrer
Eltern, sie in die wirkliche Welt zu locken.

Hör auf zu träumen, Hayley.

Die Stimme ihres Vaters hallte durch ihren Kopf. Wie
konnte sie seine Erwartungen jemals erfüllen? Der ehr-
würdige Philip Wren. Generalstaatsanwalt. Der Anwalt
der Anwälte. Wie von ihm gewünscht, hatte sie sich an
der juristischen Fakultät eingeschrieben, es dort aber nur
eine Woche lang ausgehalten. Das war beinahe achtzehn
Jahre her. In drei Jahren wurde sie vierzig, und mit den
beiden unvollendeten Graphic Novels und dem Job im
Secondhand-Laden gab es nur wenig zu feiern.

Das war's. Ihr Leben nach dem Studienabbruch ließ
sich mit diesen wenigen Sätzen zusammenfassen. Ein
Leben nach dem Motto »Nicht ganz«. Sie war nicht ganz

139

so hübsch, nicht ganz so schlau und nicht ganz so normal wie die anderen. *Nicht ganz das, was Daddy erwartet hat, insbesondere nicht ganz der Sohn, den er gern gehabt hätte.* Bei ihrem letzten Gespräch war er ausnehmend wortkarg gewesen. Und er hatte sie dazu gedrängt, nach Hause zu kommen. War das ein weiterer Versuch, sie aus Jesu Armen zu reißen? Er war gegen ihr Engagement bei der Creation Church, aber das war ihr egal. Bei Reverend Matthews kleiner Herde hatte sie endlich ein Zuhause gefunden. Einen Fels in der Brandung.

Selbstverständlich hatte sie sofort Reverend Matthews Rat gesucht, als letzte Woche der Umschlag vor ihrer Tür gelegen hatte. Er hatte weder einen Brief noch eine Karte enthalten – nur ihr Name stand darauf. *Irgendjemand war an meiner Tür und hat ihn in meinen Briefschlitz gesteckt.* Bei dieser Vorstellung lief es ihr eiskalt den Rücken hinunter.

Sie hatte den Inhalt des Umschlags auf dem Bett ausgeschüttet und sich daraufhin beinahe übergeben.

Eine Stunde später hatte sie im Hinterzimmer des Gemeindesaals gesessen, in dem nicht nur Hayleys Kirche ihre Gottesdienste veranstaltete, sondern auch die Line-Dance-Gruppe übte und die Anonymen Alkoholiker ihre Treffen abhielten.

»Sagt dir das irgendwas?«, hatte Reverend Matthew gefragt. Er war wie immer freundlich und nett gewesen, doch wie er sie angesehen, wie er seine Hand auf ihre gelegt hatte – er war ebenso besorgt gewesen wie sie.

Sie hatte den Kopf geschüttelt. Es war ihr ein Rätsel, weshalb ihr jemand … *so etwas* schicken sollte.

»Lass den Umschlag hier«, hatte er gesagt, und sie hatte ihn dankbar über den Tisch geschoben.

So gern sie den Umschlag auch vergessen hätte, es gelang ihr nicht. Sie hatte die Bettwäsche weggeworfen, auf der sie ihn ausgeleert hatte – sie war ihr besudelt und unrein vorgekommen. Doch das Bild suchte sie immer noch heim. Und – was noch schlimmer war – die Vermutung, dass diese letzte Unterhaltung mit ihrem Vater und der Umschlag irgendwie in Verbindung standen.

Ich hätte nach Hause gehen sollen, wie er es mir gesagt hat.

Sie fuhr sich mit einer Bürste durchs Haar und starrte in den Spiegel. Der Raum hinter ihr war so ordentlich aufgeräumt wie immer.

Doch irgendwas war anders.

Sie erstarrte und betrachtete das Spiegelbild genauer. Alles schien an seinem Platz. Und doch …

Die Tür zum Flur.

Sie hatte offen gestanden. Jetzt fiel sie langsam und wie von Geisterhand zu. Die Angeln quietschten leise.

Das Blut gefror ihr in den Adern.

Herr Jesus, verlass mich nicht.

Hinter der Tür stand ein Mann. Er hielt die Arme steif an den Körper gepresst. Sein Gesicht wurde von einer weißen Kapuze verdeckt, unter der sie zwei dunkle Augen anstarrten.

16

»Der Generalstaatsanwalt ist Ihr Patenonkel?«, fragte Georgie aufgeregt.

»Philip Wren ist ein Freund der Familie«, erklärte Priest. »Er und mein Vater kannten sich seit einer Ewigkeit. Eine alte Männerfreundschaft – oder Seilschaft, je nachdem.«

Sie waren des Öfteren zum Mittagessen bei den Wrens eingeladen gewesen. Anstrengende Veranstaltungen, da Priest mit dem überaus selbstgefälligen Philip Wren nie richtig warm geworden war. Sarah hatte ihn einmal als »widerliches, zügelloses Schwein« bezeichnet. In seiner Gegenwart. William hatte sich nicht für ihn interessiert.

Wrens Frau Terri war eine kleine, zerbrechliche Person – ungefähr das genaue Gegenteil ihres Mannes. Ihre einzige Tochter, Hayley, war sogar noch introvertierter als ihre Mutter. Priest war einundvierzig, Hayley sieben oder acht Jahre jünger. Doch sie gehörte zu jenen Menschen, die einfach nicht reifer werden wollten – als hätte sie irgendwann beschlossen, für immer Anfang zwanzig zu bleiben. Aus diesem Grund hatte Sarah auch nie viel mit ihr anfangen können. Es lag vielleicht auch daran, dass Sarah ein Wildfang gewesen und ihre Kindheit barfuß und mit dem Erklettern hoher Bäume verbracht hatte, während

Hayley in ihrem Zimmer gesessen und gelesen hatte. Ganz offensichtlich hatte Hayley die Erwartungen ihres Vaters nicht erfüllt, aber das war ja nicht ihre Schuld.

»Das muss ja cool sein«, sagte Georgie.

»Was muss cool sein?«

»Den Generalstaatsanwalt als Patenonkel zu haben.«

»Weshalb?«

Sie zögerte. »Also mein Patenonkel ist der Gemeindepfarrer ...«

Sie spielte an ihrem Haar herum. Wenn sie Make-up trug, dann sehr dezent und sparsam. Das gefiel Priest.

»Priest, jetzt lies den verdammten Brief endlich vor«, drängte Okoro.

Lieber Charlie,
ich schreibe Dir in Eile und schweren Herzens. Es gibt
nur wenige Männer, denen ich in dieser dunklen
Stunde vertrauen kann. Bitte verzeih, dass meine
Wahl auf Dich gefallen ist.
Die Zeit wird knapp, und Leben sind in Gefahr, nicht
zuletzt das Deine, da Dich meine nächsten Schritte in
eine gefährliche Situation bringen könnten. Wieder
kann ich nicht mehr tun, als zu hoffen, dass Du meine
Entschuldigung annimmst.
Ich schicke mit gesonderter Sendung einen Umschlag
zu Dir nach Hause, in dem sich ein elektronischer
Datenträger befindet. Dass Du herausfindest, was
damit zu tun ist, ist meine letzte Hoffnung. Für mich
ist alles verloren.
Es tut mir leid.
Dein
Philip Wren

Zunächst sagte niemand etwas.

»Aber du hast keine Sendung erhalten«, bemerkte Okoro schließlich.

»Nein. Aber bei diesem Datenträger muss es sich um den USB-Stick handeln, nach dem Miles gesucht hat.«

»Er weiß, dass er Sie in Gefahr bringt?«, fragte Georgie verwirrt.

»Man hat versucht, mir die Augen aus dem Schädel zu bohren. So unrecht hat er nicht.« Priest griff nach dem Telefonhörer.

»Sie können den Generalstaatsanwalt einfach so *anrufen*?«, fragte Georgie.

»Wenn man die Nummer kennt, kann man jeden anrufen.« Es klingelte, aber niemand ging ran. Er versuchte es mit einer anderen Nummer.

»Mir ist nie so richtig klargeworden, was der Generalstaatsanwalt überhaupt macht.«

Priests Empfinden nach war das keine so dumme Frage. Die gab es in Rechtsangelegenheiten sowieso nicht.

»Im Prinzip ist er der ranghöchste Anwalt der Regierung«, erklärte Okoro. »Die Staatsanwälte vertreten die Regierung vor Gericht, und der Generalstaatsanwalt ist ihr Chef. Philip Wren ist schon seit Ewigkeiten im Amt. Er wird sicher bald in Rente gehen.«

»Nein, ich werde nicht warten«, ereiferte sich Priest. »Ich muss mit Philip Wren sprechen. Es ist dringend ... sagen Sie ihm, dass Charlie Priest mit ihm reden will. Sofort.«

Nach einer Weile knallte er den Hörer auf die Gabel.

»Keiner zu Hause«, sagte er wütend. »Und im Büro weiß auch niemand, wo er ist. Sein Stellvertreter ist ebenfalls nicht zu sprechen.«

144

»Dem bin ich mal bei einem Prozess begegnet«, erklärte Okoro flüsternd. »Ich weiß zwar nicht mehr, wie er heißt, aber seine Krawatte war grauenvoll.«

Priest las den Brief noch mal. *Diese dunkle Stunde.* Dafür, dass Wren beim Verfassen *in Eile* gewesen war, hatte er sich immerhin die Zeit genommen, den Brief mit Tinte in fein säuberlichen, perfekt geschwungenen Buchstaben zu schreiben. Besonders eilig sah das nicht aus. Das ergab doch keinen Sinn.

Und dann der USB-Stick, den Miles so unbedingt hatte haben wollen. *Dass Du herausfindest, was damit zu tun ist, ist meine letzte Hoffnung*

»Vielleicht ein Abschiedsbrief«, sagte Priest und sah sich das Blatt genau an, als wäre die Lösung irgendwo darauf zu finden.

Okoro öffnete den Mund. Ob er beipflichten oder widersprechen wollte, sollte Priest nicht erfahren, da in genau diesem Augenblick die Tür mit solcher Wucht aufgestoßen wurde, dass ein Bild von der Wand fiel.

Eine vertraute Gestalt stand im Türrahmen. Maureen versuchte, sich an ihr vorbeizudrängen.

»Tut mir leid, Charlie«, krächzte sie. »Aber dieser Gentleman wollte nicht warten. Er hat darauf bestanden …«

»Schon gut, Maureen.« Priest hob die Hand. »Chief Inspector McEwen, was können wir für Sie tun?«

McEwen war völlig außer Atem. Auf seinem Hals prangte ein unschöner Hautausschlag. Trotz der Kälte draußen stand ihm der Schweiß auf der Stirn. Er sah aus, als wäre er hierher gerannt.

»Setzen Sie sich doch, McEwen«, sagte Okoro und stand auf. »Bevor Sie uns noch zusammenklappen.«

Ohne Okoro oder Georgie weiter zu beachten, ging er

direkt auf den Schreibtisch zu und baute sich vor Priest auf. Sein Körpergeruch war überwältigend.

»Jessica und Kenneth Ellinder waren gestern hier.«

»Stimmt«, sagte Priest ruhig.

»Und? Was wollten sie?«, fragte McEwen.

»Wieso fragen Sie sie nicht?«

McEwen wirbelte herum, soweit das einem Mann mit seiner Statur möglich war, packte den Stuhl, den Okoro ihm angeboten hatte, und ließ den schweren Körper auf das weiche Leder fallen. Okoro hob beschwichtigend die Hände.

»Die Spielchen können Sie sich sparen, Priest. Dass Sie in diesen Fall involviert sind, hat bereits Aufmerksamkeit von ganz oben erregt. Also tun Sie sich selbst einen Gefallen und helfen Sie mir.«

Anscheinend spielte McEwen auf Assistant Commissioner Dee Auckland an. Wahrscheinlich sann sie immer noch auf Rache, und der Fall Ellinder bot ihr eine günstige Gelegenheit.

Priest war nicht der Ansicht, dass diese Rache gerechtfertigt war. Er konnte ja nichts dafür, dass sein Bruder ein Serienmörder war, auch wenn das seiner ehrgeizigen Ehefrau so gar nicht in den Kram gepasst hatte. Dies in Kombination mit seiner sozialen Inkompetenz und der Neigung, auf gesellschaftlichen Anlässen zu halluzinieren, hatte eine explosive Mischung ergeben, die irgendwann hochgegangen war und ihrer kurzen, kinderlosen Ehe ein jähes Ende beschert hatte. *An meiner Seite hätte sie es nie zur Assistant Commissioner gebracht.*

»Wissen Sie was, McEwen? Sie langweilen mich«, sagte Priest. »Dieser perverse Killer ist nach wie vor auf freiem Fuß. Wieso kümmern Sie sich nicht um den?«

McEwen ignorierte die Bemerkung. »Was wollten sie, Priest? Haben sie einfach nur vorbeigeschaut, um ihr Testament zu hinterlegen? Oder haben Sie sie einbestellt?«

»Das sind nicht nur trauernde Angehörige, sondern auch sehr einflussreiche Menschen. Die treffen sich, mit wem sie wollen.«

»Aber weshalb mit Ihnen? Brauchten sie einen Rechtsbeistand?«

»Wenn dem so wäre, würde ich es Ihnen wohl kaum verraten.«

»Ach ja!« McEwen klatschte spöttisch in die Hände. Anscheinend produzierte er so viel Speichel, dass gelegentlich ein Faden von seinem Kinn tropfte. »Die Schweigepflicht, natürlich. Der Herr Anwalt versteckt sich hinter seinem Gesetzbuch.«

»Das sind nicht meine Klienten, also vergessen Sie die Schweigepflicht. Ich würde es Ihnen nicht verraten, weil es nichts mit diesem Fall zu tun hat. Und weil Sie, ehrlich gesagt, ein Trottel sind.« Diese letzte Bemerkung würde ihm eine Menge Ärger einbringen, aber es hatte gutgetan, sie auszusprechen. Georgies Mund stand so weit offen, dass sie sich demnächst den Kiefer aushängen würde.

Zum Glück wusste McEwen, wann er verloren hatte. Er stand auf und funkelte Priest böse mit seinen Schweinsäuglein an.

»Priest, wir sind noch lange nicht fertig miteinander. Mir egal, ob Sie da mit drinstecken oder nicht. Irgendwann werde ich Sie so tief in die Scheiße reiten, dass selbst Ihre toten Eltern Sie nicht wiedererkennen würden.« Er drängte sich an Okoro vorbei zur Tür. Dann drehte er sich noch mal um. »Übrigens, wie geht's Ihrem

Bruder? Ist der immer noch ein durchgeknallter Serienkiller?«

Priest antwortete nicht. Mit der Erwähnung seines Bruders hatte McEwen einen Nerv getroffen.

»Vielleicht sehen Sie ihn in der Zukunft ja öfter«, zischte der Polizist und verschwand.

Eine Weile lang sagte niemand etwas, und bis auf Priests Zähneknirschen war nichts zu hören.

Etwa eine Stunde nach McEwens Abgang machte sich Priest auf den Weg zu seinem Wagen. Er musste nach Hause, um ungestört nachzudenken. Als er gerade einsteigen wollte, sah er eine Gestalt, die mit langen, zielstrebigen Schritten durch die Tiefgarage auf ihn zukam. Die Vormittagssonne hatte sich durch den Nebel gekämpft, und der Schatten der sich nähernden Gestalt durchschnitt die gelben Lichtstreifen, die zwischen den Betonsäulen hindurch auf den Boden fielen.

Priest blieb stehen und wartete, bis sie die Beifahrerseite erreicht hatte. Sie beugte sich über das Wagendach, und er fragte sich, wie lange er wohl in diese Augen blicken konnte, ohne zu Stein zu erstarren.

»Ist das wirklich Ihr Auto?«, fragte Jessica Ellinder leicht überrascht und amüsiert.

»Ja.« Priest hatte mit einem Mal das Bedürfnis, den alten Volvo zu verteidigen. »Preiswert im Unterhalt.«

Sie nickte und schenkte ihm ein schiefes Lächeln. »Gibt's dafür überhaupt noch Ersatzteile?«

»Dafür hat er Charme«, sagte er achselzuckend. »Was fahren Sie denn?«

Sie antwortete nicht. Er versuchte vergeblich, die Situation nicht als unbehaglich zu empfinden.

»Heute Morgen habe ich das hier bekommen«, sagte er, als offensichtlich war, dass er keine Antwort erhalten würde. Er griff in seine Jacketttasche, holte Wrens Brief heraus und gab ihn ihr.

»Diese Sendung, die er zu Ihnen nach Hause geschickt hat. War das der USB-Stick?«, fragte sie, nachdem sie den Brief gelesen und zurückgegeben hatte.

»Zweifellos.«

Er stieg ein, schloss die Tür und wartete, bis sie auf dem Beifahrersitz Platz genommen hatte. Neugierig sah sie sich im Wagen um. »Ein beigefarbenes Armaturenbrett?«

Er ließ den Motor an – der zu seiner Erleichterung beim ersten Versuch ansprang.

»Wie kommt der Generalstaatsanwalt dazu, Ihnen diesen Brief zu schicken?«, fragte sie.

»Er ist mein Patenonkel«, erklärte er und fädelte sich in den Morgenverkehr ein.

»Aber den Stick haben Sie nicht erhalten. Sonst hätte ihn Miles gefunden.«

»Richtig.«

»Schon merkwürdig. Er schickt Ihnen einen Brief ins Büro, in dem er ankündigt, dass er Ihnen ein Päckchen nach Hause schickt.«

Priest zuckte mit den Achseln, obwohl er sich ebenfalls keinen Reim darauf machen konnte. »Vielleicht wollte er nur sichergehen, dass ich es nicht übersehe.«

»Wann haben Sie Ihren Patenonkel das letzte Mal gesehen?«

»Bei Williams Gerichtsverhandlung, glaube ich«, sagte Priest leise.

»Ihr Bruder ist William Priest, der Serienmörder.« Es war mehr eine Feststellung als eine Frage.

»Ja, richtig.«

»Das ist bestimmt nicht leicht für Sie.«

Er warf ihr einen Seitenblick zu. »Sehr scharfsinnig beobachtet.«

»Was ... trieb ihn dazu?«

Priest seufzte. Im Gegensatz zu Sarah war er durchaus bereit, über seinen Bruder zu reden, wenn das Thema zur Sprache kam. Allerdings war er gerade nicht sicher, ob Jessica Ellinders Mitleid echt war oder nicht. Aber sie war sowieso undurchschaubar.

»Er dachte, er ...« Priest rieb sich auf der Suche nach den richtigen Worten das Kinn. »Er dachte, er hätte seine Seele verloren. Indem er anderen Leuten das Leben nahm ...«

»Glaubte er, mit deren Seelen seine eigene ersetzen zu können?«, fragte sie.

Priest nickte verblüfft. »Stimmt. Das haben Sie erstaunlich schnell ... kapiert.«

Sie zuckte mit den Schultern. »War ja auch nicht so schwer.«

»Aha. Was ist mit Ihnen? Haben Sie auch Mörder in der Familie?«

Sie fuhren in südöstlicher Richtung durch die Innenstadt, bis sie einen von Raureif überzogenen Sportplatz erreichten. Pärchen führten ihre Hunde spazieren, der Atem der Jogger war in der kalten Luft deutlich zu sehen. Auf der anderen Straßenseite ragte eine Reihe hoher georgianischer Wohngebäude auf. Die Fenster mit den weißen Rahmen starrten wie Augen aus dem roten Backstein.

»Haben Sie noch mehr Familie?«, fragte Jessica nach einer Weile.

»Eine Schwester. Sarah. Meine Eltern starben 2002.«

»Das tut mir leid. Wie ist das passiert?«

Er zögerte, überlegte und kam zu dem Schluss, dass sie es ruhig erfahren durfte.

»Bei einem Flugzeugabsturz. Mein Vater war ein hohes Tier bei der Polizei, aber das Geld hat eigentlich meine Mutter verdient. Sie hatten geschäftlich in Deutschland zu tun und flogen mit dem Privatflugzeug eines Geschäftspartners zurück. Über dem Ärmelkanal gerieten sie in einen Sturm, aus dem sie es nicht mehr herausschafften. William gab dem Piloten die Schuld – ich dem Schicksal.«

Sie nickte ernst, woraufhin sie mehrere Minuten lang schwiegen.

»Hier ist es«, sagte Priest schließlich. »Sie haben mich überhaupt noch nicht gefragt, was wir hier wollen.«

»Hier wohnt der Generalstaatsanwalt. Das liegt doch auf der Hand.«

Eden Park – Philip Wrens Anwesen – gehörte zu einer Reihe von mit hohen Backsteinmauern umgebenen Villen auf makellos gepflegten Rasenflächen mit Säulen aus Kunstmarmor vor dem Eingang. Trügerische Paradiese, in denen wenig miteinander gesprochen wurde, aber dennoch jeder alles über jeden wusste. Priest verabscheute solche Orte. Und auch sein Volvo wirkte zwischen den am Straßenrand geparkten Maseratis und Range Rovers mehr als fehl am Platz.

Sie fuhren über einen knirschenden, von kahlen Bäumen gesäumten Schotterweg. Wrens Anwesen, sonst so pompös und charakterlos wie die seiner Nachbarn, tat sich gegenwärtig durch mehrere einzigartige Details hervor: namentlich das blau-weiße Absperrband um den Garten, die vier kreuz und quer in der Einfahrt stehenden

Streifenwagen mit blinkendem Blaulicht und der Spurensicherungswagen vor den Stallungen.

Ein uniformierter Polizist wedelte mit der Mütze. Er konnte kaum älter als achtzehn Jahre alt sein. Priest fluchte leise und hielt zwischen zwei Bäumen am Ende der Auffahrt an. Bevor er das Fenster herunterließ, warf er Jessica einen Blick zu.

»Verzeihung, Sir«, sagte der Beamte, »aber Sie dürfen nicht weiterfahren. Wären Sie so nett, mir mitzuteilen, was Sie hierherführt?«

»Ich wollte mit Sir Philip Wren sprechen«, sagte Priest.

Der Polizist warf einen Blick in den Wagen. Die Rückbank war mit Papieren und Aktenordnern bedeckt. Dann musterte er Jessica interessiert.

»Das ist leider unmöglich«, sagte er schließlich. »Sie sollten besser wieder fahren.«

»Was ist passiert?«

»Bedaure, Sir, aber das ist Angelegenheit der Polizei. Bitte kehren Sie um.«

Priest öffnete den Mund, hielt aber inne, als sich Jessica plötzlich über ihn beugte. Dabei stützte sie sich mit einer Hand auf seinem Knie ab.

»Ich bin Jessica Ellinder. Wer hat hier das Sagen?«

Priest hörte die Antwort nicht mehr, da in diesem Augenblick ein massiger Körper den dünnen Streifenpolizisten verdrängte.

»Schon gut, Kleiner.« McEwens Gesicht erschien in der Fensteröffnung. Er funkelte Priest böse an. Der Hautausschlag hatte sich ebenso wenig gebessert wie der Gestank, den er verströmte. »Sieh einer an, Priest. Sie tauchen ja immer wieder auf, wie ein falscher Fünfziger. Was wollen Sie hier?«

»Die Zypressen müssen nachgeschnitten werden.«

»Wie wär's, wenn Sie aus dieser Rostlaube steigen und mich aufs Revier begleiten, damit wir uns in Ruhe unterhalten können, Sie blödes Arschloch?«

»Das dürfte nicht nötig sein«, sagte Jessica. Sie war ausgestiegen und hatte sich McEwen bis auf ein paar Schritte genähert.

Priest hob eine Augenbraue.

»Miss Ellinder?«, fragte McEwen verdutzt.

»In der Tat. Inspector, was ist hier los?«

17

Priest war beeindruckt. Es kostete McEwen sichtlich Überwindung, sie nicht nur ins Haus zu führen, sondern auch zu erklären, was geschehen war. Jedes Wort schien ihm unerträgliche Qualen zu bereiten.

»Sir Philip ist Mr. Priests Patenonkel«, erklärte Jessica. »Soll ich meinen Vater anrufen? Dann können Sie ihm persönlich erklären, warum Sie uns nicht durchlassen wollen.«

Offenbar verfügte Kenneth Ellinder über beste Beziehungen.

McEwen führte sie durch eine Küche mit Steinboden in ein luxuriöses Arbeitszimmer, das von einem edlen, handgefertigten Schreibtisch beherrscht wurde. Ein prächtiges Rundfenster bot einen herrlichen Ausblick auf einen Obstgarten, der zu einem Bach hinunterführte. Das glitzernde Wasser war im Zwielicht gerade noch zu erkennen.

Wren hing von einem Dachbalken aus Eichenholz.

»Seine Frau war gestern Abend aus«, erklärte McEwen. »Sie kam spät nach Hause und fand das Bett leer vor. Was anscheinend nicht ungewöhnlich war. Heute Morgen hat sie ihn dann hier entdeckt. Sie hat es nicht sofort gemeldet. Muss ein ziemlicher Schock gewesen sein, ihn so im Arbeitszimmer abhängen zu sehen.«

Priest ignorierte McEwens launige Bemerkung. »Lady Wren ist hier?«

»Ja. Einer von den Sozialfuzzis ist schon da, um ihr Tee zu kochen und Taschentücher zu reichen. Lassen Sie sie zufrieden, Priest.«

Priest sah zu Jessica hinüber. Wie hypnotisiert starrte sie den baumelnden, schlaffen Leichnam an.

»Ihre erste Leiche?«, flüsterte er.

Sie nickte langsam.

Er berührte ihren Arm. »Na los, wir müssen nicht länger hierbleiben als nötig.«

»Moment«, sagte sie und wandte sich McEwen zu. »Was ist das hier?«

»Ein Selbstmord. Ganz offensichtlich.«

»Wo ist der Abschiedsbrief?«, fragte Priest. »Es gibt immer einen Abschiedsbrief.«

McEwen zuckte mit den Schultern.

Wrens Schreiben steckte noch in Priests Jacketttasche. *Ist das dein Abschiedsbrief, Philip? Nein, ich glaube nicht. Da habe ich mich getäuscht. Hier ist nichts so, wie es scheint.*

»Für mich ist alles verloren«, hatte in dem Brief gestanden. *Aber dennoch – irgendwas ist hier faul. Irgendwas stimmt hier ganz und gar nicht.*

»Selbstmord. Basta«, sagte McEwen. Er kaute auf irgendwas herum, was Priest zunehmend auf die Nerven ging.

Moment. Jetzt hab ich's! »Wie ist er da raufgekommen?«, fragte Priest.

McEwen zuckte erneut mit den Schultern. »Er ist auf den Schreibtisch gestiegen und hat das Seil um den Balken geworfen.«

»Er kam von draußen?«, fragte Priest und sah zur Balkontür hinüber.

»Woher wollen Sie das wissen?«, fragte McEwen argwöhnisch.

»Seine Schuhe sind schmutzig.« Priest deutete auf die lehmverkrusteten Sohlen des Toten. »Und der Schlüssel steckt in der Balkontür. Ein so vorsichtiger Mann wie Philip Wren hätte niemals einen Schlüssel im Schloss stecken lassen. Ein Einbrecher hätte nur die Scheibe einschlagen und sich ihn schnappen müssen. Daher liegt die Vermutung nahe, dass die Tür nicht abgeschlossen ist.«

»So ein …«

»Versuchen Sie's.«

McEwen zögerte, dann drückte er die Klinke hinunter. Die Tür ließ sich problemlos öffnen.

»Na und, dann kam er eben von draußen«, knurrte McEwen.

»Und wo ist der Fußabdruck auf dem Schreibtisch?«, fragte Priest. »Hier ist nirgendwo auch nur ein Erdklumpen zu sehen. Er ist nicht auf den Tisch gestiegen.«

McEwens rotes Gesicht wurde noch röter. »Priest, warum überlassen Sie das Ermitteln nicht einfach uns Ermittlern?«

»Wollen Sie damit andeuten, dass es kein Selbstmord war?«, fragte Jessica.

»Mehr als die Hälfte der Selbstmörder Großbritanniens erhängen oder ersticken sich«, sagte Priest. »Männer häufiger als Frauen. Es ist etwas umständlich zu bewerkstelligen, aber immer noch die sauberste und schmerzfreieste Methode, wenn einem, wie den meisten Menschen hierzulande, keine Schusswaffe zur Verfügung steht. Wenn man jedoch über eine gepflegte Waffensammlung verfügt, ist es eine merkwürdige Wahl.«

Priest deutete auf mehrere Gewehre in einer Vitrine hinter Wrens baumelnder Leiche. Während McEwen die dort ausgestellten Schrotflinten in Augenschein nahm, konnte Priest ein paar heimliche Fotos des Tatorts schießen.

»Wo ist Lady Wren?«, fragte Priest und steckte das Handy weg, bevor McEwen sich wieder umdrehte. »Ich will Terri sprechen.«

Terri Wren saß mit einer Decke auf den Knien in einem großen Ledersessel in der eichenholzgetäfelten Bibliothek. Priest ging in die Hocke, bis er auf Augenhöhe mit ihr war. Er wusste nicht genau, wann er sie zum letzten Mal gesehen hatte, doch damals hatte sie noch keine grauen Strähnen im blonden Haar gehabt.

»Terri«, flüsterte Priest.

Sie warf ihm nur einen kurzen Blick aus ihren dunklen, feuchten Augen zu, schien ihn aber trotzdem zu erkennen. »Charlie. Was ...?«

»Ich bin mit der Polizei hier. Das Ganze ist etwas kompliziert. Ich bin so eine Art ... Aushilfe.«

»Wie schön. Die brauchen ja alle Hilfe, die sie kriegen können.«

»Es tut mir so leid ...«

Sie hob die Hand und drehte sich von ihm weg. Er verstummte.

»Nicht doch, Charlie. Ich weine um Hayley, nicht um mich.«

Er nickte. »Ich weiß.«

Sie drehte sich wieder zu ihm um, und er musste der

Versuchung widerstehen, sich von ihr abzuwenden. Genau das würden in Zukunft alle tun, wenn sie sie sahen – sich abwenden. Wenigstens er hatte Anstand genug, ihren Blick zu erwidern.

»Ich weiß nicht, wo Philip da reingeraten ist. Wenn dein Vater noch am Leben wäre, hätte er ihn vielleicht retten können. Dein Vater war ein wundervoller Mensch. Selbst so ein Dickschädel wie Philip musste das zugeben.«

Priest berührte behutsam ihre Hand. »Terri, was ist hier passiert?«, fragte er leise.

»Ich weiß es nicht«, sagte sie und zog die Decke fester um sich. Ihre Stimme zitterte. Sie wirkte so zerbrechlich, als könnte sie jeden Augenblick in tausend Teile zerspringen.

»Du kennst doch Philip«, sagte sie.

Priest hielt gespannt den Atem am.

»Die Arbeit, immer nur die Arbeit. Er war so beschäftigt, dass ich ihn kaum noch zu Gesicht bekommen habe. Aber dass so etwas ... nein, das kann ich nicht glauben.«

»Mein Vater hat mal ein japanisches Sprichwort erwähnt, das er von Philip hatte.«

»Ja, ich weiß, welches du meinst. *Sieben Mal hinfallen, acht Mal aufstehen.*« Terri hielt inne. »Philip war einfach nicht der Typ, um ...«

Priest senkte den Kopf. »Terri, wo ist Hayley?«

»Keine Ahnung«, flüsterte sie. »Ich habe seit über einer Woche nichts mehr von ihr gehört, aber das ist nicht ungewöhnlich. Vorhin habe ich versucht, sie anzurufen, aber sie ist nicht rangegangen. Wahrscheinlich ist sie unterwegs oder in dieser seltsamen Kirche von ihr. Oder sie hat einen Freund, von dem ich nichts wissen darf.«

Priest nickte. Irgendwas machte ihm Sorgen ... nicht nur die Leiche im Arbeitszimmer.

»Kannst du jemanden anrufen, der sich um dich kümmert?«, fragte Terri.

»Meine Schwester. Sie wohnt auf einem Bauernhof in Wiltshire.«

Priest nickte. »Und Hayley?«

»Sie taucht schon wieder auf. Wie immer.«

»Terri, hat Philip ...« Priest zögerte. *Hat Philip was?* Das war wohl kaum der richtige Zeitpunkt, um anzudeuten, dass Terri womöglich noch größere Probleme hatte als den Tod ihres Gatten. Das wäre zu viel gewesen.

»Charlie? Hat Philip was?« Sie sah ihn mit schreckgeweiteten Augen an.

»Ach, nichts.« Er drückte ihre Hand. »Entschuldige.«

Priest hörte die Bodendielen im Nebenraum knarren. McEwen tigerte im Flur hin und her. Er hatte Priest fünf Minuten mit Terri zugestanden.

»Priest? Noch eine Minute«, rief er in den Raum.

»Terri, wenn ich irgendetwas für dich tun kann ...«

Sie lächelte, doch ihre tränenfeuchten Augen schienen durch ihn hindurchzublicken. »Du warst immer ein guter Junge, Charlie. Philip hat große Stücke auf dich gehalten. Er hatte immer diese verrückte Vorstellung, weißt du. Dass du und Hayley irgendwann ...«

»Terri ...«

»Verzeih, das hätte ich nicht sagen sollen. Ich komme schon klar.«

»Bitte sag deiner Schwester, dass sie mich anrufen soll, wenn Hayley wieder auftaucht.«

»Natürlich.«

Priest stand langsam auf.

»Charlie?«, rief Terri, als er schon im Türrahmen stand. Er drehte sich um.

»Danke, dass du gekommen bist.«

Er nickte. Sein Kopf hämmerte, als er die Tür hinter sich schloss.

»Hat sie …?« Jessica wartete vor der Tür, aber außer McEwens Hörweite.

»Nein. Sie weiß gar nichts.«

Sie nickte enttäuscht. »Fahren wir. Ich glaube, wir sind hier nicht länger erwünscht.«

Da hatte sie recht. McEwen hatte Priest aus der Bibliothek kommen sehen. Jetzt polterte er mit finsterer Miene auf ihn zu. Hinter ihm lungerten seine Leute untätig und ratlos im Flur herum. Priest hätte sie am liebsten angeschrien.

»Es reicht, Priest. Ich spiele dieses Spielchen nicht mehr mit. Sie wissen eindeutig mehr, als sie zugeben«, keifte McEwen.

»Haben Sie schon Kontakt zu Hayley Wren aufgenommen?«

»Was geht Sie das an?«, fragte McEwen.

»Haben Sie sie gefunden? Terri sagt, dass sie sich seit über einer Woche nicht gemeldet hat. Und sie kann sie nicht erreichen.«

»Ich weiß nicht, ob Sie's schon bemerkt haben, aber Sie sind kein Polizist mehr, sondern Rechtsverdreher.«

»Jetzt hören Sie mal zu, McEwen. Philip Wren hat sich nicht selbst umgebracht. Sie müssen mir glauben …«

»Und Sie müssen aufhören, Ihre Nase in meine Angelegenheiten zu stecken«, knurrte der Schotte.

Priest ballte die Hände zu Fäusten. Er war einen Kopf größer als McEwen, und die Versuchung, dem kleineren

Mann ins Gesicht zu schlagen, war nahezu unwiderstehlich. Die Grenze zwischen Realität und der unwirklichen Leere der Dissoziation war fließend. An manchen Tagen wusste Priest nicht so recht, auf welcher Seite dieses dünnen Schleiers er sich gerade befand. Ob es William ähnlich erging? Die Vorstellung machte ihm Angst. *Ist das alles, was uns beide trennt? Ein dünner Schleier?*

»Priest?«, fragte Jessica.

Er schüttelte den Nebel ab, der ihn einzuhüllen drohte. Misstrauisch sah Jessica ihn an.

Er wandte sich wieder McEwen zu. »Hier geht es aber nicht um Ihre Angelegenheiten«, sagte er ruhig. »Hayley Wren zu finden sollte oberste Priorität für Sie haben.«

McEwen machte eine wegwerfende Handbewegung. »Sie können mich mal, Priest. Ich erledige meine Arbeit. Und die könnte durchaus darin bestehen, Sie wegen Behinderung der Staatsgewalt zu verhaften.«

»Hier zählen nur Tatsachen, McEwen, keine Vermutungen. Hayley Wren …«

»Wollen Sie mir jetzt etwa sagen, wie ich meinen Job zu tun habe?«

»Ja, will ich«, sagte Priest, der wieder Wut in sich aufsteigen spürte.

An McEwens Hals zeichneten sich zornige, violette Adern ab. Er hatte sein Jackett abgelegt, und trotz der Kälte hatte er große Schweißflecke unter den Armen. Er wollte etwas sagen, doch die Worte blieben ihm in der Kehle stecken.

Jessica legte eine Hand auf Priests Arm und führte ihn zur Tür. »Wie gesagt, wir sind hier nicht länger erwünscht.«

Priest fuhr Jessica zu ihrem Range Rover zurück. Wie

vorher vermied sie jeden Blickkontakt. Auf der Fahrt sah er immer wieder zu ihr hinüber und wünschte sich, ihr Haar würde ihr Gesicht nicht verdecken.

Sie sprachen nur wenig miteinander.

»Kennen Sie Hayley gut?«, fragte Jessica.

»Nicht besonders. Hauptsächlich aus Kindertagen, und ein paar Mal sind wir uns als Teenager über den Weg gelaufen. Ein nettes Mädchen.«

»Nicht Ihr Typ?«

»Mein Kollege Okoro sagt, dass ich keinen Typ habe.«

Als sie in der Tiefgarage ankamen, war die Temperatur schon fast nahe dem Gefrierpunkt. Priest hatte erwartet, dass sie aus dem Wagen springen würde, sobald er zum Stillstand kam, doch sie blieb sitzen und zog nur den Mantel enger um sich, als er den Motor abstellte.

»Hat sich dadurch etwas für Sie geändert?«, fragte sie.

Er dachte einen Augenblick lang nach. »Philip Wren schickt einen Brief in mein Büro, in dem steht, dass er mir ein Päckchen mit einem USB-Stick nach Hause geschickt hat. Diesen Stick will Ihr Bruder, der kurz darauf ermordet wird, unbedingt haben. Unsere Chance herauszufinden, welche Rolle Philip Wren dabei spielte, dürfte sich jetzt deutlich verringert haben.«

»Ich meinte das Angebot meines Vaters.«

»Ach so, verstehe.« Priest kratzte sich am Kopf.

Sie rutschte auf dem Sitz hin und her, die Hände im Schoß verschränkt, den Blick auf das Armaturenbrett gerichtet.

»Nein. Es hat sich nichts geändert«, sagte er schließlich.

Sie nickte. Er sah ihr hinterher, wie sie über den Parkplatz ging, und wusste nicht, ob sie deswegen enttäuscht war oder nicht.

18

Priest verkehrte nicht oft in Etablissements wie diesem. Zum einen war es viel zu laut. Gerade lief »Sabotage« von den Beastie Boys, und der DJ hatte keine Hemmungen, Shania Twain auf Placebo folgen zu lassen. Sich diesen Mischmasch bei über 100 Dezibel anhören zu müssen war unerträglich.

Doch Sarah war an der Reihe gewesen, den Ort für ihr monatliches Treffen auszusuchen. Um ihm das Lokal schmackhaft zu machen, hatte sie es ihm als »trendige Weinbar« beschrieben. Was für eine Enttäuschung.

»Eine Studentenkneipe«, bemerkte er kurz nach seiner Ankunft.

»Hier gibt's billigen Schnaps.«

»Sarah, ich glaube, ich bin schon übergeschnappt genug.«

Sie lachte. Dann holten sie sich Bier und setzten sich in eine Ecke. Wie immer redete sie, und er hörte zu. Das war ihm nicht unangenehm, so musste er weniger von sich selbst preisgeben und erfuhr etwas über ihr Leben. Selbst hin und wieder an seine Unzulänglichkeiten erinnert zu werden machte ihm nichts aus. Hin und wieder tat es ihm sogar ganz gut. Ihr Monolog – oder so viel er eben davon mitbekam – plätscherte angenehm dahin: Tilly schrieb gute Noten, Sarahs Firma hatte ein ordentliches Quartal hinter sich, sie würden nächsten Monat aber einen Mitarbeiter aus Kostengründen entlassen müssen. Ryan war nach wie vor ein arbeitsloser Nichtsnutz.

»Hast du William in letzter Zeit besucht, Charlie?«

»Ja. Er hat sich nach dir erkundigt.«

»Wie geht's ihm?«

»Na ja, er ist verrückt. Immer noch.«

Mehr wurde über William nicht gesprochen, obwohl Priest nichts dagegen gehabt hätte. Doch Sarah fragte ihn nicht aus Interesse, sondern um ihm einen Gefallen zu tun. Durch dieses Ritual erkannte sie Williams Existenz an, wofür Priest sie mit einer möglichst knappen Antwort belohnte.

Sarah holte die nächste Runde. Sie schob ihm eine Flasche San Miguel zu, selbst trank sie etwas Grünes aus einem hohen Glas. Sie nahm das Cocktailschirmchen aus ihrem Drink und steckte es in Priests Flasche.

»Weißt du noch, die Bekannte, von der ich dir erzählt habe?«

»Nein, keine Ahnung, von wem du sprichst«, log er.

»Stell dich nicht dümmer, als du bist, Charlie. Das ist anstrengend.«

Er lachte und nahm einen Schluck Bier, wobei er sich mit dem Schirmchen in die Stirn stach. »Ich bin nicht interessiert.«

»Charlie, ich hab gerade vergessen, wie lange das mit deiner Scheidung jetzt her ist, aber es kommt mir wie Jahrzehnte vor. Hast du seitdem auch nur *eine* Frau getroffen?«

Er zuckte mit den Schultern. »Ein paar sogar.« Die nächste Lüge. Diese schien sie ihm allerdings abzukaufen.

»Ich versteh's nicht«, seufzte Sarah.

»Was denn?«

»Du hast Geld, bist charmant und erfolgreich. Du siehst zwar nicht so gut aus wie ich, aber hässlich bist du auch nicht gerade.« Sie grinste boshaft und schlürfte ihren grünen Drink durch den Strohhalm.

»Ich bin ein sozialer Krüppel. *Charmant* ist gewaltig übertrieben.«

Darüber musste sie nachdenken. »Auch wieder wahr. Außerdem siehst du manchmal Leute mit Fischköpfen und solche Sachen.«

»Tja, warum ich noch Junggeselle bin, ist wohl das größte Rätsel seit Entdeckung der Dunklen Materie. Dabei bin ich doch mit meiner ausgeprägten Sozialphobie, meiner mangelnden Sensibilität, meiner Geisteskrankheit und meiner Leidenschaft für alte Zombiefilme eine gute Partie.«

Sarah lachte das wunderbar warme Lachen ihrer Mutter. »Na schön, niemand ist perfekt. Willst du mir nicht trotzdem verraten, wo das eigentliche Problem liegt?«

»Willst du das wirklich wissen?«

Sie beugte sich vor und legte das Kinn in die Hände. »Ja, bitte.«

»Na ja, also … deine Bekannten sind alles fürchterliche Schreckschrauben.«

Sie trat ihn unter dem Tisch gegen das Schienbein, dann fingen beide an zu kichern. Einen Augenblick lang waren sie wieder Kinder und ihre Probleme wie weggewischt. Doch Priest trieben so viele Sorgen um, dass der Moment schnell wieder vorüber war.

»Erinnerst du dich noch an Philip Wren?«, fragte er plötzlich.

Sie verzog das Gesicht, als hätte sie in eine Zitrone gebissen. »Ja. Das alte Schwein. Warum der Themenwechsel?«

»Er ist tot.«

Sie bekam etwas zu viel von ihrem grünen Drink in den Mund und musste heftig schlucken. »Oh. Das tut mir leid. Wie ist er gestorben?«

Priest schnalzte mit der Zunge. »Er hat sich erhängt.«

Sie war längst nicht so schockiert, wie Priest erwartet hatte – sie wandte einfach nur den Blick ab und fuhr sich mit der Hand übers Kinn. »Wie schrecklich«, sagte sie mehr zu sich selbst.

»Hast du noch Kontakt zu Hayley?«

»Ich bin auf Facebook mit ihr befreundet. Aber wir treffen uns nicht oder so.«

Das sollte nicht viel heißen. Sarah war mit fast jedem auf Facebook befreundet. Ein weiterer Unterschied zwischen ihnen.

»Hast du in letzter Zeit was von ihr gehört?«

»Nein. Ihre Seite ist ziemlich merkwürdig. Eine Menge Bibelzitate. Anscheinend hat sie irgendwann zu Gott gefunden. Wie das eben so geht, du weißt schon. Sie ist orientierungslos, hasst ihre Eltern, gewöhnt sich dran, eine Außenseiterin zu sein. Hat kein Glück bei den Jungs. Und dann findet sie ein Weltbild, von dem sie zwar weiß, dass es Blödsinn ist, aber es spendet ihr Trost. Und ehe sie sichs versieht, singt sie Halleluja und Preiset den Herrn.«

»Wow, meine Schwester. Die Unvoreingenommenheit in Person.«

»Hm. Glaubst *du* denn an Gott?«

»Früher war mir das egal. Ich dachte immer, wenn es

einen Gott gibt, dann ist er eher so etwas wie ein ziemlich fähiger Programmierer und weniger ein allgegenwärtiges, allmächtiges Wesen. Aber dann habe ich an die Opfer gedacht, und da kam es mir irgendwie falsch vor, an Gott zu glauben.«

Die Opfer. Priest meinte die Menschen, die William getötet hatte. Er kannte ihre Namen und Gesichter. Er hatte Monate damit verbracht, alles über sie in Erfahrung zu bringen, den Sinn in allem zu sehen. Doch bis jetzt hatte er es noch nicht geschafft, ihre Namen laut auszusprechen. Sie waren einfach nur … die Opfer.

»Weshalb solltest du nicht an Gott glauben dürfen?«, fragte Sarah neugierig.

»Wenn es einen Gott gibt, dann hat er tatenlos zugesehen, wie William … na ja, das macht mir jedenfalls eine Scheißangst. Da glaube ich lieber gar nicht.«

Sie nickte, streckte den Arm aus und drückte seine Hand. »Amen, Reverend.«

Wieder änderte sich die Musik: Feeder, »Feeling a Moment«. Seine Hand war kalt von der Bierflasche.

»Warum hat sich Philip erhängt?«, fragte sie.

»Keine Ahnung. Stress im Job vielleicht.«

»Wie traurig.«

»Tja. Wenn es einen Gott gibt, hat er im Himmel bestimmt keinen Platz mehr für noch einen Anwalt.«

Sarah grinste. »Was meinst du mit *noch einen*?«

19

26. März 1946

Ein abgelegener Bauernhof in Mittelengland

Dicke Tropfen klatschten gegen die Windschutzscheibe. Die Scheibenwischer des Austin waren beinahe zu schwach, um mit dem Regen fertigzuwerden. Ruck musste sich vorbeugen, bis er mit der Nase fast gegen das Glas stieß, um überhaupt ein paar Meter weit sehen zu können. Die Reifen rollten knirschend über den Kies. Wenigstens heute Abend wollte er seine Ruhe vor dem Bauernhof. Schneider war hier der Gefangene, nicht er. Die nächste Stadt lag ein paar Meilen in südlicher Richtung. Er hoffte auf ein Pub oder wenigstens eine Imbissbude.

Die Gestalt erschien wie aus dem Nichts. Etwas Rotes blitzte auf, er trat auf die Bremse. Der Austin geriet einen Moment lang ins Schleudern und kam dann zum Stillstand. Ruck griff nach seinem Hut und stieg aus. Er fluchte, als ihm der Wind eiskalte Tropfen ins Gesicht peitschte, und musste schreien, um sich über dem Prasseln des Regens Gehör zu verschaffen. »Hey, was soll das denn?«

»Bitte verzeihen Sie, Colonel Ruck«, rief Eva Miller. Sie war von Kopf bis Fuß durchnässt. Die vorhin noch so makellosen Locken hingen nun welk um ihre Schultern. Der rote, recht teuer aussehende Mantel schien eingelaufen zu sein.

»Was um alles in der Welt machen Sie bei diesem Wetter hier draußen?«, fragte Ruck.

Ein Gentleman wäre wohl nun um den Wagen gelaufen, hätte ihr seinen Mantel um die Schultern gelegt und sie ins Auto gesetzt. Ruck stand einfach nur da, bis er ebenso nass war wie sie.

»Ich war auf der Suche nach der Küche«, sagte sie. »Und jetzt finde ich nicht mehr in mein Zimmer zurück. Alle Türen sind abgeschlossen.«

Ruck gab nach. Es kam ihm zwar unwahrscheinlich vor, dass sie jetzt schon die Orientierung verloren hatte, aber es regnete wirklich stark, und sie war nass bis auf die Haut.

»Steigen Sie ein«, sagte er.

Sobald beide im Austin saßen, schloss Eva die Tür und lehnte sich erleichtert zurück. Ruck warf den Hut auf die Rückbank, klopfte seinen triefenden Mantel ab, zog das Papier aus der Innentasche und vergewisserte sich, dass es keinen Schaden genommen hatte. Schneiders Formel war gottlob noch lesbar. Da er keinen Safe im Zimmer hatte und den Wachposten nicht traute, behielt er den Zettel mit der Formel ständig bei sich.

Er bemerkte, dass Eva ihn anstarrte, und steckte das Blatt in die Tasche zurück.

Während sie um den Hof herumfuhren, fiel ihm ein, dass sie seit drei Nächten hier waren. Wie hatte sie jetzt vergessen können, wo ihr Zimmer war? Vielleicht hatten der Sturm und die Dunkelheit sie durcheinandergebracht.

»Hier.« Er hielt an. »Die Tür ist abgeschlossen, aber Fitzgerald wird Ihnen aufmachen. Klopfen Sie einfach, und rufen Sie nach ihm.«

Eva gab einen beipflichtenden Laut von sich, bewegte sich aber nicht. Er drehte sich zu ihr um. Sie starrte ihn an.

»Wo wollten Sie denn hin, Colonel Ruck?«

Selbst in diesem Zustand war sie wunderschön, eine Tatsache, über die er gar nicht erst nachdenken wollte.

»In die nächste Stadt. In einen warmen Pub, wenn es dort so etwas gibt. Nur weg von diesem trostlosen Hof.«

»Das klingt gut. Obwohl es wohl überall weniger trostlos ist als hier.«

»Es gibt schlimmere Orte.«

»Vielleicht beunruhigt mich Schneiders Nähe so sehr.« Eva lächelte ein wunderhübsches, strahlendes und nicht zuletzt aufrichtiges Lächeln.

Ruck wusste aus Erfahrung, dass niemand etwas ohne Grund tat. Schon gar nicht lächeln. Er drehte sich zu ihr um und verspannte sich wieder. Sie starrte ihn immer noch mit ihren großen grünen Augen an.

»Zugegeben, es ist nicht die angenehmste aller Aufgaben«, sagte er. »Aber sie ist trotzdem von großer Wichtigkeit.«

»Sie verstehen sich auf die Kunst der Untertreibung, Colonel Ruck. Also, wie sieht's jetzt mit dem Pub aus?«

Schweigend fuhren sie meilenweit über die nasse Landstraße, die sich durch das Tal schlängelte. Der Austin wurde ordentlich durchgerüttelt, die Federung ächzte bei jedem Schlagloch. Nach einer Weile kamen kleine, etwas von der Straße zurückgesetzte rote Backsteinbauten in Sicht. Die Grundstücke wurden von niedrigen, mit

Moos bewachsenen Steinmauern markiert. Hohe Bäume bogen sich im Wind. Ruck konnte das Schild am Ortsrand nicht richtig lesen. Es war nicht ganz das, was er erwartet hatte, aber besser als nichts.

Wie hatte sie sich die Frechheit herausnehmen und von ihm verlangen können, in ein verdammtes Pub mitgenommen zu werden? Er hätte sie noch im Hof aus dem Wagen werfen, sie wenn nötig in den Regen zerren sollen. Aber er hatte es nicht getan. Diese grünen, vor Intelligenz sprühenden Augen. Wie die regennasse Bluse unter dem Mantel an ihrer Brust klebte.

Ruck umklammerte das Lenkrad noch fester.

Mehrere Kurven später tauchte ein großes Gebäude vor ihnen auf. Eine alte, zur Gaststätte umfunktionierte Mühle. Man hatte die Flügel abgenommen und einen Anbau angefügt.

Der Regen hatte nachgelassen, und es tröpfelte nur noch leicht, doch als sie ausstiegen, hörten sie ein leises Donnergrollen in der Ferne. Das Pub war einigermaßen heimelig. Ein Feuer brannte in der Ecke, vor dem Kamin döste ein schwarzer Labrador. Hopfen hing von den Balken der niedrigen Decke. Ein alter Mann an der Bar, der offensichtlich eingeschlafen war, sowie ein in die *Times* vertiefter Gentleman in der Ecke waren die einzigen Gäste.

»Sie hab ich hier noch nie gesehen«, bemerkte der Barkeeper, der beinahe so breit war wie der Tresen vor ihm. Er musterte ihn misstrauisch, dann blieb sein Blick für Rucks Geschmack etwas zu lange an Eva kleben.

»Whisky«, orderte Ruck. »Miss Miller?«

»Tut mir leid, aber Frauen sind im Schankraum nicht gestattet. Und einen Speisesaal haben wir nicht.«

Ruck spürte Wut in sich aufsteigen. Er hatte doch nur einen ruhigen Abend in einem Pub verbringen wollen.

»Ihnen wird schon kein Zacken aus der Krone brechen, wenn Sie mal eine Ausnahme machen«, sagte er mit drohendem Unterton.

»Einen Gin, bitte«, sagte Eva.

»Mit Tonic Water?«, fragte Ruck, ohne den finsteren Blick des Barkeepers weiter zu beachten.

»Nein, pur. Auf Eis, wenn's geht.«

»Tut mir leid, Sir«, knurrte der Barkeeper. »Ich darf die Dame nicht bedienen.« Er polierte ein Bierglas mit einem Lappen.

Ruck sah sich um. Niemand interessierte sich für sie. Er beugte sich vor, packte den Barkeeper am Kragen und zog seinen Kopf zu sich, bis sie auf Augenhöhe waren. Der Mann protestierte gurgelnd, doch Rucks Griff war fest wie ein Schraubstock.

»Würden Sie so nett sein und der Lady ihren Drink geben, oder soll ich das für Sie machen?«, zischte Ruck.

Ein paar Minuten später stellte Ruck den Gin vor Eva auf den Tisch. Sie nahm einen überraschend großen Schluck. Ruck zog den nassen Mantel aus, setzte sich neben sie und trank von seinem Whisky. Der billige Single Malt schmeckte etwas muffig, tat aber seine Wirkung.

»Weshalb hat man Sie dieser Aufgabe zugeteilt?«, fragte Ruck und sah sie an. Jede ihrer Bewegungen war zielgerichtet, alles, was sie tat, schien wohlüberlegt. Wie sie ihre Wange berührte, wenn er sie anblickte, verriet eine für ihr Alter untypische Weltgewandtheit.

»Ich war Sekretärin bei General Warrington. Nach dem Krieg rechnete ich wie die meisten von uns damit, entlassen zu werden. Bis ein Mann wie Sie auftauchte. Er sagte, dass er eine von uns zehn Mädchen für eine sehr wichtige Aufgabe auswählen würde. Die Bezahlung sei gut, aber die Tätigkeit selbst streng geheim.«

»Und der Mann hat Sie ausgewählt.«

»Nein. Nicht mich, sondern Rose.«

»Und Sie sind hier, weil ...?«

»Weil Rose tot ist.«

Ruck trank noch einen Schluck. Aus dem Augenwinkel bemerkte er, dass der Barkeeper sich vorbeugte, um besser lauschen zu können. Gerade als er fragen wollte, wie Rose denn gestorben war, hob Eva die Hand.

»Colonel Ruck«, sagte sie. »Der Arzt, den Sie verhören ...«

»Etwas leiser, wenn ich bitten darf.«

»Natürlich. Entschuldigen Sie.«

Eva rutschte näher und senkte die Stimme zu einem Flüstern. Dabei berührte sie seine Schulter. Er roch das Parfum, das auch Schneider bemerkt hatte. Gleichzeitig wurde er nervös. Aus Höflichkeit hätte er wieder auf Distanz gehen müssen, aber er blieb, wo er war.

»Schneider hat angeblich Gott gesehen.«

»Ja.«

»Glauben Sie, dass er die Wahrheit gesagt hat?«

Darüber dachte Ruck nach. »Nein. Nicht eine Sekunde.«

»Und wenn Sie sich irren? Ich meine ... für das Ganze muss es doch einen Grund geben, oder? Für das, was in Europa geschehen ist.«

Ruck stellte behutsam das Whiskyglas ab, ohne sie aus den Augen zu lassen. »Gott war jedenfalls nicht der Grund«, sagte er. Die Worte schienen förmlich in seiner Kehle zu kleben, und seine Nackenhaare stellten sich auf. Das konnte er sich nicht erklären – außer mit ihrer

Gegenwart. Irgendwie schaffte sie es, ihn völlig aus der Fassung zu bringen.

»Nein«, flüsterte sie. »Da haben Sie recht. Wie dumm von mir.«

Ruck leerte seinen Whisky.

»Wir sollten aufbrechen«, verkündete er und stand auf.

»Ja. Natürlich.« Eva trank den Gin aus und erhob sich ebenfalls.

Als Ruck die Tür öffnete, schlug ihm ein eiskalter Wind entgegen.

»Ihr Mantel!«, rief Eva. Sie nahm ihn von der Sitzbank und reichte ihn Ruck. Das Papier aus der Tasche zu entwenden war ein Kinderspiel gewesen. Genauso einfach, wie die Zyankalikapseln in Roses Tee fallen zu lassen.

20

Ihre Mitbewohnerin Mira hatte Geburtstag, aber Georgie Someday war nicht nach Ausgehen zumute. Das zumindest war nicht ungewöhnlich, da ihr nie nach Ausgehen zumute war. Und schon gar nicht mit ihren vier Mitbewohnern – Mira, Li, Fergus und Martin. Leider hatte sie in einem unbedachten Augenblick zugesagt, da sie Miras Einladung, mit »ins Theater« zu kommen, missverstanden hatte. Und so saß sie nun, statt einen kultivierten Abend zu verbringen, in einer versifften Kneipe namens »The Theatre«.

Georgie sah sich um. Draußen war es bitterkalt. Jedes Mal, wenn sich die Tür öffnete und ein weiterer viel zu dünn angezogener Gast eintrat, fuhr ihr ein eisiger Luftstrom entgegen, bei dem selbst Captain Scott gefröstelt hätte. Weshalb war sie die Einzige, die Mantel, Handschuhe, Schal und Mütze mitgenommen hatte? Waren die anderen alle wahnsinnig geworden?

Früher am Abend hatte Mira ein Glas mit einer trüben, an Abwaschwasser erinnernden Flüssigkeit nach dem anderen gekippt. Schon da hätte Georgie ahnen müssen, dass es zum Geburtstag keine Neuinterpretation des *Don Quixote* durch die Royal Shakespeare Company geben würde. Im Gegenzug hätte sich Mira eigentlich denken können, dass Georgie, die eine Vorliebe für Wagner hatte, nicht begeistert sein würde, einen Abend lang Pearl Jam zu hören. Wie es schien, kannte Georgie ihre Mitbewohner nicht besonders gut, obwohl sie – von Li abgesehen, mit der sie jedoch einigermaßen auskam – alle zusammen in Oxford studiert hatten.

Martin schob sich an Mira heran und flüsterte ihr etwas ins Ohr, worauf sie in kokettes Gelächter ausbrach. Dabei warf er Georgie einen Blick zu, und auch das kleine Lächeln, das seine Mundwinkel umspielte, war ihr nicht entgangen. Es gefiel ihm, wenn sie ihn beobachtete, wenn sie vor ihm auf der Hut war. Sie trug die Scham über das, was geschehen war, wie einen Mantel, den außer ihm niemand sehen konnte.

Georgie zog diesen Mantel fest um sich und wandte sich ab. Ihre Eingeweide krampften sich zusammen.

Sie saßen an einem Tisch vor der Bar. Fergus holte noch eine letzte Runde, dann wollten sie weiter ins Dojos ziehen, einen dunklen, verrauchten und schäbigen Club in der Nähe. Georgie würde sich vorher abseilen. Sie hatte sich gezeigt, das musste reichen.

Fergus kehrte mit einem Tablett voller Schnapsgläser zurück. Er stellte es ab, ließ sich neben Georgie auf einen Stuhl fallen und reichte ihr ein Glas, das mit einer unappetitlich hellblauen Flüssigkeit gefüllt war.

»Wie läuft's bei der Arbeit?«, fragte er mit seinem starken irischen Akzent.

»Prima«, sagte Georgie, um das Gespräch so kurz wie möglich zu halten, und besah sich den Schnaps genauer.

Tatsächlich waren die sechs Monate bei Priest & Co. die schönsten ihres Lebens gewesen. Endlich hatte sie einen Ort gefunden, an dem sie sich wohlfühlte, wo sie gebraucht wurde und nichts mit den Leuten aus ihrem Jurastudium zu tun hatte. Mira war inzwischen Anwaltsassistentin bei einer renommierten Kanzlei in Sutton. Sie behauptete zwar, für die Fachabteilung Steuerrecht zuständig zu sein, doch in Wahrheit kochte sie Tee und schrieb Protokolle. Fergus war arbeitsscheu, Li schlug sich mit von einer Zeitarbeitsfirma vermittelten Gelegenheitsjobs durch. Martin hatte es ebenfalls zu nichts gebracht.

Georgie hatte einen der besten Abschlüsse ihres Jahrgangs in Oxford gemacht. Als Einzige aus ihrer WG hatte sie die vielen Möglichkeiten, die ihr offenstanden, auch genutzt. Und das ohne die Hilfe ihrer Eltern, anders als beispielsweise Mira: Deren Mutter war Leiterin eines Handelsverbands, ihr Vater Arzt, und gemeinsam stellten sie eine unerschöpfliche Quelle zinsloser Darlehen dar. Georgie stammte aus weitaus einfacheren Verhältnissen. Ihre Mutter, die sie erst spät bekommen hatte, war bereits in Rente. Mit zwölf Jahren hatte Georgie ihren Vater verloren. Armut war ihr nicht fremd – mehr als einmal hatte sie an ihrer Wohnungstür mit dem Gerichtsvollzieher streiten müssen. Letztes Jahr schließlich hatte ihre Mutter endlich einmal Glück gehabt und ein Preisausschreiben gewonnen – fünfzehnhundert Pfund monatlich für den Rest ihres Lebens. Inflationsbereinigt. Das war nicht viel, aber zusammen mit ihrer kargen Rente reichte es zum Leben.

Georgies Mutter hatte noch nie an einem Preisausschreiben teilgenommen, wunderte sich aber dennoch nicht, dass auf den Bankauszügen *Herzlichen Glückwunsch der Gewinnerin!* stand. Seit Georgies Uniabschluss war ihre Mutter nicht mehr so glücklich gewesen. Georgie hatte ein eigenes Konto eröffnet, damit ihre Mutter das Geld, das sie ihr monatlich überwies, nicht zu ihr zurückverfolgen konnte. Georgie verdiente genug und vermisste es nicht.

»Das ist ein Geschüttelter Schlumpf«, erklärte Fergus und riss sie damit aus ihren Gedanken.

»Wie bitte?«, fragte Georgie.

»Der Drink hier nennt sich Geschüttelter Schlumpf.«

»Weil er blau ist oder weil er schmeckt wie gehäckselter Gartenzwerg?«

Fergus lachte und leerte sein Glas.

Georgie beobachtete eine Gruppe spärlich bekleideter junger Frauen, die sich dümmlich kichernd über ein Handy beugten. Das Display erhellte ihre gekünstelt lächelnden Gesichter. Fergus erzählte ihr einen Witz über einen Dorfpfarrer und einen Dildo, doch sie hörte nicht zu, weil sie einen Mann mit breiten Schultern in der Nähe der Tür bemerkt hatte. Er trug Designerjeans, ein Sakko und wirkte ebenso verloren wie sie selbst. Gerade verabschiedete er sich von einer attraktiven Blondine. Bevor sie sich umdrehte, sagte sie noch etwas, das ihn zum Lächeln brachte. Georgie hatte Charlie Priest noch nie so lächeln sehen. Seine ganze Mimik veränderte sich – die Zuneigung, die er für die Frau empfand, war nicht zu übersehen. *Wer kann das sein?* Sie war schlank, gut gekleidet und küsste ihn selbstsicher und wie selbstverständlich auf die Wange. Okoro hatte Georgie gesteckt, dass Priest Single war. Jetzt war sie sich da nicht mehr so sicher.

Sie wandte sich zu Martin um, der den Arm um Mira gelegt hatte. Wie gewöhnlich, wie armselig er aussah. Seltsamerweise nicht im Mindesten bedrohlich. Mira schien

178

völlig entspannt. Wusste sie denn nicht, wie er in Wirklichkeit war?

Martin war ein Blender und konnte ihrem Chef nicht das Wasser reichen. Priest drehte sich wieder zum Tresen um, und ihre Blicke trafen sich. Georgie hob die Hand und winkte verlegen. Zu ihrer Freude lächelte er zurück. Zwar nicht so breit, wie er die geheimnisvolle Blondine angelächelt hatte, aber immerhin.

»Hi Georgie«, rief er ihr ins Ohr, nachdem er sich durch die Menge gedrängt hatte. Wie aufs Stichwort signalisierte auch Martin plötzlich Interesse an ihr. Er beugte sich über den Tisch. Fergus verstand den Wink und zog sich enttäuscht zurück, um sich mit Li zu unterhalten.

»Irgendwie passen Sie nicht so richtig hier rein«, sagte Georgie.

»Wo sollte ich Ihrer Meinung nach denn sein?«, fragte Priest und legte den Kopf schief.

Sie wurde rot. Irgendwie schaffte er es immer, dass sie die dümmsten Dinge sagte. *Erst denken, dann sprechen.* Sie schien ihn zu amüsieren.

»Na ja, also … irgendwo, wo es …«

»Ruhiger ist?«, schlug er vor.

Sie suchte nach den richtigen Worten. »Weniger *studentisch.*«

»Verstehe. Nicht gerade das richtige Lokal für einen alten Mann, oder?«, fragte Priest mit einem boshaften Grinsen.

»Nein, so war das nicht gemeint!« Wieder spürte Georgie, wie sie rot wurde.

»War nur Spaß, Georgie. Und Sie haben ja recht – das hier ist wirklich nicht das richtige Lokal für mich. Die paar Songs, die ich erkenne, sind alles schwer verzerrte

Synthesizernummern. Und die ich nicht erkenne, bestehen einfach nur aus Bass ohne erkennbare Melodie.«

»Ich weiß, was Sie meinen.« Georgie bemerkte, dass sich Martin vorbeugte, um zu lauschen. »Wie lief's beim Generalstaatsanwalt?«

»Nicht so gut. Er ist tot.«

»Tot?« Georgie legte eine Hand auf den Mund. »Der Generalstaatsanwalt ist *tot*?«

»Ja. Tot.«

Sie beugte sich vor. Plötzlich klopfte ihr das Herz bis zur Brust. Oder lag es am Bass?

»Was ist passiert?«, fragte sie. »Das ist ein Problem, oder?«

»Eigentlich nicht. Die werden schon einen neuen finden.«

»Für Sie, meine ich. Ach du liebe Güte! Haben Sie den Datenträger gefunden, den er Ihnen geschickt hat? Hat er ihn nicht zu Ihnen nach Hause geschickt? Wann kommt denn bei Ihnen normalerweise die Post? Da passiert so was, und wir sitzen in dieser fürchterlichen Kaschemme. Das hier ist ein Geschüttelter Schlumpf, wussten Sie das?«

»Georgie.« Er hob die Hände, um sie zu beruhigen. »Immer schön atmen beim Sprechen.«

»Tut mir leid. So bin ich immer, wenn ich ... na ja ... nervös bin.« Sie hielt kurz inne. »Wurde er gepfählt? Wie Miles Ellinder?«

»Er hat sich erhängt.«

»Ach – wirklich? Warum? Da ist doch was faul, da wette ich. Das ist *so* aufregend.« Als ihr einfiel, dass ihre Begeisterung etwas taktlos war, hielt sie inne. »Äh, ich meinte natürlich ...« Sie verstummte.

»Schon in Ordnung, Georgie.«

Priest sah sie an wie ein überdrehtes Kind. Sie wusste nicht recht, was sie davon halten sollte. »Also, ich muss morgen früh raus ...«

»Selbstverständlich! Ach, wir wollten gerade ins Dojos gehen.«

Er sah sie verständnislos an.

»Das ist ein Club gleich in der Nähe«, erklärte sie. »Ein ganz fürchterlicher Schuppen, aber wenn Sie wollen, können Sie gern mitkommen.«

»Sie laden mich in einen ganz fürchterlichen Schuppen ein?«

»Ja. Nein. Doch, ja.«

Die anderen machten sich bereit zum Aufbruch, sammelten ihre Handtaschen und Handys ein. Fergus fummelte am Reißverschluss seiner Jacke herum.

»Georgie, wir gehen«, rief Li über den Tisch hinweg. »Nimm deinen Freund doch mit!« Sie zwinkerte ihr zu und lachte.

Martin stand neben ihr und sah Georgie mit ausdrucksloser Miene an. Anscheinend hatte sie die Gelegenheit vertan, sich unbemerkt abzuseilen.

»Das ist sehr nett von Ihnen«, sagte Priest ihr direkt ins Ohr und legte dabei seine Hand auf ihre Schulter. »Aber ich muss wirklich früh raus. Ich gehe lieber nach Hause.«

Obwohl sie genau wusste, dass er nie im Leben mitgekommen wäre, war sie enttäuscht.

Sie standen auf – gleichzeitig, was für einen weiteren peinlichen Augenblick sorgte. Die anderen waren schon an der Tür, Mira taumelte bereits in den Trubel des Londoner Nachtlebens hinaus. Georgie sah Priest an. Er hatte wirklich bemerkenswert blaue Augen. Wie Kristalle. Sie küsste ihn auf die Wange. Seinem Gesichtsausdruck nach zu urteilen war er genauso überrascht wie sie. Entweder lag es an der Spontaneität des Augenblicks oder daran, dass sie seine Wange nicht richtig erwischt und leicht seine Lippe gestreift hatte. Wie ungeschickt von ihr. Doch so ungeschickt es auch war, sie schmeckte ihn selbst dann noch, als sie sich mit ihren angetrunkenen Mitbewohnern vor der Tür versammelte.

Priest sah Georgie im Strom der Feiernden vor der Bar verschwinden. Er mochte sie – ihre direkte Art, ihre Taktlosigkeit, ihre Unschuld. Sie erinnerte ihn an sich selbst, vor langer Zeit.

In der Bar wurde es immer lauter. Die eher ruhigen Studenten wurden von Horden lärmender Einheimischer abgelöst. Priest wollte sein leeres Glas nicht auf dem Tisch abstellen, an dem gerade noch Georgie und ihre Freunde gesessen hatten. Zu leicht konnte es von einem achtlosen Tänzer hinuntergeworfen oder, schlimmer noch, auf einem Schädel zerschlagen werden. Er drängte sich durch die Menge zur Bar, wo er das Glas unter dem misstrauischen Blick des Barmanns neben das Spülbecken stellte. Dann hörte er eine vertraute Stimme hinter sich. *Das ist heute einfach nicht mein Tag.*

»Charlie! Ich wusste gar nicht, dass du dich in solchen Spelunken rumtreibst«, sagte die Stimme. »Darfst du überhaupt Alkohol trinken?«

Priest drehte sich um. Sein Schwager Ryan stand mit einem leeren Schnapsglas in der Hand vor ihm, starrte an ihm vorbei und grinste. Dass er leicht dümmlich wirkte, lag an seinem Kinn, wie Priest schon vor Langem herausgefunden hatte. Ryans Kinn ragte so weit hervor, dass man ein Sonnendeck darauf hätte einrichten können.

»Hallo Ryan«, sagte Priest.

Ryan hatte Freunde dabei. Ein Glatzkopf mit Ohrringen, der Ryan um mehr als einen Kopf überragte, stützte sich auf den Tresen, spitzte bedrohlich die Lippen und starrte Priest unverwandt an. Offensichtlich kein sehr angenehmer Zeitgenosse. Dahinter standen noch mindestens zwei weitere Typen. Einer sah zu ihnen herüber und lachte. Sie waren alle ungefähr in Ryans Alter, also Ende dreißig. In diesem Bereich war wohl auch ihr IQ anzusiedeln.

»Schickes Jackett«, stichelte Ryan.

Der dritte Mann, der sich jetzt über den Glatzkopf beugte, um besser hören zu können, wieherte vor Lachen.

»Sarah ist schon aufgebrochen. Bist du hier, um nachzusehen, ob sie auch wirklich nach Hause ist?«

»Nein. Ich wusste gar nicht, dass sie hier war. Reiner Zufall.« Ryan grinste noch breiter.

»Also hast du auch nicht auf Tilly aufgepasst?«

»Nein. Ich nicht.«

Genau das war das Problem: Es fand sich immer jemand anderes dafür. Ryan hatte das Glück, Vater zu sein, schreckte aber vor den väterlichen Pflichten zurück. Priest verabscheute solche Kerle, und dass es sich dabei um seinen Schwager und den Vater seiner Nichte handelte, machte es nur noch schlimmer. Ryan war ein Großmaul und Windbeutel, der seine Tochter nicht verdient hatte. Priest biss die Zähne zusammen. Er hatte Alkohol getrunken. Nicht viel, doch in Kombination mit der dissoziativen Störung genug, um die Grenzen der Realität verschwimmen zu lassen.

183

»*Du* solltest dich um sie kümmern.«

»Warum? Dafür ist doch Sarah da, oder etwa nicht? Mach dich locker, Charlie. Ich geb' dir einen aus.«

»Nein, danke. Ich wollte gerade gehen.«

Ryan hatte Priest noch immer nicht in die Augen gesehen. Und er grinste immer noch dumm. Im Vorbeigehen rempelte er Priest an – etwas zu heftig für einen freundschaftlichen Schubs.

»Mach's gut, Kumpel«, sagte Ryan. »Ich muss noch ein bisschen tanken, bevor ich nach Hause gehe und deine Schwester ordentlich rannehme.«

Der dritte Mann bellte ein betrunkenes Lachen.

Priest blickte zu dem großen, glatzköpfigen Mann hinüber. Er war das Problem, aber auch die Lösung. Wenn er ihn ausschaltete, hätten die anderen die Hosen gestrichen voll.

Priest sah es vor sich. Wie er Ryan am Kragen packte, seinen Kopf auf den Tresen knallte und dann den Ellenbogen tief in den Solarplexus des Glatzkopfs rammte. Ein gezielter Schlag, sodass sich das Zwerchfell verkrampfte. Der Kerl wäre fürs Erste außer Gefecht, und Priest könnte sich Ryan vornehmen, ihm mit der Handfläche so auf den Hinterkopf schlagen, dass er sich den Kiefer am Tresen brach und ein paar Zähne verlor. Und Blut, überall Blut. Die Leute würden kreischen und zum Ausgang drängen, während der dritte Mann, der alles so lustig fand, zu Boden ging, niedergestreckt von Priests Faust. Das Licht …

»Hey!«

Ryan schnippte mit den Fingern vor seinem Gesicht. Priest blinzelte. Ryan wirkte verwirrt, belustigt – und zu Priests Erleichterung unversehrt.

»Scheiße, was ist los mit dir, Priest? Warst du grade weggetreten, oder was?« Ryan lachte.

Priest fuhr sich mit der Hand übers Gesicht. Dann drehte er sich um und verließ die Bar. Die eiskalte Luft traf ihn wie ein Keulenschlag.

21

Priest lehnte sich im Bürosessel zurück. Im Fernsehen berichtete ein pickliger Sky-News-Reporter, der vor Sir Philip Wrens wenig aussagekräftiger Einfahrt stand, dass man den Leichnam des Generalstaatsanwalts gestern Morgen in seinem Haus gefunden hatte. Die Behörden gingen von Selbstmord aus.

Es war ein verregneter Vormittag. Priest kündigte sich per E-Mail bei Solly an, weil er einen detaillierten Abriss der Firmenstruktur und der Kapitalkraft der Ellinder-Gruppe hören wollte. Geld war nicht die Motivation hinter den Taten seines Sohns gewesen, hatte Kenneth Ellinder behauptet. Dieser Theorie wollte Priest nun auf den Zahn fühlen: Wenn es bei Ellinder International Unregelmäßigkeiten gab, würde Solly das herausfinden. Familiengeschäfte bargen oft Familiengeheimnisse. Kurz darauf erhielt Priest Sollys knappe Antwort:

Ja.

Die Schwierigkeit bestand darin, ins Ellinder-Imperium vorzudringen, ohne dass es Jessica mitbekam. Oder McEwen. Apropos – Priest griff zum Telefonhörer. Es wurde Zeit, die Füchsin in den Hühnerstall zu lassen.

»Zentrale?«, meldete sich eine nasale Stimme.

Priest zögerte keine Sekunde. »Dee Auckland, bitte.«

»Assistant Commissioner Auckland?«

»Gibt's denn noch eine bei Ihnen?«

»Ich stelle Sie zu ihrem Vorzimmer durch.«

In der darauffolgenden Pause hörte Priest ein Klicken und mehrere andere ermutigende Geräusche.

»Miranda Coleman«, sagte eine zweite, etwas höhere Stimme.

»Kann ich bitte mit Dee Auckland sprechen?«, fragte Priest.

»Mit Assistant Commissioner Auckland?«

»Gibt's denn … ach, egal. Ja, können Sie mich bitte verbinden?«

»Sie ist gerade in einer Besprechung.«

»Sagen Sie ihr, dass Captain Kirk am Apparat ist.«

Das brachte die Sekretärin etwas aus der Fassung. »Captain …?«

»Kirk, ja. Captain Kirk«, sagte Priest höflich.

Pause.

»Einen Augenblick bitte.«

Längere Pause. Drei Minuten und sechzehn Sekunden klassische Musik. Tschaikowski, Schwanensee. Eine seltsame Wahl, seltsamer noch durch die gelegentlich durchgesagte Telefonnummer, unter der man anonyme Hinweise abgeben konnte.

»Charlie? Was willst du?«, knurrte seine Exfrau mit ihrer außergewöhnlich tiefen Stimme.

»Hi, Dee.« *Wie schön, nach all den Jahren mal wieder mit dir zu plaudern. Klingt nicht so, als hättest du das Rauchen aufgegeben, wie du es mir 2008 versprochen hast.*

»Was willst du?«

»Würdest du bitte McEwen zurückpfeifen? Ich stecke

ziemlich tief in der Scheiße, und er klaut mir ständig die Schaufel.«

Das brachte seine Ex tatsächlich zum Lachen. Vor langer Zeit war Priest vernarrt in dieses Lachen gewesen. Diese sexy, rauchige, so faszinierend tiefe Stimme – und ein Lachen, das ihm eine Zukunft versprochen und Trost geschenkt hatte. Jetzt klang es wie Fingernägel auf einer Schiefertafel.

»Detective Inspector McEwen erledigt seine Aufgabe ganz großartig, Charlie«, sagte Dee so langsam, als wäre er schwer von Begriff.

So charmant wie eh und je, Lieutenant Uhura.

Aus alter Gewohnheit schimpfte sie sofort los. »Dieser Anruf ist völlig unangebracht. Selbstverständlich werde ich deiner Bitte nicht nachkommen. Wenn das alles war ...«

»McEwen ist ein Vollidiot, Dee. Das weißt du so gut wie ich. Er ist bei Wrens Tod auf dem völlig falschen Dampfer. Das war kein Selbstmord.«

»Das reicht, Charlie.«

»Nun hör doch mal zu, Dee!«

»Nein, du hörst mir zu. Du hast mich gerade aus einer Besprechung geholt, in der sich alle Anwesenden Fotos von deiner hässlichen Visage neben ein paar anderen zwielichtigen Typen ansehen. Scheiße, du gehörst im Fall Miles Ellinder zu den Verdächtigen, ist dir das klar? Und da willst du mir sagen, ich soll McEwen und seine Leute daran hindern, dich Stück für Stück auseinanderzunehmen?«

»Hast du eigentlich deinen neuen Freunden gegenüber unsere kurze, aber unvergessliche Ehe erwähnt?«

»Leck mich, Charlie.«

»Lass mir einfach ein bisschen Spielraum, Dee. Mehr verlange ich ja gar nicht. Das bist du mir schuldig.«

»Ich bin dir *überhaupt nichts* schuldig.«

Nachdem sie aufgelegt hatte, war es gespenstisch ruhig im Raum.

Priest klopfte und wartete. Wie viele andere Chefs wohl an die Türen ihrer Angestellten klopften und geduldig warteten? Nicht viele, vermutete er. Andererseits gab es wohl auch nicht viele, die einen Buchhalter mit einer schweren Zwangsstörung eingestellt und seine kleinen Rituale auch noch toleriert hätten.

Nach einer Weile öffnete sich die Tür, und Priest durfte eintreten. Er ging direkt auf den Schreibtisch zu, der völlig frei vom üblichen Bürokram war, und setzte sich, wobei er sorgfältig darauf achtete, dass die Stuhlbeine in den Dellen blieben, die sie bereits im Teppich hinterlassen hatten.

Verstohlen sah er sich um. Das Zimmer war nicht nur sauber, es war klinisch rein. *Makellos.* Vor zwei Wänden drängten sich insgesamt sieben Aktenschränke. Jeder Buchstabe des Alphabets hatte seine eigene Schublade, die letzten beiden waren mit »Nicht in Gebrauch« beschriftet. Natürlich waren Schubladen wie X oder Z leer, doch darauf kam es nicht an. Wichtig war, dass alle Akten richtig abgeheftet, dass die Bücher nach Themenbereich und Format, die Stifte nach Größe und Farbe geordnet waren.

Hinter dem leeren Schreibtisch befand sich ein zweiter. Darauf stand ein Laptop in einem Rechteck aus Klebeband, das genau die Mitte der Tischplatte markierte. Alles war völlig symmetrisch. Die beiden Schreibtische, die beiden sich gegenüberstehenden Bücherregale. Es war so kalt, dass Priest seinen Atem sehen konnte. Solly hatte darauf bestanden, den die Symmetrie störenden Heizkörper entfernen zu lassen. Wie Priest wusste, war die Jalousie sechshundertfünfzehn Millimeter weit heruntergelassen, damit man von den Tischen aus nur andere Gebäude, aber nicht den störenden Himmel sehen konnte.

»Hallo Charlie«, sagte Solly.

Das Büro war makellos. Der, dem es gehörte, paradoxerweise nicht. Solly war Anfang dreißig, doch die picklige, unreine Haut ließ ihn aussehen wie einen Teenager. Die drahtigen braunen Locken lichteten sich bereits. Er saß mit übereinandergelegten Händen an einem Schreibtisch – das Einzige, was die Symmetrie störte, waren drei identische rote Kugelschreiber, die aus der Brusttasche seines Sakkos ragten.

»Hi Solly.«

»Sir Philip Wren ist tot, wie ich höre.« In seiner Stimme lag nicht die geringste Gefühlsregung.

»Ja. Mausetot.«

»Kanntet ihr euch?«

»Er war mein Patenonkel.«

Solly nickte. Wahrscheinlich hielt er das für eine angemessene Geste. »Du bist der Erste, den ich kenne, der jemanden gekannt hat, der jetzt tot ist. Wie geht es dir?«

»Ich habe Kopfschmerzen.«

»Ja. Selbstverständlich. Ich verstehe.«

Es war ganz offensichtlich, dass Simon Solomon nicht das Geringste verstand, doch allein der Versuch rührte Priest.

»Die Ellinder-Gruppe?«, fragte er.

»Ach ja. Die Ellinder-Gruppe. Sehr interessant. Sie besteht aus drei Holdinggesellschaften, die wiederum im Besitz mehrerer Trusts der Familie Ellinder sind. Vierundzwanzig Tochterfirmen in England, alle unter derselben Adresse gemeldet. Die Buchhaltung sitzt in Kensington. Beteiligungsgesellschaften in acht weiteren Ländern, darunter auch in den Vereinigten Arabischen Emiraten. Den Großteil ihres Umsatzes macht die Gruppe jedoch hierzulande. Ins Ausland wird erst seit fünf Jahren expandiert. Anscheinend war man der Meinung, dass der Pharmaziemarkt in Großbritannien gesättigt ist, und wollte neue Märkte erschließen. Sie machen so gut wie alles selbst – Forschung, Herstellung, Marketing, Vertrieb. Kaum Outsourcing.«

»Gewinn?«

»Die Gruppe hat letztes Jahr vierundneunzig Millionen achthundertzweiundsechzigtausendvierhundertundneun Pfund gemacht. Nach Steuern.«

Priest stieß einen Pfiff aus. »Hundert Millionen Pfund für Paracetamol zum Kauen.«

»Nein, das ist nicht korrekt.«

»Was?«

»Es sind keine hundert Millionen, sondern vierundneunzig Millionen achthundertzweiundsechzigtausendvierhundertundneun Pfund. Außerdem ist Paracetamol zum Kauen nicht das einzige Produkt der Firmengruppe. Tatsächlich macht Paracetamol weniger als null Komma zwei Prozent der weltweiten Einnahmen im zweiten Quartal ...«

»Schon gut. Es reicht.« Priest hob die Hände.

Solly blinzelte, als hätte er Sand in die Augen bekommen. »Ich muss meinen Satz beenden«, sagte er.

»Na schön, aber schnell.«

»Ich muss noch mal von vorne anfangen.«

Solly wäre wohl in den meisten renommierten Kanzleien nicht besonders glücklich geworden. Im Prinzip war er nicht erwerbsfähig, doch seine Gabe, unermesslich große Mengen von Text, Daten und Zahlen verarbeiten zu können, machte seine sozialen Schwächen mehr als wett.

Solly konnte seinen Satz nicht zu Ende bringen, weil sich die Tür ein weiteres Mal öffnete. Ohne vorheriges Klopfen.

»Bitte!«, protestierte Solly. »Die Tür darf unter keinen Umständen weiter als fünfundvierzig Grad geöffnet werden!«

Seine Bitte stieß auf taube Ohren.

»Priest«, sagte Okoro. »Du solltest schleunigst runterkommen.«

So proppenvoll hatte Priest seinen Wartebereich noch nie erlebt. Eine bunte Mischung aus Uniformen und Anzügen scharte sich um den niedrigen Tisch, auf den Maureen immer die neueste Ausgabe der *Times* sowie mehrere Zeitschriften legte – hauptsächlich, um Eindruck zu schinden. Priest jedenfalls hatte die *Law Society Gazette* seit seiner Referendarzeit nicht mehr gelesen. McEwen hatte ganz hinten Position bezogen. Anmaßend lehnte er im Türrahmen, der wie durch ein Wunder seinem beträchtlichen Gewicht standhielt.

Maureen tippte auf ihrer Tastatur herum. Sie blickte kaum auf, als Priest auftauchte.

»Ich habe den Gentleman gebeten, wenigstens die Tür zu schließen«, sagte sie, wobei die geübten Finger ihren

Tanz auf der Tastatur mit unverminderter Geschwindigkeit fortsetzten. »Es ist kalt draußen.«

Okoro stellte sich mit verschränkten Armen hinter Priest.

Ein kleiner, drahtiger Mann in hellblauem Anzug kam auf Priest zu. Er stellte sich als Evans vom Crown Prosecution Service vor und streckte die Hand aus. Priest ergriff sie und schüttelte sie kräftig. Evans war höchstens vierzig und trug eine eckige Brille auf der Adlernase. Er hatte bereits eine Halbglatze, dafür reichte das verstrubbelte, vorzeitig ergraute Haar hinten bis in den Nacken. Evans versuchte, sich als erfahrener Staatsbediensteter zu präsentieren, doch ein leichtes Zittern in der Stimme verriet seine Nervosität.

»Das hier ist ein Durchsuchungsbefehl«, sagte Evans und reichte Priest ein Dokument, das diesem wohlvertraut war. »Es berechtigt diese Vollzugsbeamten, im Rahmen der Ermittlungen im Mordfall Miles Ellinder eine gründliche Durchsuchung dieser Kanzlei vorzunehmen.«

Priest warf einen kurzen Blick auf das Dokument. Sein Inhalt war ihm selbstverständlich bekannt, doch er wollte wissen, welcher Amtsrichter es unterzeichnet hatte.

»Weshalb vermuten Sie, dass in dieser Kanzlei etwas zu finden ist, das mit dem Tod von Miles Ellinder zu tun hat?«

»Sie vertreten Kenneth und Jessica Ellinder, den Vater und die Schwester des Ermordeten. Es gibt Grund zu der Annahme, dass eine oder beide dieser Personen – Ihre Klienten – mit Mr. Ellinders Ableben in Verbindung stehen.«

Priest schnaubte. Amtsrichter Fearnly hatte den Durchsuchungsbefehl unterzeichnet. Letztes Jahr hatte Priest gegen eine von Fearnlys Entscheidungen erfolgreich Berufung eingelegt. Das übergeordnete Gericht hatte Priest nicht nur recht gegeben, sondern Fearnly wegen seiner schlampigen Arbeit auch noch gerügt. Es musste ein Fest für ihn gewesen sein, als Evans heute Morgen mit der Bitte, die Anwaltskanzlei Priest & Co. durchsuchen zu dürfen, zu ihm gekommen war.

Priest hob den Kopf. Evans redete immer noch.

»Mr. Priest? Haben Sie das verstanden?«

»Ja.« Er sah zu McEwen hinüber. Der Schotte nickte höflich, und Priest erwiderte die Geste. »Wo wollen Sie anfangen?«

Evans hob erstaunt eine Augenbraue. Wahrscheinlich leisteten die Leute für gewöhnlich mehr Gegenwehr, wenn man ihnen ein Dokument unter die Nase hielt, das es der Polizei und ihren Mitarbeitern erlaubte, in ihren vier Wänden herumzuschnüffeln.

»Los geht's, Männer!«, rief McEwen erfreut durch den Raum. »Aber passt ja auf, dass ihr Mr. Priests Kanzlei nicht völlig auseinandernehmt.«

Die Polizeibeamten knurrten zustimmend und setzten sich in Bewegung. Priest und Okoro blieben, wo sie waren. Evans drehte sich zufrieden und wahrscheinlich auch erleichtert um.

»Die Ellinders sind nicht unsere Klienten«, flüsterte Priest Okoro zu. »Die fischen im Trüben. Lauf los und sieh zu, dass du einen Richter findest, der uns leiden kann und diesen verdammten Beschluss wieder aufhebt.«

»Ich werde mein Bestes geben, aber ich weiß nicht, wie lange es dauern wird.«

»Dann versuche ich, Zeit zu schinden.«

Okoro sah ihn skeptisch an. Die Polizisten unterhielten

sich leise. Wahrscheinlich diskutierten sie, wie sie sich aufteilen sollten, um das Gebäude am effektivsten auf den Kopf zu stellen. Okoro telefonierte. »Burrows kann mich in zwanzig Minuten einschieben«, sagte er. »Kannst du sie so lange hinhalten?«

Priest nickte, und schon war Okoro aus der Tür. McEwen bemerkte ihn, hielt ihn aber nicht auf.

»Dürfte ich um meine Kopie der Rechtsmitteilung bitten?«, fragte er Evans höflich.

Dieser runzelte die Stirn. »Sie haben doch schon die Kopie des Durchsuchungsbefehls.«

»Ja, selbstverständlich. Aber mir steht außerdem eine Kopie der Mitteilung über meine Rechte und Ansprüche zu. In diesem Dokument werden meine Rechte bei einer Durchsuchung meiner Person oder ...«

»Ich *weiß,* was in diesem Dokument steht«, stammelte Evans. »Sie sind Rechtsanwalt, Sie müssen Ihre Rechte doch kennen.«

»Eine kleine Auffrischung hin und wieder schadet nicht.«

Priest lächelte. Evans fuhr sich übers Gesicht, dann wandte er sich ab. McEwen sah ihn fragend an. Priest hatte richtig geraten. Evans hatte die Kopie der Rechtsmitteilung vergessen.

»Was?«, knurrte McEwen.

»Die Kopie steht ihm tatsächlich zu«, gestand Evans widerwillig. »Ich muss zurück ins Büro und eine holen.«

»Und wie lange dauert das?«, fragte McEwen.

»Bei dem Verkehr? Eine halbe Stunde.«

McEwen grunzte, dann befahl er seinen Leuten mit einem Kopfnicken, wieder Platz zu nehmen und zu warten. Er selbst setzte sich gegenüber vom Empfangstresen,

195

während Evans davoneilte. Jetzt kam es darauf an, wer schneller war. Es war ein Kopf-an-Kopf-Rennen – vorausgesetzt, dass Burrows Okoro nicht warten ließ.

»Was ist mit Hayley Wren?«, erkundigte sich Priest bei McEwen. Der DI lümmelte in Priests Sessel. Wieder schwitzte er stark.

»Was soll mit ihr sein?«, fragte der Polizist verdrießlich.

»Ist sie wieder aufgetaucht?«

»Lassen Sie's gut sein, Priest. Wren hat Selbstmord begangen. Seine Tochter treibt sich sonst wo herum. Wahrscheinlich weiß sie es noch gar nicht. Außerdem geht Sie das überhaupt nichts an. An Ihrer Stelle würde ich mir lieber Sorgen darüber machen, was meine Leute in Ihren Aktenschränken finden, wenn Evans zurückkommt.«

Priest hatte zwar nichts zu verbergen, doch eine polizeiliche Durchsuchung der Kanzlei kam ihm nicht nur ungelegen, sondern war auch schlecht fürs Geschäft. Die Zeit wurde knapp, und McEwen hatte ihm soeben bestätigt, dass Hayley noch nicht wieder aufgetaucht war. Das bedeutete nichts Gutes.

Priest ging zum Empfangstresen hinüber. Maureen sah ihn streng an. »Charlie, in welchem Schlamassel stecken Sie denn nun wieder?«

»Keine Sorge, ich regle das schon.« Sie sah ihn zweifelnd an. »Kein Problem, Maureen. Wirklich.«

»Sie sind ein schlechter Lügner«, sagte sie und tippte weiter.

Bedauerlicherweise gewann Evans das Rennen. Er stürzte förmlich durch die Tür, mehrere Papierseiten in der Hand. Mit rotem Gesicht und völlig außer Atem überreichte er Priest das Dokument.

»Viel Spaß beim Auffrischen«, keuchte er.

McEwen stand auf. »Sie haben uns ziemlich lange warten lassen. Dass wir jetzt noch behutsam vorgehen, kann ich Ihnen leider nicht mehr versprechen.«

»Wo bewahren Sie Ihre Akten auf?«, wollte Evans wissen. Er war sichtlich verärgert, doch seine Stimme bebte immer noch.

Okoro hatte noch nichts von sich hören lassen. Wie es aussah, würde McEwen seinen Willen bekommen. Priest dachte an Solly und seine Tür, die nicht mehr als fünfundvierzig Grad weit geöffnet werden durfte. Wahrscheinlich war er oben gerade dabei, den Stuhl zu desinfizieren, auf dem Priest gesessen hatte. Solly würde das nur schwer verkraften. Priest musste mehr Zeit schinden, doch ihm fiel nicht das Geringste ein.

»Wer von Ihnen ist Evans?«, rief Maureen.

»Das bin ich.«

»Telefon für Sie.« Ohne aufzublicken, hielt ihm Maureen den Hörer hin.

Evans nahm ihn verwirrt entgegen. McEwen musste seine Leute ein weiteres Mal zurückpfeifen. »Ja, Evans hier. Wer ...? Ja ... ja, Sir. Guten Morgen ... Ja ... Wie Sie wissen, handle ich in staatlichem Auftrag ... ja. Ja. Amtsrichter Fearnly hat den Beschluss heute Vormittag unterzeichnet. Die Umstände ... ja? Ja, ich verstehe, Sir. In der Tat ... Wiederhören, Sir.«

Er gab Maureen den Hörer zurück. Evans war blass wie der Tod und wirkte um zehn Jahre gealtert. Er sah Priest an, wollte etwas sagen, schlich dann aber wortlos zu McEwen hinüber.

»Das war Amtsrichter Burrows«, sagte Evans kleinlaut. »Der Durchsuchungsbefehl ist aufgehoben.«

»Was soll das heißen?«

»Das soll heißen, dass wir wieder nach Hause gehen können. Voraussetzung für den Durchsuchungsbefehl war ein Anwalt-Mandanten-Verhältnis zwischen Jessica oder Kenneth Ellinder und Charlie Priest, das so nicht gegeben ist ...«

Evans konnte seine Erklärung nicht zu Ende führen. McEwen war bereits aus der Tür.

22

Quälend langsam öffnete Hayley Wren die Augen. Einen Moment lang sah sie nichts als grelles Licht.

Sie lag ausgestreckt auf einem harten Tisch. Eine sanfte Brise strich über ihren Körper. Wie an einem sonnigen Strand, wo einem das Meer an den Füßen leckte und die Möwen über ihrem Kopf kreischten.

Sie schloss die Augen wieder. Der Strand verblasste, stattdessen erschien ein von einer Kapuze verhülltes Gesicht in der Dunkelheit. Es suchte nach ihr, schrie ihren Namen.

Sie riss die Augen auf. Die Gestalt verschwand, und sie erblickte einen langsam rotierenden Deckenventilator. In ihrem völlig ausgedörrten Mund war ein saurer Geschmack. Sie hatte sich wohl irgendwann übergeben müssen.

Als sie den Arm heben wollte, um ihr Gesicht zu betasten, ließ er sich nicht bewegen. Sie war an den Tisch gefesselt. Panisch warf sie sich hin und her. Ihre Arme und Beine waren mit Lederriemen fixiert, ein weiterer Gurt war um ihre Hüfte geschlungen.

Die Panik wurde größer. *Wo bin ich?* Der Mann mit der Kapuze hatte sie von hinten gepackt. Trotz aller Gegenwehr hatte er sie mühelos überwältigt und ihr ein Taschentuch aufs Gesicht gedrückt, das nach Benzin oder etwas Ähnlichem gestunken hatte.

Sie hatte sich mit aller Kraft zur Wehr gesetzt. Sie hatte gebetet. Sie hatte zu Jesus gebetet. *Warum hat er mir nicht geholfen?*

Nach und nach nahm der Raum Gestalt an. Weiße Wände. Eine nackte Glühbirne unter dem Deckenventilator. Der Tisch, auf dem sie lag, war ziemlich hoch, mindestens eins zwanzig. Sie konnte den Kopf nicht weit genug drehen, um den Raum vollständig einzusehen, doch er schien keine Fenster zu haben. Er wurde nur durch das grelle Licht der Glühbirne erhellt.

Vielleicht bin ich schon tot. Vielleicht bin ich im Fegefeuer, und bald wird Gericht über mich gesprochen.

Sie sah an sich hinab. Sie war nackt und lediglich von den Schultern bis zu den Knien mit einem dünnen weißen Laken bedeckt.

Das hier ist nicht das Fegefeuer!

Sie wollte schreien, doch der Schrei blieb in ihrer Kehle stecken – als drohte sie die Angst ganz wortwörtlich zu ersticken.

O Gott, was geschieht mit mir? Und was ist bereits mit mir geschehen?

Sie sah eine Bewegung aus dem Augenwinkel. Eine Gestalt huschte hinter ihr vorbei. Als eine Hand über ihre Schulter glitt und kurz vor ihrer Brust zum Stillstand kam, stellten sich ihre Nackenhaare auf. Direkt über ihrem wie wild klopfenden Herzen.

Ihre Kehle schnürte sich zusammen. Wieder schloss sie die Augen, versuchte, an etwas – irgendetwas – zu denken, das sie vom Hier und Jetzt ablenkte. Erneut wollte sie den Strand heraufbeschwören, die Möwen, den

200

heißen Sand unterm Rücken, die Sonne im Gesicht, doch das Bild verschwand, als würde sich eine Wolke vor die Sonne schieben. Eine Wolke in Form einer weißen Kapuze mit zwei schwarzen Augenlöchern.

»Hallo Hayley«, dröhnte eine Stimme in ihren Ohren.

23

Auf den kleinen Holztischen lagen abwaschbare Plastiktischdecken mit einem verblassten Muster aus Erd- und Himbeeren. Das Besteck war einfach und schwer, die Becher passten nicht zusammen und waren auch nicht besonders sauber.

Jessica saß mit den Händen im Schoß da. Anscheinend wollte sie nach Möglichkeit vermeiden, irgendetwas anzufassen. Priest studierte die Speisekarte und warf ihr dabei hin und wieder einen Blick zu. Er fand ihr Unbehagen recht amüsant.

»Ich habe keinen Hunger«, verkündete sie plötzlich.

»Sind Sie sicher?« Überrascht sah er auf. »Das Frühstück hier ist einsame Spitze.«

»Normalerweise frühstücke ich nicht um ein Uhr mittags«, sagte sie. »Und schon gar kein komplettes englisches Frühstück.«

Priest war enttäuscht. »Wie wär's dann mit einem Baconsandwich? Oder nur Blutwurst?«

»Gibt's hier nichts Vegetarisches?«, fragte Jessica.

Priest dachte nach. »Wahrscheinlich können Sie statt Speck Pilze kriegen, statt Blutwurst Tomaten und statt der Würstchen... ach, wahrscheinlich lassen sie die Würstchen einfach weg.«

Jessica verzog das Gesicht. Eine ältere Frau mit Schürze näherte sich und zückte den Stift. Ihre großen Schneidezähne sahen aus wie Spielkarten, die man schief und krumm ins Zahnfleisch gesteckt hatte.

»Ja, bitte?«, krächzte sie.

Priest sah Jessica freundlich an. Die schüttelte den Kopf.

»Zweimal das große Frühstück, bitte.«

Die Kellnerin ging zur Theke hinüber, wo sie den Bestellzettel in eine Durchreiche legte. Eine außergewöhnlich stark behaarte Hand nahm ihn entgegen. Priest hatte den Besitzer der Hand noch nie gesehen. Wollte er auch nicht. Zu wissen, dass diese haarige Hand ausgezeichnete Rühreier machte, reichte ihm völlig.

»Danke für die Einladung«, sagte sie, ohne es so zu meinen.

Priest nickte und schenkte Tee ein. Heute trug sie einen Ring am Mittelfinger. Eigentlich war er ziemlich schlicht, doch selbst Priests ungeübtes Auge erkannte den Reichtum und die Exklusivität, den er ausstrahlte. Genau wie seine Besitzerin.

»Heute Morgen hatten wir Besuch von unseren Freunden und Helfern«, sagte Priest.

»McEwen, nehme ich an. Darüber haben Sie sich sicher gefreut.«

»Riesig. Anscheinend vermutet er, dass Sie und Ihr Vater irgendwie mit Miles' Tod zu tun haben.«

Die Empörung, mit der er gerechnet hatte, blieb aus. Sie zuckte nur mit den Schultern und leerte zwei Zuckertütchen in ihren Tee. »Mein Vater und ich halten McEwen für hoffnungslos inkompetent. Deswegen sind wir ja zu Ihnen gekommen.«

»Ihr Vater wollte das. Sie nicht.«

»Schon möglich. Aber ich vertraue seinem Urteil.« Sie rührte etwas zu heftig in ihrem Tee.

»Sie haben angedeutet, dass Sie und Ihr Bruder sich nicht besonders gut verstanden haben?«

»Das stimmt«, sagte sie. »Aber Miles hat sich mit niemandem gut verstanden. Daddy hat Unsummen ausgegeben, um ihn daran zu hindern, den Konzern zu ruinieren.«

»Das schwarze Schaf der Familie also.«

»Mr. Priest, meine Familie ist eine ganze Herde schwarzer Schafe.« Sie lächelte ihn freudlos an.

»Ihr Vater hat die Befürchtung geäußert, dass Miles in etwas Gefährliches verstrickt war.«

Sie sah ihn durchdringend an. »Ist das nicht offensichtlich? Man hat ihn gepfählt.«

Priest goss etwas Milch in seinen Tee und rührte um. »Haben Sie schon mal was von Vlad dem Pfähler gehört?«

»Ja. Das Vorbild für Dracula, oder?«

»Glauben Sie, dass Miles' barbarische Ermordung eine Botschaft war?«

»Zweifellos, nur erschließt sich mir der Inhalt dieser Botschaft nicht.«

»Sie haben also keine Vampire in der Familie?«

Sie nahm einen Schluck Tee und sah ihn über den Tassenrand hinweg an. Er zweifelte nicht daran, dass sie Sinn für Humor hatte. Hoffte er zumindest. Andernfalls hatte er sie nun schon mehrmals vor den Kopf gestoßen, bevor überhaupt das Frühstück auf dem Tisch stand.

»Ach richtig, Sie sind ja so ein großer Horrorfilm-Fan«, sagte sie knapp.

»Mir war nicht bewusst, dass Sie auch Erkundigungen über meine privaten Gewohnheiten eingeholt haben.«

»Glauben Sie, dass ich das Schicksal meiner Familie aus den Händen gebe, ohne den Retter in der Not vorher genau zu durchleuchten?«

Priest grinste. *Also hatte sie doch Sinn für Humor.*

»Wissen Sie auch, wer der Urheber des modernen Vampirmythos ist?«, fragte sie, als er nichts darauf sagte.

»Das ist einfach. Viele vermuten ja Lord Byron, dabei war es sein Leibarzt John Polidori. Byron war vielleicht Polidoris Quelle, aber nicht der Schöpfer jener Kreatur, der Stoker später ihre endgültige Gestalt verlieh.«

»In der Tat«, sagte sie. »Schon merkwürdig, dass zwei der größten Ungeheuer der Literaturgeschichte – der Vampir und Shelleys wiederbelebtes Monster – zur selben Zeit und dann auch noch im selben Haus erfunden wurden.«

»Vielleicht war es doch Byron.«

»Was gefällt Ihnen an Horrorfilmen so?«

Priest zögerte. Normalerweise nahm er die Leute ins Kreuzverhör und saß nicht selbst im Zeugenstand. »Der höhere Grad der Anteilnahme wahrscheinlich. In anderen Filmgenres lacht man, wenn etwas lustig ist, und weint, wenn etwas traurig ist, aber man bleibt immer Zuschauer. Bei einem Horrorfilm dagegen spürt man die Angst, die die Figur hat. Das ist ein ganz anderes Erlebnis. Man wird Teil des Geschehens.« Er hätte noch hinzufügen können, dass es für jemanden mit einer dissoziativen Störung für sich genommen schon eine Leistung darstellte, Anteilnahme zu zeigen.

Die Kellnerin stellte zwei große Teller mit einem kompletten, fetttriefenden englischen Frühstück auf den Tisch.

Priest räusperte sich. »Wir müssen Hayley finden.«

Jessica beäugte ihren Teller misstrauisch und blickte dann auf. »Warum?«

»Weil sie seit einer Woche vermisst wird und sich niemand außer uns dafür interessiert.«

»Nein, deshalb wollen Sie sie finden. Wieso wir?«

Priest schnitt in eine Wurst, die ungefähr so dick war wie der Schlagstock, mit dem Miles Ellinder ihn traktiert hatte. Er bezweifelte, dass sie viel Fleisch enthielt. »Ihr Vater wurde höchstwahrscheinlich ermordet, und sie ist spurlos verschwunden. Das könnte Zufall sein oder auch nicht.«

»Wollen Sie mir damit durch die Blume sagen, dass Sie das Angebot meines Vaters noch einmal überdacht haben?«

Priest sah sich die Wurst genauer an. Vermutlich war in dem Schlagstock mehr Fleisch gewesen.

»Jessica, wir haben ein gemeinsames Ziel«, sagte Priest ernst. »Also können wir genauso gut zusammenarbeiten.«

»Da wäre ich mir nicht so sicher. Mein Ziel ist es, den Mörder meines Bruders zu finden und diese Angelegenheit zu den Akten zu legen. Ihr Ziel scheint es zu sein, die Tochter des Generalstaatsanwalts zu finden, während Ihnen jemand den Rücken freihält.«

»Die beiden Fälle haben eine eindeutige Verbindung. In Wrens Brief steht, dass er mir einen USB-Stick mit Daten darauf geschickt hat. Ihr Bruder taucht in meiner Wohnung auf und sucht – man höre und staune – einen USB-Stick. Es steht zu vermuten, dass es sich beide Male um denselben Stick handelt. Den ich übrigens immer noch nicht gefunden habe.«

»Wie bedauerlich.«

Sie glaubte ihm ganz offensichtlich nicht. Da konnte er

ihr keinen Vorwurf machen – er hatte ihr schon einmal Informationen vorenthalten.

»Auch das ist ein Grund, weshalb wir in eine andere Richtung ermitteln sollten«, sagte er.

»Und Hayley hilft uns inwiefern weiter?«

»Das wissen wir erst, wenn wir sie gefunden haben.«

Jessica stieß vorsichtig eine Bohne mit dem Gabelzinken an, als hätte sie Angst, dass das, was auf ihrem Teller lag, noch nicht ganz tot sein könnte.

»Essen Sie Ihre Blutwurst nicht?«, fragte Priest mit vollem Mund.

Wortlos schob sie die Wurst auf seinen Teller, wobei sie sichtlich versuchte, ihre Hände so weit wie möglich vom Essen fernzuhalten. Er dagegen langte tüchtig zu. Ihm fiel ein, dass dies seine erste anständige Mahlzeit seit Miles' Besuch war.

»Sagen Sie Ihrem Vater, dass ich sein Angebot annehme«, sagte er.

Jessica stand auf, nahm ihre Radley-Handtasche und setzte sich eine große Sonnenbrille auf. Es war zwar nicht besonders warm, aber es hatte aufgehört zu regnen, und die Sonne fiel bereits durch die Fenster des Lokals.

»Mal sehen, ob das Angebot überhaupt noch steht«, sagte sie und ging.

Priest war auf dem Heimweg. Eigentlich hatte er geplant, nach dem späten Frühstück mit Jessica zurück ins Büro zu fahren, doch das war wohl keine so gute Idee. Er sah sich seine Hand genau an. Sie sah aus wie eine bewegliche Gummiattrappe. Wie etwas aus einem Puppentheater. *Scheiße, bitte nicht jetzt.* Mit wachsender Furcht starrte er auf die Welt jenseits des getönten Taxifensters.

Seine Wahrnehmung verzerrte sich zusehends. *Ich bin ein Geist. Ich bin verflucht.*

Etwas Zeit, in der er normal funktionierte, blieb ihm noch, obwohl sich die Grenzen schneller verwischten als sonst. Er hatte – ungewöhnlich für ihn – ein Taxi genommen, damit er auch sicher zu Hause ankam. Leider waren sie gezwungen, einen Umweg zu fahren, da der Oxford Circus von Demonstranten mit selbst gemalten Schildern in Beschlag genommen war.

»Verdammte Antikapitalisten!«, wetterte der Taxifahrer. »Erst verstopfen sie den ganzen Tag die Stadt und wollen nicht arbeiten, und abends twittern sie darüber auf ihren sündhaft teuren iPhones. Das ist doch scheinheilig.«

Priest hörte kaum hin. Sein Telefon klingelte. Hatte er jemanden angerufen? Erwartete er einen Rückruf? Okoros tiefe Stimme vibrierte in seinem Ohr.

»Alles klar, Priest?«

»Alles klar«, sagte er unsicher.

»Sehr schön. Was gibt's?«

»Was?«

»Priest?«

Priest schnalzte mit der Zunge. »Ich fahre mal für eine Stunde oder so nach Hause. Dann geht's mir sicher besser.«

»Verstehe. War ja ein voller Erfolg heute Morgen.«

»Was?«

»Heute Morgen«, wiederholte Okoro. »Mein Termin bei Amtsrichter Burrows. Der ehrenwerte Richter hatte einige interessante Anmerkungen zu dem Durchsuchungsbeschluss. Er hätte überhaupt nicht bewilligt werden dürfen.«

»Ja«, sagte Priest, der ganz woanders war.

»Ich hätte ja gerne Evans' Gesicht gesehen, als Burrows ihn angerufen hat.«

»Ja.«

Okoro hielt inne. »Priest, hörst du mir überhaupt zu?«

»Nicht so richtig.«

»Hm. Dann ruh dich erst mal aus. Wenn ich bis heute Abend nichts von dir höre, schicke ich jemanden vorbei.«

Priest taumelte voran. Er konnte sich weder erinnern das Taxi verlassen noch den Fahrer bezahlt zu haben. Er suchte nach seinen Schlüsseln und nahm die Passanten, die sich lachend auf dem Gehweg an ihm vorbeidrängten, kaum wahr. Als er einen mit einem Hundekopf erblickte, dem eine lange feuchte Zunge aus dem Mund hing, sah er schnell weg.

Nicht schon wieder ...

Die Tür bewegte sich, verschwamm vor seinen Augen, schwankte wie auf einem Schiff. Er bekam den Schlüssel nicht ins Schloss. War er zu groß oder das Schloss zu klein? Oder beides? Keine Ahnung.

Er sah sich den Schlüssel genau an. Er hatte ihn schon mal gesehen. Die Hand, die ihn hielt, nicht. Verwirrt blickte er sich um. Neben der Tür führte eine Treppe in den Keller. *Dort sind Müllcontainer.* Alles hier kam ihm vertraut vor, obwohl er nicht hier wohnte.

Er fiel beinahe die Treppe hinunter.

Tatsache, ein Müllcontainer, einer von den alten, runden aus Stahl. Ohne die farbigen Räder, die die neuen hatten. Die Farbe der Räder hatte etwas zu bedeuten, aber er wusste nicht mehr, was. Aus dem Container kamen schreckliche verzerrte Laute. Nach einer Weile begriff er, dass es sein eigenes Lachen war.

Er dachte an Jessica Ellinder, an die von den dicken, braunen Locken halb verdeckten Augen, mit denen sie ihn ansah.

»Charlie?«

Er erkannte die Stimme. Oder hatte er nur seinen Namen erkannt? Weitere Geräusche. Jemand kam die Treppe herunter und um die Ecke gelaufen.

Siedend heiß fiel ihm ein, dass er gefangen war.

»Charlie?« Die Stimme war weich und warm. Wie Seide. »Was zum Geier treibst du in meinem Müllcontainer?«

Priest betrachtete die Szene wie durch eine Milchglasscheibe. Eine Frau stand in der Küche und bestrich Toast mit Butter. Sie sah angespannt aus. Irgendetwas machte ihr Sorgen. Ein Mann saß über den Küchentisch gebeugt da. Sein Kopf lag auf dem ausgestreckten Arm. Zu seiner Schande erkannte sich Priest dort selbst. Er starrte aus dem Fenster, aber nicht auf sein Spiegelbild, sondern auf etwas dahinter. Es war eine kleine, aber saubere Küche. Der rote Wasserkocher hatte dieselbe Farbe wie der Toaster. Es roch nach Kaffee – eigentlich ein angenehmer Duft, der ihm jetzt jedoch widerlich und penetrant vorkam.

Nach einer Weile spürte er die heiße Tasse in der Hand. Es tat weh, und er untersuchte die Hand auf Schäden. Leider hatte er keine Betriebsanleitung und konnte sie auch nicht reparieren, wenn sie kaputt war. Das hätte ihn beunruhigen sollen, tat es aber nicht. Es spielte keine Rolle. Das war definitiv seine Hand, wenn auch etwas verzerrt.

Die Frau, die den Toast gemacht hatte, sagte etwas. Sie schien in Sorge, aber auch etwas ärgerlich.

Leichte Unruhe erfasste ihn. Er kannte den Mann am

Tisch und die Frau an der Küchenzeile, die sich jetzt um seine verbrannte Hand kümmerte.

Die Hand pochte.

»Himmel, Charlie«, sagte die Frau. Wieso konnte er sie durch die Milchglasscheibe so gut hören? Jetzt fiel ihm auf, dass der Wasserkocher schwarz war. *War er nicht gerade noch rot gewesen?* »Das muss aufhören. Kannst du mich überhaupt hören?«

Priest hörte sie nur undeutlich, wie die Ansagen in einem geschäftigen Bahnhof.

Ein schwarzer Fleck wanderte von seinem Augenwinkel langsam durch sein Blickfeld. Es wurde dunkel. Seine rechte Gesichtshälfte schmerzte plötzlich. Blutete er? Ihm wurde übel, als hätte eine riesige Hand seine Eingeweide gepackt, sie herumgedreht und zusammengequetscht.

»Das ist nicht gut, Charlie«, sagte die Frau. »Es wird immer schlimmer. Ich will einfach nicht – na ja, du weißt schon – ich will nicht, dass … ach, keine Ahnung. Ich mache mir einfach Sorgen.«

»Was macht dir denn Sorgen?«, fragte er.

»Du sagst, dass du dich an nichts erinnern kannst. Dass du stundenlang wie in einem Vakuum dahindämmerst. Macht dir das keine Angst?«

»Doch.«

»Wo bist du dann? In einem Traum?«

Priest dachte darüber nach. Nein, das war kein Traum. Je lebhafter der Traum, desto wirklicher. Im Traum hatte man nicht das Gefühl, dass etwas nicht stimmte, sondern fand die Welt, in der man sich befand, völlig plausibel. Bis man aufwachte und – das war der kritische Punkt – entweder enttäuscht oder erleichtert in die Realität zurückkehrte. In seiner Welt dagegen verblasste die Wirklichkeit nach und nach und machte einem leeren, farblosen Ort Platz, der nicht die geringste Ähnlichkeit mit einem Traum hatte.

Sie wartete immer noch auf eine Antwort.

»Nein«, sagte er. »Das ist kein Traum.«

»Weißt du, wer ich bin? Weißt du in diesem Augenblick, wer ich bin?«

Sie saß direkt neben ihm.

»Ja. Du bist Sarah. Meine Schwester.«

»Gut.«

Er verlor das Bewusstsein.

Als er aufwachte, fand er sich vollständig bekleidet auf einem fremden Bett liegend wieder. Vor den blutroten Wänden standen mit Büchern vollgestellte Regale.

Scheiße.

Wie spät es wohl war? Das grelle Licht schmerzte in seinen Augen. William hatte das Ende einer Dissoziationsepisode einmal so beschrieben: *Zehnmal schlimmer als der schlimmste Kater, den du je hattest, und darauf noch eine Flasche Wodka.* Er wusste noch, dass er in einem Taxi mit Okoro telefoniert hatte, aber nicht mehr, worüber sie gesprochen hatten. Vage erinnerte er sich daran, in Sarahs Küche Kaffee getrunken zu haben. Das war aller Wahrscheinlichkeit nach auch passiert, obwohl die Derealisation gelegentlich auch seinem Gedächtnis Streiche spielte.

Herrgott. Dabei hasse ich Kaffee.

Er erinnerte sich an die letzten Stunden wie an einen Ort, den er nur im Nebel gesehen hatte.

Die Marketing-Fachliteratur in den Regalen ließ darauf schließen, dass er sich in Sarahs Haus befand. Leider. Er hielt sich den Kopf und versuchte, sich zu konzentrieren.

Als er sich aufsetzen wollte, spürte er einen derart stechenden Schmerz im Hinterkopf, dass er wieder auf das Kissen zurückfiel. Er stank nach Schweiß, seine Beine waren schwer wie Blei. Wieder einmal war ihm das Ganze überaus peinlich.

»Wir sind eins, Brüderchen«, hallte Williams Stimme durch seinen Kopf.

»Hallo, Onkel Charlie.«

Wie lange Tilly wohl schon in der Tür stand? Trotz der Schmerzen hob er den Kopf und zwang sich zu einem Lächeln, das nicht erwidert wurde. Sie hatte einen Becher in der einen und einen Teddy in der anderen Hand.

»Hallo Schätzchen. Ich hab dir doch keine Angst gemacht?«

Sie trat ein und stellte den Becher vorsichtig auf den Nachttisch. Dabei verschwamm sie immer wieder vor seinen Augen wie ein Gespenst. Priest musste sich konzentrieren, damit sie nicht aus dem Fokus geriet.

»Ich hab dir Saft gebracht«, sagte sie. »Mami hat gesagt, dass du keinen Durst hast, aber den hast du doch bestimmt, oder?«

»Wie nett von dir. Ja, ich bin tatsächlich sehr durstig.«

Sie kicherte, als er gierig den Becher leerte und dabei absichtlich laute Schlürfgeräusche von sich gab. Einen Augenblick glaubte er, Sarah vor sich zu haben. Und William, bevor er angefangen hatte zu töten.

»Willkommen zurück«, sagte Sarah. Auch hier hatte er keine Ahnung, wie lange sie schon im Türrahmen gestanden hatte.

»Tut mir leid«, stöhnte Priest. »Ich sollte mal lieber …«

»Vincent Okoro hat mich angerufen. Er hat sich Sorgen um dich gemacht.«

213

»Ich habe mit ihm telefoniert, bevor …«

»Ja. Schon komisch, dass sich die ganze Welt Sorgen um dich macht, Charlie. Kriegt sie auch irgendwann eine Gegenleistung?«

Charlie biss sich auf die Lippe und schwieg. Was hätte er auch sagen sollen? Sarah verdrehte die Augen und schickte Tilly aus dem Zimmer. Das Mädchen zögerte erst, dann bemerkte es den finsteren Blick seiner Mutter und trippelte davon.

»Ich mache dir ein Sandwich.« Sarah seufzte und drehte sich um.

»Ich habe dich nicht verdient«, rief er ihr hinterher.

Grinsend warf sie einen Blick über die Schulter. »Da hast du verdammt recht.«

24

Hayley konnte kaum atmen. Ihre Lunge war leer, und die Luftröhre hatte sich so eng zusammengezogen, dass sie nur mit Mühe und quälenden Pausen dazwischen nach Luft schnappen konnte. Der Mann mit der Kapuze stand über ihr und massierte ihre nackte Schulter.

»Tut mir leid, dass ich dich vorhin erschreckt habe«, sagte er leise.

Hayley schloss die Augen. Am liebsten hätte sie sich heiser geschrien, aber sie konnte keinen Muskel bewegen. Sie lag noch immer nackt und nur mit dem Laken bedeckt auf dem Tisch. Ihr Bauch schmerzte, und sie schmeckte Blut im Mund. Über Stunden hinweg hatte sie immer wieder das Bewusstsein verloren. Der Mann mit der Kapuze hatte gelegentlich über ihr gestanden und leise vor sich hin gemurmelt. Jetzt, da sie aufgewacht war, blieb er ständig bei ihr im Raum. Seine Hand bewegte sich auf ihr rasendes Herz zu.

»Was wollen Sie?«, keuchte sie.

Er schob die Hand unter das Laken und legte sie auf ihre Brust. Jeder Muskel ihres Körpers verkrampfte sich. Sie zappelte, kämpfte erfolglos gegen die Lederriemen. Sie hätte alles getan, um diesen Albtraum zu beenden.

Widerstand war zwecklos.

215

»Ich will, dass du mir hilfst, Hayley«, sagte der Kapuzenmann.

Zu ihrem Entsetzen schlug er das Laken bis zu ihrer Hüfte zurück, sodass ihr Oberkörper schutzlos der Kälte ausgesetzt war. Er beugte sich vor, bis sie die Kapuze am Hals spürte, seinen heißen Atem durch den Stoff.

Jesus? Sie öffnete die Augen und war vom grellen Licht einen Augenblick lang geblendet. *Jesus, bist du da?* Daran hatte sie noch nie gezweifelt, warum also jetzt, in diesem Moment der äußersten Not? *Bitte hilf mir, Jesus ...*

Ihr war schwindlig. Alles drehte sich. Sie hyperventilierte, in ihrem Gehirn war zu viel Sauerstoff. Wenn sie so weitermachte, würde sie bald das Bewusstsein verlieren.

Sie keuchte. Jedes Wort war eine Qual. Ihre Lunge war kurz davor, zu explodieren. »Werden Sie ... mich vergewaltigen?«

Der Kapuzenmann lachte ihr sanft ins Ohr.

O Gott! Seine Hand lag auf ihrer Brust, seine Finger bohrten sich in ihre Haut.

»Nein. Das gehört sich nicht.«

Was dann? Ihr drehte sich der Magen um, und sie war kurz davor zu würgen. *Was wollen Sie von mir? Jesus? Was will der Mann von mir?*

Er nahm die Hand weg und stellte sich neben sie. Dann zog er eine Metalldose hinter seinem Rücken hervor und stellte sie auf die Tischkante. Dabei summte er unmelodisch vor sich hin.

Wieder wurde sie von Verzweiflung und Übelkeit gepackt. Sie drehte den Kopf zur Seite und übergab sich. *Jesus, warum hast du mich verlassen?* Die warme, saure Flüssigkeit rann über den Tisch, über ihr Kinn und ihren Hals. Sie schnappte nach Luft.

Der Kapuzenmann rührte sich nicht. Er beobachtete sie durch die Augenlöcher. Sobald sie fertig war, ging er um den Tisch herum und untersuchte ihren Arm. Dann nahm er etwas aus der Metalldose. Als sie sah, was es war, gefror ihr das Blut in den Adern.

Jetzt muss ich sterben. Jesus, jetzt muss ich sterben.

Der Kapuzenmann hielt die Spritze gegen das Licht und musterte sie genau. Vorsichtig drückte er etwas von der durchsichtigen Flüssigkeit darin auf das Laken.

»Was ist das?«, stammelte sie.

»Etwas ganz Besonderes, Hayley.«

»Nein!« Hayley schrie vor Schmerz und Schreck auf und riss an den Lederriemen. Vergebens.

Er rammte die Spritze in ihren Arm.

Zunächst spürte sie gar nichts. Dann sah sie es. Ihre Venen konnten keinen Widerstand mehr leisten und färbten sich schwarz. Ein dunkler Schatten breitete sich von der Einstichstelle in ihrem Arm aus. Eine fremde Macht übernahm sie, verschlang sie mit Haut und Haar. *Der Teufel ist in mir!* Wie schwarzer Efeu schlängelte er sich ihren Arm bis zur Schulter hinauf.

Dann explodierte jeder Nerv in Hayleys Körper in unbeschreiblichem Schmerz.

25

Während sie sich für die Arbeit fertigmachte, ließ Georgie den gestrigen Abend noch einmal Revue passieren. Fergus hatte sich mit einem Türsteher angelegt, woraufhin man sie aus dem Dojos geworfen hatte. Anschließend waren sie in eine Bar in der Nähe gegangen. Georgie hatte es nirgendwo gefallen. Der Abend hatte sie wieder mal daran erinnert, wie sehr sich sie und ihre sogenannten Freunde auseinandergelebt hatten.

Martin hatte sie kaum beachtet. Bis Charlie aufgetaucht war. Hatte er Angst, dass ihr Geheimnis doch nicht so geheim war? Sie kniff sich in den Nasenrücken. Ihre Augen brannten.

Sie beschloss, das Haar heute offen zu tragen. Der Pferdeschwanz transportierte die falsche Botschaft: zu viel *Ich habe mich unter Kontrolle.* Aber hatte sie nicht genau das vor? Sich wieder unter Kontrolle zu bekommen?

Nach der Arbeit wollte Georgie zwei Dinge tun. Erstens: Sich eine eigene Bleibe suchen. Ihr Gehalt erlaubte es nicht, sich etwas zu kaufen. Jedenfalls nicht in London, wo ein schuhschachtelgroßes Apartment locker über eine halbe Million Pfund kostete. Sie würde sich eben etwas zur Untermiete oder eine Mietwohnung am Stadtrand suchen. Charlie war ein großzügiger Arbeitgeber –

fünfundvierzigtausend im Jahr plus Zulagen waren für eine frischgebackene und unerfahrene Anwältin weit über dem Durchschnitt. Und zweitens: Sie würde sich Martin stellen. *Sprechen wir doch mal über das, was in jener Nacht vor einem Jahr passiert ist.*

Es klopfte an ihrer Tür.

Li trug nicht viel außer einem prächtigen smaragdgrünen Morgenmantel aus Seide mit einem rotgoldenen Drachen darauf. Das Teil hatte wahrscheinlich mehr gekostet als Georgies gesamte Garderobe. Lis Haar war feucht. Ob sie heute Morgen allein aufgewacht war?

»Guten Morgen«, trällerte Li. Wie immer sah sie perfekt aus. Viel besser, als man es von jemandem erwarten durfte, der nur zwei Stunden geschlafen hatte. »Darf ich mir mal dein Glätteisen ausleihen? Meins ist kaputt.«

Lis Frisur würde auch ohne Glätteisen toll aussehen. Trotzdem tat Georgie ihr den Gefallen. Ob sie sie vermisste, wenn sie auszog? Sollte sie sie fragen, ob sie zusammenziehen wollten? Mit Georgies Gehalt von Priest & Co. und dem, was Li bei ihrem Begleitservice verdiente sowie von ihrem Vater zugesteckt bekam, konnten sie sich womöglich sogar etwas in der Innenstadt leisten.

»Klar. Das liegt da drüben.« Sie deutete auf eine mit Bücherstapeln vollgestellte Kommode.

Li kramte eine Weile in den Schubladen herum. »Das ist ja noch in der Verpackung. Nimmst du das überhaupt je her?«

»Eigentlich nicht. Ich habe nicht viel … na ja … Frauenkram.«

Li lachte gutmütig. »Wie kannst du nur so leben?«

Georgie zuckte mit den Schultern. »Ich komme schon klar.«

»Hmm. Also, was hältst du von Martin und Mira?«

Georgie spulte weiter ihre Morgenroutine ab. Vielleicht verstand Li den Wink und stellte keine weiteren Fragen.

»Ja, wer hätte das gedacht?«, fragte Georgie ohne große Begeisterung.

»Ich hab sie heute Nacht gehört. Er wohnt ja direkt über mir. Scheiße, da bin sogar ich rot geworden.«

»Wow.« Georgie schnappte sich die Pilotentasche mit ihren Akten, Gesetzbüchern, Notizblöcken, Nachschlagewerken und Fachbüchern. Einer der Gründe, warum sie bei Priest & Co. angefangen hatte, war die Gelegenheit, sowohl im Zivil- als auch im Strafrecht arbeiten zu können. Li stand währenddessen verlegen herum.

»Du bist doch nicht ... ähem, du weißt schon?« Li beobachtete aufmerksam ihre Reaktion.

»Ich bin was?«, fragte Georgie knapp.

»Na ja, sauer oder so?«

»Worüber?«

»Ach, Georgie. Dass Martin und Mira zusammen sind natürlich. Sie haben die ganze Nacht gerammelt wie die Karnickel.«

»Li!«

»Ich mach mir ja nur Sorgen um dich.«

Das entsprach wahrscheinlich der Wahrheit, obwohl Georgie genau wusste, dass Li in erster Linie ihre Neugier befriedigen wollte.

»Das stört mich überhaupt nicht«, sagte Georgie. Selbst in ihren Ohren klang das nicht besonders überzeugend.

»Bist du nicht ... *eifersüchtig?*«

Georgie zögerte. Sie versuchte, Lis Miene zu deuten. Wusste sie Bescheid? »Es ist etwas ... komplizierter.«

Li lächelte, doch in ihren Augen war Zweifel zu erkennen. Georgie hielt es für das Beste, keine weitere Worte zum Thema mehr zu verlieren. Sie setzte ihre Brille auf und ging zur Tür.

»Entschuldige, ich bin spät dran. Das wird ein anstrengender Tag.«

»Ein anstrengender Tag mit deinem gut aussehenden Chef?«

»Hä?«

»Der Typ, mit dem du gestern Abend gesprochen hast, das war doch dein Chef, oder?«

»Das war Charlie Priest.«

»Scheiße, wie kannst du dich in *seiner* Nähe bloß konzentrieren?«

»Ich ... das ist mir noch gar nicht ...«

»In den Sinn gekommen? Ich bitte dich, Georgie. Selbst du ...«

»Selbst ich ...?« Georgie funkelte Li böse an. Manchmal konnte sie ihr mit ihrer Neugier mächtig auf die Nerven gehen. Nein, sie wollte doch lieber nicht mit ihr zusammenziehen. *Deshalb komme ich mit meinen Mitmenschen so schlecht klar. Sie gehen mir einfach zu schnell auf den Wecker.*

»Tut mir leid«, sagte Li. Wenigstens hatte sie den Anstand, betreten dreinzusehen.

26

Jessica Ellinder wartete neben ihrem Auto, als Priest aus dem Haus und in das schwache Sonnenlicht trat. Es war Sonntagmorgen. Ungeduldig stieß sie kleine Atemwölkchen aus.

»Sie sind spät dran«, bemerkte sie, als er über die vereiste Straße auf sie zukam.

»Tut mir leid. Ich bin nicht gerade ein Frühaufsteher.«

Jessica musterte ihn von oben bis unten. »Sie haben ein T-Shirt unter dem Jackett an.«

Er sah an sich herab. »In der Tat.«

Jessica setzte sich hinters Steuer. Priest zögerte, dann nahm er auf dem Beifahrersitz Platz. Die Rückenlehne war annähernd senkrecht eingestellt.

»Wie kann man denn …« Priest sah sich nach einem Hebel um.

»Neben der Lendenwirbelstütze. Verzeihen Sie, Wilfred will den Sitz immer so haben.«

Sie hatte darauf bestanden, mit ihrem Wagen zu fahren. Eine durchaus nachvollziehbare Vorsichtsmaßnahme. Priest fuhr mit dem alten Volvo nie weiter als Watford. Es war höchst fraglich, ob sie damit bis nach Cambridge gekommen wären.

»Wilfred ist Ihr Hund?«

»Wie kommen Sie zu diesem Schluss?«

»Sie sind alleinstehend, und Wilfred ist ein völlig unpassender Name für ein Pferd. Außerdem müssten Sie bei einem Pferd den Sitz wohl eher umklappen.«

Sie seufzte. »Ich bin alleinstehend?«

»Kein Ehering«, erklärte er.

»Das bedeutet noch lange nicht, dass ich alleinstehend bin. Vielleicht trage ich nur nicht gern Ringe?«

»Sie sind alleinstehend«, knurrte Priest. *Und Sie haben der Unterstellung, dass Sie ein Pferd besitzen, nicht widersprochen.* »Ich habe heute Morgen mit Terri Wren telefoniert, deshalb bin ich auch so spät dran. Hayley hat sich immer noch nicht blicken lassen.«

»In den Medien wird Philip Wrens Tod als Selbstmord behandelt. Angeblich war er schwer depressiv. Sobald der Leichnam freigegeben wird, findet ein Gedenkgottesdienst statt. Die Familie will eine Stiftung für psychisch Kranke ins Leben rufen.«

»So ein Schwachsinn.«

»Kann schon sein. Miles' Mörder wollte Aufsehen erregen. Wieso wechselt er jetzt die Vorgehensweise und täuscht einen Suizid vor?«

Darüber hatte Priest bereits mehrere Theorien aufgestellt und eine nach der anderen verworfen.

»Fahren Sie öfter mit Wilfred spazieren?«

»Stecken Sie einfach den Kopf aus dem Fenster und bellen Sie den Briefträger an, dann muss ich mich gar nicht umgewöhnen«, versetzte sie boshaft.

Als sie zum Tanken anhielten, musste Priest der Versuchung widerstehen, sich Zigaretten zu kaufen. Er begnügte sich mit einer Cola, sie holte sich einen Kaffee. Auf sein Angebot, die Zapfsäule für sie zu bedienen, hatte sie ihn verwundert angesehen. »Glauben Sie, dass ich nicht in der Lage bin, mein eigenes Auto vollzutanken?«, schien ihr Blick zu besagen. Danach waren sie schweigend bis nach Cambridge und in das Labyrinth aus engen, nicht gerade autofreundlichen Straßen zwischen den barocken Sandsteingebäuden gefahren. Studenten in engen Jeans schwirrten auf Fahrrädern um sie herum, während sie sich dem Stadtzentrum näherten.

»Solly hat anhand von Hayleys Aktivitäten in den sozialen Netzwerken ein Profil erstellt.«

»Ich kann mir nicht vorstellen, dass ein solches Profil besonders akkurat ist.«

»Ist es auch nicht.«

»Zu welchen Schlussfolgerungen ist er gekommen?«

Priest holte tief Luft. »Sie ist introvertiert, religiös, intelligent, aber auch naiv, was das Soziale betrifft. Sie hat nur wenige Freunde, von denen sie keiner näher kennt. Ihre diversen Blogs schreibt sie wohl eher zur Selbsttherapie und nicht, um sich mitzuteilen. Und sie ist alleinstehend. Genau wie Sie.«

Jessica sah ihn böse an.

Die Creation Church warb mit einem Schild, das demjenigen das Himmelreich versprach, der die frohe Botschaft verkündete. Besagtes Schild hing allerdings nicht in einem Gotteshaus, sondern an der Pinnwand im Foyer des Gemeindezentrums – neben der Ankündigung für den Bingoabend des Frauenbunds, der bereits vor zwei Wochen stattgefunden hatte.

»Hier ist es?«, fragte Jessica.

»Solly zufolge hat Hayley die Creation Church mehrmals in ihren Blogs erwähnt.«

»Ich hatte nicht erwartet, dass ...«

»Nicht alle Glaubensgemeinschaften haben das Geld, um sich eine Kathedrale zu bauen.«

»Aber eine Mehrzweckhalle mit einer Bierzapfanlage am Empfangstresen?«

»Die heilige Kommunion ist hier ein besonderes Erlebnis.«

Das Innere der Halle war so schäbig wie ihr Äußeres. In einer Ecke des großzügig bemessenen Raums waren Plastikstühle aufeinandergestapelt. Sich ablösende weiße Klebebandstreifen auf dem Boden markierten ein Badmintonfeld. Am unbesetzten Empfangstresen konnte man sich entweder die Gottesdienstordnung der Creation Curch oder ein frisch gezapftes Bier holen – ganz nach Wunsch.

Jemand rief ihnen durch die Halle einen Gruß zu. Sie drehten sich um. Ein gut aussehender, schlanker Mann im dunklen Anzug stand in der Tür zu einer kleinen Küche. Er war jünger als Priest, trug eine große Brille und einen dunklen Bart. Wären da nicht der besorgte Blick und die leichte Nervosität gewesen, er hätte auch im Gerichtssaal keine schlechte Figur gemacht. Wahrscheinlich tauchten nicht viele fremde Gesichter in der Creation Church auf. Und so elegante Frauen wie Jessica schon gar nicht. Priest war wieder mal unrasiert. Er sah aus, als wäre er wegen des Biers und nicht wegen des geistigen Beistands hier.

»Hallo? Kann ich Ihnen helfen?«, fragte der Mann.

»Ich bin Charlie Priest, und das ist meine Partnerin Jessica Ellinder.« Priest hielt ihm die Hand hin.

Der Bärtige schüttelte sie kräftig. »Reverend Matthew.«

»Reverend?« Jessica deutete auf seinen Hals, wo sich das Kollar hätte befinden sollen.

Er lachte unbehaglich. »Auf so etwas verzichten wir hier bei uns, Miss Ellinder. Hier sind alle Gleiche unter Gleichen, Prediger und Gemeinde.«

Jessica lächelte, worauf er sich etwas entspannte. Wenn sie es darauf anlegte, hatte ihr Lächeln eine sehr beruhigende Wirkung. Priest wusste das aus eigener Erfahrung.

»Vielleicht können Sie uns helfen«, sagte Priest.

»Ja?« Reverend Matthew kniff leicht die Augen zusammen. Ein erstes Anzeichen von Misstrauen.

»Wir sind Privatermittler«, erklärte Priest. Das war nicht gelogen. Immerhin verdienten sich die meisten Anwälte im Zivilrecht mit Ermittlungen ihre Brötchen.

Matthew runzelte die Stirn. »Verstehe.«

»Wir suchen eine junge Frau, Mitte dreißig, lange blonde Locken, ziemlich schüchtern. Sie ist Mitglied Ihrer Kirche«, sagte Priest.

»Davon gibt es viele, Mr. Priest.«

»Sie heißt Hayley Wren.«

»Ja«, sagte er, ohne zu zögern. »Ja, Hayley nimmt regelmäßig an unseren Gottesdiensten teil. Ein aktives Mitglied unserer Gemeinde. Steckt sie in Schwierigkeiten?«

»Nein. Aber es ist sehr wichtig, dass wir sie finden«, sagte Jessica.

Reverend Matthew zögerte. Er schien einen inneren Kampf auszufechten.

Priest versuchte, die Sache etwas zu beschleunigen. »Reverend Matthew, wie meine Kollegin schon sagt, ist es von höchster Wichtigkeit, dass wir Kontakt mit ihr aufnehmen. Können Sie uns dabei helfen?«

»Wer hat Sie beauftragt?«, fragte er. Seine Wangen hatten sich gerötet, und er wirkte noch besorgter als zuvor.

»Hayleys Mutter«, sagte Priest.

»Hayleys ... soweit ich weiß, hat Hayley keine Eltern mehr. Sie starben bei einem Autounfall. Hat sie zumindest behauptet.«

»Das war gelogen«, sagte Priest. »Ihr Vater ist – war – der Generalstaatsanwalt.«

»So etwas hatte ich mir schon gedacht, um ehrlich zu sein«, sagte Reverend Matthew wie zu sich selbst. »Zumindest vermutete ich, dass sie noch Familie hat. Sie war sehr eigenbrötlerisch. Extrem reserviert. Sie hat lieber gelogen, was ihre Familie betrifft, als Fragen zu ihrer Herkunft zu riskieren.«

»Wo ist sie, Reverend?« Priest wurde immer mulmiger zumute. Er trat einen Schritt vor.

Matthew sah erst Jessica und dann Priest an. Anscheinend hatte er eine Entscheidung getroffen. »Folgen Sie mir«, sagte er.

Er führte sie in die Küche und durch eine weitere Tür in eine Art Büro. Neben einem Münzspielautomaten stand eine alte Registrierkasse. Ein Schreibtisch nahm den Großteil des Raums ein. Alles stand voller Aschenbecher. Ganz offensichtlich war das Rauchen im Hinterzimmer der Creation Church nach wie vor gestattet, und so roch es auch.

»Die Mieten in der Innenstadt sind leider zu hoch«, sagte Matthew. »Etwas Besseres können wir uns nicht leisten. Was die Finanzen anbelangt – nun, da sind wir nicht gerade Scientology.«

»Kein Grund, sich zu entschuldigen«, sagte Priest. Sie setzten sich – Priest und Jessica an die eine, Matthew auf die andere Seite des Tisches.

»Gelegentlich findet unser Reinigungsritual in diesem Raum statt«, sagte Matthew.

»Reinigungsritual?«, fragte Jessica.

»Das, was die Katholiken Beichte nennen«, fuhr Matthew fort. »Obwohl unsere Version eher Ähnlichkeit mit einer Therapiesitzung hat. Wir versuchen, den Menschen ihre Last von den Schultern zu nehmen. Hier erhalten die Bedürftigen Rat und Unterstützung, nicht einfach nur *Vergebung*. Und für uns sind Schuldgefühle keine gute Sache.«

Priest nickte. Für einen Geistlichen war Matthew recht bodenständig. Die Rechtschaffenheit war deutlich in seinen Augen zu erkennen – und noch etwas anderes: tiefe Besorgnis.

»Wurde Hayley auch in diesem Raum gereinigt?«, fragte Priest.

»Ja. Von mir«, sagte Matthew ernst. »Vor etwa einer Woche. Zuvor hatte ich kaum einmal länger mit Hayley gesprochen. Natürlich kannte ich sie, sie kam ja jede Woche hierher. Ich war schon oft auf sie zugegangen, hatte sie zur Mitarbeit ermuntert, aber sie hatte darauf bestanden, sich im Hintergrund zu halten. Sie wollte einfach nur Teil der Gemeinschaft sein. Das war natürlich völlig in Ordnung.

Als sie mich ansprach, war ich überrascht. Ich habe leider meinen Kalender nicht dabei, sonst könnte ich Ihnen sogar das genaue Datum sagen. Es hat geschneit. Nicht stark, nur ein bisschen. In der Predigt ging es um Bekehrung – ein heikles Thema, das wir mit der gebotenen Vorsicht behandeln. Wissen Sie, früher war ich katholisch. Bis ich eine Predigt hörte, in der es hieß, dass alle Terroristen das Licht Gottes sehen sollten, damit sie von Jesus auf den Pfad der Rechtschaffenheit geführt würden. Da begriff ich, wie dumm ich gewesen war. Diese gesetzten, selbstbeweihräuchernden Kirchgänger unterschieden sich in nichts von den Extremisten. Sie alle glaubten an etwas. Sie wollten, dass die anderen dasselbe glaubten, und bemitleideten diejenigen, die es nicht taten. Ich sagte mich von der katholischen Kirche los, und Gott führte mich hierher. Was könnte es für einen besseren Ort für meinen Kampf gegen den Teufel geben als hier, inmitten der Armut? Jedenfalls … ist die Bekehrung für uns ein heikles Thema. Wir zwingen unsere Religion niemandem auf.

Wie dem auch sei, ich weiß noch genau, wie überrascht ich war, als Hayley nach dem Gottesdienst zu mir kam. Normalerweise wollen mir die Leute nur die Hand schütteln oder mir Vorhaltungen machen, weil wir so wenig neue Leute rekrutieren – obwohl ich ihnen gerade eine Stunde lang erklärt habe, dass sie niemanden bekehren sollen, weil das Sein und nur Sein Vorrecht ist. Hayley nahm mich beiseite und bat mich, sie auf der Stelle anzuhören. Zu reinigen.«

»Wie ging es ihr?«, fragte Priest.

»Sie war aufgewühlt. Irgendetwas machte ihr so zu schaffen, dass sie ihre übliche Zurückhaltung aufgab. Ich verabschiedete die anderen, und wir zogen uns hier ins Büro zurück.«

»Was hat sie Ihnen erzählt?«

»Eigentlich nicht viel.« Er schwieg, kniff die Augen zusammen und konzentrierte sich. »Wie war das noch? Richtig, sie fragte mich, ob ich an das Böse glaube. *Ja,* sagte ich. Sie fragte mich, ob diejenigen, die Böses getan haben, gerichtet werden. Natürlich, sagte ich. Denn Gott wird alle Werke vor Gericht bringen, alles, was verborgen ist, es sei gut oder böse.«

»Das ist aus dem Prediger Salomo«, murmelte Priest.

»Ja! Diesen Vers kennen nur wenige«, rief Matthew. »Sie sind wohl sehr bibelfest?«

Priest verzog das Gesicht. »Geht so.«

»Weiter, Reverend«, drängte Jessica.

»Also gut. Sie wollte Hilfe in einer bestimmten Sache, die aber nichts mit Gott zu tun hatte. Anscheinend wusste sie nicht so recht, ob sie mir vertrauen kann, und stellte mich gewissermaßen auf die Probe. Nun, jedenfalls ging es so eine Weile hin und her. Ob ich Furcht kenne? Die Furcht des Herrn hasst das Arge, die Hoffart, den Hochmut und bösen Weg, habe ich ihr gesagt. Irgendwann hatte ich genug und fragte sie, worum es eigentlich ging. Ob sie in Schwierigkeiten steckte? Sie antwortete nicht, gab mir aber einen Umschlag, den man in ihren Briefschlitz geworfen hatte. Er war sehr wichtig für sie, obwohl sie nicht wusste, was er zu bedeuten hatte. Ich leider auch nicht. Aber eines weiß ich: Was ich an diesem Tag in ihren Augen gesehen und in ihrer Stimme gehört habe, war eine Furcht, wie ich sie noch nie erlebt habe. Bedauerlicherweise habe ich sie seither nicht mehr gesehen.«

»Sie haben sie nicht mehr gesehen?«, fragte Jessica. »Ich dachte, sie kommt jede Woche zum Gottesdienst.«

»Stimmt«, sagte Matthew sorgenvoll. »Ohne Ausnahme. Bis jetzt.«

»Was haben Sie unternommen, um sie zu finden?«

»Was hätte ich denn tun sollen? Niemand kennt sie näher. Ich weiß noch nicht mal, wo sie wohnt.«

Frustriert schüttelte Jessica den Kopf.

»Was war in dem Umschlag?«, fragte Priest.

»Ich zeige es Ihnen.« Matthew stand auf und ging zu

einem mit Papierstapeln bedeckten Regal hinüber, kramte darin herum und zog schließlich einen Umschlag heraus, den er vor Priest auf den Tisch legte. Der Umschlag war leicht ausgebeult. Irgendwas steckte darin. Priest nahm ihn in die Hand und öffnete ihn vorsichtig.

Als er seinen Inhalt auf den Tisch leerte, lief es ihm eiskalt den Rücken hinunter.

»Zuerst wusste ich nicht, was das ist«, sagte Matthew. »Aber ich habe mich schlaugemacht. Das ist eine sogenannte Märzbräune. Aus der Ordnung der Eintagsfliegen.«

27

Das Sonnenlicht, das sie bei ihrer Ankunft in Cambridge begrüßt hatte, verschwand schnell wieder, und schon fielen die ersten Regentropfen auf den Asphalt. Die Studenten, die die Stocherkahnfahrten anboten, zogen eilig Plastikplanen über ihre Boote. Es war sowieso die falsche Jahreszeit, und der leichte Schauer schreckte auch noch die letzten Touristen von einer gemütlichen Fahrt auf dem Cam ab und scheuchte sie stattdessen in den nächsten Starbucks.

Sarah hatte sich geirrt. Hayley war nicht in die Fänge fanatischer Apokalyptiker geraten. Stattdessen hatte sie Frieden in jenem schäbigen Gemeindezentrum gefunden. Reverend Matthew schien es ehrlich zu meinen. Priest kannte genügend Geschäftemacher, Betrüger und Kriminelle, um dies einigermaßen einschätzen zu können. Jessica dagegen war anderer Meinung. Als das tote Insekt auf dem Tisch gelandet war, hatte ihr Gesicht jegliche Farbe verloren.

»Er hat nichts unternommen. Sie steckte ganz offensichtlich in Schwierigkeiten, und er hat nichts unternommen!«

»Er hatte so viel Angst wie sie«, gab Priest zu bedenken. »Wir können nicht alle Helden sein.«

232

»Wenn das die einzige religiöse Gemeinschaft ist, die Hayley aufgesucht hat, müssen wir davon ausgehen, dass sie seit über einer Woche verschwunden ist. Reverend Matthew und seine selbst gebastelte Kirche hätten etwas unternehmen müssen.«

»Was hätte er denn tun können?«

»Sie zumindest beim nächsten Polizeirevier als vermisst melden.« Jessica war inzwischen so aufgebracht, dass sie den Schlüssel nur mit Mühe ins Zündschloss des Range Rovers bekam. Dicke Tropfen trommelten aufs Wagendach. »Tut mir leid.« Sie musste die Stimme heben, um den Regen zu übertönen. »Das ist eine sehr belastende Situation für mich.«

Priest zuckte mit den Schultern, als wäre das keine große Sache. War es auch nicht, für ihn zumindest. Er war mit den Gedanken ganz woanders, verarbeitete die neuen Informationen und kämpfte noch mit den Nachwirkungen des gestrigen Blackouts. Die letzten achtundvierzig Stunden zu rekonstruieren war ungefähr so schwierig, wie eine geschredderte Akte zusammenzusetzen, von der die Hälfte fehlte.

»Diese Eintagsfliege …«, begann Jessica nach einer Weile.

»McEwen zufolge wurde dasselbe Insekt in Miles' Kehle gefunden«, sagte Priest.

»Das verstehe ich nicht«, gestand sie.

»Es ist ein Symbol.«

»Ein Symbol wofür?«

Priest schnalzte mit der Zunge. »Keine Ahnung.«

Was hatte Reverend Matthew gesagt? *Denn Gott wird alle Werke vor Gericht bringen, alles, was verborgen ist, es sei gut oder böse.*

Priest nahm das Handy aus der Tasche und durchforstete seine Kontaktliste, bis er den richtigen Eintrag gefunden hatte.

»Was haben Sie vor?«, fragte Jessica mit leicht bebender Stimme.

»Sie hat in der Gegend gewohnt. Mal sehen, wo genau.«

»Wie schrecklich …«

Einen bemerkenswerten Augenblick lang dachte Priest, dass sie gleich in Tränen ausbrechen würde. Er legte seine Hand auf ihre. Sie zuckte zurück, und er nahm die Hand wieder weg.

Dann hörte er eine gedämpfte Stimme. Das Handy hatte er völlig vergessen. Er hielt es ans Ohr.

»Priest?«

»Solly.«

»Hallo Priest.«

»Kannst du mir die IP-Adresse besorgen, von der aus Hayleys Facebook-Einträge gepostet wurden?«

Solly lachte ohne richtige Freude. Er war nicht fähig, zu lachen. Solly ahmte einfach nur die Laute nach, die andere Menschen ausstießen, wenn sie etwas lustig fanden. So genial er sein mochte, menschliche Gefühle würde er wohl nie verstehen. Er war ein lebender Android.

»Schon passiert.« Solly nannte ihm eine Adresse. »Ich habe mir die Grundbucheinträge aller Immobilien in der entsprechenden Straße angesehen. Eine davon gehört Sir Philip und Lady Wren.«

Jessica tippte die Adresse in das Navi des Range Rover, dann fuhren sie in östlicher Richtung durch die Vorstädte. Priest hatte ein ungutes Gefühl in der Magengegend – insbesondere, was Hayley anging.

»Hören Sie auf damit«, befahl Jessica. Erst wusste er

234

nicht, was sie meinte, bis sie mit dem Kinn auf seinen Fuß deutete, mit dem er unablässig gegen die Autotür tippte. »Das nervt.«

»Verzeihung. Das mache ich manchmal.«

Fünfzehn Minuten später standen sie vor einem viktorianischen Reihenmittelhaus in einem eher studentischen Wohnviertel. Mit den hohen Geländern und den Erkerfenstern erinnerte es an Sarahs Haus.

Sie klingelten, doch niemand öffnete. Bei einem Blick durchs Schlüsselloch war lediglich ein Berg ungeöffneter Post hinter der Tür zu erkennen. Der Geruch einer Duftkerze waberte durch den Flur. Priest rüttelte an der Tür. Verschlossen.

»Mussten Sie nicht die eine oder andere Tür eintreten, als Sie noch Polizist waren?«, fragte Jessica.

»Hin und wieder schon.«

Priest sah sich um. Auf der Straße war keine Menschenseele. Dann untersuchte er die Tür. Sowohl das Holz als auch das Schloss waren noch im Originalzustand. Mit einem wohlplatzierten Tritt würde er das Schloss ohne Mühe aufbrechen können.

»Treten Sie zurück«, sagte er.

Er sah sich noch ein letztes Mal um, dann stützte er sich an der vorstehenden Wand ab und wollte gerade zutreten, als er eine Stimme über dem Regen hörte.

»Sie ist nicht da!«

Priest und Jessica wirbelten herum und blickten nach oben. Ein Mann in den Dreißigern sah aus einem Fenster im zweiten Stock des Nachbargebäudes. Er grinste von Ohr zu Ohr. Da sein Körper hinter der alten Backsteinmauer nicht zu erkennen war, erinnerte er an die Grinsekatze aus *Alice im Wunderland*.

235

»Sie ist nicht da«, wiederholte er.

Selbst auf die Entfernung war deutlich zu erkennen, dass Hayleys Nachbar ein Junkie war.

»Haben Sie sie in letzter Zeit gesehen?«, fragte Jessica.

»Sind Sie von der Polizei?« Der Junkie musste brüllen, um sich über den Regen verständlich zu machen.

»Heilsarmee«, entgegnete Priest.

Der Junkie schniefte. Der Regen tropfte auf sein fettiges schwarzes Haar und von dort aus in den leeren Blumentopf auf dem Fensterbrett. Das schien ihn nicht zu stören, womöglich bemerkte er es gar nicht. Dann war er verschwunden.

Jessica strich sich das nasse Haar aus der Stirn. »Heilsarmee?«, fragte sie skeptisch.

Priest zuckte mit den Achseln.

Die Tür gegenüber öffnete sich, und der grinsende Junkie erschien. Er trug eine ärmellose Weste, die ihre beste Zeit lange hinter sich hatte, und eine weite Hose, die in braunen Stiefeln steckte.

»Heilsarmee, ja?« Er bat sie herein. »Ihr habt mir letztes Jahr die Stiefel hier gegeben.«

Das Wohnzimmer des Junkies sah aus, als wäre eine Bombe eingeschlagen. Auf dem Boden lag überall zusammengeknüllte Aluminiumfolie. Priest bezweifelte, dass sie zur Zubereitung von Ofenkartoffeln verwendet worden war.

Vorsichtig setzte er sich auf einen Schemel. Jessica lehnte den angebotenen Sitzsack dankend ab, blieb vor der Wand stehen und sah sich so argwöhnisch um, als glaubte sie, es könnte hier spuken.

Kurz darauf bekamen sie je einen Becher mit Tee – Kamille für Jessica, Grüner Tee für Priest, da kein Earl

Grey im Haus war – und trockneten sich vor einer alten Heizsonne.

Ihr Gastgeber hatte sich als Binny vorgestellt. Er schien wirklich große Stücke auf die Heilsarmee zu halten.

»Kennen wir uns?«, fragte er. Er zog ein Tablett unter dem Stuhl hervor und baute sich einen Joint.

»Ich glaube schon«, sagte Priest lächelnd. »Aber das ist schon eine Weile her. Wie geht es Ihnen?«

»Ach, viel besser«, sagte Binny. »Ich arbeite jetzt auf dem Wertstoffhof, wissen Sie.«

»Ja, das habe ich gehört. Anscheinend machen Sie Ihre Sache ganz prima.«

Binny grinste breit und zündete die Tüte an. Sofort roch es im ganzen Raum durchdringend nach Marihuana.

»Was wollen Sie denn von meiner Nachbarin?«, fragte Binny durch eine berauschende Rauchschwade hindurch.

»Von Hayley?«

»Ja, genau.«

»Sie wollte sich uns anschließen.«

»Echt? Jetzt macht keinen Blödsinn.« Er wischte sich die Nase mit dem Handrücken ab.

»Glauben Sie nicht, dass sie gut zu uns passen würde?«

Binny zog an seinem Joint und dachte nach. »Doch, schon. Sie ist nur ziemlich schüchtern. Und Ihr Leute seid doch normalerweise eher gesprächig, oder?«

»Wann haben Sie Hayley zum letzten Mal gesehen?«, fragte Jessica.

»Wann ich sie zum letzten Mal gesehen habe?« Er überlegte. »Mal sehen. Ach, wollen Sie was rauchen? Das ist Purple Haze. Nicht besonders stark, aber ganz okay.«

»Nein, danke«, sagte Jessica knapp.

»Wie Sie wollen. Also. Wann hab ich Hayley zum letzten Mal gesehen? Ähm… das ist so eine Woche her, schätze ich.«

»Ist Ihnen etwas an ihr aufgefallen? Etwas Ungewöhnliches?«

Binny machte eine konzentrierte Miene, doch der Geschwindigkeit nach zu urteilen, mit der er den Spliff inhalierte, war sein Gedächtnis nicht unbedingt vertrauenswürdig. »Sie ist mit einem Auto weggefahren. Hab ich vom Fenster aus gesehen. Da steh ich immer zum Rauchen. Weil einem der Wind so schön ins Gesicht weht.«

»Was war das für ein Auto, wissen Sie das noch?«

Binny dachte nach. »Nee. Das hab ich mir nicht gemerkt.«

»Wann war das? Vormittags? Nachmittags? Abends?«, fragte Jessica.

»Na ja, ich war wach und auf den Beinen, also könnte es… jede Tageszeit gewesen sein.«

»War es dunkel draußen?«, bohrte Jessica ungeduldig nach.

»Es wurde dunkel.« Binny nahm noch einen tiefen Zug. »Und vorher hat ihr jemand eine Nachricht hinterlassen.«

»Was für eine Nachricht?«, fragte Priest langsam.

»Na, auf dem AB.«

»Und von wem war sie?«

»Keine Ahnung. Von ihrem Dad, schätze ich.«

Priest und Jessica sahen sich an.

»Und woher wissen Sie das?«, fragte Priest.

»Weil die Nachricht auch auf meinem AB ist.« Dann dämmerte Binny, wie merkwürdig das klang. »Na ja, so ein Telefonanschluss ist ziemlich teuer. Weil uns die Ausländer die Arbeitsplätze wegnehmen und so. Deshalb muss ich ihre Telefonleitung anzapfen. Und ihren Strom. Und das Gas. Jedenfalls hab ich ihre Nachrichten auf meinem AB.«

»Binny, könnten Sie uns die Nachricht vorspielen?«, fragte Jessica.

Binny war überrascht, dass auf dieses Geständnis kein Tadel folgte, und schenkte Jessica ein zahnloses Lächeln. Dann stand er auf und taumelte davon. Jessica und Priest folgten ihm durch ein mit Lieferdienstbroschüren und Versandhauskatalogen übersäten Flur. Binny förderte den Anrufbeantworter unter einem Stapel vergilbter Zeitungen zutage.

Feierlich drückte er auf mehrere Knöpfe. »Und los geht's.«

Einige Sekunden später surrte das Band los. Priest beugte sich vor, um besser hören zu können. Eine gespenstische, verzweifelte Stimme drang aus dem Gerät.

»Hayley, Dad hier. Geh ran, wenn du da bist … Hayley? Wie oft muss ich dir noch sagen, dass du ans Telefon gehen sollst, wenn ich anrufe! Auf dem Handy bist du auch nicht zu erreichen. Jetzt hör gut zu: Nimm dir ein Taxi zum Bahnhof und fahr sofort hierher. Auf der Stelle. Pack nichts ein, nimm nichts mit, fahr einfach los. In deiner Wohnung ist es nicht sicher. Ich – ich muss wissen, dass es dir gut geht. Ruf mich an, sobald du im Taxi sitzt. Bitte verzeih mir. Ich habe versagt.«

28

26. März 1946
Ein abgelegener Bauernhof in Mittelengland

Colonel Bertie Ruck fand keinen Schlaf.

Inzwischen hatte er sich an das Rütteln der Tür gewöhnt, wenn der Wind durch den Kamin fuhr. An die leisen Rufe der Eule, die nachts die Scheune besuchte. Daran lag es nicht. Es lag an ihm. Oder an ihr, vielmehr.

Ruck setzte sich auf, rieb sich das Gesicht, schwang die Beine aus dem Bett und zog den Mantel über das Nachthemd. Ein Spaziergang würde seinem überhitzten Gemüt sicher guttun.

Mit einer Öllampe ging er auf den Treppenabsatz. Über die Vorratskammer im Erdgeschoss gelangte man durch eine Eichentür auf den Innenhof. Eines der Nebengebäude war zu einem Gefängnis umfunktioniert worden. Schneider war dort zwar an die Wand gekettet, schlief von dieser Unannehmlichkeit einmal abgesehen jedoch komfortabler als seine Kollegen in Nürnberg.

Ruck wollte gerade die Treppe hinuntergehen, als er einen Lichtschein bemerkte, der durch die Ritze einer Tür am Ende des Flurs drang.

Evas Zimmer.

Neugierig hielt er inne und lauschte. Aus dem Raum drangen Geräusche. Leises Flüstern, Schritte. Sie war nicht allein.

Beunruhigt hing Ruck die Lampe in den Flur, schlich sich in sein Zimmer zurück und holte seine Pistole aus dem Halfter. Als er sich gerade auf den Rückweg zu ihrem Zimmer machen wollte, ertönte ein Schrei – so laut, dass man ihn noch auf der anderen Seite des Innenhofs hören konnte.

»Eva!«, rief er.

Ruck rannte die wenigen Meter zu ihrem Zimmer und rammte die Schulter so fest gegen die Tür, dass die Angeln nachgaben. Mit der Pistole im Anschlag taumelte er in den Raum.

Der Anblick verschlug ihm die Sprache.

Eva stand kreidebleich in einer Ecke. Ihr Nachthemd war auf einer Seite zerrissen, sodass sie von der Hüfte bis zur Brust entblößt war. Auf dem Boden vor dem Bett zappelte Lance Corporal Fitzgerald herum, als wäre er vom Leibhaftigen besessen, und hielt die Hände auf eine Wunde in der Brust gepresst. Sein Gewehr lag neben ihm. Das Bajonett fehlte.

Ruck brauchte einen Augenblick, bis er die Situation erfasst hatte. Fitzgerald schrie und wurde von Krämpfen geschüttelt.

»Colonel!«, keuchte er. »Sie ...« Er deutete auf Eva.

Sie hielt das mit dem Blut des Soldaten verschmierte Bajonett in der Hand. »Was haben Sie getan?«, fuhr er sie an.

Sie sah ihn an. In den grünen Augen war nichts zu erkennen – keine Verzweiflung, keine Angst. Nichts.

»Er wollte mich vergewaltigen«, sagte sie kühl.

241

»Das ist eine verdammte Lüge«, brüllte Fitzgerald. »Colonel! Sie lügt!«

Ruck umklammerte die Pistole fester, hielt sie jedoch gesenkt. Er brachte nicht den Mut auf, sie auf jemanden zu richten. Und er wusste ja sowieso nicht, auf wen.

»Eva?«, fragte er unsicher.

»Er ist in mein Zimmer eingedrungen, als ich geschlafen habe. Er hat mir ein Messer an die Kehle gehalten und wollte mich vergewaltigen.«

Ruck zögerte.

»Sehen Sie doch!«, kreischte sie, packte das zerrissene Kleid und öffnete es, sodass er sie in ihrer ganzen Nacktheit sah.

»Sie hat mich *eingeladen*«, keuchte Fitzgerald. »Sie hat gesagt, dass ich *zu ihr aufs Zimmer* kommen soll. Das müssen Sie mir glauben, Colonel!«

Fitzgerald kroch auf Ruck zu. Verzweifelt presste er die Hand auf die Stichwunde, die ihm das Bajonett zugefügt hatte, und versuchte, die Blutung zu stoppen. Vergeblich. Ruck wusste aus Erfahrung, dass der Mann nicht mehr zu retten war.

»Eva, sehen Sie mich an«, befahl er. »Sehen Sie mich an!«, brüllte er, als sie nicht reagierte.

Sie drehte sich zu ihm um. Ihr Gesicht war mit Blutstropfen gesprenkelt, die Augen tränennass.

»Er hat seinen Arm um meine Brust gelegt und mich aufs Bett gedrückt. Wenn ich schreie, bringt er mich um, hat er gesagt. Dann sollte ich die Beine breitmachen.«

»Verlogene Schlampe!«, schrie Fitzgerald.

Mit letzter Kraft stürzte sich Fitzgerald auf das Gewehr, packte den Kolben und drehte die Waffe herum, sodass die Mündung auf Eva zeigte.

Ein Schuss ertönte.

Fitzgerald sackte vor der Wand zusammen. Ruck ließ die Pistole sinken.

Draußen flog die Eule aus der Scheune.

Später saßen sie schweigend in seinem Zimmer. Sie kauerte, die Arme um den Körper geschlungen, auf Rucks Bett. Er hatte vor dem Schreibtisch Platz genommen, starrte aus dem Fenster und rauchte eine Zigarette.

Er versuchte, nicht an die Rundung ihrer Hüfte zu denken, die durch den Riss im Nachthemd nach wie vor zu sehen war. Sie machte keine Anstalten, sich zu bedecken. Ein wahrer Gentleman hätte wohl seinen Mantel um sie gelegt.

Sobald der Schuss gefallen war, hatten die beiden Soldaten, die zu Schneiders Bewachung abgestellt waren, mit schussbereiten Waffen das Bauernhaus gestürmt. Ruck hatte sie angewiesen, Fitzgeralds Leichnam in einer halben Meile Entfernung vom Hof im Wald zu vergraben.

»Sie werden kein Wort darüber verlieren, was Sie heute Nacht hier gesehen haben«, hatte Ruck den Männern befohlen, um etwaigen Fragen zuvorzukommen. »Der Mann, den Sie als Fitzgerald kannten, hat niemals existiert. Dieser Ort hier existiert nicht. Sie existieren nicht. Ist das klar?« Die Männer hatten genickt. »Wenn Sie diesen Anordnungen nicht Folge leisten, wird das schwerwiegende Konsequenzen für sie haben.«

Konsequenzen. Davon würde es viele geben, doch er hatte später noch Zeit, sich darüber Sorgen zu machen.

Er inhalierte tief. Der heiße Rauch brannte in seiner Kehle und betäubte das flaue Gefühl, das er im Magen hatte.

»Danke«, sagte Eva plötzlich leise. Selbst in der Stille der Nacht war sie kaum zu hören.

Er sah sie an. Sie hatte den Kopf halb zwischen den Knien vergraben und sah ihn nur scheu mit einem Auge an. Er hätte schwören können, dass sie lächelte. Sie widerte ihn an.

»Sie behaupten also, dass er Sie angegriffen hat.«

»Er wollte mich vergewaltigen«, sagte sie mit derselben tonlosen Stimme, mit der sie die Anschuldigung zum ersten Mal vorgebracht hatte – als Fitzgerald noch am Leben gewesen war.

»Verstehe. Und Sie konnten ihn entwaffnen und mit dem Bajonettmesser verletzen, mit dem er Sie bedroht hat?«

»Genau.«

»Das ist eine beachtliche Leistung.« Ruck glaubte ihr kein Wort. Und doch hatte er Fitzgerald erschossen. *Hat sie mich verhext?*

»Ich weiß nicht so recht, wie ich das geschafft habe.«

Ruck drehte sich bei dieser Lüge der Magen um.

»Verzeihen Sie«, flüsterte sie.

»Was denn?«

»Sie leisten hier so wichtige Arbeit. Und ich bin nur eine Ablenkung.«

Ruck kniff die Augen zusammen. Sie reizte ihn, wollte herausfinden, wie weit er ging. Auch seine Selbstdisziplin hatte ihre Grenzen. Sobald sie sich seiner Aufmerksamkeit sicher war, nahm sie die Arme von den Knien, streckte ein Bein aus und rutschte auf ihn zu. Er hätte ihr Einhalt gebieten müssen, doch er starrte sie nur wortlos an.

Eva hob einen Arm über den Kopf und umklammerte

den Bettpfosten. Durch den Riss im Nachthemd war deutlich ihr schlanker Körper zu erkennen, der sich auf dem Bett räkelte.

Sie wandte sich ihm zu. Ihre Miene war schwierig zu deuten. Jedenfalls sah sie nicht wie jemand aus, der gerade einen Menschen hat sterben sehen.

»Haben Sie Ihn gesehen?«, fragte Ruck durch zusammengebissene Zähne.

»Wen denn?«

»Gott.«

»Wie meinen Sie das denn, Colonel?«, fragte sie neckisch. Es klang überaus gekünstelt.

Ruck spürte, wie er allmählich die Kontrolle verlor. »Als Sie Fitzgerald die Klinge in die Brust gerammt und herumgedreht haben. Als er geschrien hat, weil er das Blut aus seinem Körper spritzen sah. Haben Sie da Gott gesehen?«

»Was für ein dummer Gedanke, Colonel Ruck.« Eva ließ eine Hand über ihren Körper gleiten und seufzte leise.

Etwas Wildes schlummerte in ihr.

»Das alles gibt es nicht wirklich, Miss Miller«, krächzte er heiser. Er brachte kaum ein Wort heraus. »Nichts davon. Schneiders Idee, dass man durch körperliches Leid eine Verbindung zu Gott herstellen kann, ist lächerlich. Leeres Gerede, eine perverse Fantasie, heimtückisch und böse.«

»Ach, Colonel Ruck«, sagte sie. »Sie erzählen so törichte Dinge.« Ihre Hand lag auf ihrer Hüfte. Die grünen Augen schienen ihn zu durchbohren.

»Hören Sie auf mich, Eva. Lassen Sie ihn nicht an sich heran.«

»Wen denn?«, fragte sie und leckte sich mit der Zungenspitze die Lippen.

»Schneider.«

Sie lachte. »Colonel Ruck, ich achte stets sehr genau darauf, *wen ich an mich heranlasse.*«

Er schluckte und drückte die Zigarette aus. Er war kurz davor zu explodieren.

Sie stand auf, raffte das zerrissene Nachthemd um ihren Körper und ging zur Tür. »Gute Nacht, Colonel Ruck.« Sie legte die Hand auf die Klinke. »Wahrscheinlich werden Sie mich morgen versetzen lassen. Ich hoffe, ich habe Ihnen nicht zu viele Unannehmlichkeiten bereitet.«

Als sie die Klinke herunterdrückte, regte sich etwas in ihm. Etwas, von dem er bisher nicht gewusst hatte, dass es in ihm steckte. Er stürzte sich so schnell auf sie, dass sie nicht wusste, wie ihr geschah. Sie taumelte zurück und stieß gegen die Tür. Sie wehrte sich. Er packte ihre Handgelenke und drehte sie um. Ruck konnte nicht eindeutig sagen, ob sie ihn zu sich zog oder von sich wegstieß, und es war ihm auch egal.

Er zerriss das Nachthemd, um an die weiche, warme Haut darunter zu gelangen.

»Colonel Ruck«, keuchte sie. »Warten Sie – nicht!«

Ihre Hand umklammerte mit beinahe übermenschlicher Kraft seinen Arm, die andere verdrehte sein Handgelenk, zwang es immer weiter nach unten, bis er die Wärme zwischen ihren Schenkeln spürte.

Sie griff nach seinem Gürtel. Er warf sich auf sie. Der Schmerzenslaut, den sie ausstieß, als ihr die Luft aus der Lunge gepresst wurde, machte ihn nur noch wilder.

»Nein …« Sie biss ihm in die Schulter.

Der Schmerz durchfuhr ihn wie eine Schockwelle.

»Sie haben gelogen, das weiß ich genau«, zischte er.

Sie packte sein Haar und stöhnte, als er in sie eindrang. Er schmeckte ihre feuchte Haut, roch ihren Schweiß.

»Wollen Sie Gott sehen?«, keuchte er.

»Zeigen Sie ihn mir.« Sie packte ihn am Kragen und zerrte daran. »Zeigen Sie ihn mir ...«

Sie zog ihn tiefer in sich hinein.

29

Georgie saß zu Hause an ihrem Schreibtisch und roch an der dampfend heißen Instantsuppe, die sie sich gemacht hatte. *Spargelcreme,* hatte die Packung behauptet. Georgie hatte den Arbeitstag damit verbracht, liegen gebliebenen Papierkram zu erledigen und sich um einige kleinere Fälle von Priest & Co. zu kümmern. Das hätte auch warten können, doch sie hatte keine Lust, den ganzen Tag über irgendwelche tyrannischen Herrscher aus dem fünfzehnten Jahrhundert zu recherchieren. *Sorry, Vlad, aber momentan hab ich die Nase voll von dir.*

Wieder ein Tag der merkwürdigen Erkenntnisse. Sie hatte gerade Zucker in ihren dritten Latte gekippt, als Charlie sie – warum auch immer – aus Cambridge angerufen hatte. Jessica Ellinder war bei ihm gewesen, was Georgie ein bisschen ärgerte. *Das geht mich nicht das Geringste an.* Außerdem bezweifelte sie, dass Jessica sein Typ war. Hayley blieb immer noch wie vom Erdboden verschluckt, doch zumindest hatten sie eine Verbindung zwischen ihrem Verschwinden und Miles Ellinders Tod hergestellt. Sie hatte eine Eintagsfliege per Post erhalten. Dieselbe Insektenart, die McEwen zufolge in Ellinders Kehle gefunden worden war.

»Das Markenzeichen des Mörders?«, hatte Georgie vorgeschlagen und dabei verzweifelt versucht, nicht allzu aufgeregt zu klingen.

»So was in der Art«, hatte Charlie gesagt. »Können Sie nicht wenigstens *so tun,* als würde Sie das beunruhigen?«

Dabei war Georgie *ganz zweifellos* beunruhigt. Eine Frau war in Gefahr, was die Polizei und ganz besonders DI McEwen nicht zu interessieren schien. Man hatte einen Mann auf rituelle Weise ermordet, und nun waren Charlie Priest und Jessica unterwegs zum Familiensitz der Ellinders in der Nähe von London.

Hoffentlich blieb er nicht über Nacht.

Georgies Zimmer im obersten Stock war das kleinste, aber von allen Bewohnern des Hauses besaß sie auch am wenigsten. Dafür hatte sie einen fantastischen Ausblick auf die Themse. Im Sommer konnte sie den Verkehr darauf vorbeiziehen sehen – zu Ausflugsschiffen umgebaute Fischerboote, Ruderer, die mit erstaunlicher Geschwindigkeit durchs Wasser pflügten, Lastkähne, auf denen sich der Müll türmte. Am liebsten betrachtete sie das Sonnenlicht auf dem Wasser, wie seine Reflexion von den vorbeifahrenden Schiffen gestört wurde: wie ein Maler, der seinen Pinsel über die Leinwand gleiten ließ.

Georgie hatte puterrot am Schreibtisch gesessen und sich eifrig Notizen gemacht, während Charlie ihr ihren nächsten Auftrag ins Ohr geflüstert hatte. Sie sollte mit Lady Wren sprechen und, wenn möglich, Fotos von Sir Philip Wrens Büro machen, wenn ihr Charlie auch nicht hatte verraten wollen, zu welchem Zweck. Eine wirklich wichtige Aufgabe. Sie schauderte beinahe vor Ehrfurcht. Endlich war ihr Augenblick gekommen.

Wo sollte sie ihre Sachen hintun? Sie war die einzige Frau, die sie kannte, die keine Handtasche besaß. Warum auch? Ihre Kleidung hatte Taschen, in die man alles hineinstopfen konnte, was man brauchte. Handtaschen waren dazu da, um sich *anzupassen*, und darauf hatte sie überhaupt keine Lust. Mira hatte einen ganzen Kleiderschrank voller Handtaschen, Lis Sammlung war so groß, dass sie wahrscheinlich irgendwo zusätzlichen Stauraum angemietet hatte. Selbstverständlich hätte sich Georgie eine ausborgen können – von Li, nicht von Mira –, doch dazu hätte sie mit ihren Mitbewohnerinnen sprechen müssen, und darauf hatte sie gerade so gar keine Lust.

Es gelang ihr auch so, den Notizblock, den Füllfederhalter samt Extrapatrone, fünfzig Pfund und ihr Handy irgendwie unterzubringen.

Als sie in den Flur trat, bemerkte sie, dass Martins Tür geschlossen war. Leise Musik erklang dahinter. Ein schneller, eintöniger Drum'n'Bass-Rhythmus. So was hörte er sonst nie. Aber Mira vielleicht. Das geht dich nichts an, ermahnte sie sich.

»Georgie!«

Einen schrecklichen Augenblick lang dachte sie, es wäre Mira.

»Mein Fön ist kaputt«, sagte Li und machte ein bedröppeltes Gesicht.

»Ich hab einen, aber der taugt nicht viel«, sagte Georgie. »Aber wenigstens habe ich ihn schon mal benutzt.«

»Darf ich ihn mal ausleihen? Tut mir leid, bald kannst du für den ganzen Krempel Miete von mir verlangen.«

»In der Nachttischschublade.« Georgie warf ihr den Schlüssel zu.

»Danke, Georgie.« Li lächelte wieder.

»Ich hole den Schlüssel später ab. Bist du nachher zu Hause?«, fragte Georgie.

»Vielleicht hab ich Männerbesuch, also klopf einfach vorher. Gehst du etwa aus? Hast du ein Date?«

»Glaubst du, ich mache mir bei einem Date Notizen?«

»Ehrlich gesagt: Ja.«

»Hm. Eigentlich keine schlechte Idee. Bis später.«

Georgie winkte zum Abschied, eilte die Treppe hinunter und aus dem Haus, bevor Li etwas antworten konnte. Heute wirkte die Themse dunkler und weniger einladend als sonst.

Li beobachtete, wie Georgie die Treppe hinunterging. Dann hörte sie die Vordertür ins Schloss fallen.

Sie geht so komisch. Li dämmerte, dass Georgie Someday wahrscheinlich gar nicht wusste, wie man aufrecht ging. *Die Frau hat kein Selbstbewusstsein,* dachte sie. Aber weshalb? Georgie war eine sehr hübsche Frau, die sich bedauerlicherweise kleidete wie eine christliche Missionarin. Sie hätte mühelos etwas Besseres finden können als Martin, diesen Vollidioten. Warum Georgie überhaupt an ihm Interesse gezeigt hatte, war Li ein Rätsel. Aber sie vermutete, dass die ganze Sache etwas komplizierter war.

Vor zwei Jahren hatte Martin versucht, Li die Zunge in den Hals zu stecken. Dabei hatte er sie beinahe verloren, und es nicht wieder versucht. Li hatte schon vor vielen Jahren akzeptiert, dass sie durch ihren englischen Vater und ihre japanische Mutter zwar zwei Kulturen kennengelernt hatte, aber in keiner verwurzelt war. Wenn sie wollte, hätte sie wie Georgie sein können: ehrgeizig, karriereorientiert, intuitiv. Wenn sie jetzt als Anwaltsassistentin in einer hiesigen Kanzlei anfing, hätte sie es wohl mit dreißig zur Partnerin gebracht – nicht zuletzt durch großzügige Finanzspritzen ihrer Eltern. Doch stattdessen arbeitete sie bei einem Begleitservice.

Sie hatte Mrs. White auf einer Party kennengelernt, noch bevor sie 2013 ihren Abschluss gemacht hatte und nach London gezogen war. Vielleicht war das sogar in derselben Nacht gewesen, in der sie Martin mit blutendem Mund in die Notaufnahme geschickt hatte. Mrs. White war eine bemerkenswerte Frau. Obwohl sie schon Ende fünfzig war, hätte sie jedes Model um ihre Hüften beneidet. Das sensationelle weiße Jovani-Kleid hatte einen atemberaubenden Kontrast zu ihrer mahagonifarbenen Haut gebildet. Li konnte sich noch genau an diese erste Begegnung erinnern.

»Was sagt man dazu«, hatte Mrs. White bemerkt, als Li ihren Cocktail an der Bar in Empfang genommen hatte. »Schönes Outfit.«

»Danke.«

»Sagen Sie, meine Liebe, studieren Sie noch, oder sind Sie nur sehr jung für eine Dozentin?«

Mrs. White bekam für gewöhnlich, was sie wollte. Und sie hatte Li gewollt. Im Gegenzug hatte Li herausgefunden, dass sie zu der Sorte Frau gehörte, der es nichts ausmachte, wenn sich ein Geschäftsmann in den Vierzigern für fünfhundert Pfund an ihren Titten zu schaffen machte. Für so viel Geld musste sie weder jeden Abend, ja noch nicht einmal jede Woche arbeiten. Nur dann, wenn Mrs. White anrief und einen Klienten für sie hatte – »ein netter älterer Herr, Süße. Er ist schon zweiundsechzig und kriegt wahrscheinlich sowieso keinen mehr hoch. Und wenn du dich von ihm befingern lässt, zahlt er das Doppelte.« Li hatte sofort zugesagt.

»Li, du bist das beste Pferd in meinem Stall«, hatte ihr

Mrs. White einmal mit verschmitztem Lächeln anvertraut. »Die orientalischen Gesichtszüge und dazu die Sommersprossen – das macht die armen Kerle wahnsinnig. Wenn du drei Muschis hättest und den Atem eine Stunde lang anhalten könntest, bräuchte ich sonst niemanden mehr.«

Grinsend ging Li die Treppe hinauf. Dass ihr Georgie ihren Zimmerschlüssel anvertraut hatte, war ungewöhnlich. Wohin war sie nur so eilig verschwunden? Vielleicht trieb sie es tatsächlich mit ihrem scharfen Chef. Als er letztens in der Bar aufgetaucht war, war Georgie über beide Ohren errötet. Warum auch nicht? Er war sehr attraktiv und verbrachte, dem Umfang seiner Arme nach zu urteilen, viel Zeit im Fitnessstudio.

»Das tut ihr gut«, sagte Li und sperrte Georgies Tür auf.

Im Zimmer roch es nach Georgie. Kein unangenehmer, aber ein durchaus menschlicher Geruch. Bei Li roch es anders, und in Miras Zimmer stank es wie in einem Nagelstudio. In einer Ecke lag ein Laptop, doch Li wollte nicht herumschnüffeln. Sie brauchte tatsächlich einen Fön – aber bei der Suche danach würde sie sich Zeit lassen. Sie hatte es nicht eilig.

Von den auf vier Regalbrettern verteilten Büchern erkannte sie viele aus dem Studium. Ein paar hatten sogar ihr gehört – Li hatte sie der dankbaren Georgie geschenkt, nachdem sie herausgefunden hatte, dass Freier besser zahlten als Anwälte. Es waren Bücher zu allen möglichen Themen, nicht nur auf ein Fachgebiet beschränkt.

Martin hatte sie jedenfalls keinen Altar errichtet. Schade eigentlich. Sie hatte auch nichts besonders Abgefahrenes erwartet, höchstens eine Haarlocke, ein paar abgeschnittene Fingernägel oder eine einzelne Socke. Doch offenbar hatte auch Georgies Exzentrizität Grenzen.

Auf dem Tisch lagen drei Briefe.

Reiß dich zusammen und such den Fön. Li hatte die Umschläge bereits in der Hand und tastete sie ab. *Eine Avon-Rechnung? Benutzt sie etwa Avon-Produkte? Wie alt ist sie, fünfzig?*

Auf dem nächsten Umschlag standen nur Georgies Name und ihre Adresse in verblasster blauer Tinte, aber es waren weder Briefmarke noch Poststempel zu sehen. Anscheinend hatte ihn jemand persönlich in den schmalen Briefkasten geworfen. Neugierig betrachtete Li den Umschlag genauer. Eine Ecke stand offen, wo der Klebstoff nicht richtig hielt. Li schüttelte den Umschlag, etwas fiel heraus und landete auf dem Tisch.

Li runzelte die Stirn, hob es aber nicht auf. Stattdessen legte sie angewidert den Umschlag beiseite. *Warum in Gottes Namen schickt jemand Georgie ein totes Insekt?*

30

Das Dower House erfüllte Priests Erwartungen so gründlich, dass es schon fast langweilig war. Der einzige Zweck der kurvigen Einfahrt, die sich an kahlen Bäumen vorbeischlängelte, war es, zu verhindern, dass man das Anwesen von der Straße aus sah. Weiße Säulen standen vor einer mit verschnörkelten Schnitzereien von Blättern und Schlingpflanzen bedeckten Eichentür. Auf dem Giebel prangte ein rotblaues Schild – wahrscheinlich das Familienwappen. Lange Reihen von weißen Flügelfenstern zwischen dem roten Backstein ließen das frühgeorgianische Gemäuer größer erscheinen, als es tatsächlich war.

Der Regen hatte nachgelassen. Trotzdem zog Priest seine Jacke fest um sich, während sie über den Schotterweg zum Eingang gingen. Sobald sie die Stufen erreichten, wandte sich Jessica ihm zu. Ihr Haar fiel ihr ins Gesicht, sodass er ihre Miene nicht erkennen konnte.

»Ich muss Sie warnen«, sagte sie ernst. »Als meine Schwester von Miles' Tod gehört hat, ist sie sofort aus den Staaten angereist.«

»Und wieso die Warnung?«

Jessica hustete und zitterte vor Kälte, dann stieß sie die schwere Tür auf. Ein angenehm warmer Luftschwall schlug ihnen entgegen. Sie gingen hinein. »Sie ist Firmenanwältin und berät amerikanische Unternehmen in Bezug auf britisches Recht. Und sie ist etwas ... schwierig.«

Kurze Zeit später stand Priest in einer geräumigen Küche voller blitzender, nagelneuer Gerätschaften. Der rustikale Charakter des Raums erwies sich bei näherer Betrachtung als kostspielige Imitation.

»Du hättest vorher anrufen sollen.« Eine große, gebrechlich wirkende Frau erhob sich vom Küchentisch. Sie gab Jessica einen Kuss auf beide Wangen, dann nickte sie Priest knapp zu und wandte den Blick wieder ab.

»Ich bin nicht dazu gekommen, Mam. Tut mir leid. Darf ich vorstellen ...«

»Jessica, ich weiß, wer das ist. Tee, Mr. Priest?«

Priest nahm die Tasse entgegen, die sie ihm reichte, und trat unbehaglich von einem Fuß auf den anderen. In diesem Haus wurde getrauert, und er hatte kein Recht, hier zu sein.

»Bitte entschuldigen Sie mein Eindringen, Mrs. Ellinder«, sagte er. »Das ist gewiss eine schwierige Zeit für Sie.«

»Bitte, nennen Sie mich Lucia.«

Er öffnete den Mund, ohne sich darüber klar zu sein, was er eigentlich sagen wollte. Gottlob verhinderte Kenneth Ellinder eine etwaige Peinlichkeit.

»Jessie!« Der alte Mann eilte auf seine Tochter zu und umarmte sie. »Wie schön. Und Mr. Priest. Sie sind uns herzlich willkommen.«

»Wir wollten euch nur auf den neuesten Stand bringen, Daddy.«

»Selbstverständlich. Aber es ist schon spät, und ihr

müsst ja am Verhungern sein. Bleiben Sie zum Essen, Mr. Priest?«

Das war ungefähr das Letzte, was Priest im Augenblick wollte. Er kämpfte verzweifelt darum, nicht in einem Meer der Hilflosigkeit zu ertrinken. Doch Jessica wirkte müde, und ihr Vater bezahlte ihn fürstlich, daher gab er nach. Als er Kenneth Ellinder durch eine Doppeltür folgte, warf er Lucia einen Blick zu. Er war hier nicht willkommen.

Der Speisesaal war nur spärlich beleuchtet. Dennoch konnte Priest mindestens zwölf Augenpaare ausmachen, die ihn anstarrten – diverse bereits verstorbene und in verschiedenen Stufen der Könnerschaft mit Öl auf Leinwand gebannte Mitglieder der Familie Ellinder.

»Ein Dreiundneunziger«, erklärte Kenneth nach einem Blick auf die Weinflasche. »Der Fünfundneunziger soll noch besser sein, aber im Keller war leider keiner mehr.« Er füllte Priests Glas mit einer blutroten Flüssigkeit.

»Vielen Dank. Ich würde den Unterschied sowieso nicht merken«, gestand Priest.

Er bemerkte eine Bewegung hinter sich. Jemand glitt sehr anmutig auf den Stuhl neben ihm.

»Scarlett, du bist spät dran«, bemerkte Kenneth. Er schien nicht verärgert zu sein.

»Entschuldige, Daddy.«

Scarlett Ellinder war ein paar Jahre jünger als Jessica. Wie ihre Mutter war sie hochgewachsen, elegant und hatte stechende braune Augen. Auch sie bewegte sich mit außergewöhnlicher Präzision, als wäre jede Regung von langer Hand geplant. Allerdings ging ihr die Härte ab, die Jessica und ihre Mutter ausstrahlten. Ihre Augen waren groß und neugierig, ihr Lächeln kam von Herzen – und die Art, wie sie die Hände auf den Tisch legte und sich vorbeugte, ließ darauf schließen, dass sie ein etwas größeres Einfühlungsvermögen besaß als ihre ältere Schwester.

»Sie sind sicher Charlie Priest«, sagte Scarlett und hielt ihm die Hand hin.

»Und Sie Scarlett.« Priest erwiderte das Lächeln. Gleichzeitig spürte er, wie sich Jessicas finsterer Blick in seinen Hinterkopf bohrte. Die Schwestern nahmen keinerlei Notiz voneinander.

»Mr. Priest, lassen Sie mich zum Ausdruck bringen, wie sehr es mich freut, dass Sie sich endlich entschlossen haben, Miles' Tod für uns aufzuklären«, sagte Kenneth Ellinder und schenkte auch Scarlett Wein ein.

»Ihre Tochter kann sehr überzeugend sein«, entgegnete Priest.

»Miles' *Ermordung*, Daddy«, sagte Jessica leise. »Nicht seinen *Tod*.«

»Also, verlängern Sie die Qualen eines alten Mannes nicht unnötig. Welche Fortschritte haben Sie gemacht?«, fragte Kenneth, ohne auf Jessicas Bemerkung einzugehen.

Priest dachte nach. Ja, welche Fortschritte hatte er gemacht? Er warf Jessica einen Blick zu. Nach wie vor ahnte Kenneth Ellinder nicht, dass Miles am Abend vor seiner Ermordung in Priests Wohnung gewesen war. Inwieweit wollte Jessica ihren Vater in die Geschehnisse einweihen?

»Für Ergebnisse ist es noch zu früh«, sagte Priest vorsichtig. »Ich verfolge mehrere Spuren und ...«

»Lass sie doch erst mal machen, Daddy«, sagte Scarlett. »Es ist ziemlich unrealistisch, in so einem frühen Stadium der Ermittlung bereits Fortschritte zu erwarten. Bis wir wissen, was wirklich mit Miles geschehen ist, könnten noch Jahre vergehen.«

Scarlett sah Priest lächelnd an. Der nickte ihr dankbar zu.

»Der Generalstaatsanwalt ist tot«, teilte Jessica ihrem Vater mit.

Kenneth senkte den Kopf. »Das habe ich schon gehört. Sehr tragisch, aber was hat das mit...«

»Mr. Ellinder, waren Sie mit Sir Philip Wren bekannt?«, fragte Priest.

»Selbstverständlich. Genau wie Ihr Vater, obwohl der ihn wahrscheinlich besser kannte als ich. Philip Wren war ein Ehrenmann. Anscheinend stand er unter großem Stress, doch dass seine Last so schwer war, um sich gleich das Leben zu nehmen, hätte ich nicht gedacht.«

»Ich glaube nicht, dass Philip Wren Selbstmord begangen hat.« Priest nahm noch einen Schluck. Er schmeckte den Wein so gut wie überhaupt nicht.

Ellinder runzelte die Stirn. »Was sagen Sie da?«

»Ich glaube nicht, dass sich Philip Wren umgebracht hat.«

»Woher wollen Sie das wissen?« Scarlett beugte sich vor und sah ihm direkt in die Augen.

»Wir waren vor Ort, Scarlett«, gab Jessica mit warnendem Blick zu bedenken.

»Aber die Polizei...«, begann Ellinder.

»Setzt auch in diesem Fall auf Detective Inspector McEwen«, fiel ihm Priest ins Wort.

Ellinder schlug mit der Faust auf den Tisch. »Dieser inkompetente Versager! Warum um alles in der Welt kümmert er sich auch noch um Philip Wrens Tod? Er soll lieber herausfinden, was meinem Sohn zugestoßen ist.«

259

»Es gibt noch eine weitere Verbindung zwischen Miles und Sir Philip.«

»Sicher nicht!«, rief Kenneth.

Am anderen Ende des Tisches rutschte Lucia Ellinder auf ihrem Stuhl herum und stöhnte leise.

»Sir Philip hat eine Tochter namens Hayley«, fuhr Priest fort. »Sie wurde vor mehreren Tagen von einem unbekannten Wagen abgeholt und wird seitdem vermisst. Sie wohnt in Cambridge. Wir waren heute dort, um nach Hinweisen zu suchen.«

Ellinder kniff die Augen zusammen. »Und das steht mit Miles' Tod in Verbindung, weil …?«

»Wir konnten mit einem Reverend der Gemeinde sprechen, zu der Hayley gehört. Vor ihrem Verschwinden erhielt sie einen Brief mit einem toten Insekt. Dem gleichen Insekt, das auch in Miles' Kehle gefunden wurde. Eine Eintagsfliege.«

Kenneth Ellinder stellte sein Weinglas behutsam auf den Tisch. Priest spürte die verächtlichen Blicke der Lebenden und der Toten auf sich.

»Sagt Ihnen das irgendetwas, Mr. Ellinder?«

Der alte Mann saß einen Augenblick lang grimmig da und rieb mit den Fingern über sein Glas. Priest hielt den Atem an.

»Nein«, sagte er schließlich. »Nein, das sagt mir gar nichts.«

Eine Weile lang herrschte Schweigen. Dann schob Lucia wütend ihren Stuhl zurück, dabei stieß sie ihr Glas um. Wein floss über den Tisch.

»Tut mir leid«, verkündete sie, »aber ich ertrage das nicht länger!«

Sie entfernte sich vom Tisch. Ihr Gatte stand auf, doch

sie war bereits aus dem Raum, bevor er sie aufhalten konnte.

»Lucia!«, rief er ihr hinterher.

Irgendwo knallte eine Tür.

31

Während der Taxifahrt hatte Georgie überlegt, was sie sagen sollte, sobald sie bei den Wrens war. Doch jetzt, da sie am Ende der Einfahrt stand und ein Polizist auf sie zukam, schien ihr Plan plötzlich nicht mehr so brillant. *Weil ich dafür lügen muss. Und ich bin eine miserable Lügnerin.*

»Kann ich Ihnen helfen?«, fragte der Polizist und stellte sich zwischen sie und das Haus.

»Ja«, antwortete Georgie.

Darauf herrschte Stille, bis der Polizist mit den Achseln zuckte. »Ja?«

»Oh, Verzeihung.« Sie wurde wieder rot, und ihre Wangen glühten trotz der Eiseskälte. »Ich bin von Pipes und Cooper. Dem Bestattungsunternehmen.«

Der Polizist musterte sie argwöhnisch. »So sehen Sie aber nicht aus.«

Georgie zögerte. »Ich bin noch in der Ausbildung.«

Das schien den Beamten zufriedenzustellen. Er kratzte sich den Bart, führte sie zur Haustür und klingelte.

»Tut mir leid«, sagte er entschuldigend. »Heutzutage kann man nicht vorsichtig genug sein. Sie haben ja keine Ahnung, wie viele Reporter sich als alles Mögliche ausgeben, nur um an eine heiße Story zu kommen.«

»Schon in Ordnung«, sagte Georgie.

Einige Augenblicke darauf öffnete sich die Tür. Das mürrisch dreinblickende Gesicht einer älteren Frau erschien. Georgie lächelte so freundlich, wie es ihr möglich war.

»Die Dame hier kommt von Pipes und Cooper«, sagte der Polizist. Auf dem Gesicht der Frau war keine Regung zu erkennen. »Dem Bestattungsunternehmen.«

»Die werden erst nächste Woche erwartet«, sagte die Dame in der Tür. Georgies Selbstvertrauen schwand, als ihr der Polizist einen anklagenden Blick zuwarf. *Ich sage doch, ich bin eine schlechte Lügnerin.*

Sie nahm einen letzten Anlauf. »Lady Wren hat uns gebeten, etwas früher zu kommen.« Der finsteren Miene der Frau nach zu urteilen war auch dieser nicht besonders überzeugend. Georgie fragte sich gerade, ob sie schneller laufen konnte als der Polizist, als sie eine Stimme aus dem Haus hörte.

»Schon gut, Sissy. Lass sie rein.«

Georgie war Trauer nicht fremd. Sie wusste noch, wie sich ihr Elternhaus nach dem Tod ihres Vaters angefühlt hatte. Wie still alles gewesen war. Als wäre alles aus Asche und könnte bei dem geringsten Windstoß zerbröckeln. Genau so fühlte es sich auch in dem Zimmer an, in dem Terri Wren mit einer Wolldecke auf den Knien in einem Ledersessel saß.

Sissy – eine verkniffene Frau Ende fünfzig, die verdächtige Ähnlichkeit mit einer strengen Lehrerin hatte – stellte sich als Terris Schwester vor, scheuchte Georgie mit finsterem Blick in den Raum und ließ sie sich setzen.

»Soll ich bleiben?«, fragte sie Terri mit einem missbilligenden Blick Richtung Georgie.

Terri sah mit trauriger Miene aus dem Fenster, als hätte sie jemanden kommen sehen. Sissy hustete. Terri sah auf, ohne Georgie richtig wahrzunehmen.

»Nicht nötig, Sissy. Danke.«

Sissy nickte. »Fünf Minuten«, zischte sie Georgie ins Ohr, bevor sie den Raum verließ. »Nicht länger.«

Auf der Suche nach einer einigermaßen bequemen Position auf dem Sofa schlug Georgie die Beine erst übereinander, dann setzte sie sich wieder gerade hin. »Vielen Dank, dass Sie mich empfangen, Lady Wren. Ich bin mir bewusst, dass das eine schwere Zeit für Sie sein muss.«

»Ach wirklich?« Ihre Mundwinkel hoben sich, doch das Lächeln erreichte ihre traurigen Augen nicht. »Das bezweifle ich, meine Liebe.«

»Charlie hat mich geschickt«, sagte Georgie.

»Ich weiß. Er hat mir bereits telefonisch Bescheid gegeben. Sonst hätte ich Sie wohl kaum eingelassen.«

»Vielen Dank. Bitte entschuldigen Sie die Störung.«

Terri verzog das Gesicht, als hätte sie Schmerzen. »Was kann ich für Sie tun?«

War es pietätlos, den Notizblock herauszuholen? Georgie ließ ihn lieber, wo er war. Hinter ihr knarrten die Bodendielen. Wahrscheinlich Sissy, die im Flur umherschlich.

»Gibt es etwas Neues von Hayley?«, fragte Georgie.

Terri seufzte. »Nein. Aber sie wird schon wieder auftauchen. Wie immer.«

»Sind Sie sich da sicher?«

»Sehr sicher, meine Liebe.«

»Vor seinem Tod …« Georgie schluckte. Das alles kam ihr plötzlich sehr unangemessen vor. »Vor seinem Tod hat Sir Philip Charlie einen Brief zukommen lassen, in dem er schrieb, dass er einen Datenträger zu Charlie nach Hause geschickt hätte. Wissen Sie etwas darüber?«

»Nein«, sagte Terri bedauernd.

»Sie haben keine Post für ihn aufgegeben?«

»Wie gesagt: Nein.«

»Verzeihung.«

Terri spitzte die Lippen, verschränkte die Arme und starrte wie hypnotisiert auf den Boden.

Das läuft nicht besonders gut. »Dürfte ich wohl …«, begann Georgie nach kurzem Zögern.

»Sein Büro sehen?«, fragte Terri.

»Genau.«

Wie aufs Stichwort erschien Sissy und führte Georgie ins Büro des Generalstaatsanwalts.

»Zwei Minuten diesmal«, flüsterte Sissy. »Ich sehe auf die Uhr. Und fassen Sie unter keinen Umständen etwas an.«

Georgie betrat vorsichtig den Raum. Es war ein Büro wie jedes andere auch: Schreibtisch, Aktenschränke, Deckenventilator. Sie machte mit ihrem Handy Fotos aus verschiedenen Blickwinkeln, um möglichst alles abzudecken. Da sie keine Ahnung hatte, wonach sie suchten, bemühte sie sich, so viele Bilder wie möglich zu schießen. Hoffentlich konnte Charlie etwas damit anfangen.

Sissy war nirgendwo zu sehen, doch Georgie vermutete, dass sie nicht weit war. Bis auf etwas Löschpapier und ein paar Federhalter war der Schreibtisch völlig leer. Den Computer hatte höchstwahrscheinlich die Spurensicherung mitgenommen. Dennoch machte sie Fotos von der Tischplatte – vor allem von einem nur teilweise sichtbaren Fußabdruck am Rand. Merkwürdig – der Abdruck

verlief so parallel zur Tischkante, als hätte man ihn ...
egal, nicht so wichtig.

Sie blieb stehen und lauschte. Stille. Auf dem Flur waren keine Schritte zu hören. Sie versuchte eine Schreibtischschublade. Abgeschlossen. Eine weitere. Diese war ebenfalls abgeschlossen und klapperte dazu ziemlich laut. Auch die dritte Schublade ließ sich nicht öffnen, und der Aktenschrank war anscheinend ebenfalls abgeschlossen.

Sie war am Rande der Verzweiflung. Ein paar Fotos und ein kurzes Gespräch. Ziemlich unergiebig für das Risiko, das Charlie auf sich genommen hatte, damit sie hier sein konnte. Bei der Vorstellung, ihn zu enttäuschen, wurde ihr beinahe schlecht.

Sie starrte den Schreibtisch an, als könnte sie ihn so zwingen, seine Geheimnisse preiszugeben. Dann bemerkte sie etwas Seltsames – es waren drei Schubladen, aber vier Griffe. Nach kurzem Nachdenken begriff sie, dass man mit dem obersten Griff eine versenkbare Arbeitsfläche aus dem Tisch ziehen konnte. Sie zog daran, und die Fläche glitt heraus. In dem dadurch entstehenden schmalen Spalt befand sich ein dünner Papierstapel, der verdächtig nach einem Polizeibericht aussah.

Georgie bemerkte eine Bewegung im Flur, und ihr Herz setzte einen Schlag aus.

»Die Zeit ist um«, rief Sissy.

Georgie stopfte die Blätter in ihre Manteltasche. »Ich komme«, sagte sie.

32

Zumindest in einem Punkt war das Abendessen im Dower House erfolgreich verlaufen: Priest hatte sich davon überzeugen können, dass Kenneth Ellinders Reaktion bei Erwähnung der Eintagsfliege in Hayley Wrens Post aufrichtig gewesen war. Dafür hatte er sich im Kreise der Familie Ellinder entschieden unwohl gefühlt, und das Fleisch war völlig zerkocht gewesen.

Ob der alte Mann mehr weiß, als er zugibt?

Priest stieg aus der Dusche und schlang sich ein Handtuch um die Hüfte. Seine Suite im Gästeflügel im rückwärtigen Teil des Gebäudes verfügte über ein kleines Büro, eine Garderobe, ein Schlafzimmer mit einem mächtigen Himmelbett und ein Badezimmer. Die Dusche hatte ihm gutgetan, und zum ersten Mal seit Tagen war er zuversichtlich, gut schlafen zu können.

Scarlett ist eine bemerkenswerte Frau. Und sie und ihre Schwester sind tatsächlich so verschieden wie Tag und Nacht.

Priest ging auf die Toilette, klaute sich etwas Mundwasser aus dem Hängeschrank über dem Waschbecken und starrte sein Spiegelbild an. Er hatte Ringe unter den Augen, und die Stoppeln waren nicht mehr weit von einem Vollbart entfernt.

Dann hörte er das leise Klicken eines Türschlosses hinter sich. Sein Schlafzimmer befand sich im Erdgeschoss, hinter dem großen Erkerfenster war eine Terrasse zu erkennen. Hatte etwa jemand die Balkontür oder ein Fenster geöffnet?

Die Tür zum Badezimmer stand ein paar Zentimeter weit offen. Priest schlich, so leise er konnte, über den Fliesenboden und spähte durch den Türspalt. Er konnte die Hälfte des Schlafzimmers einsehen. Von einem Eindringling keine Spur. Priest sah sich nach einer Waffe um. Leider lag diesmal kein Schlagstock in Reichweite.

Priest drückte die Tür etwas weiter auf und streckte gleichzeitig den Arm aus für den Fall, dass jemand dahinter lauerte. Er hatte sich nicht getäuscht und tatsächlich etwas gehört. Doch es war weder ein Fenster noch die Balkontür gewesen.

Sie trug einen schwarzen Morgenrock, lehnte mit dem Rücken gegen die Tür zum Flur und starrte an ihm vorbei ins Leere.

»Jessica«, sagte er leise.

Sie antwortete nichts darauf, sondern kam auf ihn zu. Einen Augenblick lang befürchtete er, sie könne direkt durch ihn hindurchlaufen wie ein Geist, doch sie blieb knapp vor ihm stehen. Kurz trafen sich ihre Blicke. Sie duftete nach Lavendel.

»Ich muss mich für meine Mutter entschuldigen.«

»Aber nicht doch. Sie alle stehen unter gewaltigem Druck.«

»Normalerweise ist sie eher … leidenschaftslos. Sie so zu sehen … ist nicht einfach für mich.«

»Natürlich nicht.«

Interessiert musterte sie seinen beinahe nackten Körper. Plötzlich streckte sie den Arm aus, nahm seine Hand, drehte sie hin und her und untersuchte die Brandwunde auf seinem Handgelenk.

»Hat das wehgetan?«

Priest schluckte. Sein Herz schlug immer schneller, sein Körper reagierte auf die Berührung. Und doch war etwas seltsam an dieser Frage, deren Antwort eigentlich ganz offensichtlich war. *Hat das wehgetan?* Sein Blick wanderte ihren Arm hinauf zu den Schultern und dem Hals. Der Morgenrock betonte ihre Kurven und war weit geöffnet. Kein Zweifel: Darunter befand sich nichts außer ihrer cremefarbenen Haut. Ihm wurde warm, und etwas regte sich unter dem Handtuch.

»Jessica ...« Er wollte sie aufhalten, ihre Hände wegnehmen, doch die Berührung ihrer Finger war wie ein elektrischer Schlag. Sie umklammerte sein Handgelenk mit voller Absicht so fest, dass es schmerzte. Dann zog sie seinen Arm zu sich, bis seine Hand auf ihrer bloßen Brust lag.

»Jessica, warten Sie ...«

Sie atmete tief aus, als sich ihre Körper berührten, zog ihn noch näher an sich heran, führte seine Hand unter den Morgenmantel. Er wölbte sie über einer Brust, bevor sie sich erst vorsichtig und dann immer leidenschaftlicher, hungriger küssten. Priest spürte, wie seine Selbstbeherrschung schwand, während sie ihre Zunge in seinem Mund vergrub und mit der freien Hand das Handtuch löste. Benommen registrierte er, wie das Blut in seine Lenden strömte. Sie schlang ein Bein um seine Hüfte.

»Deswegen bin ich *nicht* hier«, keuchte sie, biss ihm heftig in den Nacken und schubste ihn in Richtung Bett.

»Sie sind eine beschissene Lügnerin«, keuchte er.

»Nein! Ich will Sie wirklich nicht.«

Priests Herz raste. Einen Augenblick lang glaubte er, dass sie die Wahrheit sagte, da sie ihn von sich stieß und die Nägel tief in seinen Arm krallte. Er wollte sie noch mal küssen, doch sie wich ihm aus und zog ihn aufs Bett.

»Jessica, Moment!«

Ihre nächsten Bewegungen waren so perfekt ausgeführt wie ein tausendfach geübtes Nahkampfmanöver. Sie drehte ihn seitwärts und nutzte die dadurch entstehende Hebelwirkung, um sich auf ihn zu schwingen. Schnell rutschte er das Bett hinauf. Sie folgte ihm, ritt auf ihm, riss sich den Morgenrock vom Leib. Er war festgenagelt, ihr ausgeliefert.

»Sind Sie sicher, dass Sie wissen, was Sie wollen?«, fragte er keuchend.

Sie lächelte ein außergewöhnlich bezauberndes Lächeln, griff nach seinem steifen Penis und ließ ihn in sich hineingleiten, wobei sie ein Stöhnen der Lust von sich gab. Sie drückte sich gegen ihn, trieb ihn so tief es ging in sich hinein, krümmte sich und stöhnte leise. Er starrte ihr zur Decke gerichtetes Gesicht mit den geschlossenen Augen an, ließ seine Hände über ihre Hüften, ihre Taille und ihre Brüste wandern.

Ihr Rhythmus wurde schneller, ihr Stöhnen lauter. Er zog ihren Kopf zu sich, damit er sie aufs Gesicht küssen konnte, und spürte, wie sich ihre gemeinsame Symphonie in einem stetigen Crescendo steigerte.

»Sind Sie sicher, dass Sie wissen, was Sie wollen?«, flüsterte er atemlos.

Sie grunzte frustriert und animalisch, und ein paar weitere köstliche Stöße brachten ihn kurz vor den Höhepunkt.

»Ja«, stöhnte sie ihm ins Ohr.

Priest wachte frühmorgens auf. Im Durchschnitt brauchte er fünf Stunden Schlaf, wenn er einen schwierigen Fall zu bearbeiten hatte, nur drei. Dabei litt er nicht unter Insomnie, er kam ganz einfach mit wenig Schlaf aus. Er war also nicht überrascht, in einem dunklen Raum aufzuwachen, nur von einem Streifen Mondlicht erhellt, das durch die Lücke in den schweren Vorhängen fiel.

Neben ihm hob und senkte sich Jessicas warmer Körper im regelmäßigen Atem des Tiefschlafs. Um sie nicht zu wecken, stieg er vorsichtig aus dem Bett und suchte seine Klamotten mithilfe des Handydisplays zusammen. Sein Jackett lag auf dem Boden. Er machte sich gar nicht erst die Mühe, in seine Schuhe zu schlüpfen. In so gut wie jedem Raum des Dower House lag Teppich.

Der Flur war beleuchtet. Ob das Licht immer brannte oder nur, weil er zu Besuch war? Es war ihm unangenehm, einfach so durch ein fremdes Haus zu spazieren, noch dazu, da er keine Ahnung hatte, wo er überhaupt hinging. Die Bewohner des Hauses würden auch noch die nächsten Stunden schlafen, und er glaubte, sich an ein kleines Arbeitszimmer mit Fernseher am Ende des Flurs zu erinnern. Als er es erreichte, blieb er vor der geschlossenen Tür stehen. Der Fernseher lief. Lärm, Aufruhr, Panik. Dann splitterndes Holz und markerschütternde Schreie. Er erkannte die Szene und öffnete die Tür.

»Sonst lief nichts Vernünftiges«, sagte sie.

»*Die Nacht der lebenden Toten*«, bemerkte er.

»Eigentlich ganz passend für dieses alte, dunkle Gemäuer, finden Sie nicht?« Scarlett lag auf einem kleinen Sofa, das mit seinem fadenscheinigen Bezug mit dem abscheulichen goldblauen Muster direkt einem französischen Château entsprungen zu sein schien.

Sie rührte sich nicht, als er eintrat und die Tür hinter sich schloss. Sie trug einen kurzen rosa Pyjama, der sich eng an ihren athletischen Körper schmiegte. Sie hatte die Arme hinter dem Kopf verschränkt und sich, so gut es ging, der merkwürdigen Form des Sofas angepasst.

»Wussten Sie, dass George Romero in jedem seiner Filme einen Auftritt als Zombie hat?«, fragte er. Auf dem Bildschirm kreischte eine Frau, als mehrere Hände durch ein Fenster brachen, sie packten und nach draußen zerren wollten.

»Ja. Aber ich erkenne ihn nie.«

Scarlett wandte sich ihm zu und sah ihn an, sodass er sich verpflichtet fühlte, sich zu setzen.

»In jedem Zombiefilm geht es um den Klassenkampf«, sagte sie. »Wussten Sie das? Darum, was passiert, wenn sich das Proletariat erhebt.«

»Ich schaue sie in erster Linie wegen der sinnlosen Gewalt.«

Ihr Lachen klang ganz anders als das von Jessica. Apropos – hatte er Jessica überhaupt je lachen gehört?

Sie sahen eine Weile lang zu. Trotz des verzweifelten Versuchs, das zerbrochene Fenster mit Brettern zu vernageln, waren die langsamen, schwerfälligen und schlecht geschminkten Statisten nicht aufzuhalten.

»Schauen Sie immer mitten in der Nacht Horrorfilme?«, fragte er.

»Ich konnte nicht schlafen«, sagte sie gähnend. »Ist wohl noch der Jetlag.«

»Tut mir leid, dass Sie unter solchen Umständen nach Hause kommen mussten.«

Sie machte ein abschätziges Geräusch, ohne den Blick vom Schwarz-Weiß-Film auf dem Bildschirm zu nehmen.

»Ach was. Mich ärgern weniger die Umstände, sondern vielmehr, dass ich überhaupt nach Hause kommen musste.«

»Man hat Ihren Bruder auf eine Metallstange gepfählt in einem der Lagerhäuser Ihres Vaters gefunden«, sagte Priest. Das war nicht als Kritik gemeint, dennoch war er auf ihre Reaktion gespannt.

»Miles ist nicht mein Bruder«, sagte sie. »Er gehörte zu meiner Mutter.«

»Natürlich, tut mir leid. Stammte er aus der ersten Ehe Ihrer Mutter?« Wenn er an Lucia Ellinder dachte, sah er eine ganze Reihe bankrotter Exmänner vor sich.

»Nein, sie war vorher nicht verheiratet. Aber sie hatte sozusagen Ballast dabei.«

»Ballast, mit dem Sie nichts anfangen konnten?«

Sie zuckte mit den Schultern. »Ich hatte mit Miles nichts zu tun. Ein verwöhnter Drogensüchtiger, der jeden Penny verprasste, den Daddy ihm zugesteckt hat. Der undankbare Scheißkerl hat bekommen, was er verdient hat.«

Priest wollte gerade etwas sagen, als sie sich zu ihm umdrehte.

»Glauben Sie ja nicht, dass ich so dumm war, der Polizei das zu verraten.«

»Warum nicht? Sie waren zum Zeitpunkt des Mords in den USA.«

»Vielleicht habe ich es ja aus der Entfernung orchestriert. Verabredung zum Mord. Über Skype.«

»Eine interessante Theorie. Was ist mit Ihrer Mutter?«

Scarlett sah wie auf der Suche nach einer Antwort zur Decke. »Mr. Priest, das mag jetzt grausam klingen, aber weder Jessie noch ich kennen unsere Mutter besonders

273

gut. Wir lieben sie, sie hat uns gut erzogen. Ihretwegen haben wir Miles so lange toleriert. Aber besonders nahe stehen wir uns nicht.«

»Man kann jemanden lieben, ohne sich mit ihm zu verstehen«, sagte Priest und dachte an William.

Scarlett nickte.

»Was ist Ihrer Meinung nach passiert?«, erkundigte er sich.

»Wieso fragen Sie mich das?«

»Ihr Vater bezahlt mir eine schöne Stange Geld, damit ich jeder erdenklichen Spur nachgehe.«

Sie wandte sich wieder dem Bildschirm zu. In dem von Zombies belagerten Haus standen die Dinge nicht zum Besten. Scarlett war auf weitaus konventionellere Weise attraktiv als Jessica. Wie viele willensschwache Männer sie wohl schon um diese schlanken Finger gewickelt hatte?

Sie beugte sich vor. »Ich bin der Meinung, dass wir es mit etwas sehr Gefährlichem zu tun haben.«

»Noch gefährlicher als ein auf Zombie geschminkter George Romero?«

Sie blieb ernst. »Ich glaube, dass sich Miles mit einem Kult oder so eingelassen hat. Und das ging so richtig schief. Was an sich gar nicht so verwunderlich ist, schließlich gibt es eine Menge Geheimgesellschaften, die Leute wie meinen Bruder anwerben wollen – verletzliche, dumme und reiche Leute. Skull & Bones, der Golden Dawn, die Freimaurer …«

»Aber keine dieser Gruppierungen ist dafür bekannt, im einundzwanzigsten Jahrhundert noch Pfählungen durchzuführen …«, bemerkte Priest.

Scarlett zuckte mit den Achseln. »Bram Stoker war

Mitglied des Golden Dawn. Und die Hauptquelle für Dracula war...«

»Vlad der Pfähler.«

»Sehr gut«, sagte sie. »Sie kennen sich mit nutzlosem okkultem Blödsinn aus.«

»Besten Dank, obwohl ich normalerweise für die Recherche solcher Dinge auf mein äußerst aufgeschlossenes, vorurteilsfreies und kreatives Personal zurückgreife. Glauben Sie wirklich, dass Miles zu einem Kult gehörte?«

»Es war jedenfalls eindeutig ein Ritualmord.«

»Fallen Ihnen eine Geheimgesellschaft oder ein Kult ein, die die nötigen Ressourcen und Beziehungen für so was hätten?«

»Nur eine.«

Er wartete, doch sie sprach nicht weiter.

Stattdessen setzte sie sich ruckartig auf. »Ich will Ihnen etwas zeigen, Mr. Priest.« Sie blieb in der Tür stehen und schaute sich über die Schulter nach ihm um. Priest sah nach, wie sich die Zombielage entwickelte. Es sah düster aus. Er folgte ihr in den Flur.

Sie durchquerten das ganze Haus. Dann blieb Scarlett stehen. »Mr. Priest, was ist Ihr Lieblingsfilm?«

Priest dachte nach. »*Freaks.*«

»Was gefällt Ihnen daran?«

»Schon mal der Slogan: *Kann es wahre Liebe zwischen einer ausgewachsenen Frau und einem Zwerg geben?*«

»Genial«, sagte sie grinsend.

»Wir sind aber ziemlich weit durchs Haus gelaufen, um über Filme zu reden.«

Sie ging zu einer Tür am Ende des Flurs.

»Ein Detail ist Ihnen bisher entgangen.«

»Hm. Ich dachte mir schon, dass Ihr Vater mir nicht alles erzählt hat.«

»Er will Sie nicht absichtlich hinters Licht führen. Er versucht, in dieser Situation seine Würde zu bewahren, obwohl das meiner Meinung nach vergebliche Liebesmüh ist. Seit Einzelheiten über Miles' Tod bekannt wurden, hat sich der Aktienkurs der Firmengruppe halbiert.«

Die Tür war verschlossen. Scarlett nahm einen Schlüssel vom Türrahmen. Priest fragte sich, ob das alles inszeniert war. Womöglich war alles seit dem Augenblick, als Jessica ihn ins Dower House eingeladen hatte, ein einziges großes Schauspiel. Verführung inklusive.

Das Schloss öffnete sich klickend. Der Raum dahinter war dunkel. Als er ihr ins Zwielicht folgte, bekam er es mit der Angst. Die Dielen knarrten unter seinem Gewicht. Vor den Wänden waren lange Regalreihen. Bücher? War das die Bibliothek?

Sie drückte auf einen Schalter hinter ihm, und plötzlich war alles hell erleuchtet. Sobald sich seine Augen an das Licht gewöhnt hatten, sah er, dass es keine Bücher, sondern Schaukästen waren. Die Lampen spiegelten sich im Glas der Vitrinen, sodass er zunächst nicht erkennen konnte, was sich darin befand. Er trat einen Schritt zur Seite, damit er besser sehen konnte.

»Grundgütiger.« Er wollte schlucken, doch seine Kehle war wie ausgetrocknet.

Winzige Insekten – fragile, papierdünne Flügel, die im Licht glänzten, mit Nadeln an den Untergrund geheftete Leiber. Hunderte.

Eine Sammlung fliegender Insekten: Schmetterlinge, Libellen, Motten …

»Ihr Vater …«, stammelte Priest.

»Sammelt tote Krabbelviecher. Jawohl.«

»Darunter zufällig auch das Insekt, das in Miles' Kehle gefunden wurde und in dem Brief an Hayley Wren war?«

Scarlett starrte wie in Trance zu Boden. Priest fragte sich, ob sie es jetzt bedauerte, ihm das hier gezeigt zu haben.

»Werden Sie ihn darauf ansprechen?«, fragte sie leise.

»Würde das etwas bringen?«

»Wahrscheinlich nicht.«

Priest sah sich um, versuchte, sich den Inhalt der Vitrinen einzuprägen. Von winzigen gelben Schmetterlingen bis zu handgroßen Motten war alles dabei. Bestimmte Formen waren ihm völlig unbekannt. Doch leere Nadeln waren nirgendwo zu sehen. Die Sammlung schien komplett.

»Sie sagten, dass Ihnen nur eine heute noch existierende Gruppierung einfällt, die in der Lage wäre, Miles so was anzutun.« Sie antwortete nicht. »Scarlett?«

»Ist das nicht offensichtlich?«

»Klären Sie mich auf.«

»Die Nazis.«

Priest stand inmitten der Insektensammlung. Ihm schwirrte der Kopf. *Die Nazis.* Selbstverständlich hatte er die Möglichkeit, dass hinter Miles' Ermordung ein Kult steckte, bereits in Betracht gezogen. Es gab zwar Neonazis in Europa und in Teilen Asiens bis hin zur Mongolei, doch ihm war nicht bekannt, dass diese Bewegung in Großbritannien in letzter Zeit großen Aufschwung erhalten hätte. Nichts an Miles' Tod deutete auf eine politische Tat hin. Das war höchst unwahrscheinlich. Priest drehte sich zu Scarlett um. Er brauchte eine Erklärung.

Doch Scarlett war verschwunden. Außer den Insekten wollte ihm niemand zuhören.

33

Priest erwachte zum zweiten Mal an diesem Morgen, diesmal mit Kopfschmerzen. Nach einigen Augenblicken der Orientierungslosigkeit konnte er mehr oder weniger klar sehen, und ihm fiel auch wieder ein, wo er war.

Sein Handy klingelte.

»Hallo?«

»Charlie? Geht's Ihnen gut?«

»Prima.«

Priest rieb sich den Nacken und zupfte eine Gänsefeder aus seinem Haar. Auf seinen Handgelenken waren noch die Spuren der Kabelbinder zu erkennen, mit denen ihn Miles Ellinder gefesselt hatte. Auch die Brandwunde schmerzte noch. Auf seinem Unterarm hatten sich hässliche Blasen gebildet.

Er hatte sich noch eine Weile in Kenneth Ellinders Insektensammlung umgesehen und war wieder ins Bett geschlüpft, ohne Jessica zu wecken. Diese hatte sich dann irgendwann später verzogen. Als er sich umdrehte, fand er nur eine warme Vertiefung in der Matratze vor.

»Charlie?«, fragte die Stimme am Telefon.

»Entschuldigen Sie, Georgie. Wie geht's Ihnen?«

»Gut. Besser, als Sie sich anhören.«

Priest stieg aus dem Bett und öffnete die Badezimmertür. Keine Spur von Jessica. Enttäuscht klemmte er sich das Telefon zwischen Schulter und Ohr und pinkelte.

»Ich bin kein Morgenmensch. Wie spät ist es?«

»Halb acht. Sie gießen sich wohl grade Tee ein?«

»Richtig, Tee ... Wie ist es gestern Abend gelaufen?«

»Ich habe Sie danach angerufen, aber Ihr Telefon war ausgeschaltet.«

Ja. Ich war beschäftigt ...

»Ich habe Fotos vom Büro gemacht, wie Sie gesagt haben. Aus Terri Wren war leider nichts Nützliches herauszubekommen.«

»Macht nichts. Können Sie mir ein Foto vom Schreibtisch schicken?«

Georgie zögerte. »Nur vom Schreibtisch?«

Priest betätigte die Spülung und ging ins Schlafzimmer zurück. »Nur vom Schreibtisch«, bestätigte er.

»Da wäre noch etwas ...«, drängte Georgie.

»Ja?«

»Im Schreibtisch war ein Geheimdokument. Die Seiten waren ganz durcheinander, als hätte man es hastig dort versteckt.«

»Und?«

»Ich schicke es Ihnen zusammen mit dem Foto.«

In der Küche war es kalt. In einem Schrank entdeckte Priest Frühstücksflocken, die ihm zwar unbekannt waren, die aber trotzdem sein Bedürfnis nach einem nahrhaften, gezuckerten Frühstück befriedigten. Er setzte sich neben den AGA-Herd – der einzigen Wärmequelle im Raum.

Dann suchte er in den Kontakten, die er im Handy gespeichert hatte, nach Jessica und rief sie an. Er hatte kaum genug Empfang für ein vernünftiges Gespräch, doch das spielte keine Rolle, da er sofort zur Mailbox weitergeleitet wurde. Die Standardansage. Natürlich. Nur nichts Persönliches.

Er wartete, da er nicht die geringste Ahnung hatte, was er sagen sollte.

»Jessica«, begann er schließlich, »ich bin's, wie du siehst. Wo bist du denn? Wo warst du? Ach, übrigens: McEwen arbeitet für die Gegenseite. Halte dich von ihm fern. Georgie hat mir ein Foto von Sir Philip Wrens Schreibtisch geschickt, das sie gestern Abend aufgenommen hat. Auf der Tischplatte ist ein schöner schlammiger Fußabdruck, den McEwen dort für die Spurensicherung mit dem Schuh des Toten hinterlassen hat. Wie erwartet war es also kein Selbstmord. Ruf mich an, sobald du diese Nachricht hörst. Ich würde mich sehr... also, ich würde mich freuen, von dir zu hören.«

Er wollte sich gerade einen weiteren Löffel der unbekannten Frühstücksflocken in den Mund schaufeln, als er bemerkte, dass jemand in der Tür stand.

»Wie lange stehen Sie schon hier?«, fragte er.

»Lange genug. Läuft da was zwischen Ihnen und Jessica?«, fragte Scarlett. Sie hatte die Arme verschränkt und die Stirn gerunzelt.

Priest ging nicht darauf ein. »Haben Sie sie heute Morgen schon gesehen?«, fragte er.

»Sie ist weggefahren. Sehr früh.«

»Verstehe.«

»Ich hoffe, Sie wissen, was Sie tun, Mr. Priest.«

»Ich hatte nicht vor...«

»Das meine ich nicht.« Sie setzte sich ihm gegenüber. Scarlett trug einen roten Bademantel aus Seide. Dafür, dass sie die ganze Nacht lang Schwarz-Weiß-Horrorfilme geschaut hatte, sah sie ziemlich gut aus. »Sondern Miles.«

Priest sah sie überrascht an. »Interessiert es Sie wirklich, was mit Miles passiert ist?«

»Mich interessiert in erster Linie der Konzern.« Scarlett kniff die Augen zusammen. »In drei Wochen wird der Gesundheitsminister eine weitere Empfehlung an die Allgemeinärzte herausgeben, weniger Antibiotika zu verschreiben. Antibiotika, die wir herstellen. Mich interessiert unser Aktienkurs, Mr. Priest. Und hier, bei uns zu Hause, eine Affäre mit Jessie anzufangen kommt mir nicht gerade professionell vor.«

»Ich ...« Er wollte gerade antworten, ihr versichern, dass ihn zwar nicht der Börsenkurs, Jessica aber sehr wohl interessierte, doch das kam ihm unangemessen vor. So ein Geständnis machte man nicht leichten Herzens. Dann fiel ihm etwas ein. »Was haben Sie gerade gesagt? Bei uns zu Hause ...«

»Was?« Sie sah ihn amüsiert an. »Priest? Was ist?«

Nach Hause. Priest stopfte sich einen letzten großen Löffel voller Frühstücksflocken in den Mund, sprang auf und lief aus der Küche.

34

27. März 1946

Ein abgelegener Bauernhof in Mittelengland

Ruck wachte in den frühen Morgenstunden mit einem pochenden Schädel und tiefen Schuldgefühlen auf.

Er streckte den Arm aus, doch wie erwartet war sie nicht mehr da. Jetzt fiel ihm wieder ein, dass sie mitten in der Nacht aufgestanden war, und er bereute, dass er weitergeschlafen hatte. Er hatte gedacht, sie würde nur auf die Toilette gehen.

Ruck setzte sich auf und rieb sich den schmerzenden Kopf. Ein Hahn krähte. Wenn er das verdammte Vieh jemals zu fassen bekam, würde er es auf der Stelle erschießen. Bevor er aufstand, fuhr er mit der Hand über die Brust. Ein Blick in den Spiegel bestätigte, dass seine Haut mit Blutergüssen und Kratzern überzogen war, als hätte er mit einem wilden Tier gerungen. Er zog sich an – Hose, Hemd, Krawatte und ein neues, beiges Nadelstreifenjackett, alles akkurat gebügelt und mit dem CC41-Aufnäher für rationierte Dienstkleidung versehen.

Als Eva eingeschlafen war, hatte er die Pistole in der Schreibtischschublade eingesperrt. Diese Vorsichtsmaßnahme traf er zwar jeden Abend, doch in der letzten

Nacht war sie ihm doppelt so wichtig vorgekommen. Er wollte gar nicht daran denken, was sie getan hatten, wie brutal er mit ihr umgesprungen war, doch er bekam die Bilder nicht aus dem Kopf – genauso wenig wie die Ahnung, dass Eva Miller eine Seite an ihm zum Vorschein gebracht hatte, die besser verborgen geblieben wäre.

Ruck schluckte schwer. Fitzgerald war tot und seine Geliebte eine Mörderin.

Es klopfte dreimal hektisch an der Tür. Bevor Ruck antworten konnte, wurde sie aufgestoßen. Ein Soldat stand vor ihm. Trotz der Kälte schwitzte er und hatte ein rotes Gesicht. Sein Bajonett steckte auf dem Gewehr, das er über der Schulter trug. Ruck versuchte, sich an seinen Namen zu erinnern. Paris. Genau. Private Paris.

»Sir, Sie müssen sofort mitkommen.« Der Mann zitterte.

»Was ist denn?« Ruck holte die Pistole, die zum Glück immer noch in der Schublade lag.

»Doktor Schneider …«

Private Paris drehte sich auf dem Absatz um und rannte den Flur und die Treppe hinunter.

Ruck lief ihm durch den Innenhof hinterher und sah sich dabei nach Eva um. Wo war sie? Er warf einen Blick zurück zum Haupthaus. In der Küche war es dunkel, und auch hinter den Fenstern im Obergeschoss war kein Lebenszeichen zu erkennen. Alles war ruhig.

Bis auf den vermaledeiten Hahn.

Paris stieß die Tür zu einem Nebengebäude auf. Zwei andere Soldaten, deren Gesichter von der nackten Glühbirne erhellt wurden, traten bei Rucks Anblick einen Schritt zurück. Es waren die beiden Männer, denen er befohlen hatte, Fitzgerald zu begraben.

»Was geht hier vor?«, wollte Ruck wissen.

283

Die beiden Soldaten wechselten einen nervösen Blick. Ruck verlor allmählich die Geduld.

»Nun?«

Der rechte Soldat schob den Riegel vor Schneiders Zelle zurück, öffnete die Tür und trat beiseite.

Ruck zog die Pistole. Paris folgte ihm mit dem Gewehr im Anschlag. Die anderen warteten draußen.

Die Waffen wurden nicht gebraucht. Schneider, der zusammengekauert vor der Pritsche saß, stellte keine Gefahr dar. Sein Gesicht hatte kaum noch Ähnlichkeit mit dem des Mannes, den Ruck gestern verhört hatte: Es war blutig und geschwollen, die Nase stand in einem unnatürlichen Winkel ab. Auch auf seinem Körper fanden sich Wunden, und die Sträflingskleidung war mit Blut getränkt. Seine Füße hatte es am schlimmsten erwischt. Sie waren nur noch blutige Klumpen.

»Colonel, wir haben das hier gefunden«, sagte ein Soldat und hielt Ruck einen bluttriefenden Zimmermannshammer hin.

Ruck trat vor und ging in die Hocke. Schneiders Augen waren völlig zugeschwollen und seine Verletzungen so schwer, dass er nur mit Mühe atmen konnte. Rucks Herz raste. Nicht dass er Mitleid mit dem Nazi gehabt hätte – manchmal war die Gerechtigkeit eben ein hartes Geschäft. Doch erst Fitzgerald, und jetzt das … irgendwas ging hier vor. Etwas Böses.

»Wer hat Sie denn so hübsch zugerichtet?«, flüsterte Ruck leise. Schneider drehte den Kopf und atmete unter Schmerzen aus. Als er das Wort ergriff, lag keine Arroganz mehr in seiner Stimme – nur das Keuchen eines sterbenden Mannes.

»Ihre Stenotypistin. Was sagt man dazu?«

»Doktor, Sie konnten sich nicht gegen eine Frau zur Wehr setzen?«

Ruck nahm ein Taschentuch heraus und tupfte das Blut von einer Schnittwunde auf der rechten Wange des Nazis. Sie hatte versucht, ihm mit der Klaue des Hammers das Gesicht abzureißen.

»Sie steckt voller Überraschungen, Herr Ruck. Sie sollten sie mit Vorsicht genießen.«

»Was wollte sie von Ihnen?«

»Mir wehtun.«

Rucks Hand schnellte vor und umklammerte Schneiders Kehle. Der Arzt zuckte vor Schmerz zusammen, schrie aber nicht.

»Reden Sie, Doktor. Was wollte sie?«

Schneider stieß eine Reihe keuchender Laute aus, sodass Ruck schon befürchtete, er würde das Zeitliche segnen. Erst nach einer Weile begriff er, dass Schneider lachte.

»Scharfsinnig wie immer«, krächzte Schneider. »Ja, sie hat es nicht nur zum Vergnügen getan. Nicht ausschließlich jedenfalls. Um mein Leben zu retten, musste ich ihr bestimmte Informationen verraten.«

»Welche Informationen?«

»Offenbar interessiert sich Ihre kleine Stenotypistin sehr für Chemie.«

»Sie wollte die Formel.«

»Die hatte sie schon.«

Ruck riss vor Schreck die Augen auf. »Die hat sie schon? Wie ...«

»Sie wollte Einzelheiten. Wo die einzelnen Bestandteile zu beschaffen sind, beispielsweise.«

»Und Sie wollten es ihr nicht verraten.«

»Da hat sie etwas nachgeholfen.«

»Und Sie haben es ihr erzählt.«

Schneider nickte. Ob er enttäuscht oder zufrieden mit der Situation war, ließ sich nur schwer sagen. »Alles.«

Ruck schubste Schneider, der nun doch einen Schmerzensschrei ausstieß, beiseite und marschierte aus der Zelle.

»Colonel, was sollen wir mit ihm machen?«, fragte ein Soldat.

»Wenn er stirbt, dann verscharrt ihn neben Fitzgerald«, rief Ruck über die Schulter, ohne langsamer zu werden.

Er lief durch den Hof und in sein Zimmer, wo er die Taschen des Jacketts durchwühlte, das er gestern getragen hatte. Nichts. Er durchsuchte auch die anderen Taschen seiner Kleidung, obwohl er genau wusste, dass das Papier dort nicht zu finden war. Schneider hatte behauptet, Gott durch Leid sehen zu können. Ruck fiel ein, wie Eva ihm die Worte im Mund verdreht hatte. Und jetzt war sie verschwunden.

Eva. Seine Mörderin.

Ruck sah aus dem Fenster. Die Sonne fiel durch den Wald, der den Bauernhof umgab. Die Bäume warfen lange Schatten. Nichts bewegte sich, doch die Landschaft wirkte eher steril als still. Hinter dem Wald war eine pastellgraue Hügellandschaft mit mehreren Gehöften zu erkennen.

Sie war irgendwo da draußen, dunkel, schön und mit dem Geheimnis des Doktors bewaffnet. Bald würde die Welt ihre Wut zu spüren bekommen.

Eine Todesbotin.

Ruck war sich bewusst, dass er – noch vor dem Dienst am Vaterland, noch vor Operation Eintagsfliege – eine einzige Aufgabe hatte.

Er musste sie aufhalten.

35

Alleiniger Eigentümer des Priestschen Familiensitzes war das mittlere Kind von Felix und Esther: Charlie. Das von zwei Morgen überwuchertem Waldland umgebene Anwesen bestand eigentlich aus einem Sammelsurium kleinerer, nicht unbedingt geschickt miteinander verbundener Gebäude.

Ein etwas unangemessener Familiensitz. Der ursprüngliche Bungalow war in jahrzehntelanger Arbeit vergrößert, renoviert und umgestaltet worden, um dem wachsenden Platzbedarf der Familie gerecht zu werden. Sie hätten auch umziehen können, Geld hatte keine Rolle gespielt. Doch besonders für Esther war The Vyre, wie das Anwesen hieß, mit unersetzlichen Erinnerungen verbunden, sodass es niemand übers Herz brachte, es zu verkaufen. Nachdem ihre Eltern gestorben waren, hatte Priest seine Geschwister ausbezahlt, damit The Vyre in Familienbesitz blieb.

Doch an Tagen wie diesen wünschte er sich, er hätte das verdammte Ding damals abreißen lassen.

Vor zwei Stunden hatte er noch am Frühstückstisch der Ellinders gesessen. Dann war er mit dem Taxi zurück zum Volvo gefahren, der nun in der Einfahrt parkte. Nebel hatte sich über die Hügel gesenkt, und er konnte kaum weiter als fünfzig Meter sehen. Nicht dass es viel zu sehen gegeben hätte. Unter den Augen mehrerer auf einer Telefonleitung sitzenden Stare ging er auf die Eingangstür zu.

Der Gärtner des Anwesens, ein ruppiger alter Mann, den Priest nur bei seinem Spitznamen – Fagin, wie der alte Dieb aus *Oliver Twist* – nannte, hatte zwar das Gras gemäht, der Efeu wuchs jedoch so üppig die Mauern hinauf, dass an manchen Stellen nicht mehr zu erkennen war, wo der Garten aufhörte und das Haus anfing. Priest nahm einen Schlüssel aus der Tasche. Die Tür ließ sich überraschend leicht öffnen.

Das Haus war mehr oder weniger leer. Vor der Wand waren ein paar Tische zusammengeschoben, hier und da stand ein Stuhl, im Flur befand sich eine Anrichte. Priest war noch nicht dazu gekommen, die Sachen auf eBay zu verkaufen. Die Luft war stickig und abgestanden. Solange er sich erinnern konnte, hatte eine Kopie von George Grosz' *Der Leichenzug* im Eingangsbereich gehangen. Lächelnd betrachtete er das verblasste, hauptsächlich in Schwarz und Rot gehaltene Gemälde. Eine Anklage an die Menschheit, die für den Künstler nicht mehr als eine hässliche, unmoralische und von Angst beherrschte Herde gewesen war. Es stellte eine Prozession durch eine dunkle, moderne Stadt dar, in der sich groteske, ausgelassene und betrunkene Gestalten um den Tod scharten, der selbst aus einer Flasche trank und sich dem Leid und Wahnsinn um sich herum gleichgültig zeigte.

Eines von Williams Lieblingsbildern.

Aus der Küche war ein Geräusch zu hören.

Priest schlich sich durch den Flur und drückte vorsichtig die Küchentür auf. Für einen kurzen Augenblick rechnete er damit, seine lächelnde Mutter vor dem Herd zu erblicken.

Doch selbstverständlich war dem nicht so.

Priest begriff schnell, dass der Eindringling keine Gefahr darstellte. Er war kleiner und schlanker als Priest, stand mit dem Rücken zu ihm und hatte ihn noch nicht bemerkt. Und er war ganz offensichtlich allein.

Die Küche befand sich ganz am Ende des Hauses. Es war einmal geplant gewesen, sie noch zu vergrößern, einen Wintergarten anzubauen oder wenigstens eine Tür zum Garten in die Wand zu brechen, doch diese Pläne waren nie in die Tat umgesetzt worden. Der Einbrecher war gefangen.

»Hallo«, sagte Priest. Er stellte sich mit den Händen in den Taschen seines Regenmantels breitbeinig in die Tür.

Schon zum zweiten Mal in dieser Woche überraschte er einen Eindringling auf seinem Privatbesitz. Diesmal war er jedoch eindeutig im Vorteil. Bei Scarletts Erwähnung des »Familiensitzes« war ihm eingefallen, dass Wren den USB-Stick womöglich nicht zu seiner Wohnung, sondern hierher geschickt hatte.

Der Eindringling war gerade dabei gewesen, einen Stapel alter Post auf dem Tresen durchzusehen.

»Haben Sie den USB-Stick gefunden?«, fragte Priest wie beiläufig.

Der Fremde blickte so erschrocken und panisch auf wie ein Reh im Scheinwerferlicht. Der eingeschlagenen Fensterscheibe und den hektischen Bewegungen nach zu urteilen, handelte es sich nicht um einen besonders professionellen Einbrecher.

»Raus mit der Sprache!« Priest packte den Eindringling am Kragen und boxte ihn in den Magen, wo der Schaden gering, die Schmerzen aber umso größer waren. Die Luft wurde aus der Lunge des Einbrechers gedrückt. Gut so. Einen Moment lang befürchtete Priest, zu fest zugeschlagen zu haben, doch dann hörte er, wie der Mann nach Atem rang.

»Verdammte Scheiße«, keuchte er.

Priest hatte die Oberhand. Der Schlag hatte den Einbrecher außer Gefecht gesetzt. Priest musste sich schwer beherrschen, um nicht auch noch seinen Kopf gegen einen Küchenschrank zu donnern.

»*Ob Sie ihn gefunden haben,* habe ich gefragt«, zischte Priest dem Unbekannten ins Ohr.

»Ich weiß nicht, wovon …«

Also gut. Wenn er Spielchen spielen wollte, musste sich Priest ja nicht länger zurückhalten. Er knallte den Kopf des Einbrechers gegen den Küchenschrank, riss ihn zurück und bemerkte zufrieden einen roten Fleck auf der Schranktür.

»Versuchen Sie's noch mal«, sagte Priest.

»Nein! Ich hab ihn nicht gefunden! Mann, ich bin doch nur ein Laufbursche!«, wimmerte der Dieb.

»Laufbursche für wen?«

»Das kann ich nicht … die bringen mich um.«

»*Die* bringen Sie um? *Ich* bringe Sie um!«

Priest sorgte für einen weiteren Fleck auf der Schranktür. Diesmal wurde der Knall von einem Schrei begleitet.

»Aufhören! Bitte!«, flehte der Eindringling.

»Dann reden Sie.«

»So ein Typ hat mir gesagt, ich soll den USB-Stick holen. Er ist in der Post, hat er gesagt. Sonst weiß ich nichts. Nur dass er irgendwo in dieser beschissenen Bude ist. Er hat mir vierhundert Pfund gegeben. Wissen Sie, wie viele Häuser man ausräumen muss, bis man vierhundert Mäuse zusammenhat?«

»Wer hat Sie beauftragt?«

»Ich weiß nicht, wie er heißt!«

Priest riss den Kopf des Mannes zurück, um ihn ein weiteres Mal gegen die Schranktür zu knallen. Er wollte einen dritten roten Fleck auf dem alten Holz sehen. »Denken Sie noch mal nach«, schlug er vor.

Der Einbrecher wimmerte, seine Nase war plattgedrückt und verbogen – der Nasenrücken war gebrochen. »Ich weiß nicht, wie er heißt.«

»Irgendjemand muss Ihnen die vierhundert Pfund ja gegeben haben.«

Priest hielt seinen Kopf etwa dreißig Zentimeter von der Kante des Küchenschranks entfernt. Weit genug, um ihn mit genug Kraft dagegenzurammen und ihm den Schädel zu spalten, falls es nötig sein sollte. War es aber nicht. Der Einbrecher hatte offenbar genug und plauderte. Sarah hätte es sicher nicht gern gesehen, wenn sie ihn zu William in eine Gummizelle steckten. Jessica vermutlich genauso wenig.

»Der Kapuzenmann.«

»Wer ist der Kapuzenmann?«

»Scheiße, woher soll ich denn das wissen? Er hat eine Kapuze auf dem Kopf. Deshalb Kapuzenmann. Wie er heißt, weiß ich nicht. Das schwöre ich!« Der Einbrecher schluckte, fuhr sich mit der Zunge über die wulstigen Lippen und schnappte nach Luft wie ein sterbender Fisch.

Priest wollte ihn sich erneut vorknöpfen, als mit einem Knall ein großes Stück aus dem Kopf des Einbrechers gerissen wurde. Blut und Hirnmasse spritzten gegen die Schranktür.

Priest ließ den schlaffen Körper zu Boden fallen und sprang in Deckung.

Der Kapuzenmann richtete seelenruhig seine Waffe auf Priest. Den übel zugerichteten Leichnam zwischen ihnen schien er gar nicht wahrzunehmen. Der Mann hatte breite Schultern, war aber etwas kleiner als Priest. Er trug einen langen, engen braunen Trenchcoat, Handschuhe mit abgeschnittenen Fingern und schwere Stiefel. Das hervorstechendste Merkmal war allerdings die weiße Kapuze mit den Augenschlitzen auf seinem Kopf.

Priest wartete bebend und keuchend. Seine Brust schien immer enger zu werden, ihm die Luft abzuschnüren.

»Sie sind also der Kapuzenmann.«

»Manche kennen mich wohl unter diesem Namen.« Die Stimme des Kapuzenmanns war ein tiefes, kehliges Knurren. Alles nur gespielt – bis auf die Art, wie er dastand und die Waffe hielt. Das war höchst professionell. Auf diese Distanz konnte er Priest gar nicht verfehlen, doch er war weit genug entfernt, um jedem Angriff ausweichen zu können.

Priest hatte die Kontrolle verloren. Seine nächsten Worte würden darüber entscheiden, ob er lebte oder starb.

»Sie haben das Haus beobachtet«, sagte Priest.

»Ja.«

»Und Sie haben mich hineingehen sehen.«

»Zu Ihrem Unglück, Mr. Priest.«

»Wo ist Hayley?«

Der Kapuzenmann kicherte. »In Sicherheit. Vorerst. An einem ganz besonderen Ort. Machen Sie sich um sie keine Sorgen, Mr. Priest. Bedauerlicherweise ist Ihre Rolle in dieser Angelegenheit beinahe vorüber. Sie haben nur noch eine Aufgabe zu erledigen.«

Priest atmete so hektisch, dass sein Gehirn Mühe hatte, mit dem vielen Sauerstoff fertigzuwerden. »Und das wäre?«

»Öffnen Sie den Umschlag.«

Der Kapuzenmann deutete auf den Stapel ungeöffneter Post auf dem Tisch. Auf dem obersten stand Priests Name. Priest erkannte die Handschrift und griff danach. Ein gefütterter, mit Klebeband verschlossener Umschlag mit einer deutlichen Ausbeulung in der Mitte.

Ohne den Blick von der Pistole zu nehmen, öffnete Priest den Umschlag, griff hinein und zog einen USB-Stick heraus.

»Ah, sehr gut. Würden Sie ihn mir bitte zuwerfen?«, bat der Kapuzenmann.

»Was ist da drauf?«

»Spielt das noch eine Rolle? Daten, die wichtig für mich sind. Mehr müssen Sie nicht wissen.«

Priest warf ihm den Stick zu. Der Mann fing ihn geschickt auf.

»Das ist nichts Persönliches«, sagte der Kapuzenmann leicht belustigt.

»Fühlt sich aber so an«, murmelte Priest. *Ich fühle gar nichts.*

»Dann werden Sie mit diesem Gedanken sterben, und er wird Ihnen in die Hölle folgen.« Der Kapuzenmann lachte ein dröhnendes, schauriges Lachen. »Die Hölle. Kommen da nicht alle Anwälte hin?«

»Besser ist es, in der Hölle zu herrschen, als im Himmel dienen«, flüsterte Priest. Er stand am Rande eines klaffenden Abgrunds. Ein schweres Gewicht hob sich von ihm.

»Milton«, sagte der Kapuzenmann beeindruckt.

»Genau.«

Priest hörte, wie der Hahn gespannt wurde. Ob er aus dieser Entfernung auch den Schuss hören würde? Er hoffte nicht. Er hoffte, dass der Tod in aller Stille kam.

Die Pistole ging los, und Charlie Priest erfuhr, dass der Tod alles andere als still war.

36

Hayley schnappte nach Luft. Ihre Lunge brannte, und sie schmeckte Blut. Viel Blut.

Sie lebte.

Aber sie wollte nicht leben.

Hayley erinnerte sich an die Schmerzen. Unaussprechliche Schmerzen. Höllische Schmerzen, die sie kein weiteres Mal ertrug. Da starb sie lieber. Ja – sie hätte sich lieber selbst getötet, als eine weitere Dosis dieser bösen Macht gespritzt zu bekommen.

Hayley kroch in die Ecke des Zimmers. Jeder Zentimeter war eine Qual. Der rechte Arm, in den man ihr das Gift injiziert hatte, war taub. Sie hatte einen Blick darauf gewagt und ihn nicht wiedererkannt. Er war nur noch ein schwarzer Stumpf, der mehr Ähnlichkeit mit einem verdorrten Ast als mit einem menschlichen Körperteil hatte.

»Ein Vorgeschmack«, hatte der Mann mit der Kapuze erklärt. »Eine kleine Dosis, damit sich die Antikörper bilden können. Kaum der Rede wert.«

Ich will sterben.

Sie rollte ihren nackten Körper in der Ecke zusammen.

Fürs Erste ließ er sie in Ruhe.

Da fiel ihr die Warnung ihres Vaters ein. Eine Warnung, die sie nicht beachtet hatte. Dabei hatte sie schon seit Wochen geahnt, dass etwas faul war. Sie hatte nicht auf ihn gehört, dabei war es doch offensichtlich. Jahrelang hatte er ihre Existenz kaum zur Kenntnis genommen, und plötzlich wollte er sie dringend sehen?

Sie hatten sich in einem Café in der Nähe ihres Hauses getroffen. Ein kleines, schäbiges Lokal, in dem der Kaffee verbrannt schmeckte. Er hatte über seine Arbeit gesprochen, die seine große Leidenschaft war. Und er hatte ihr gestanden, in eine geheimnisvolle und komplexe Sache verwickelt zu sein. Mehr musste sie nicht wissen, hatte er gesagt.

»Gerade ist eine Menge los. In nächster Zeit werden wir uns wohl nur noch selten sehen«, hatte er gesagt. Das war keine große Überraschung. »Aber pass auf dich auf. Such dir einen Mitbewohner. Du solltest nicht allein sein.«

Da war sie anderer Meinung; sie war froh, sich um niemanden kümmern zu müssen. Doch er hatte noch mehr Ratschläge auf Lager gehabt.

»Geh jeden Tag auf einem anderen Weg nach Hause. Du musst unberechenbar bleiben. Und nimm immer das Handy mit. Du kannst mich jederzeit anrufen. Jederzeit.«

Sie hatte ihn nicht ernst genommen, noch nicht mal seinem drängenden Tonfall Beachtung geschenkt. Und auch seine letzte Warnung hatte sie in den Wind geschlagen:

»Wenn ich anrufe, musst du sofort rangehen.«

Hätte sie nur auf ihn gehört.

Träge rotierte ein Ventilator an der Decke, und auch die Gedanken in ihrem verwirrten Verstand schienen sich unaufhörlich im Kreis zu drehen.

Es war alles deutlich zu sehen, aber du warst so blind

wie immer. Und jetzt stirbst du. Allein in diesem kalten Raum.

Tränen liefen über ihre Wangen. Sie schmeckte Blut.

»Selig sind die Barmherzigen«, sagt Jesus, »denn sie werden Barmherzigkeit erlangen.« Vater, nach meinem Tod werde ich dir vergeben, wenn mir der Herr die Kraft dazu gibt.

Hayley betrachtete ihren Arm. Was auch immer man ihr gespritzt hatte, es hatte Wurzeln geschlagen. Die schwarze, ölige Substanz hatte sich in ihrem Körper ausgebreitet, ihn entweiht, ihren Verstand besudelt und ihren Kopf mit Schmutz und dem Bösen angefüllt.

Das war keine Chemikalie, begriff sie. Sondern ein Dämon. Ein Dämon in ihr.

Sie hatte Visionen von unaussprechlichem Leid.

Was geschieht mit mir?

Allmählich verstand sie: Sie würde ein Schauspiel sein, für das man bezahlte. Sie war im Haus der Eintagsfliege. Im Haus des Teufels. Das Gift wirkte bereits, setzte sich in ihr fest. Ein Vorgeschmack. *Eine kleine Dosis. Kaum der Rede wert.*

Hayley schloss die Augen und kehrte in Gedanken zu Gott zurück: *Bitte vergib mir, dass ich sie überhaupt geöffnet habe.*

37

Der Pistolenschuss beförderte Priest in seine frühen Zwanziger zurück. Nach vier Jahren auf Streife war er zu einer bewaffneten Einheit versetzt worden und hatte sich für einen Lehrgang im Landesschießübungszentrum in Kent beworben. Sechs Wochen lang schoss er mit einer Glock 17 auf immer kleinere Ziele. Eines Tages – so langsam kristallisierte sich heraus, was für ein guter Schütze er war – rief Scotland Yard an, weil eine Stelle als Detective Constable frei geworden war. Seitdem hatte er keine Waffe mehr abgefeuert.

In dem Sekundenbruchteil, den Priest benötigte, um in die Gegenwart zurückzukehren, wurde ihm etwas klar.

Er lebte noch.

Die Kugel hatte Priest um beinahe einen Meter verfehlt und sich in die Wand hinter ihm gebohrt. Die Pistole selbst schlitterte über den Küchenboden, während eine große Gestalt blindwütig mit einem langen Holzstock auf den Kapuzenmann einprügelte.

»Was hast du hier verloren, hä? Was machst du hier?«, brüllte er.

»Fagin?«

Es war der Gärtner des Anwesens, wie Priest verblüfft feststellte. Obwohl Fagin längst in Rente war, hatten vierzig Jahre der Arbeit an der frischen Luft und bei jedem Wetter seinen Körper gestählt. Dies in Kombination mit dem Überraschungsmoment verschaffte ihm den entscheidenden Vorteil. Der Kapuzenmann konnte nur wild um sich treten.

Die ersten Stockschläge hatte er noch mit den Armen geblockt. Mit mehr Glück als Verstand war es ihm gelungen, einem Hieb auszuweichen, der ihm sonst den Schädel zertrümmert hätte. Fagin verlor dabei das Gleichgewicht, sodass ihn der Kapuzenmann rammen und gegen Priest stoßen konnte. Beide fielen hintenüber. Priest landete unsanft auf dem Rücken.

»Verdammte Scheiße«, keuchte Priest, als die Luft aus seiner Lunge wich. »Fagin! Die Pistole!«

Der Gärtner sprang mit überraschender Schnelligkeit auf und stürzte sich auf die Waffe, doch das Manöver war völlig unnötig. Der Kapuzenmann hatte eingesehen, dass er diesen Kampf nicht gewinnen konnte, und das Weite gesucht. Als sie sich wieder aufgerappelt hatten, war er längst verschwunden.

Fagin hieß nicht wirklich Fagin, sondern Brian. Sein wettergegerbtes Gesicht, der lange schwere Mantel und die Tatsache, dass er ständig einen dicken Holzstab mit sich führte, hatten ihm diesen Spitznamen eingebracht, auf den er insgeheim auch stolz war. Sarah, die ihn verabscheute, hielt ihn für ein unheimliches altes Fossil mit viktorianischen Vorstellungen von Zucht und Ordnung. Priest mochte Fagin zwar nicht unbedingt, doch er respektierte ihn, und dieser Respekt war stets erwidert worden.

Als Priest das Haus gekauft hatte, hatte er auch Fagin

weiter mit seiner Instandhaltung betraut. Dass The Vyre völlig verfiel, war eine unerträgliche Vorstellung, und er hatte auch den Alten, der sich um die Koniferen kümmerte und den Rasen mähte, nicht in die Arbeitslosigkeit zwingen wollen. Trotz Sarahs Bedenken hatte sich dies als kluge Investition herausgestellt.

»Charlie, was in drei Teufels Namen machst du hier? Und wer zum Teufel war das?«, fragte Fagin.

»Lange Geschichte«, murmelte Priest.

»Ganz zweifellos. Du in deiner alten Küche und ein Toter auf dem Boden, der dich grade noch mit einer Waffe bedroht hat – ich kann mir gut vorstellen, dass das nicht schnell erzählt ist.«

Priest atmete tief durch. Noch kreiste das Adrenalin durch seine Adern. Fagin stand mit dem Stab an seiner Seite da und wartete.

»Ich stecke in Schwierigkeiten«, sagte Priest.

»Wirklich? Was du nicht sagst«, grunzte Fagin.

»Ja, anscheinend habe ich mich da auf eine eher unangenehme Sache eingelassen.«

»Hmm. Du redest genauso in Rätseln wie dein Vater. Der Apfel fällt nicht weit vom Stamm. Ich will gar nicht wissen, wo du da reingeraten bist. Geht mich auch nichts an. Aber Typen mit Kapuzen auf dem Kopf bedeuten generell nichts Gutes.« Fagin beugte sich vor, hob die Pistole auf und sah sie sich genauer an. »Ein Import, Charlie. So was ist nicht billig. Eine Desert Eagle. Kein Wunder, dass es deinem Kumpel hier den Schädel weggeblasen hat.«

»Wie fest hast du zugeschlagen?«

»Nicht fest genug. Der kommt wieder, wenn du das meinst.«

Priest zuckte mit den Schultern. Er hatte gehofft, dass Fagin genug Schaden angerichtet hatte, um den Kapuzenmann ins Krankenhaus zu befördern. Dann hätte Priest ihn womöglich finden können. Er ging in die Hocke und untersuchte den Toten, aus dessen Körper Blut auf den Küchenboden seiner Mutter floss. Dann legte er die Hand auf den Mund. Es stank furchtbar, wenn auch nicht wie die verwesenden Leichen, die er an manchen Tatorten gesehen hatte. Es roch nach frischem Blut.

»Das ist nur ein kleiner Fisch«, bemerkte Fagin und stieß den Leichnam mit seinem Stock an. Priest fand nur Zigaretten und Feuerzeug in den Taschen, aber keine Brieftasche. Wahrscheinlich ein Obdachloser, den man mit den vierhundert Pfund geködert hatte.

»Aber wer hat ihn beauftragt?«, murmelte Priest.

»Der kann dir nichts mehr erzählen, Kleiner. Tote reden nicht, weißt du?«

»Jaja.«

Priest stand auf und ging zum Fenster. Draußen stand eine große Eiche, deren knorrige Wurzeln den Stamm tief in der Erde verankerten. Priest kannte den Baum sehr gut. Er hatte Dee in seinem Schatten geheiratet.

»Charlie?«, meldete sich Fagin.

Priest drehte sich um. Die Erinnerung verpuffte. »Entschuldige, was?«

»Oje, du solltest dich lieber etwas ausruhen. Ich kümmere mich um diese Sauerei hier. Ganz diskret natürlich.«

»Fagin, du musst keinesfalls ...«

Der alte Mann hob die Hand. »Wäre nicht das erste Mal, dass ich für einen Priest eine Leiche verschwinden lasse.«

Priest zögerte. War das sein Ernst? Priest war schon vor

Jahren zu dem Schluss gekommen, dass William bei mehreren Morden Hilfe gehabt haben musste. Doch jetzt war nicht der richtige Zeitpunkt, um das zur Sprache zu bringen.

»Das wäre sehr nett«, sagte er widerwillig.

Fagin nickte. »Ist dir was passiert?«

»Nein. Ich bin nur sauer, weil er entkommen ist.«

»Hat er was mitgehen lassen?«

»Ja. Sogar was sehr Wichtiges.«

»So was wie einen Mikrochip?«, fragte Fagin.

»So was in der Richtung, ja.«

»Hmm.« Fagin nickte wieder ernst, dann steckte er die Hand in die scheinbar bodenlose Manteltasche, kramte darin herum und brachte zu Priests Überraschung den USB-Stick zum Vorschein. »So was in der Richtung?«

»Wie …?« Priest kam sich vor, als hätte man ihm heißes Öl in den Kopf geschüttet.

»Was meinst du, warum man mich Fagin nennt?«

Priest eilte, drei Stufen auf einmal nehmend, die Treppe zu seinem Büro hinauf.

Auf dem Rückweg von The Vyre hatte er vier Mal versucht, Jessica anzurufen, und war immer auf der Mailbox gelandet. Frustriert hinterließ er eine weitere Nachricht. »Jessica? Ich bin's. Wo bist du? Ich habe den USB-Stick. Ruf mich so schnell wie möglich an.«

Er hastete durch den Empfangsbereich. Maureen wollte ihm etwas mitteilen. »Keine Zeit! Sagen Sie, dass ich im Urlaub bin!«

Priest lief in sein Büro im ersten Stock und warf die Tür hinter sich zu. Dann hielt er inne. Wo war Jessica nur?

Er schaltete den Computer ein, steckte den Stick in einen USB-Port und wartete, während ihn eine Nachricht darüber informierte, dass neue Gerätesoftware installiert wurde. Na los! Er trommelte ungeduldig mit den Fingern auf dem Tisch.

»Guten Morgen, o großer Häuptling!«

Priest zuckte zusammen und trat vom Schreibtisch zurück. Er hatte Okoro nicht kommen hören. Und Georgie, die hinter ihm stand und lächelte, auch nicht.

»Entschuldigung«, sagte sie. »Wir haben geklopft, aber ...«

»Ich habe den USB-Stick«, verkündete Priest. Sie setzten sich. Georgie hielt Notizbuch und Stift bereit, als wäre sie in einer Vorlesung. »Und ihr macht bis auf Weiteres Urlaub.«

»Was?«, rief Georgie verdattert.

»Bei den gegenwärtigen Umständen ...«, begann Priest. »Ich befinde mich in einer heiklen Lage, aber das ist mein persönliches Problem. Die Sache ist gefährlich, viel gefährlicher, als ich dachte. Und dafür werdet ihr nicht bezahlt. Maureen wird den Laden schmeißen, bis diese Angelegenheit beendet ist.«

»Priest, das ist auch *unser* Problem«, sagte Okoro.

Priest hob die Hand. »Nein. Wirklich nicht.«

Georgie saß da wie ein begossener Pudel. »Aber ich *muss* dabei sein, Charlie. Es geht nicht anders.«

»Sehen Sie mich an, Georgie. Sehen Sie diese weißen Stückchen auf meinem Jackett?«

»Ja.«

»Wissen Sie, was das ist?«

Sie beugte sich vor, um besser sehen zu können. »Calamari?«

Priest verzog das Gesicht. »Das ist Gehirn, Georgie. Menschliches Gehirn.«

»*Was?*« Sie sprang förmlich aus dem Sitz.

»Hör auf, den Helden zu spielen«, sagte Okoro finster. »Du wirst uns nicht los, Punkt. Was soll das überhaupt heißen, *Gehirn?* Wessen *Gehirn?*«

Priest wollte sich gerade eine glaubwürdige Antwort ausdenken, doch dann zögerte er. Die Schuldgefühle zerfraßen ihn innerlich. Es war nicht ihr Problem, aber auch nicht seines. Jemand hatte ihm den Krieg erklärt, und er hatte sie mit hineingezogen. Vielleicht ließen sich Georgie, Okoro und Solly am besten dadurch schützen, indem er ihnen so wenig wie möglich verriet.

»Priest?«, fragte Okoro.

Georgie saß immer noch mit gezücktem Stift da. Die personifizierte Unschuld und Reinheit.

»Nein.« Priest schüttelte den Kopf. »Ich will nicht für euch verantwortlich sein.« Georgie rutschte auf ihrem Stuhl herum und wollte protestieren, doch Priest hob erneut die Hand. »Nein, Georgie. Es reicht. Sie wissen genau, dass das kein Spiel ist. Ihr beide wisst das. Ganz im Gegenteil: Da draußen ist etwas so Böses, dass die Menschen bereit sind, in den Tod zu gehen, um es zu beschützen. Was immer es auch sein mag, es ist größer als wir – größer als ihr. Geht nach Hause und nehmt Solly mit. Bis auf Weiteres ist die Kanzlei geschlossen.«

Statt des Widerspruchs, den er erwartet hatte, starrte Georgie einfach nur traurig den Schreibtisch an. Dann zog sie mehrere Blätter hervor und legte sie vorsichtig vor ihn hin.

»Was ist das?«, fragte Priest.

»Eine Kopie des Polizeiberichts, den ich in Philip

Wrens Büro gefunden habe, sowie ein paar Notizen von mir.«

Er legte die Finger auf das Papier und zögerte wieder. Den Bericht an sich zu nehmen war ein Zugeständnis, das er nicht machen wollte, aber er hatte keine andere Wahl. Er blätterte durch die ersten fünf Seiten, dann sah er sie an. Sie lächelte freudlos.

»Danke.«

Sie zuckte mit den Achseln.

»Wir passen auf dich auf, Priest«, sagte Okoro.

»Das weiß ich.«

Schweigend standen sie auf. Es kam ihm vor wie ein langes und unbehagliches Lebewohl.

»Ich gebe Maureen Bescheid. Sie soll unseren Klienten sagen, dass wir bis auf Weiteres nicht zu erreichen sind«, sagte Okoro.

»Danke.«

»Viel Glück, Charlie«, sagte Georgie. Diesmal war das Lächeln aufrichtig.

Er stand auf und gab ihnen die Hand. »Ich halte euch auf dem Laufenden«, versprach er.

Sie schlossen die Tür hinter sich.

Priest lehnte sich im Sessel zurück und schloss kurz die Augen. Dann wandte er sich dem Ordner namens »Eintagsfliege« auf seinem Computer zu, den er von dem Stick heruntergeladen hatte.

Darin befand sich eine PDF-Datei, die er mit einem Doppelklick öffnete. Eine lange Liste mit Namen und Adressen erschien, die er mit klopfendem Herzen überflog. *Das war's? So viel Gewalt und Blutvergießen für eine Adressliste?*

Die meisten Namen sagten ihm gar nichts. Einige

wenige erkannte er: Ein Politiker, ein hohes Tier von der Stadtplanung, mit dem er einmal zu tun gehabt hatte, ein paar ihm bekannte Rechtsanwälte. Doch zwischen diesen Leuten gab es keine offensichtliche Verbindung. Nur eines war sicher: *Jemand versucht verzweifelt, diese Liste geheim zu halten.*

Priest durchquerte die Tiefgarage. Als er sich dem alten Volvo näherte, wurde er langsamer. Eine Gestalt lehnte am Wagen und wartete geduldig. Priest blieb ein paar Meter vor ihr stehen und ließ die Autoschlüssel in der Hand baumeln. Das Licht, das zwischen den Betonsäulen hindurchschien, brachte ihr Haar zum Glänzen. Ihr Gesicht lag im Schatten, doch die schlanke Silhouette gehörte unverkennbar der Frau, mit der er letzte Nacht geschlafen hatte.

Er hielt kurz inne. Sie sollte denken, dass er nichts für sie empfand. Er wollte sich selbst einreden, dass er nichts für sie empfand. Wortlos sperrte er das Auto auf, und sie stiegen ein. Es dauerte mehrere Meilen, bis sie das Wort ergriff.

»Wo fahren wir hin?«

»Weißt du das nicht?«, fragte Priest trocken.

»Nein. Sonst würde ich nicht fragen.«

»Hat dir deine Mutter nicht beigebracht, nicht zu Fremden ins Auto zu steigen?«

»Meine Mutter hat mir nur sehr wenig beigebracht. Die Anspielung gerade habe ich außerdem sehr wohl verstanden. Der Akku meines Handys ist leer.«

»Wo warst du?«

»Ich habe nachgedacht.«

Priest fragte nicht weiter nach, doch als er sich im Seitenspiegel sah, fiel ihm auf, dass er lächelte. Er freute sich, sie wiederzusehen, und hätte sie am liebsten auf die Vorkommnisse der gestrigen Nacht angesprochen. Inzwischen kannte er Jessica Ellinder allerdings gut genug, um zu wissen, dass sie nicht darüber reden wollte, wenn sie nicht von sich aus darauf zu sprechen kam. Dennoch war er verwirrt. Ob sie es bereute? Schämte sie sich?

Oder – was noch interessanter war – war sie bereit, das Ganze zu wiederholen? »Wir besuchen einen alten Freund von mir«, sagte er stattdessen. »Er ist bei der Polizei von Südwales, momentan hat er aber eine Fortbildung oder so hier in der Nähe. Eine Stunde Fahrt. Höchstens.«

»Wie nett«, sagte sie, ohne es auch so zu meinen.

»Hast du meine Nachricht wegen McEwen bekommen?«

»Ja.«

»Hast du es auch deinem Vater erzählt?«

Jessica zögerte. »Nein.«

»Sehr gut. Wir wollen uns ja nicht von McEwen in die Karten schauen lassen.«

Sie gerieten in einen Stau. So weit das Auge reichte, sah Priest rote Ampeln vor sich. Der Regen trommelte im Takt mit seinem Herzschlag gegen die Windschutzscheibe.

»Als Georgie Wrens Büro durchsucht hat, ist sie auf einen Polizeibericht über einen Mord gestoßen, der sich in einem abgelegenen Waldstück zwanzig Meilen nördlich von Cardiff zugetragen hat. Das Interessante dabei: Man findet keinen einzigen Artikel in der Presse darüber, obwohl das für die Medien ein gefundenes Fressen war.« Plötzlich stieg ihm ihr Duft in die Nase, und er hielt inne.

»Und?«, fragte Jessica.

»Entschuldige, ich war abgelenkt. Der Bericht ist unvollständig, aber es wird eine Blockhütte erwähnt, in der das Opfer an einen Stuhl gefesselt gefunden wurde. Es wurde vergiftet.«

»Vergiftet?«

»Aber nicht mit gewöhnlichem Gift. Etwas ziemlich Exotisches. Der Bericht beinhaltet keine chemische Analyse, aber anscheinend hat das Zeug den Mann wahnsinnig gemacht.«

»Und wie ist er gestorben?«

Priest sah das winzige Foto vom Tatort vor sich, das in dem Bericht gelegen hatte: Der zweite grässlich verstümmelte Leichnam, den er in genauso vielen Tagen zu Gesicht bekommen hatte. Allein bei dem Gedanken daran drehte sich ihm der Magen um.

»Er hat sich selbst gehäutet.«

»Verstehe.«

Priest legte den Kopf schief und wartete. »*Verstehe*. Ist das alles?«

»Welche emotionale Reaktion würdest du denn für angemessen erachten?«

»So ziemlich alles andere als ›Verstehe‹. Etwas, keine Ahnung … Einfühlsameres?«

»Wieso sollte ich mich in jemanden einfühlen wollen, der sich selbst die Haut vom Leib gerissen hat?«

»Ich …« Der Wagen hinter ihnen hupte. Der Verkehr kroch weiter. Priest ließ den Motor an und warf Jessica einen Blick zu. Sie saß kerzengerade da, hatte die Augen auf die Straße gerichtet und die Hände im Schoß.

Priest rutschte auf dem Sitz herum. Was beunruhigte ihn nur so an ihr?

»Du hast gesagt, dass du den USB-Stick hast?«

»Wren hat ihn nicht zu meiner Wohnung, sondern zu unserem alten Familiensitz geschickt.«

»Und?«

»Eine Liste mit Namen und Adressen.«

»Mehr nicht?«

»Mehr nicht.«

»Sind dir die Namen bekannt?«

»Nur wenige. Es ist jedenfalls niemand darunter, der mir besonders nahesteht. Ein paar sind laut Einwohnermeldeamt bereits verstorben.«

»Also sind wir so schlau wie vorher.« Die Frustration in ihrer Stimme war nicht zu überhören.

»Diese Liste bedeutet *irgendjemandem irgendetwas.* Vielleicht sollten wir sie deinem Vater zeigen? Könnte ja sein, dass er diese Leute kennt.«

Sie nickte. Eine Weile lang fuhren sie schweigend weiter.

»Deine Schwester hat mir den Raum gezeigt, in dem dein Vater seine Insekten aufbewahrt«, sagte er vorsichtig.

»Meine Schwester war schon immer eine sehr freizügige Gastgeberin«, sagte Jessica säuerlich.

»Das hättest du ruhig mal erwähnen können, findest du nicht? Bestimmt sind da auch Eintagsfliegen dabei? Genau die Insekten, von denen eines in Miles' Hals gefunden wurde?«

»Macht ihn das zu einem Verdächtigen?«

»Nicht unbedingt.«

»Dann tut es auch nichts zur Sache, oder? Er sammelt sie schon sein ganzes Leben lang.«

Priest verzog das Gesicht. Ihre Laune schien sich nicht zu bessern. *Wieso fange ich nicht auch noch gleich mit dem aggressiven Sex von letzter Nacht an, um die Situation völlig unmöglich zu machen?* Es würde eine lange

309

Fahrt werden. *Und wir sitzen hier im Wagen fest. Kann sie dem Thema wirklich eine geschlagene Stunde aus dem Weg gehen?* Priest holte tief Luft. »Ähem, wegen ...«

»... dem Sex von letzter Nacht?«, fiel sie ihm ins Wort.

»Ja, genau.«

»Was soll damit sein?«

»Ich dachte nur, vielleicht willst du ja darüber reden.«

Sie zuckte mit den Schultern, als wäre allein der Vorschlag hochgradig lächerlich. »Warum? Gibt's was zu analysieren?«

»So war das nicht gemeint.«

»Wie dann?«

»Also ...« Priest zögerte. Ja, was meinte er dann? Er machte einen neuen Anlauf. »Im Sinne von ... was denkst du darüber?«

»Was ich darüber *denke*?«

Er konnte beim besten Willen nicht sagen, ob sie ihn zum Narren hielt oder wirklich nicht verstand, worauf er hinauswollte. »Kann ich die Frage irgendwie umformulieren?«

»Meinst du vielleicht, was ich über *dich* denke?« Sie warf ihm einen Seitenblick zu.

Er kniff die Augen zusammen. Peinlicher konnte es nicht mehr werden. »Ja, so ähnlich.«

Darüber schien sie nachzudenken, obwohl er vermutete, dass sie das nur seinetwillen tat.

»In Anbetracht der Situation, in der wir uns befinden«, sagte sie nach einer Weile, »waren unsere gestrigen Handlungen unbedacht.«

»Jessica«, fragte er verärgert, »bist du ein Roboter?«

Sie starrte wieder auf die Straße. Weitere quälende Minuten verstrichen.

»Unterhalten wir uns doch ein bisschen«, sagte er. »Nicht unbedingt über gestern Nacht. Einfach nur so.«

Sie machte mehrere schnappende Handbewegungen, als wollte sie Gesprächsthemen aus der Luft pflücken. »Also gut«, sagte sie schließlich. »Wieso ging deine Ehe in die Brüche?«

»Das stellst du dir unter einer Unterhaltung vor?«, fragte er entsetzt. »»Wieso ging deine Ehe in die Brüche?'«

Sie zuckte mit den Schultern.

»Wenigstens kommst du gleich zur Sache«, räumte er ein.

Glücklicherweise beschleunigte sich der Verkehr etwas. Priest sah Blaulicht vor sich, hinter dem sich der Stau allmählich auflöste. Gott sei Dank – er wusste sowieso nicht mehr, was er noch sagen sollte. Außerdem hatte sie ziemlich deutlich gemacht, dass sie nicht darüber reden wollte.

Er beschloss, das Thema zu wechseln. »Der Mann, den wir treffen, heißt Tiff Rowlinson. Er ist Detective Chief Inspector der South Wales Police. Wir waren zusammen bei der Met in London. Tiff ist ein hervorragender Polizist und war außerdem der ermittelnde Beamte in dem Giftmord bei Cardiff. Mal sehen, ob es eine Verbindung zwischen diesem Fall und dem Mord an Philip Wren und deinem Bruder gibt.«

»Wäre das möglich?«

»Wren ist schon mal ein Anhaltspunkt. Vielleicht gibt es noch mehr.«

Sie nickte.

Priest umklammerte fest das Steuer. Er konnte ihren Duft riechen und dachte an ihr leises, raues Stöhnen, ihre Finger in seinem Nacken, wie ihr Körper unter seiner Berührung vor Lust gebebt hatte. Schnell verscheuchte er diese Gedanken wieder. Sie hatten noch viel vor.

»Sie hat mich verlassen«, sagte er nach weiteren dreißig Minuten des Schweigens. Sie hatten London längst hinter sich gelassen.

»Weshalb?«

Priest dachte nach. »Wahrscheinlich, weil sie mich abgrundtief zu hassen gelernt hat.«

Sie nickte. Und immerhin lächelte sie.

38

Georgie hätte es sich zwar leisten können, aber sie kaufte aus Prinzip kein Erste-Klasse-Ticket. Damit hatte sie natürlich auch nur dreißig Minuten Gratis-WLAN, danach ging das, was sie sich mit dem Ticket gespart hatte, für den Onlinezugang drauf.

Sie war Charlie nicht böse. Sie konnte nachvollziehen, dass er diese Last allein schultern und sie nicht in Gefahr bringen wollte. Aber begeistert war sie auch nicht. Sie musste nicht beschützt werden! Georgie hatte die Vergangenheit begraben. Sie war kein Opfer mehr. Außerdem traute sie Jessica Ellinder nicht über den Weg. Irgendwas stimmte nicht mit ihr. Sie war so kalt und emotionslos wie eine Schaufensterpuppe, doch das schien Charlie Priest nicht aufzufallen. Andererseits stand er unter großem Stress, das war also verzeihlich. Dennoch wollte sie die Möglichkeit, dass Jessica Ellinders unbestreitbare Attraktivität sein Urteilsvermögen trübte, nicht von vornherein ausschließen.

Dieser Gedanke brachte sie ebenso zum Frösteln wie der eiskalte Wind, der über den Bahnsteig pfiff. Sie sah auf die Uhr. Wenn der Zug pünktlich war, würde er in einer Viertelstunde eintreffen. Der Bahnsteig war so gut wie verlassen. Ein paar Studenten drängten sich vor dem

Café, eine Familie auf dem Bahnsteig gegenüber. In unmittelbarer Nähe waren lediglich zwei Männer im Anzug, die auf der nächsten Bank saßen. Aus dem Augenwinkel sah sie, dass einer der Männer sie beobachtete. Sie unterhielten sich nicht miteinander, sondern saßen einfach nur da. Georgie zog ihren Mantel noch enger um sich.

Ihre Gedanken schweiften ab. Sie versuchte, nicht an Martin zu denken, wollte nicht zulassen, dass er sich in ihr Bewusstsein schlich und diesen ruhigen Moment verdarb, den sie – von der Kälte und den verdächtigen Männern abgesehen – durchaus hätte genießen können. Der Zug kam mit nur wenigen Minuten Verspätung. Im letzten Augenblick stieg sie in den Wagen, der am weitesten von den Männern im Anzug entfernt war. Indem sie nach Cambridge fuhr und Hayley Wrens Haus unter die Lupe nahm, widersetzte sie sich Charlies Anweisung, sich nicht einzumischen. Aber sie konnte nicht anders.

Sie hatte Hayley nicht vergessen. Wer dachte sonst an sie? Wo immer sie auch war.

Georgie warf einen Blick auf ihr Handy: Sie hatte mehrere Nachrichten zu anderen Fällen, an denen sie arbeitete, und einen verpassten Anruf von Li, doch die konnte warten. Sie machte sich daran, ihre Mails zu beantworten, und als ihr Posteingang abgearbeitet war, hatte sie London längst hinter sich gelassen. Georgie starrte aus dem Fenster: Die Landschaft zog schnell an ihr vorbei. Dann hörte sie eine Stimme hinter sich.

»Scheiße!«, rief Georgie.

Die Schaffnerin sah sie verwundert an. »Was? Den Fahrschein bitte.«

»Oh – ach. Selbstverständlich. Entschuldigen Sie, dass ich, na ja, *Scheiße* gesagt habe.«

Sie zeigte ihren Fahrschein vor. Die Schaffnerin, deren Arme dicker als Georgies Taille waren, schob ihren voluminösen Hintern weiter den Gang hinunter.

Was sollte sie Charlie sagen, wenn er sie je wegen dieses kleinen Ausflugs zur Rede stellte? Sie war keine gute Lügnerin, und Charlie hatte ein Händchen dafür, die Wahrheit ans Licht zu bringen. Vielleicht sollte sie … plötzlich sah sie sich um und erstarrte. Die beiden Männer im Anzug betraten den Waggon.

Georgie schloss die Augen und zählte bis zehn. Hinter sich hörte sie, wie etwas durch die Gepäckablage am Ende des Waggons geschleift wurde. Und Atemgeräusche – sie konnte sie atmen hören, da war sie sich ganz sicher.

Der Zug wurde langsamer. Nächster Halt Cambridge, verkündete die automatische Durchsage. Georgie stand langsam auf. Sie wagte nicht, sich umzusehen, und ballte die Fäuste in den Manteltaschen. Dabei ertastete sie etwas Spitzes. *Mein Schlüsselbund.* Sie schloss die Finger darum und ließ den spitzesten Schlüssel zwischen dem zweiten und dritten Finger herausragen. Keine besonders tolle Waffe, aber genug, um jemandem im Notfall ein Auge auszustechen.

Langsam ging sie durch den Waggon. Sie hörte Schritte hinter sich. Ein Husten. Wenn sie sich in Bewegung setzte, folgten sie ihr. Georgie spürte, wie sich ein Brennen in ihrer Brust und in ihrem Hals ausbreitete. Charlie hatte recht gehabt: Sie hätte zu Hause bleiben sollen. Sie umklammerte den Schlüssel noch fester. Jetzt hatte sie die Mitte des Waggons erreicht. Sie ging schneller und musste gegen den Drang ankämpfen, einfach loszurennen.

Sie dachte an Miles Ellinder und Vlad den Pfähler, den Fürsten der Walachei. Der Schlüssel schnitt in ihre Hand.

Der Zug schien eine Ewigkeit zum Anhalten zu brauchen. Vor dem Fenster zog ein Industriegebiet vorbei, schachtelähnliche Gebäude mit Schildern darauf, die ihr nichts sagten. Davor eine niedrige, von Graffiti bedeckte Mauer.

Die automatische Tür am Ende des Waggons wollte sich nicht öffnen. Die roboterhaften Schritte hinter ihr hallten in ihrem Kopf wider. Erneut schloss Georgie die Augen. Sie war schon mal in einer solchen Situation gewesen. Jetzt konnte sie wenigstens kratzen und beißen und mit dem Schlüssel zustechen. Dafür war es letztes Mal nur ein Mann gewesen. Jetzt hatte sie es mit zweien zu tun. Tränen traten ihr in die Augen. Am liebsten wäre sie im Erdboden verschwunden.

Dann sah sie Hayley vor sich – oder zumindest die Hayley aus ihrer Vorstellung. War es ihr ebenso ergangen, hatte sie sich zitternd vor Furcht in einer Ecke verkrochen, hatte sie ebenso viel Angst gehabt wie Georgie gerade? Nein, ihr würde es nicht so ergehen. *Ihr nicht. Ich bin kein Opfer.*

Georgie wirbelte herum und nahm die Faust aus der Tasche, bereit, den Schlüssel ihren Verfolgern ins Auge zu stechen.

Das Brennen in der Brust ließ nicht nach. Sie schnappte nach Luft. Jeder Muskel in ihrem Körper verspannte sich.

Sie ließ die Arme sinken und holte tief Luft. Der Waggon war leer.

39

Tiff Rowlinson hatte sich überhaupt nicht verändert. Entweder steckte er in einer Zeitschleife fest, oder er war immun gegenüber dem Alterungsprozess. Sein Haar war so rotblond wie früher und fiel ihm auf einer Seite beinahe in die Augen, sodass er wie ein etwas älteres Mitglied einer Boyband wirkte.

Er saß auf einer Holzbank und betrachtete gedankenverloren das Tal vor sich, in dem mehrere Bauernhöfe verstreut waren. Ein Anblick, der sich seit Jahrhunderten − bis auf die Windgeneratoren am Horizont − nicht verändert hatte.

Rowlinson drehte sich zu ihnen um, um sie zu begrüßen. Er hatte den Arm auf der Lehne liegen und einen Kaffeebecher in der Hand. Als er Jessica sah, stand er auf.

»Angenehm. Priest, ich dachte, wir wären unter uns. Natürlich habe ich nichts gegen so reizende Gesellschaft einzuwenden, Miss ...?«

»Ellinder. Jessica Ellinder.«

Sie gaben sich die Hände. Wie die meisten Menschen geriet auch Jessica sofort in den beruhigenden Einfluss von Rowlinsons sanfter Natur. Spürte er etwa einen leichten Anflug von Eifersucht?

»Ach ja, wie geht's William?«

»Immer noch so beschissen verrückt wie früher.«

»Und du bist immer noch beschissen hässlich.« Rowlinson grinste. »Zu hässlich für so eine attraktive Frau. Ist Miss Ellinder etwa deine Assistentin? Anscheinend zahlt er jetzt viel besser als früher.«

»Sie ist meine Klientin. Freut mich auch, dich zu sehen.«

»Klientin?« Rowlinson hob die Augenbrauen. »Und ihr seid hier draußen auf Geschäftsreise? Na, hoffentlich rechnest du Miss Ellinder nicht nach Stunden ab.«

Sie nahmen auf der Bank Platz. Priest saß in der Mitte und bewunderte die sanften Hügel vor sich. Jessica lehnte ihr Knie gegen seines. Priest musste sich irgendwie ablenken. In seiner Manteltasche waren Zigaretten, doch dann fiel ihm ein, dass er das Feuerzeug nicht wieder eingesteckt hatte, nachdem er seine Handgelenke abgefackelt hatte.

»Also, Priest«, begann Rowlinson. »Da höre ich – wie lange, ein Jahr? – nichts von dir, und dann rufst du plötzlich an, willst dich heute Nachmittag an einem verschwiegenen Ort treffen und über etwas sprechen, das so geheim ist, dass du nicht mal am Telefon drüber reden willst. Und jetzt hast du eine Klientin dabei. Also gehe ich mal nicht davon aus, dass du vorhast, mir eine Liebeserklärung zu machen.«

»Tiff, es waren ein paar harte Tage.« Blinzelnd starrte Priest zum Horizont.

»Sprich weiter.«

Priest gab ihm den Teil des Polizeiberichts, den Georgie aus Wrens Büro hatte bergen können. Rowlinson überflog ihn und gab ihn zurück. Seine Miene verfinsterte sich.

»Woher hast du das?«, fragte er.

»Aus dem Büro des kürzlich verstorbenen Generalstaatsanwalts.«

»Aha.«

»Ich brauche deine Hilfe, Tiff.«

Eine kühle Brise fuhr durch das Tal und strich über das Gras. Zwischen dem satten Grün war hier und da violettes Moos zu erkennen. Jessica zog den Mantel fester um sich. Sollte er ihr seinen Mantel anbieten? Priest ahnte, dass sie dieses ritterliche Angebot wohl ausschlagen würde.

»Ich nehme an, dass diese Ermittlung ziemlich wichtig für dich ist«, sagte Rowlinson nach einer Weile.

»Scheiße, und wie. Wir stecken bis zum Hals drin.«

»Aha. Dann zieh dich lieber mal warm an.«

Priest wandte sich Rowlinson zu. »Worum geht es hier?«

»Wenn ich das wüsste«, murmelte der DCI.

»Das ist dein Fall, Tiff. Du bist der ermittelnde Beamte.«

»*War.* Ich *war* der ermittelnde Beamte.«

Priest war verwirrt. Rowlinson war ein erstklassiger Polizist. Wer kam auf die dämliche Idee, ihn von diesem Fall abzuziehen?

»Und wer ist es jetzt?«, fragte Priest.

»Was weiß ich.« Rowlinson lehnte sich zurück und streckte die Beine aus. »Ich jedenfalls nicht mehr.«

»Und wer hat dir den Fall weggenommen?«

»Auch das weiß ich nicht, genauso wenig wie mein Vorgesetzter. Der Befehl kam wohl direkt aus dem Innenministerium.«

»Aber das Innenministerium …«

»Mischt sich sonst nicht in Polizeiangelegenheiten

ein? Ich bitte dich, Priest, wo warst du die letzten zehn Jahre?« Rowlinson seufzte und zog den Kopf ein. »Es geht das Gerücht, dass Sir Philip Wren eine geheime Spezialeinheit ins Leben gerufen hat, die nur für Fälle wie diesen zuständig ist.«

Priest spürte, wie Jessica nervös herumrutschte.

»Wren war Anwalt, kein Polizeistratege«, gab Priest zu bedenken.

»Er war lange beim Militär. Vielleicht hat er sich nach einem neuen Aufgabengebiet umgesehen?«

Priest runzelte die Stirn. Das kam ihm höchst unwahrscheinlich vor. »Was kannst du mir über den Mord erzählen?«

Rowlinson schüttelte den Kopf. »Ich war mit der Spurensicherung am Tatort, mehr nicht. Dann tauchte unserer verstorbener Freund auf.«

»Wren?«

»Höchstpersönlich.«

»Weiter.«

Rowlinson seufzte. »Das Opfer war an einen Stuhl gefesselt. Man hatte ihm mehrere Substanzen gespritzt – mit dem Ziel, ihn über einen längeren Zeitraum in den Wahnsinn zu treiben und dazu zu bringen, sich selbst zu verstümmeln. Die Schmerzen müssen unvorstellbar gewesen sein.«

»Was für Substanzen?«

»Das weiß ich nicht genau. Einer von den Spurensicherungsbeamten kannte sich mit Giften aus. Er sagte, dass ihm nur eine Substanz bekannt ist, die eine so verheerende Wirkung hat: genetisch modifiziertes Strychnin.«

»Was ist das?«

»Strychnin ist ein natürliches, aus der in Indien behei-

320

mateten Brechnuss gewonnenes starkes Gift. Es war das Mittel der Wahl für die Naziärzte während des Zweiten Weltkriegs.«

»Nazis?« Priest spitzte die Ohren.

»Ganz genau«, fuhr Rowlinson fort, ohne Priests gesteigertes Interesse zu bemerken. »Man hat das Gift den Insassen mehrerer Konzentrationslager verabreicht, hauptsächlich denen in Buchenwald. Meistens hat man es ihnen ins Essen gemischt. Die Ärzte beobachteten die Wirkung des Gifts. Sie wollten wissen, wie lange es dauerte, bis der Tod bei den unterschiedlichen Strychninversionen eintrat. Es stellte sich allerdings heraus, dass diese Alkaloide nicht besonders effektiv waren.«

»Kommt mir aber ziemlich effektiv vor«, sagte Priest.

»Nicht für den Massenmord.«

»Wie meinst du das?«

»Na ja, der Schreckliche Pfeilgiftfrosch beispielsweise enthält genug Gift, um zehntausend Mäuse oder zwischen zehn und zwanzig Menschen in wenigen Minuten zu töten. Die hübschen Feuerfische in deinem Aquarium können dir – wenn du sie immer ordentlich fütterst – in einem Tag den Garaus machen, wenn du das Pech hast, allergisch auf ihr Gift zu reagieren. Das Gift, das man dem Opfer in diesem Fall verabreicht hat, liegt von der Stärke her irgendwo dazwischen. Allerdings wurde es nicht mit dem Ziel gegeben, das Opfer zu töten. Das war, wenn überhaupt, ein Nebeneffekt.«

»Weshalb denn dann?«, fragte Priest, obwohl er die Antwort bereits kannte. Er schauderte.

»Sie wollten den armen Teufel leiden sehen«, sagte Rowlinson so leise, dass sich Priest vorbeugen musste, um ihn zu verstehen. »Das Gift greift die Rückenmarksnerven an und verursacht unbeschreibliche Schmerzen, während die Neurotoxine das Gehirn daran hindern, den Betrieb einzustellen – der natürliche Schutzmechanismus gegen so starke Schmerzen ist somit außer Kraft gesetzt. Jeder Muskel dehnt sich und verkrampft. Die Extremitäten erhalten keinen Sauerstoff mehr, sodass die Hände, Füße und das Gesicht verschrumpeln und blau anlaufen. Der Betroffene kotzt und scheißt und spannt die Rückenmuskeln so stark an, dass es zu Wirbelbrüchen kommen kann. Wenn man es nicht besser wüsste, könnte man meinen, der Vergiftete wäre von einem Dämon besessen.«

»Dieses Strychnin war modifiziert?«, fragte Priest.

»Gut möglich. In diesem Fall haben wir es mit der furchterregendsten Chemikalie aller Zeiten zu tun.«

Jetzt ergriff Jessica zum ersten Mal das Wort. »Wer sind *sie?* Sie sagten, dass *sie* das Leid des Opfers beobachten wollten.«

Rowlinson trank seinen Kaffee aus.

»Wir haben Spuren von mindestens sechs Personen in der Kabine gefunden. Es gibt Grund zur Annahme, dass sie dem Todeskampf beiwohnten.«

»Woher wollen Sie das wissen?«

»Weil sechs Stühle in einem Halbkreis um das Opfer herum aufgestellt waren.«

»Genau darum geht es hier«, murmelte Priest. »Die geilen sich daran auf. Folterporno.«

»Aber dann amüsieren sie sich nur bei einer ganz bestimmten Form der Folter, bei der sich das Opfer selbst verstümmelt.«

»Sie *amüsieren sich*, haben Sie gesagt«, merkte Jessica an. »Gegenwart.«

»In der Tat.«

»Geschieht so was denn öfter?«

Rowlinson griff unter der Bank nach einer Tasche, die Priest gar nicht bemerkt hatte, nahm mehrere Papiere heraus und reichte sie ihm wortlos.

Priest blätterte darin herum. »Aha«, sagte er. »Anscheinend hast du geahnt, weshalb wir hier sind.«

»Allerdings«, gestand Rowlinson. »Wo seltsame Dinge passieren, bist du normalerweise nicht weit.«

Priest reichte die Akten an Jessica weiter. »Woher hast du die?«, fragte er Rowlinson.

»Mein Vorgesetzter hat mir gesagt, dass sich jemand anders darum kümmern würde und ich die ganze Sache vergessen soll. Ein paar Anrufe später wusste ich, dass sich andere Ermittler in einer ganz ähnlichen Situation befanden. Das hier sind Akten zu mindestens zwei ganz ähnlichen Fällen. Und ich vermute, dass es noch viel mehr gibt.«

»Das ist ja generalstabsmäßig organisiert«, staunte Priest.

»Genau.«

Jessica fröstelte. »Woher ...« Sie hielt inne. »Woher wollen Sie wissen, dass ihnen das Zuschauen Spaß macht. Es könnte doch sein, dass ...«

Rowlinson drehte sich zu ihr um. »Verzeihen Sie, aber ein Detail habe ich noch nicht erwähnt. Ich versuche es krampfhaft zu vergessen, seit ich diese gottverdammte Blockhütte betreten habe. Du kennst mich, Priest. Normalerweise machen mir Tatorte nichts aus. Aber hier habe ich mir zum ersten Mal beim Anblick eines Opfers die Seele aus dem Leib gekotzt. Jedenfalls ...« – Rowlinson schluckte schwer – »fanden wir mehrere Flüssigkeiten auf dem Boden neben einem Stuhl. Blut und Galle des Ermordeten, aber auch Sperma. Und das stammte nicht von dem Opfer.«

Priest rieb sich nachdenklich das Kinn. Jessica rutschte noch enger an ihn heran. Rowlinson hatte den Blick wieder auf den Horizont gerichtet.

»Einen deiner Leute hat das an die Nazis erinnert?«

»Er hat sogar einen bestimmten Naziarzt namens Schneider erwähnt, der in Buchenwald sein Unwesen trieb«, sagte Rowlinson. »Anscheinend war es seine Spezialität, die Insassen mit Gift zu traktieren. Angeblich haben die Wärter gern mal dabei zugesehen. Das kommt mir völlig plausibel vor.« Er schüttelte den Kopf. »Das Böse in der Welt fasziniert mich stets aufs Neue. Und gleichzeitig macht es mich krank.«

»Musik?«

Selbst diese unschuldige Frage wurde mit einem verächtlichen Blick quittiert, was Priest als ein Nein deutete. Er wandte seine Aufmerksamkeit wieder dem Verkehr zu. Die ersten zehn Meilen des Rückwegs verbrachten sie in völligem Schweigen. Er war enttäuscht. Musik war ihm sehr wichtig.

Jessica studierte die Akten, die Rowlinson ihnen gegeben hatte. Sie las jede Seite zwei- bis dreimal durch und saugte die Informationen auf wie ein Schwamm.

»Du hast die Nazis erwähnt«, sagte sie schließlich, ohne aufzusehen.

»Wirklich?«

»Und Scarlett hat sie dir gegenüber erwähnt.«

»Darüber habt ihr miteinander gesprochen?«

»Ist das so ungewöhnlich?«

324

»Natürlich nicht. Entschuldige.«

»Na schön«, sagte Jessica ungeduldig. »Die Nazis.«

»Glaubst du, dass Miles ein Nazi war?«

»Denkbar ist es schon.« Sie dachte nach. »In den sozialen Netzwerken endeten seine Benutzernamen immer mit derselben Nummer. Achtundachtzig.«

Das sagte Priest nichts. »Ich kann dir nicht folgen.«

»H ist der achte Buchstabe des Alphabets.«

»HH. *Heil Hitler.*«

»Vielleicht ist das nur Zufall. Aber diese Akten hier stammen aus Polizeiberichten, genau wie die Papiere, die deine Angestellte in Wrens Büro gefunden hat. Wir haben hier mindestens drei Morde, bei denen das Opfer mit Gift gefoltert wurde. Und jedes Mal gibt es Hinweise darauf, dass Publikum anwesend war.«

»Die Eintagsfliege?«

»Vielleicht nennt sich diese Gruppe ja so.«

»Aber Leute zu pfählen gehört eigentlich nicht zu ihrem Repertoire.«

»Aus diesen Akten ist zu entnehmen, dass diese Gruppe so ähnlich operiert wie ein Pädophilenring«, sagte sie, ohne auf Priests Bemerkung einzugehen. »Gut organisiert, klinisch präzise, vorsichtig. Sie machen sich nicht mal die Mühe, ihr Tun zu verbergen, weil sie sich für unantastbar halten. Der Organisator – wer immer das auch sein mag – kündigt eine Veranstaltung an, und dann bezahlt ein Haufen kranker Perverser eine Menge Geld, um zusehen zu dürfen.«

Priests Magen krampfte sich zusammen. »Hayley ...«

»Ist die Tochter desjenigen, der diesem ... Kult auf der Spur war. Also ...«

»Ihr Verschwinden ist kein Zufall.«

Priest umklammerte das Lenkrad noch fester, drückte aufs Gas und wechselte auf die Überholspur. Der alte Volvo beschleunigte gemächlich.

»Noch ist es nicht zu spät«, sagte er ohne große Überzeugung. »Aber Hayley Wren ist in großer Gefahr.«

»Wo fangen wir an?«

Priest nahm den USB-Stick aus der Innentasche seines Mantels und hielt ihn ins Dämmerlicht. »Wir kennen das Publikum, oder? Namen, Adressen, Geburtsdaten. Genau das hier ist der Ring. Es kann gar nicht anders sein. Deshalb wollte Miles den Stick auch so unbedingt haben.«

Jessica machte große Augen. Sie wirkte noch blasser als sonst. Ihre Haut war beinahe alabasterfarben.

»Ist …«, fing sie an.

»Nein.« Priest hatte mit dieser Frage gerechnet. »Miles ist nicht auf der Liste. Dein Vater auch nicht.«

»Eine Liste von Interessenten für diese Art Schauspiel zu führen ist ziemlich nachlässig, findest du nicht auch?«

»Eine gute Lebensversicherung – wenn man sie nicht verliert.«

»Wollte Miles die Liste haben, oder wollte er sie *zurückhaben*?«

Priest erinnerte sich an die irren Augen, die Bohrmaschine. Er war sich ziemlich sicher, dass Miles etwas wiederhaben wollte, das er verloren hatte. *Vielleicht war sein Tod ja die Strafe dafür, dass er es nicht geschafft hat, die Liste zurückzuholen. Aber warum ihn pfählen? Was hat es damit auf sich?*

Priest sah wieder zu Jessica hinüber. Sie hatte sich von ihm abgewandt und den Kopf gegen das Fenster gelehnt. Das kastanienbraune Haar wippte mit den Bewegungen des Fahrzeugs. Sie wirkte traurig.

»Tut mir leid«, sagte er.

»Was denn?«

»Was dir zugestoßen ist. Was deiner Familie zugestoßen ist.«

»Du kannst ja nichts dafür.«

Er streckte den Arm nach ihr aus und hielt inne. Sie bewegte sich nicht, obwohl sie die Geste bemerkt hatte. Die Hand zurückziehen wollte er aber auch nicht. Er musste wissen, wie viel er ihr bedeutete, warum er vor weniger als vierundzwanzig Stunden ohne Scham ihre nackte Haut gestreichelt und jetzt Angst davor hatte, sie zu berühren.

Das war doch lächerlich.

Er ließ eine Hand auf dem Lenkrad und legte die andere sanft auf ihre Schulter. Zuerst reagierte sie nicht. Erst als er die Hand den Arm hinuntergleiten ließ, erwachte sie aus ihrer Trance, drehte sich zu ihm um und legte ihre Hand in die seine.

40

14. April 1972
Kensington, London

Detective Chief Inspector Bertie Ruck kaute ungeduldig auf seiner Zigarette und wartete darauf, dass man ihn in die Hotellobby führte.

Schließlich erschien ein rotgesichtiger, sichtlich abgekämpfter und Ruck unbekannter Detective.

»Sir«, sagte der DC vorsichtig. »Ich dachte, Sie wären im Urlaub.«

»Zeigen Sie's mir.«

Der DC hob das Absperrband. Ruck duckte sich darunter hindurch. Seine altersschwachen Gelenke knackten, und die plötzliche Bewegung war Gift für seinen Rücken.

»Kommen Sie zurecht, Sir?«

»Alles bestens. Wo lang?«

Der DC führte ihn über den Marmorboden zum Haupttreppenhaus. Zu Rucks Pech war der Lift außer Betrieb, und der Leichnam befand sich im neunten Stock. Sie nahmen die Treppe in Angriff.

»Wann wurde die Leiche entdeckt?«, keuchte Ruck.

»Am frühen Nachmittag. Der Hotelmanager hat die Tür

mit dem Generalschlüssel geöffnet, da der Gast nicht wie vereinbart am Morgen abgereist ist. Die Dame wusste offenbar, dass das Hotel in der Nebensaison kaum belegt ist, und wünschte ein Zimmer im neunten Stock. Sie bestand ausdrücklich darauf, dass die Zimmer über, unter und neben ihrem eigenen nicht belegt waren. Angeblich wollte sie spät in der Nacht noch Geige spielen und die anderen Gäste nicht stören.«

»Eine *Frau* hat das Zimmer gemietet?«

»Ja, Sir. Unter dem Namen Fitzgerald, Sir.«

Ruck verzog das Gesicht, als hätte sich eine alte Wunde wieder geöffnet.

Schließlich erreichten sie den neunten Stock, duckten sich unter weiterem Absperrband hindurch und näherten sich mehreren Polizisten, die gelangweilt im Flur herumstanden.

»Sie sind ja schon eine Weile bei der Mordkommission, nicht wahr, Sir?«, fragte der DC.

»In der Tat.«

»Dann wird Ihnen das hoffentlich nichts ausmachen. Ist kein schöner Anblick.«

Ruck drängte sich an ihm vorbei.

Es war ein ganz gewöhnliches Hotelzimmer. Beige Wände, avocadofarbene Vorhänge, ein Bett, ein Nachtkästchen, ein kleiner Schreibtisch. Nur dass alles in diesem Raum mit Blut bespritzt war. Ruck trat einen Schritt vor. Das Opfer lag auf dem Bett. Das Gesicht des Mannes war zu einer grauenhaften Grimasse verzogen, sein nackter Körper sah aus wie von wilden Tieren zerfleischt. Große Hautstreifen waren von der Flanke gerissen, sodass die Muskeln und das Gewebe darunter zum Vorschein kamen.

Das war kein Mordopfer, sondern ein Kadaver.

»Auf seinem Arm befindet sich eine Einstichstelle«, erklärte der DC leise. Er war vor dem Zimmer stehen geblieben und hatte eine Hand vor den Mund gelegt. »Man hat ihm etwas gespritzt. Wahrscheinlich wurden ihm die Verletzungen post mortem zugefügt.«

»Ein frommer Wunsch, Constable«, sagte Ruck.

»Wie meinen, Sir?«

Ruck kniff die Augen zusammen und ballte die Hände zu Fäusten. Etwas loderte in ihm, als er einen weiteren Schritt vortrat und den Körper in Augenschein nahm, der einst einem jungen Mann gehört hatte.

»Ach, noch was, Sir.«

Ruck wirbelte herum.

Der DC hielt etwas in der ausgestreckten Hand. »Eine Nachricht. Für Sie.«

Ruck zögerte. Dann eilte er durch das Zimmer, riss dem überraschten DC den Zettel aus den Händen und faltete ihn auf.

»Wir können uns keinen Reim darauf machen, Sir.«

Ruck schon. Er gab dem DC das Papier zurück, auf dem sich nichts außer seinem Namen und der mit Tinte gezeichnete Umriss eines Insekts befand.

»Sir? Können Sie damit etwas anfangen?«

Ruck stand wie erstarrt da. Operation Eintagsfliege und die Befragung von Doktor Schneider. Das war eine Ewigkeit her. Niemand, der noch am Leben war, kannte diesen Codenamen. Niemand außer ihm und einer weiteren Person.

Ruck hatte Eva Miller seit der Nacht, in der Lance Corporal Fitzgerald gestorben war, nicht mehr wiedergesehen. Und doch wachte er seitdem jeden Morgen mit ihrem

Duft auf seiner Haut auf. Wie sehr er sich auch wusch und schrubbte, er wurde ihn einfach nicht los.

Er sah den DC an. »Nein«, sagte er. »Überhaupt nichts.«

41

Ängstlich, aber auch fest entschlossen stand Georgie vor Hayley Wrens Haustür.

Sobald der Zug in den Bahnhof eingefahren war, hatte sie ihn so schnell wie möglich verlassen. Von den beiden Männern war nichts mehr zu sehen gewesen. Sie hatte sich ihre Verfolger offensichtlich nur eingebildet.

Georgie nahm den Schlüssel aus der Tasche und sperrte die Tür auf.

An den Schlüssel zu gelangen war nicht besonders schwierig gewesen. Aus Hayleys Internetprofilen war zu schließen, dass sie vertrauensselig und womöglich auch etwas naiv war. Sie hing an ihrer Gemeinde, war etwas unpraktisch und ziemlich vergesslich. Da lag es nahe, dass sie einen Reserveschlüssel bei einem Nachbarn deponiert hatte. Natürlich nicht bei Binny, dem Junkie, der neben ihr wohnte, sondern bei der alten Dame im anderen Nachbarhaus, die Priest und Jessica überhaupt nicht befragt hatten. Mrs. Mudridge – so hieß sie – war nur allzu gern bereit, Hayleys Cousine, die auf einen Spontanbesuch vorbeigekommen war, zu helfen.

»Hayley hat gesagt, dass sie Ihnen einen Reserveschlüssel gegeben hat.«

»Aber sicher, meine Liebe! Nehmen Sie ihn und gehen

Sie schon mal rein. Der Tee ist ganz oben im Regal, wenn ich mich nicht irre.«

Und so war es auch: Eine reiche Auswahl an Kräutertees, die Georgie nicht anrührte. Georgie mochte Wagner und war eine Freundin alles Kulturellen, sie schaute sogar ausländische Filme, doch ein ganzer Schrank voller Kräutertees war selbst ihr unheimlich. Die ganze Küche stank danach.

Das Haus war einfach eingerichtet. Auf den alten Bodendielen lagen ein paar bunte Teppiche, das Mobiliar war von IKEA, der Sitzsack sah völlig unbenutzt aus. *Wahrscheinlich ein Geschenk.* In der Küche waren die Tassen nach Größe sortiert, ein Bücherregal war mit romantischen Fantasyromanen vollgestopft. Georgie sah keine persönlichen Gegenstände, keine Familienfotos oder Glückwunschkarten. Stattdessen strahlte jeder Raum eine gewisse Einsamkeit aus. Hätte es Georgie nicht besser gewusst, sie hätte schwören können, dass in diesem Haus kürzlich jemand gestorben war. Sie fröstelte.

Das Essen im Kühlschrank war verdorben und stank fürchterlich. Georgie überwand sich zumindest so weit, dass sie zwei Milchflaschen in den Ausguss leerte.

Im ersten Stock sah es genauso aus. Im Badezimmer standen billige Allerweltsprodukte. Klamotten lagen auf dem Boden.

Georgies Blick fiel sofort auf den Schminktisch im Schlafzimmer. Hier kam es ihr noch kälter vor als im übrigen Haus. Vorsichtig durchquerte sie den Raum, wobei sie über eine Haarspraydose und mehrere Bücher steigen musste. Sie setzte sich an den Tisch, ohne etwas zu berühren. Es war eiskalt hier oben – sie konnte ihren Atem im gesprungenen Spiegel sehen, und ihr wurde mulmig zumute. Auf dem Tisch herrschte Chaos. Parfumflacons waren überall verstreut, eine sogar zerbrochen. Die durchsichtige Flüssigkeit war über den Tisch gelaufen und verströmte einen süßlichen, unangenehmen Geruch. Überall lagen Papiere herum, als hätte man einen wohlgeordneten Aktenschrank mit einem Laubbläser attackiert.

Der Tisch stand schief, und auf der Tischplatte waren Kratzspuren von Fingernägeln.

Die Szene zog vor Georgies geistigem Auge vorbei wie ein Film. Sie sah über die Schulter. Hayleys Angreifer hatte sich im Zimmer versteckt. Wahrscheinlich war sie gerade aus der Dusche gekommen und hatte sich nichtsahnend an den Schminktisch gesetzt. Er musste ihr die Hände auf den Mund und die Kehle gelegt haben. Instinktiv hatte Hayley versucht, sich festzuhalten. Das war ihr zwar nicht gelungen, doch sie hatte den Tisch in ihrer Panik etwas von der Wand weggerückt. Georgie sah sich um. Dem Durcheinander und den Kratzspuren nach zu urteilen, hatte sie sich heftig gewehrt, aber letztendlich den Kürzeren gezogen. Der Angreifer hatte ihr sicher ein paar blaue Flecken zugefügt. Hoffentlich hatte er ihr nicht noch mehr angetan.

Georgie schloss die Augen. *Was ist noch in diesem kleinen Zimmer geschehen?*

Sie fröstelte erneut, schlug die Augen wieder auf und fragte sich, ob sie Charlie anrufen sollte. In ihrem Zustand würde seine Stimme sicher beruhigend wirken. Andererseits durfte sie gar nicht hier sein – sie hatte ihm versprochen, nichts zu unternehmen.

Georgie stand auf und suchte in ihren Taschen nach dem Handy. Das Bett hinter ihr war nicht gemacht, das

Laken lag zusammengeknüllt auf dem Boden. Hatte er sie auf die Matratze geworfen? Sich auf sie gelegt? Sie blätterte durch ihre Kontaktliste, bis sie Charlies Nummer gefunden hatte. Doch irgendetwas hielt ihren Daumen davon ab, die Ruftaste zu drücken.

Die Haustür öffnete sich. Jemand war im Flur.

Mit klopfendem Herzen sah sie sich um. *So eine blöde Idee.* Das einzige Versteck, das ihr auf die Schnelle einfiel, war unter dem Bett. Passte sie überhaupt darunter? Und welcher Verbrecher war so dämlich, dort nicht nachzusehen?

Sie geriet in Panik.

Georgie hielt die Luft an und schloss die Augen. Jetzt war nichts mehr zu hören. *Kann man durch den Flur gehen, ohne ein Geräusch zu machen?* Vielleicht war er schon längst auf der Treppe. Jetzt war es zu spät. Georgie saß da wie angewurzelt. Sie konnte sich nicht bewegen. Ihr Schicksal war besiegelt.

Eine Diele knarrte. Georgie schlug die Hände auf den Mund, um nicht loszukreischen.

»Hallo, meine Liebe? Sind Sie da?«

Georgie atmete erleichtert aus.

»Ich komme sofort«, rief sie.

Mrs. Mudridge stand lächelnd im Flur. Sie hatte die Hände in der Schürze vergraben. Auf ihren Zähnen war mehr Lippenstift als auf ihren Lippen.

»Ah, da sind Sie ja!«

»Hallo, Mrs. Mudridge. Alles in Ordnung?«

»Mir ist gerade eingefallen, dass Hayley unterwegs ist. Sie ist mit ihrem Freund in den Urlaub gefahren. Vor einer Woche schon.«

Georgie nickte verständnisvoll. *Freund?* »Ach ja, sie

hat so etwas erwähnt. Wahrscheinlich habe ich mich im Datum geirrt.«

»Oh, was für eine Enttäuschung. Das tut mir sehr leid, meine Liebe.«

»Hayley hat einen Freund? Den hat sie mit keinem Wort erwähnt, ist das zu glauben?«

»Wirklich? So was!«

»Kennen Sie ihn denn?«

»Na ja…« Sie spitzte die Lippen und dachte nach. »Nein, um ehrlich zu sein, nicht.«

»Oh.« Georgie konnte ihre Enttäuschung nicht verbergen. »Mrs. Mudridge, sind Sie sicher, dass es ihr Freund war?«

»Na ja, vielleicht war ich auch etwas zu voreilig.« Sie lachte gutmütig. »Aber sein Auto habe ich gesehen.«

»Wirklich?«

»Aber ja, es stand gleich vor der Tür. Ich weiß noch, wie ich gedacht habe: *Oh, da kommt wohl Hayleys Verehrer zu Besuch.*«

»Können Sie sich noch an das Auto erinnern? War es groß, klein, ein Geländewagen?«

»Oh, mit so was kenne ich mich nicht aus. Mein Mann ist vor zwanzig Jahren gestorben, seitdem bin ich nicht mehr Auto gefahren. In Cambridge braucht man keinen Wagen, wissen Sie…«

Georgie biss sich auf die Lippen, während Mrs. Mudridge munter weiterplapperte. *Wie machen das die Altenpfleger? Mit Geduld.* »Mrs. Mudridge, wegen diesem Auto…«

»Ach ja, eines fällt mir noch ein.«

»Nämlich?«

»An der Windschutzscheibe war so ein komisches

Schild. Wie eine Parkerlaubnis, nur mit so einem merkwürdigen Symbol.«

»Ein merkwürdiges Symbol?«

»Ja. Das hatte ich vorher noch nie gesehen. Ein kleines silbernes Herz.«

Georgie lief es eiskalt den Rücken herunter. Sie holte das Handy heraus und googelte nach dem richtigen Bild. Sobald sie es gefunden hatte, zeigte sie es Mrs. Mudridge, die erst umständlich ihre Lesebrille aufsetzte, bevor sie das Display des iPhone genau betrachtete.

»Ja, genau«, sagte sie schließlich. »Was ist das?«

»Das ist das Logo von Ellinder Pharmaceuticals.«

Georgie trat auf die Straße. Sie dachte fieberhaft nach. Sie hatte Mrs. Mudridge Fotos von mehreren Automodellen gezeigt, aber die alte Dame hatte sich nicht festlegen wollen. Nur an das silberne Herz hatte sie sich noch gut erinnern können.

Ob Jessica Ellinder ebenfalls dieses Symbol an der Windschutzscheibe kleben hatte? Sie rief Charlie an, doch es war entweder besetzt, oder er hatte keinen Empfang. Sie hinterließ eine Nachricht mit der Bitte, ihn sofort zurückzurufen und nicht böse zu sein, weil sie seine Anordnung missachtet hatte. Wenn sie in fünf Minuten nichts von ihm hörte, würde sie Okoro anrufen. Er würde von ihrem Alleingang auch nicht gerade begeistert sein.

Hayley Wren war wie vom Erdboden verschluckt. Da sie in Cambridge nichts weiter ausrichten konnte, beschloss Georgie, zum Bahnhof zurückzukehren.

Flott marschierte sie die Straße entlang und durch eine schmale Gasse zwischen den viktorianischen Gebäuden. Dabei suchte sie auf ihrem Handy nach dem schnellsten

Weg zum Bahnhof. Sie fror, und der Wind war eisig. Mehrere Studenten radelten an ihr vorbei und klingelten unnötigerweise. Ihr Gelächter hob ihre Stimmung nicht gerade, sondern erinnerte sie nur daran, wie einsam sie war.

Am Ende der Straße blieb sie stehen. Die gotische Fassade eines Collegegebäudes ragte vor ihr auf. Mehrere groteske, in Stein gemeißelte Köpfe blickten auf sie herab. Wieder sah sie auf ihr Handy, das zu lange brauchte, um den nächsten Abschnitt der Karte zu laden. Sie suchte auf der gespenstisch leeren Straße nach etwas Schutz vor dem Wind und tippte weiter auf dem digitalen Abbild Cambridges herum, als ein Anruf einging.

»Hallo?«

»Georgie?«

»Li?«

»Wo bist du?«

»In Cambridge.«

Li kicherte. »Ein Oxfordstudent in Cambridge? Mischst du dich unter den Pöbel?«

»Was gibt's denn?«, fragte Georgie.

»Nichts. Ich wollte nur … nachfragen, ob alles okay ist.«

»Ja, warum nicht?« Irgendetwas an Lis Tonfall machte sie unruhig. Vielleicht die leichte Unsicherheit, die sie in der Stimme ihrer sonst so selbstbewussten Freundin hörte.

»Nur, weil … na ja.«

Nun bekam es Georgie mit der Angst. Ein weißer Lieferwagen hielt mit laufendem Motor auf der anderen Straßenseite. Er war nicht beschriftet, und die Scheiben waren getönt. Georgie dachte an die beiden Männer im

Zug und Hayleys verwüstetes Schlafzimmer. Zum dritten Mal an diesem Morgen klopfte ihr das Herz bis zum Hals. Georgie drückte sich noch tiefer in den Schatten des Gebäudes hinter ihr.

»Li«, sagte sie. »Warum rufst du an?«

»Ich wollte dir nur sagen, dass ich den Fön wieder in die Schublade gelegt habe. Danke fürs Ausleihen.«

Irgendetwas war hier faul. Eine Autotür schlug zu. Jemand war auf der Fahrerseite des Lieferwagens ausgestiegen. Sie sah sich nach allen Seiten um. Keine Menschenseele.

»Li?«, fragte sie verzweifelt.

»Ach ja, und du hast einen Brief bekommen. Er ist mir runtergefallen ... und dabei aufgegangen.«

Georgie hörte, wie die Schiebetür des Lieferwagens geöffnet und wieder geschlossen wurde. Sie konnte sich kaum auf Lis Worte konzentrieren. Ihr Instinkt befahl ihr loszurennen, doch ihre Beine wollten ihr nicht gehorchen. Sie stand da wie zur Salzsäule erstarrt.

»Georgie«, sagte Li ängstlich, »Georgie, da war ein *Insekt* in dem Umschlag.«

Plötzlich nahm sie eine Bewegung neben sich wahr. Georgie öffnete den Mund, doch ihr Schrei wurde erstickt. Hände legten sich auf ihre Schultern, etwas Feuchtes und Grobes wurde auf ihr Gesicht gedrückt. Sie wollte sich wehren, doch es war zu spät. Alles um sie herum wurde dunkel.

42

Li stand mit dem Handy am Ohr da. Die Verbindung war unterbrochen. Sie wählte die Nummer erneut und wurde direkt zur Mailbox weitergeleitet.

Sie war wie gelähmt.

Dabei hatte sie es doch nur gut gemeint. Sie war eine Ewigkeit im Flur hin und her getigert, bevor sie sich ein Herz gefasst und Georgie angerufen hatte. Doch diese letzten Sekunden des Gesprächs... die unverkennbaren Kampfgeräusche... etwas Schreckliches war mit Georgie passiert. Es musste mit dem Insekt aus dem Umschlag zu tun haben, da war sich Li ganz sicher.

Sie lief zur Treppe und hätte Martin, der gerade aus seinem Zimmer kam, beinahe umgerannt.

»Hey!«, rief er. »Wohin so eilig, Li?«

»Ich glaube, Georgie ist etwas zugestoßen.«

»Oh. Ach so.« Er ging wieder in sein Zimmer.

Unschlüssig stand sie im Flur. *Scheiße.* Sollte sie die Polizei rufen? Das würde Mrs. White überhaupt nicht gefallen. Außerdem – was sollte sie denen schon sagen? Dass sie ein paar erstickte Geräusche aus Cambridge gehört hatte? Man würde sie nicht ernst nehmen.

Sollte sie selbst nach Cambridge fahren? Li hatte ja nicht die geringste Ahnung, wo sie Georgie dort suchen sollte. Sie nahm ihren Geldbeutel aus der Handtasche und kramte darin herum, bis sie Georgies Karte gefunden hatte: *Georgie Someday, B.A. (Summa cum laude, Oxford), LL.M. (King's College, London). Junioranwältin für Betrugsrecht. Priest & Co.*

Priest wählte die Nummer der Kanzlei. Eine heisere Stimme meldete sich.

»Priest und Co.?«

»Charlie Priest bitte«, sagte Li.

»Mr. Priest befindet sich leider im Urlaub.«

»Wie kann ich ihn erreichen? Es ist dringend.«

»Mit wem spreche ich, bitte?«

Li legte auf. *Beschissene Zeitverschwendung.*

Sie lief in Georgies Zimmer und durchwühlte alle Schubladen. *Hier muss doch irgendwo irgendwas sein!*

Ganz hinten in einem Schub fand sie, was sie suchte. Nur jemand wie Georgie, der hundert Jahre zu spät geboren war, führte heutzutage noch ein Adressbuch.

Sie blätterte darin herum, bis sie Charlie Priests Nummer gefunden hatte.

Auch diesmal landete sie direkt auf der Mailbox.

»Mr. Priest, hier spricht Georgies Mitbewohnerin. Sie steckt in Schwierigkeiten. Bitte rufen Sie mich zurück.« Li legte auf. Mehr konnte sie nicht tun.

43

Jessica schlief, als sie Sandra Barnsdales Anwaltskanzlei in Kensington erreichten. Als Priest den Wagen zum Stillstand brachte, wachte sie auf, öffnete die Augen und hielt sich den Kopf.

»Alles klar?«, fragte Priest sachte.

Jessica nickte, setzte sich auf und sah sich um. Sie war nicht mehr im Reich der Träume, aber auch noch nicht ganz wach, und in dieser Zwischenwelt glaubte Priest, einen kurzen Blick auf die Frau zu erhaschen, die sie wirklich war. Und dann war der Augenblick auch schon wieder vorbei.

»Wo sind wir?«, fragte sie.

»Anwaltskanzlei Barnsdale, Kensington.« Priest spürte sein Handy in der Brusttasche vibrieren, entschied aber, es zu ignorieren.

»Warum?«

»Wegen der Metadaten auf dem USB-Stick«, erklärte Priest.

»Ich kann dir nicht folgen.«

»Die Liste auf dem Stick ist als PDF-Datei gespeichert. Ihre Metadaten verraten uns zum Beispiel, wann sie erstellt oder zuletzt geändert wurde – und natürlich von wem.«

»Und die Person, die sie erstellt hat, arbeitet hier?«

»Es ist Sandra Barnsdale – die Eigentümerin dieser Anwaltskanzlei.«

»Kennst du sie?«

»Ich bin ihr ein paar Mal begegnet.«

»Gibt es bei diesem Fall eigentlich jemanden, den du *nicht* kennst?«

Priest wollte sich gerade seinen Mantel von der Rückbank schnappen, als er innehielt. Sie hatte sich von ihm abgewandt und bedeckte das Gesicht mit den Händen. Er wartete. Sie holte tief Luft, nahm nach einer Weile die Hände weg und wischte sich eine Träne aus dem Auge.

Damit hatte er nicht gerechnet. Er kam sich völlig nutzlos vor.

»Tut mir leid«, krächzte sie.

»Muss es nicht.«

»Nein! Ich zeige ...«

»Keine Gefühle?«

»Das alles muss sehr verwirrend für dich sein«, stammelte sie kleinlaut.

»Mir sind durchaus ein paar Unstimmigkeiten aufgefallen«, bemerkte Priest.

Gerade als er das genauer ausführen wollte, klingelte sein Handy wieder. Diesmal griff er in die Manteltasche, zog es heraus und warf einen Blick aufs Display. Er stöhnte.

»Meine Ex.«

»Dann geh lieber ran.«

Er konnte beim besten Willen nicht sagen, ob Jessica wütend oder erleichtert war.

»Hallo Dee«, sagte Priest und nahm das Handy ans Ohr.

343

»Charlie? Was soll das werden, verdammte Scheiße?«

»Ich nehme an, dass deine neuen Freunde bei der Met nicht wissen, dass du mich gerade anrufst? Sind die eigentlich über deine heikle Situation im Bilde?«

»Ich hoffe um deinetwillen, dass das gerade keine Drohung war.«

»Selbstverständlich nicht, Liebling.«

»Leck mich. Was sollte das mit dem Durchsuchungsbeschluss? Das war nicht besonders clever von dir. Unschuldige Leute lassen ihre Bude nämlich von der Polizei durchsuchen. Nur die Schuldigen wollen das verhindern. Du hast Benzin auf ein Feuer gekippt, das selbst ich nicht mehr unter Kontrolle habe, du starrköpfiges Arschloch!«

»Ich hab nicht um deine Hilfe gebeten, Dee.«

»Doch, hast du. Du wolltest, dass ich McEwen abziehe.«

Priest rollte mit den Augen. »Egal. Vergiss das mit McEwen.«

»Ich hätte ihn sowieso nicht abgezogen.«

»Warum rufst du dann an?«

»Um dir eine letzte Chance zu geben, mir zu verraten, was verfluchte Scheiße noch mal hier vor sich geht.«

»Das habe ich dir schon gesagt – ich weiß es nicht.«

»Himmelherrgott, Charlie! Der Sohn eines sehr reichen und sehr mächtigen Mannes wurde ermordet. Ich habe auch noch den letzten verdammten Detective aus dem Urlaub geholt und in McEwens Team gesteckt. Es ist ein beschissenes Wunder, dass die Presse noch nichts spitzgekriegt hat, aber wenn es so weit ist – und irgendwann ist es so weit –, dann bleibt dir nicht mehr viel Zeit. Vergiss das nicht.«

»*Du* solltest das auch nicht vergessen«, erwiderte Priest grimmig.

Ihm war mehr als bewusst, wie laut Dee ins Telefon brüllte. Wahrscheinlich verstand Jessica – die mit schief-gelegtem Kopf dasaß – jedes Wort.

»Was soll das heißen?«, fragte Assistant Commissioner Auckland mit eindeutig drohendem Unterton.

»Denk doch mal nach. Ein Promi wird auf grässliche Art im Lagerhaus seines millionenschweren Vaters hin-gerichtet. Das sollte eigentlich landesweit für Schlagzei-len sorgen, aber du hast es fertiggebracht, jetzt schon fast eine Woche lang den Deckel draufzuhalten. Wie geht das denn?«

Es war traurige, aber gängige Praxis, dass die Medien diejenigen Polizisten, die sie mit heißen Storys beliefer-ten, gut bezahlten. *Es wird immer undichte Stellen geben, da kann man noch so viele Richtlinien aufstellen und Dis-ziplinarverfahren anstrengen.* Diese Story war mindes-tens zwanzig Riesen wert. Dreißig mit Fotos.

Dee antwortete nicht, was Priest als kleinen Sieg ver-buchte.

»Dann hör du jetzt mal gut zu«, sagte er. »Ich schicke dir ein Foto vom Tatort in Philip Wrens Büro, das ich gemacht habe, als ich zum ersten Mal dort war. Noch vor der Spurensicherung. Sieh dir den Schreibtisch mal ge-nauer an. Wenn du den Unterschied gefunden hast und bereit für die Wahrheit bist, dann ruf mich an.«

Er legte auf. Jessica sah ihn süffisant an.

»Kommst du?« Priest stieg aus dem Auto.

Sandra Barnsdales Kanzlei war in einem beeindrucken-den Gebäude untergebracht: einem kantigen Wolkenkrat-zer aus Stahl und Glas, das das Sonnenlicht reflektierte und so den Eindruck riesiger, aufeinandergestapelter Eisblöcke erweckte. Zur Ausstattung der Kanzlei gehörten eine Tiefgarage sowie ein Fitnessstudio exklusiv für die Mitarbeiter. Barnsdales Büro befand sich in der obersten Etage.

Priest fand das ganze Gebäude grässlich.

Schon seit den Vierzigerjahren beglaubigten Barnsdale & Clyde Testamente und verwalteten die Vermögen der Reichen und Mächtigen. Seit den bescheidenen Anfängen hatte sich einiges getan: Inzwischen beschäftigte die Kanzlei über hundert Mitarbeiter und machte beinahe fünfundzwanzig Millionen Umsatz jährlich. Nach dem Tod ihres Vaters im Jahr 2003 war Sandra die Geschäftsführerin. Wenn Priest sich recht erinnerte, hielt sie seit Bob Clydes Rücktritt ein paar Jahre, bevor ihr Vater gestorben war, hundert Prozent der Firmenanteile.

Die Frau mit dem blondierten Haar hinter dem Empfangstresen sah erst auf, als Priest höflich hüstelte. Jessica stand mit verschränkten Armen neben ihm. Hinter ihr hing ein Poster: *Haben Sie schon Ihr Testament gemacht?*

»Haben Sie einen Termin?«, fragte Blondie gelangweilt.

»Nein«, gestand Priest. »Wären Sie so nett und würden Sandra Barnsdale sagen, dass Charlie Priest sie sprechen möchte?«

Blondie zog die Augenbrauen in die Höhe. »Ohne Termin?«

»Ganz genau.«

Einen Augenblick lang sah es so aus, als wollte sie ihnen tatsächlich weiterhelfen, doch dann wandte sich Blondie wieder ihrem Hochglanzmagazin zu. »Mrs. Barnsdale empfängt niemanden ohne Termin.«

»Wäre es …«

Priest wurde durch leichte Unruhe hinter sich unterbrochen. Eine modisch gekleidete Frau platzte in den Raum und stellte einen Karton mit Akten auf dem Schalter vor Blondie ab.

»Jeanette, können Sie die hier bitte archivieren?«

Priest beugte sich zu der Frau vor. »Hallo Sandra.«

Sandra Barnsdale wirbelte so schnell herum, dass sie den Karton umstieß und die Akten der kreischenden Blondine in den Schoß fielen. Sandra musterte Priest von oben bis unten, dann grinste sie breit.

»Was sehen meine entzündeten Augen?«, rief sie. »Der gottverdammte Charlie Priest!«

44

Georgie öffnete vorsichtig die Augen. Die Kopfschmerzen waren unerträglich. Einen Augenblick lang sah sie nichts als Schwärze.

Dann spürte sie Bewegung und hörte Geräusche. Das Brummen eines Motors, das Rumpeln, mit dem Reifen über Asphalt rollten.

Sie lag auf dem kalten Metallboden eines fahrenden Lieferwagens.

Als sie ein paar Minuten später sicher war, sich nicht übergeben zu müssen, setzte sie sich langsam auf und sah sich um. Das Fahrzeug war so hoch, dass sie sich sogar bequem hätte hinstellen können. Mit Entsetzen begriff sie, dass es sich höchstwahrscheinlich um den weißen Lieferwagen handelte, den sie vor ihrer Entführung auf der anderen Straßenseite gesehen hatte.

Ihr wurde wieder übel.

Mit zitternden Händen durchsuchte sie ihre Taschen. Das Handy war weg.

»O Gott.«

Georgie war nicht religiös. Sie hielt Gottes Existenz für sehr unwahrscheinlich. In diesem Augenblick jedoch wäre sie nur zu gern bereit gewesen, an ihn zu glauben. Zu glauben, dass irgendjemand über sie wachte.

Leider konnte sie sich nicht dazu zwingen, an einen so tröstlichen Gedanken zu glauben. Stattdessen sah sie Vlad den Pfähler in blutbespritzter Kleidung vor sich, wie er mit boshaftem Grinsen auf dem geisterhaften Gesicht hinter dem Steuer des Lieferwagens saß.

Georgie hatte sich noch nie so allein gefühlt.

Sandra führte Priest und Jessica in ein vornehm eingerichtetes Eckbüro mit Aussicht auf dem Fluss. An weniger bedeckten Tagen hätte Priest von hier aus wohl seine eigene Wohnung sehen können. Jede freie Oberfläche war mit Akten, Papieren, Urkunden und mit violetten Schleifen versehenen Rechtsdokumenten übersät.

Sandra war etwas über fünfzig, groß und schlank. Bis auf den etwas maskulin wirkenden, fitnessgestählten Bizeps war sie durchaus attraktiv. Die olivfarbene Haut ließ sie jünger wirken, als sie tatsächlich war. Priest hatten ihre leuchtenden Augen immer gefallen – allerdings nicht so gut, dass er den Heiratsantrag angenommen hätte, den sie ihm vor vielen Jahren gemacht hatte. Bis heute wusste er nicht, ob das damals ihr Ernst gewesen war.

»Charlie, du siehst beschissen aus.«

»Das höre ich nicht zum ersten Mal.«

»Und auch nicht zum letzten Mal, wenn du nicht bald duschst und dich ordentlich ausschläfst.«

»Ich dachte, du magst den zerzausten Look.«

Sandra lachte. »Das hättest du wohl gern, Priest. Hat euch meine Rezeptionistin gesagt, dass ich niemanden ohne Termin empfange? Ich will's schwer hoffen, immerhin bezahle ich sie sehr ordentlich.«

»Entschuldige, dass wir einfach so hereinplatzen. Aber ich würde dich nicht stören, wenn es nicht wichtig wäre.«

»Dafür hab ich einen Gefallen gut, Großer.« Wieder dieses Blitzen in den Augen.

Ob Sandra allen Männern diesen Blick zuwarf oder nur ihm? Jessica trat unbehaglich von einem Fuß auf den anderen.

»Oh, wie unhöflich von mir«, sagte Sandra plötzlich und streckte die Hand aus. »Sandra Barnsdale.«

»Jessica Ellinder.«

»Ellinder?« Sandra hielt inne und sah die beiden an. »Kleiner Anflug von Größenwahn, Priest?«

»Wir sind nicht zusammen«, sagte Jessica schnell.

Priest bemerkte, wie sich ihr Dekolleté rötete.

»Zur Kenntnis genommen«, sagte Sandra trocken. Sie bedeutete ihnen, Platz zu nehmen.

»Also, was hast du auf dem Herzen?«, fragte Sandra und setzte sich hinter den riesigen Schreibtisch.

»Was hast du mit Eintagsfliegen zu schaffen?«

Sandra Barnsdale verzog keine Miene. Sie stützte das Kinn auf die Hand und wartete, ob noch mehr kam.

Priest legte den USB-Stick vor ihr auf den Tisch.

»Woher hast du den?«, fragte Sandra mit leiser Stimme. Sie hob den Stick auf, betrachtete ihn eingehend und legte ihn dann wieder hin.

»Der Generalstaatsanwalt hat ihn mir geschickt.«

»Warum?«

»Ich habe gehofft, dass du mir das sagen kannst.«

Sandra Barnsdale hatte ganz eindeutig große Angst. Sie saß eine Weile schweigend da, dann schob sie den Stuhl zurück, stand auf und ging zu der Kaffeemaschine auf einer Anrichte hinter dem Schreibtisch hinüber.

»Trinkst du immer noch Earl Grey?«, fragte sie Priest über die Schulter.

350

Priest nickte. Jessica wollte einen schwarzen Kaffee. Sandra machte die gewünschten Getränke und sich selbst einen Latte. Dann goss sie sich etwas Wasser ein.

»Wenn es sich hier tatsächlich um das handelt, was ich befürchte, dann sind das schlechte Nachrichten. Ich hatte gehofft, dieses Ding nie wieder zu sehen.«

»Sandra, nichts von diesem Gespräch wird nach außen dringen, aber du musst mir alles sagen, was du weißt.«

Sie wandte sich ihm zu, starrte aber durch ihn hindurch auf die gegenüberliegende Wand.

»Ist jemand in Gefahr?«

»Ja.«

»Du?«

»Auch.«

Darüber dachte sie nach. Schließlich setzte sie sich wieder und schob ihnen ihre Tassen zu.

»Dafür bist du mir sogar einen Riesengefallen schuldig, Priest«, sagte Sandra und schüttete den zweiten Löffel Zucker in ihren Latte.

»Da kann ich nichts versprechen.«

»Hmm.« Sie lächelte, doch ihre Stimme war ernst. »Ich habe diese Liste von meinem Vater geerbt. Ein weiteres kleines Schmuckstück, das er mir hinterlassen hat, nachdem ihm der Krebs das Hirn weggefressen hat. Ich habe ihm versprochen, die Liste vor allen geheim zu halten, selbst vor meinen Mitarbeitern. Ich soll sie einfach nur gut aufbewahren.«

»Für einen Klienten?«

»Ja. Gelegentlich werden wir damit beauftragt, Daten aufzubewahren.«

»Wäre da ein Bankschließfach in der Schweiz nicht sinnvoller?«, fragte Jessica.

»Manche sind da eher altmodisch gestrickt«, sagte Sandra. Wenn sie sich von Jessica angegriffen fühlte, verstand sie es gut, dies zu verbergen. »Warum auch nicht? Wir haben einen feuersicheren Tresorraum, drei Server außerhalb der Stadt und unterliegen der anwaltlichen Schweigepflicht. In vielerlei Hinsicht ist es bei uns sicherer als in der Schweiz.«

Sie nahm einen Schluck von ihrem Kaffee. Priest ließ sich von der gelassenen Fassade nicht täuschen. Er sah die Schweißperlen, die sich auf ihrer Stirn gebildet hatten. Glücklicherweise kam sie sofort zum Punkt.

»Die zugehörigen Anweisungen sind recht einfach. Hin und wieder erhalten wir Informationen über eine Person, die wir der Liste hinzufügen. Dann speichern wir die letzte Version der Datei auf diesem kleinen USB-Stick. Für jeden Eintrag erhalten wir fünfzehnhundert Pfund.«

»Ein netter kleiner Nebenverdienst«, bemerkte Jessica.

Sandra lächelte verkniffen.

»Wer liefert diese Informationen?«, fragte Priest.

»Keine Ahnung. Sie werden völlig anonym von einer privaten Kurierfirma überbracht.«

»Weißt du, wer der Klient ist?«

»Nein.«

»Woher weißt du dann, dass ein Neueintrag ansteht?«

»Durch den Zahlungseingang. Und den Kurier natürlich.«

»Aber in wessen Auftrag bewahrst du diese Informationen auf? Und was, wenn sie mal jemand benötigt?«

»Auch für diesen Fall gibt es Anweisungen.«

Priest sah, wie ein kleiner Schweißtropfen Sandras Schläfe hinablief.

»Irgendwo muss das alles seinen Anfang genommen haben. Irgendwer muss deinem Vater diese Anweisungen gegeben haben.«

Sandra nickte. »Stimmt, aber das hat er mir nicht verraten.«

»Kam Ihnen das nicht verdächtig vor?«, fragte Jessica. »Sie erhalten nicht unbeträchtliche Summen, um eine Namensliste geheim zu halten?«

»Extravagante Wünsche sind uns nicht fremd, Miss Ellinder«, gab Sandra zurück.

»Wann wurde die Liste zum letzten Mal aktualisiert?«, fragte Priest.

»Vor ein paar Monaten. Alles lief so ab wie immer. Der Privatkurier überbringt die Daten in Papierform. Wir pflegen sie in die Liste ein und vernichten das Papier. Bezahlt wird immer in bar, das Geld wird anschließend intern verrechnet.«

»Und wie kam der Generalstaatsanwalt an den USB-Stick?«

Sandra holte tief Luft. »Weil ich ihn ihm geschickt habe.«

»Wieso?«, fragte Priest, als sie dies nicht weiter ausführte.

»Es ist ja wohl offensichtlich, dass diese Daten mit illegalen Machenschaften in Verbindung stehen«, sagte sie. »Das war mir schon immer klar, doch ich wusste nicht, was das alles zu bedeuten hat. Die Liste hat mir viele schlaflose Nächte beschert, das kannst du mir glauben. Ich habe mehrere Namen überprüft. Es sind einflussreiche Leute darunter, und sie alle haben eines gemeinsam.«

»Geld?«, riet Priest.

»Genau. Sie sind stinkreich. Und vor einigen Wochen

geschah etwas, woraufhin ich das Geheimnis meines Vaters nicht länger bewahren konnte.«

»Nämlich?«, fragte Priest gespannt. Sie war kurz davor, sich zu entscheiden, ob sie ihnen alles oder überhaupt nichts sagen würde. Hoffentlich machte Jessica in den nächsten Minuten keine unbedachte Bemerkung.

Sandra seufzte. »Philip Wren hatte vor ein paar Wochen einen Termin bei mir. Vor einem Monat oder so, ich weiß es nicht mehr genau. Jedenfalls war das die interessanteste Unterhaltung meines Lebens.« Sie nahm sich einen Augenblick Zeit, um sich zu sammeln, und trank einen Schluck Wasser. »Er sagte, dass er eine Spezialeinheit befehligt, die gegen eine kriminelle Organisation ermittelt. Das war so geheim, dass ich eine Vertraulichkeitserklärung unterzeichnen musste. Ich muss mich darauf verlassen können, dass das alles unter uns bleibt. Ihr habt das nicht von mir, verstanden?«

»Ich gebe dir mein Wort«, sagte Priest.

»Er hatte herausgefunden, dass meine Kanzlei irgendwie mit dieser Organisation zu tun hatte. Du kannst dir sicher vorstellen, wie mich das getroffen hat. Natürlich hat er mir bestätigt, dass ich in bester Absicht gehandelt habe. Trotzdem – wenn das bekannt wurde, war ich ruiniert.«

»Er wusste von der Liste?«

»Ja, er wusste von der verdammten Liste, aber keine Details. Nur dass wir Daten für jemanden aufbewahren. Keine Ahnung, woher er das hatte.«

»Und dann wollte er, dass du sie ihm gibst.«

»Nein. Er wollte, dass ich ihre Existenz bestätige. Dann hätte er mich per Gerichtsbeschluss dazu zwingen können, sie zu übergeben. Auf diese Weise hätte ich die anwaltliche Schweigepflicht nicht verletzt und er seine Beweise auf rechtmäßige Art beschafft.«

Priest schnalzte mit der Zunge. »Aber der Plan ging nicht auf?«

Sandra zögerte. »Priest, was weißt du über die Ärzte, denen in Nürnberg der Prozess gemacht wurde?«

»Nach dem Krieg stellten die Alliierten alle hochrangigen Nazis vor einen Militärgerichtshof. Danach kamen die an die Reihe, denen schwere Kriegsverbrechen zur Last gelegt wurden, darunter dreiundzwanzig Ärzte. Ihnen wurde unter anderem vorgeworfen, bestialische Experimente an Menschen durchgeführt zu haben. Viele wurden zum Tode verurteilt, einige auch freigelassen.«

»Nicht schlecht.« Sandra lächelte schwach.

»Moment«, sagte Priest. »Soll das etwa heißen ...?«

»Die Organisation, hinter der Wren her war, wurde in den Sechzigern gegründet. Hat er jedenfalls behauptet. Das sind keine Neonazis im engeren Sinn. Es ist noch viel merkwürdiger. Anscheinend wollen sie die Menschenversuche der Naziärzte wiederholen.«

»Menschenversuche?«, fragte Jessica entsetzt. »Das hat Wren Ihnen erzählt?«

Sandra nickte stumm.

Priest nahm einen Schluck Tee. Er schmeckte metallisch. Er hatte sich bereits ein geistiges Bild des Falls zurechtgelegt – ein Baum, dessen Äste die verschiedenen Informationen bildeten, die er bisher gesammelt hatte: Naziärzte, Gift, Geld ... Doch wie passte das alles mit Miles Ellinders Ermordung zusammen?

Dieser Arzt, den Tiff erwähnt hat – Kurt Schneider –, hat angeblich das Gift entwickelt, mit dem man den Mann in der Blockhütte gefoltert und getötet hat.

»Ich kann mir schon denken, was danach passiert ist«, sagte Priest.

Sandra blickte beschämt zu Boden. »Ich geriet in Panik. Nach seinem Besuch konnte ich nächtelang nicht schlafen. Ich bin immer wieder ins Büro, habe den Safe geöffnet und mir die Liste angesehen. Diese vielen Namen. Eines darfst du nicht vergessen: Hätte Wren diese gerichtliche Anordnung bekommen, wäre ich ruiniert gewesen. Alle hätten davon erfahren.«

»Also hast du ihm den Stick geschickt und die Liste gelöscht«, sagte Priest leise.

Sandras Augen füllten sich mit Tränen. »Was ich zutiefst bereue. Aber wieso hast du sie jetzt?«

»Wren hat sie mir geschickt. Ich glaube, dass ihn diese Organisation am Wickel hatte. Vielleicht haben sie seine Familie bedroht, seine Tochter. Die ganze Sache wuchs ihm über den Kopf, also hat er den schwarzen Peter weitergegeben.«

Priest fiel Wrens verstörender Brief ein: *Die Zeit wird knapp, und Leben sind in Gefahr, nicht zuletzt das Deine, da Dich meine nächsten Schritte in eine gefährliche Situation bringen könnten.*

»Woher weißt du, dass man seine Tochter bedroht hat?«, fragte Sandra.

»Sie ist spurlos verschwunden. In Wrens letzter Nachricht auf ihrem AB sagt er, dass sie sofort untertauchen soll.«

Sandra warf das Haar zurück und verschränkte die Arme. Ungläubig schüttelte sie den Kopf.

»Ich dachte, ich würde Leben retten und nicht in Gefahr bringen«, murmelte sie.

Priest hätte ihr gern gesagt, dass sie die richtige Entscheidung getroffen hatte, doch er bezweifelte, so glaubhaft lügen zu können. Vielleicht war Wren deshalb gestorben. Er hatte die Liste gehabt und gezögert. Vielleicht hatte er es sich nach dem Termin bei Sandra auch anders überlegt, weil sie ihn bedroht hatten. Weil sie Hayley bedroht hatten.

Sandra war deutlich anzusehen, unter welchem Druck sie stand. Sie strahlte die Furcht förmlich aus.

Priest versuchte, pragmatisch zu denken. »Sandra, wenn du neue Daten für die Liste erhältst, musst du dann auch Zeit und Datum der Änderung eintragen?«

»Ja, wieso?«

»Es ist gut möglich, dass die Liste die Namen der Mitglieder dieser Organisation enthält. Sozusagen als Versicherung.«

»Damit alle gemeinsam hängen«, ergänzte Jessica. »Wenn einer auspackt, wird die Liste veröffentlicht, und alle sind geliefert.«

»Das verstehe ich nicht«, sagte Sandra. »Was soll denn das bringen?«

»Na ja, willst du derjenige sein, der das Ganze ans Licht zerrt und dafür von den anderen Mitgliedern gejagt wird?«, fragte Priest.

Sandra fuhr sich mit der Hand übers Gesicht. »Priest«, fragte sie, »kannst du das irgendwie wieder geradebiegen?«

»Kommt drauf an.« Priest verschränkte die Arme und lehnte sich zurück. Er war erschöpft. Alles drehte sich, und er konnte nur mit Mühe geradeaus schauen.

»Worauf?«

»Ob du mir sagst, woher die Datei stammt.«

Darauf folgte langes Schweigen. Sandra spitzte die Lippen. Er bemerkte Trotz in ihren Augen, war aber sicher, dass sie ihnen etwas verschwieg.

»Priest, wie gesagt ...«

»Du beleidigst meine Intelligenz, Sandra. Sag mir, woher du diese verdammte Datei hast. Sag mir den Namen.«

Sie schluckte schwer. »Damit bringe ich mich in Gefahr, Priest. Das verstehst du doch?«

»Natürlich. Also hilf mir, damit ich dir helfen kann.«

Sie zögerte. Priest saß einfach nur mit verschränkten Armen da.

Schließlich warf sie die Arme in die Höhe und stand auf. »Dafür werden sie mich umbringen.« Sie kramte in einem Aktenschrank neben der Tür, zog eine abgegriffene Mappe heraus und legte sie auf den Tisch. Priest und Jessica beugten sich vor. Auf der Akte stand ein Name.

Miller, Eva.

»Wer ist das?«, fragte Priest, nahm die Akte auf und blätterte darin herum. Bis auf ein paar kurze Briefe, handschriftliche Notizen und ein Testament war die Mappe leer.

»Eine Klientin«, sagte Sandra. »Sie ist vor geraumer Zeit verstorben. Ich habe ihren Nachlass verwaltet. Sie hat Dad die Liste und die Anweisungen dazu gegeben. Ich habe ihre Akte vorsichtshalber behalten.«

Priest nahm das Testament heraus, legte es auf den Tisch und strich das vergilbte Papier mit den Fingern glatt. Eva Miller mochte tot sein, doch sie hatte jemandem etwas zu vererben gehabt.

Endlich machen wir Fortschritte.

»Du musst es nicht durchlesen«, sagte Sandra. »Es gibt einen Alleinerben: Colonel Albert Ruck.«

45

Priest drehte die Dusche auf. Er hatte die Badezimmertür einen Spalt offen gelassen, damit er Jessica beobachten konnte. Sie saß an seinem Schreibtisch und ging die Namensliste durch. In seinem Schlafzimmer zu sein war ihr nicht im Mindesten unangenehm. Im Gegenteil – sie hatte es sich auf seinem alten Ledersessel gemütlich gemacht. Wieder dachte er an die gemeinsame Nacht im Dower House zurück. War das überhaupt passiert? Er schloss die Badezimmertür und verscheuchte diese Gedanken. *Jetzt nicht, Priest. Und später vielleicht auch nicht ...*

Giles hatte sich mächtig ins Zeug gelegt und ihm eine Kopie von Miles Ellinders vorläufigem Autopsiebericht besorgt. Es dauerte eine Ewigkeit, bis Priest ihn auf sein Handy geladen hatte. Nach kurzem Überfliegen stellte er sich allerdings als Enttäuschung. heraus: Als Todesursache hatte man Herzstillstand durch einen Kreislaufschock festgestellt, sonst stand nichts Interessantes darin. Gottlob war der Tod wohl schon nach wenigen Minuten eingetreten. McEwens Behauptung, dass Miles stundenlang herumgezappelt hätte, war eine absichtliche Übertreibung gewesen.

Priest schloss den Bericht und rief Giles an, wobei er hoffte, dass die prasselnde Dusche das Gespräch übertönte.

»Ach Scheiße, was willst du denn schon wieder?«, meldete sich beinahe sofort eine ärgerliche Stimme. »Hast du den verfluchten Bericht nicht bekommen?«

»Doch, aber besonders erhellend war er nicht.«

»Der Teufel steckt im Detail, Priest.«

»So, so. Giles, du musst jemanden für mich durchleuchten.«

»Hast du vergessen, was das letzte Mal passiert ist, als du mir so was gesagt hast?«

»Giles, die Vereinigung gegen Polizeigewalt hat die Anklage doch ziemlich schnell fallen gelassen.«

»Aber es steht noch in meiner Akte, du Arsch.«

»Bitte. Um der alten Zeiten willen?«

Ein tiefes Seufzen. »Also gut. Wer?«

»Eva Miller«, sagte Priest.

»Hast du dir den Namen nur ausgedacht, um mit mir plaudern zu können, du asoziales Stück Scheiße?« Giles kicherte.

»Sie heißt wirklich so.«

»Wenn du meinst. Geburtsdatum?«

»Keine Ahnung.«

»Letzter bekannter Wohnort?«

Priest gab ihm die Adresse, die in Sandras Akte gestanden hatte. »Das ist vielleicht nicht die letzte Adresse, aber eine andere habe ich nicht. Sie ist vor längerer Zeit verstorben. Wann genau, weiß ich nicht.«

»Na klar. Mach's mir bloß nicht zu einfach, Priest.«

Am anderen Ende der Leitung klickte eine Tastatur.

»Okay«, murmelte Giles. »Hier haben wir's. Geboren am 15. März 1925, gestorben 19. Juni 1987.«

»Das könnte sie sein. Sind da irgendwelche Angehörigen aufgeführt? Ein Albert Ruck?«

Weiteres Tastenklicken, dann las Giles einen Namen vor.

Priest fiel aus allen Wolken. *O Gott.*

»Worum geht's hier überhaupt?«, fragte Giles.

Priest legte auf.

Priest trat, lediglich mit einer schwarzen Hose bekleidet, aus dem Badezimmer. Die Dusche war eine kurze, aber willkommene Abwechslung von der Finsternis gewesen, die sich auf ihn gelegt hatte. Doch sosehr er auch kratzte und schrubbte, er wurde sie nicht los. Er kam sich immer noch schmutzig vor.

Jessica saß jetzt auf dem Sofa neben dem Aquarium im Wohnzimmer. Das Licht beleuchtete eine Seite ihres Gesichts. Sie hatte das braune Haar zurückgebunden, sodass man ihre sanften Züge, ihre hohen Wangenknochen und den Schwanenhals erkennen konnte, die Schuhe ausgezogen und sich an die Armlehne geschmiegt. Er stand im Türrahmen und fragte sich, ob er ein Hemd hätte anziehen sollen, doch sie würdigte ihn kaum eines Blickes. Er wusste noch sehr gut, wie seidenweich sich ihre Haut angefühlt hatte.

»Sagen dir die Namen auf der Liste was?«, fragte er.

Sie schüttelte den Kopf.

Das Display seines Handys leuchtete auf. Er nahm es vom Beistelltisch. Zwei neue Sprachnachrichten. Priest rief die Mailbox an und hörte eine unbekannte Stimme. »Mr. Priest, hier spricht Georgies Mitbewohnerin. Sie steckt in Schwierigkeiten. Bitte rufen Sie mich zurück.«

Scheiße. Er drückte auf Rückruf. *Na los, geh ran.* Jessica blickte auf.

Endlich hob jemand ab. »Hallo?«

»Charlie Priest hier.«

»Gott sei Dank! Ich wusste nicht, wen ich sonst anrufen sollte.«

»Wer sind Sie?«, wollte Priest wissen.

»Ich heiße Li ... ich bin eine Bekannte ... eine Mitbewohnerin von Georgie.«

»Sie hat Sie schon mal erwähnt, ja.«

»Ich wusste nicht, an wen ich mich wenden soll.«

Li erzählte von ihrem Gespräch mit Georgie. Während er zuhörte, spürte Priest, wie die Finsternis ein weiteres Stück seiner Seele in Besitz nahm.

»Sie war in Cambridge?«, fragte er.

»Ja. Keine Ahnung, weshalb.«

»Ich kann's mir schon denken.«

Was hatte er denn erwartet? Dass sie nach Hause ging und Fantasyrollenspiele mit den anderen Nerds spielte? Dass sie diesen Fall auf sich beruhen ließ? Scheiße. Er war viel zu naiv gewesen.

»Sie haben Kampfgeräusche gehört, bevor die Verbindung unterbrochen wurde?«, fragte Priest. »Wieso sind Sie sich da so sicher?«

»Na ja, das war wie bei einer Rauferei ... und da ist noch was anderes«, sagte Li zögerlich. »Sie hat ... sie hat etwas bekommen. Mit der Post.«

Priest schluckte. *Nein!* »Was denn?«

Jessica setzte sich auf.

»Eine Fliege oder so. Ein totes Insekt«, sagte Li mit zitternder Stimme.

»Eine Eintagsfliege.«

»Kann schon sein. Ja, vielleicht. Sagt Ihnen das was?«

»Li, sobald Sie von ihr hören, rufen Sie mich an, ja?«

»Klar, aber ...«

362

Priest legte auf und ließ sich aufs Sofa fallen. Jessica legte eine Hand auf seinen Arm.

»Was ist?«, fragte sie alarmiert.

»Ich glaube, sie haben Georgie geschnappt.«

»Wer? Wer hat sie geschnappt?«

»Dieselben, die auch Hayley entführt haben.« Er saß still da und versuchte, das alles zu verdauen.

»Charlie …« Jessica seufzte. »Ich … ich habe nichts von alldem gewollt.«

»Was?«

»Du solltest doch nur den Tod meines Bruders untersuchen. Ich hatte keine Ahnung, was das für weite Kreise zieht.«

»Nein, ich meine … hast du gerade Charlie zu mir gesagt? Bis jetzt war es immer nur Priest.«

Sie schmiegte sich an ihn. Er legte seinen Arm um ihre Schulter, sie kuschelte sich an seine Brust. Sein Herz klopfte schneller. Inzwischen war ihm ihr Geruch vertraut, und vielleicht reichte dieser Duft ja aus, um Licht in seine dunkle Seele zu bringen. Er küsste sie sanft auf die Stirn. Wieder steckte er in der schwarzen Leere zwischen den Welten fest. Und er hatte Angst; ein Gefühl, das er schon sehr lange nicht mehr verspürt hatte. Er hatte Angst, weil er nun etwas zu verlieren hatte.

»Wenn ich doch nur die Zeit anhalten könnte«, sagte er.

Sie griff über ihn hinweg nach seinem Telefon. »Du hast noch eine Nachricht«, sagte sie und reichte es ihm.

Er rief die Mailbox ein weiteres Mal an, stand auf und ging durch den Raum, damit sie nicht mithören konnte. Dann lauschte er Georgies aufgeregter, lebhafter Stimme. Noch ahnte sie nichts von der drohenden Gefahr.

»Hi, Charlie. Seien Sie nicht böse auf mich, aber ich

bin nach Cambridge gefahren, um nach Hayley zu suchen. Ich weiß, das hätte ich nicht tun sollen, aber ich kann doch nicht untätig bleiben, wenn *so viel* um mich herum passiert. Also bin ich einfach in den Zug gestiegen. Jaja, das war dumm von mir, wie gesagt, bitte seien Sie mir nicht böse. Also, klar, ich weiß, dass Sie böse auf mich sind, aber vielleicht lieber Attila-der-Hunnenkönig- als Vlad-der-Pfähler-böse, ja? Verzeihung, das war jetzt unangebracht. Jedenfalls habe ich etwas Wichtiges rausgefunden. Glaube ich jedenfalls. Eine Nachbarin von Hayley hat vor Kurzem ein Auto vor Hayleys Haus gesehen. Sie hat zwar das Modell nicht erkannt, aber ein Symbol auf der Windschutzscheibe gesehen. Das Logo von Ellinder Pharmaceuticals. Wahrscheinlich eine Parkerlaubnis oder so. Hayleys Schlafzimmer ist völlig verwüstet. Da ist eindeutig was Schlimmes vorgefallen. Ich habe Fingernagelkratzer auf dem Schminktisch gefunden, und jemand hat ihn von der Wand gezerrt. Wir müssen sie finden. Um es zusammenzufassen: Bitte seien Sie nicht böse, wir müssen Hayley finden, in Ellinders Konzern ist irgendwas faul. Wiederhören.«

Eine Parkerlaubnis von Ellinder Pharmaceuticals. Allmählich fügte sich das Puzzle zusammen.

Jessica starrte ihn mit großen Augen an.

»Wer war das?«, fragte sie.

»Georgie. Bevor sie entführt wurde.«

»Was hat sie gesagt?«, fragte sie nervös.

Priest betrachtete die Feuerfische. *Wann habe ich euch zum letzten Mal gefüttert?* Er griff nach dem kleinen Döschen und streute ein paar Flocken ins Wasser. Die Fische schossen auf die Oberfläche zu und fraßen gierig.

»Ach, nichts. Sie wollte nur wissen, wie's mir geht.«

46

Der Lieferwagen wurde langsamer. Dann hörte Georgie die Reifen auf Kies knirschen. Sie setzte sich auf und sah auf die Uhr. Sie war seit gut einer Stunde in dem Fahrzeug, die letzten dreißig Minuten war sie halb bewusstlos gewesen, hatte zusammengerollt in der Ecke gelegen und war nur gelegentlich aufgewacht. Es war so kalt, dass sie ihre Hände nicht mehr spürte.

Die Handbremse wurde knarrend angezogen, dann öffneten sich die Türen des Fahrgastraums. Zwei Gestalten stiegen aus. Sollte sie einfach losrennen, sobald sie die Schiebetür öffneten? Wo war sie überhaupt? Konnte sie ihnen entkommen? Vielleicht hatten sie Pistolen und würden sie erschießen, bevor sie drei Meter weit gerannt war.

Georgie konzentrierte sich auf ihre Atmung. Ihr war schwindlig, Sauerstoff und Adrenalin fluteten ihr Gehirn.

Die Tür ging auf, doch sie sah nichts bis auf zwei stämmige Männer. Sie trugen kegelförmige Kapuzen, ähnlich der Kopfbedeckung des Ku-Klux-Klans, nur nicht ganz so spitz. Und auch die Augenhöhlen waren nicht kreisförmig, sondern schmale, schräge Schlitze.

Reglos standen sie da und starrten Georgie an. Kalte, pure Angst ergriff sie wie nie zuvor.

»W… wer sind Sie?«, stotterte sie.

Einer der Männer winkte Georgie aus dem Lieferwagen. Sie zögerte. Würden ihr ihre Beine überhaupt gehorchen? Wenige Augenblicke später zog der Mann die Hand wieder zurück und machte Anstalten, in den Wagen zu steigen.

»Schon gut«, krächzte Georgie. »Schon gut, ich komme raus.«

Draußen war es zwar nicht viel kälter als im Lieferwagen, doch der eisige Wind, der durch den Innenhof wehte, schnitt wie Rasierklingen in ihre Haut. Man führte sie über den Kies der Einfahrt auf ein ausladendes Barockgebäude zu.

Als sie darauf zugingen, bemerkte Georgie eine Reihe von Autos, die vor einem Flügel parkten. Porsches, Jaguars, Range Rovers. Ein kostspieliger Fuhrpark.

Sie erreichten einen Seiteneingang. »Wo sind wir hier?«, fragte Georgie. Als Antwort erhielt sie lediglich einen schmerzhaften Stoß in den Rücken, woraufhin sie in einen dunklen Flur stolperte.

Mitten auf dem Steinboden lag ein ausgetretener roter Teppich. Zur Linken befand sich eine Wendeltreppe, rechts waren mehrere verschlossene Türen. Die Luft war stickig, aber immerhin warm und von einem muffigen Geruch erfüllt, den sie nicht so recht einordnen konnte. Alter und Moder.

Georgie wurde in einen Raum geschubst. Ein Arbeitszimmer mit einem grünen Sofa und zwei Schreibtischen. Die Regale an den Wänden waren mit alten Büchern mit Ledereinbänden gefüllt. Allein und schweigend stand sie in der Mitte des Raums. Ihr Herz raste, doch sie hielt sich aufrecht. Wenn es irgend möglich war, würde sie ihnen nicht die Genugtuung verschaffen und ihre Angst spüren lassen.

Einen Augenblick später drehte sie sich um. Die Männer hatten zu beiden Seiten der Tür Position bezogen und synchron die Arme verschränkt. Georgie starrte sie verwirrt an.

»Wo bin ich?«, fragte sie. »Was ist das hier?«

Sie bewegten sich nicht. Als wären sie zu Stein erstarrt.

Georgies Entschlossenheit bröckelte. »Warum sagen Sie denn nichts?«

»Weil sie genau dafür bezahlt werden.«

Sie wirbelte erschrocken herum. Ein Mann lag mit ausgestreckten Beinen und einem Buch in der Hand auf einer Chaiselongue in der Ecke des Zimmers.

»Wer sind Sie?«, fragte sie zitternd.

Der Mann legte das Buch vorsichtig, um die Seite nicht zu verblättern, auf einen Beistelltisch, stand langsam auf und streckte sich. Er trug keine Kapuze, sodass sie sein Gesicht deutlich sehen konnte. Er sah irgendwie krank aus, und obwohl er kaum älter als Charlie sein konnte, waren seine Wangen eingefallen, und die Haut spannte sich über seinen Schädel. Das feucht aussehende, dunkle Haar war nachlässig nach hinten gekämmt.

Georgie stockte der Atem. Sie sah sich schnell um, doch bis auf die von den beiden Männern bewachte Tür gab es keinen Ausweg. Sollte sie die Flucht ergreifen? Ihre Arme und Beine waren schwer wie Blei. Wahrscheinlich würde sie es nicht einmal bis zur Tür, geschweige denn hindurch schaffen.

»Mein Name«, sagte der krank wirkende Mann, »tut nichts zur Sache.«

»Mein Name ist Georgie Someday«, entgegnete sie giftig. *Ich werde keine Angst zeigen!*

»Das weiß ich. Vielen Dank, dass Sie sich zu uns gesellen, Miss Someday.«

Sie schluckte, doch ihr Mund war so trocken, dass sie beinahe gewürgt hätte. »Ich hatte ja keine Wahl, oder?«

»Nein«, sagte er und starrte grinsend auf den Boden vor ihren Füßen. »Leider nicht. Bitte verzeihen Sie, aber es war unumgänglich, Sie zu sedieren, wenn auch nur für kurze Zeit. Ich möchte mich außerdem für die etwas unbequeme Fahrt hierher entschuldigen. Und generell für alle Ihre Unannehmlichkeiten.«

»Unannehmlichkeiten?«

»Nun …« Er hob beschwichtigend die Arme und lächelte dabei weiter. »Wir sind uns sehr wohl im Klaren darüber, dass Sie große Angst haben, doch das ist noch lange kein Grund für Kraftausdrücke. Deshalb bleiben wir doch am besten bei *Unannehmlichkeiten*.«

»Wo ist Hayley?«

»Hier. In Sicherheit. Sie werden sie bald treffen. Bedauerlicherweise ist sie etwas … unkommunikativ.«

Er ging durch den Raum, bis er nur noch wenige Schritte von Georgie entfernt war. Der Mann überragte sie, obwohl er weder besonders groß noch kräftig war. Sie kämpfte gegen den Drang an zurückzuweichen und blieb tapfer stehen, obwohl sie kurz davor war, die Nerven zu verlieren. Trotzig starrte sie ihn an.

»Was ist das hier?«, fragte sie.

»Hier wird Geschichte geschrieben, Miss Someday. Eine Wiedergeburt sozusagen. Und Sie haben die Ehre, ein Teil davon zu sein.«

»Warum ich?«

Er zuckte mit den Schultern. »Lediglich aus einer Ahnung heraus.«

»Eine Ahnung?«

»Sie scheinen mir zu jenen Leuten zu gehören, die versuchen, sich anzupassen, doch immer aus der Menge herausstechen wie ein bunter Hund ... außerdem macht es Ihre Anwesenheit wahrscheinlicher, dass ein gemeinsamer Freund uns besuchen wird.«

Sie blickte ihn so hasserfüllt an, wie es ihr nur möglich war. Ein Blick, den sie vorher nur einmal jemandem zugeworfen hatte. Dann fiel der Groschen.

»*Charlie!* Sie benutzen mich als Köder?«

Ihr Entführer lächelte ein schiefes, bösartiges Lächeln. Sie roch Schnaps und Zigaretten. Er griff nach ihr, nahm ihr Gesicht in seine Hand. Ihr Herz klopfte so heftig, dass es ihre Brust zu zerreißen drohte. Sie schwankte. Der Drang, die Flucht zu ergreifen, war übermächtig.

»Wie laut können Sie schreien, Georgie?«, flüsterte er sanft. »Sehr laut, hoffe ich. Viele Leute haben mir gutes Geld bezahlt, um Sie heute Abend schreien zu hören.«

47

»Hier wären wir«, sagte Jessica. »Rucks Altenheim.«

Der Volvo hielt vor einem von kahlen Bäumen und Brennnesseln umgebenen Backsteingebäude: Ein trauriges Wartezimmer, um dem endgültigen Abschied entgegenzudämmern.

»Wie lange wohnt Albert Ruck schon hier?«, fragte Jessica.

Priest zuckte mit den Achseln. »Keine Ahnung. Aber er ist inzwischen hundertdrei Jahre alt.«

Sie parkten auf dem Rasen vor dem Haupteingang. Priest wusste aus dem Internet, dass es sich um ein privat geführtes und christlich orientiertes Heim handelte.

»Wie schade, dass er seine Erbschaft für so einen trostlosen Ort ausgeben muss«, bemerkte Jessica.

»Vergessen wir nicht, von wem die Erbschaft ist«, sagte Priest. »Die Pflegerin am Telefon war sehr hilfsbereit. Sie sagte, dass Bertie die meiste Zeit bei klarem Verstand ist und nur selten Tobsuchtsanfälle bekommt.« *Genau wie mein Bruder ... wir werden uns bestimmt prima verstehen.*

Das Heim war von innen so eintönig wie von außen. Es roch nach Desinfektionsmittel.

Eine junge Pflegerin lächelte, als sie sich dem Empfang näherten. »Wie kann ich Ihnen helfen?«

»Sind Sie Lina? Wir haben vor ungefähr einer Stunde miteinander telefoniert.«

»Richtig! Wie nett von Ihnen, dass Sie vorbeikommen. Sie wollen zu Bertie, nicht wahr?«

Priest lächelte zurück. »Genau. Passt es gerade?«

»Aber natürlich!«

Lina führte sie einen beigen Flur hinunter und an einer Reihe von offenstehenden Türen vorbei. Einige Bewohner blickten misstrauisch von ihrem Tee oder ihren Zeitungen auf. Die meisten schliefen jedoch.

»Wie viele deiner Ermittlungsergebnisse erzielst du durch schamloses Flirten?«, flüsterte ihm Jessica auf dem Weg zu.

»Die Hälfte. Mindestens.«

»Und was hast du ihr erzählt, damit sie uns zu ihm lässt?«

Sie erreichten eine Tür am Ende des Flurs. Sie war verschlossen. Auf dem Schild stand RUCK.

»Ich habe gesagt, ich wäre Priester.«

»Hier ist es«, sagte Lina, klopfte leise und öffnete ihnen die Tür. »Bertie, Sie haben Besuch.«

Auf dem Bett lag ein ausgemergelter, hinfälliger Mann. Er war wach und hatte die glasigen Augen auf Priest gerichtet. Doch wie viel Bertie Ruck durch seine trüben Linsen noch sehen konnte, war fraglich.

Priest ging aufs Bett zu. Jessica blieb zurück.

Er wartete, bis sich die Tür geschlossen hatte und Lindas Absätze in Richtung Empfang zurückklapperten.

»Mr. Ruck?«

Keine Antwort. Ohne das regelmäßige Heben und Senken des Brustkorbs hätte man ihn für tot halten können.

»Mr. Ruck, mein Name ist Priest, und das hier ist Jessica Ellinder. Könnten wir uns wohl einen Augenblick unterhalten?«

Der Alte blinzelte. »Ich habe Ihnen nichts zu sagen.« Seine Stimme war überraschend klar.

»Wissen Sie, warum wir hier sind?«

Ruck lachte krächzend. »Aber sicher. Sie wollen etwas über den Cage wissen. Wie alle. Wie wir die Gefangenen behandelt haben, wie wir geholfen haben, den Krieg zu gewinnen. Ihr seid doch alle gleich.«

Priest warf Jessica einen Blick zu.

»Eigentlich wollten wir mit Ihnen über Eva Miller reden.«

Ruck sah Priest einen Moment lang in die Augen, dann wandte er sich angewidert ab.

»Belästigen Sie einen alten Mann nicht mit so etwas, Mister. Ich bin müde.«

»Das bin ich auch, Mr. Ruck. Aber wir werden uns jetzt trotzdem über Eintagsfliegen unterhalten.«

Schweigen.

»Ich mach's kurz. Wenn Sie wollen, stelle ich einfache Fragen, die Sie mit Ja oder Nein beantworten können.«

»Nichts, was Sie sagen, wird mich dazu bringen, mit Ihnen zu sprechen. Sparen Sie sich Ihren Atem.«

Priest dachte an Evas Testament. Die einzige Information, die er daraus über Ruck hatte entnehmen können, war sein Rang. »Bitte, Colonel. Es geht um Leben und Tod.«

Ruck runzelte die Stirn und rutschte etwas höher. »Was sagen Sie da?«, keuchte er.

»Dass es um Leben und Tod geht.«

»Nein, davor.«

»Bitte, Colonel?«, fragte Priest unsicher.

»Woher wissen Sie meinen Rang? Niemand kennt meinen Rang. Ich habe ihn nie benutzt.«

»Sie sind Colonel Albert Ruck, Sir.«

»In der Tat. Wie, sagten Sie, war Ihr Name?«

»Charlie Priest.«

»Aha. Und worüber wollten Sie mit mir reden?«

Priest nahm einen schmalen Umschlag aus der Jacketttasche und reichte ihn Priest. Der alte Mann nahm ihn in die zitternden Hände, öffnete ihn und schüttete den Inhalt auf das Bettlaken vor sich.

»Das hat man Ihnen geschickt?«, fragte er ernst.

»Einer Bekannten von mir. Wissen Sie, was das ist?«

»Natürlich. *Rhithrogena germanica* aus der Gattung *Epeorus*. Auch bekannt als Märzbräune. Eine Eintagsfliege.«

Colonel Bertie Ruck setzte sich auf. Nun wirkte er viel agiler als ein Hundertdreijähriger. Er griff in die Schublade des Nachtkästchens, kramte darin herum und nahm einen Umschlag heraus.

»Das habe ich vor ein paar Tagen erhalten«, sagte er. »Eine Einladung. Diese kranken Perversen.«

»Vielleicht sollten Sie am Anfang anfangen«, schlug Priest vor.

»Im Jahre 1945 begegnete ich einem Naziarzt namens Schneider.«

Schneider. *Wieder dieser Name.* Sowohl Tiff Rowlinson als auch Sandra Barnsdale hatten ihn erwähnt. »Schneider hat in Buchenwald Experimente mit Gift an Juden durchgeführt.«

»Genau. Er hatte ein Gift entwickelt, das dem Opfer unbeschreibliche Schmerzen zufügte, ohne es zu töten.

Offenbar verspürte er sexuelle Befriedigung beim Leid seiner Opfer. Er behauptete, dass sie auf dem Höhepunkt ihrer Qualen eine Verbindung mit Gott herstellten.«

»So ähnlich, wie ein Orgasmus im Rahmen eines sexuellen Ritus einen Kontakt zu Gott ermöglicht?«

»So ähnlich, ja.« Ruck schnaubte verächtlich. »Alles nur Hokuspokus, aber so ungefähr muss man sich es vorstellen.«

»Und Eva Miller?«

Ruck wandte sich mit einer Miene des Bedauerns ab. »Eva«, keuchte er. »Warum sollte ich Ihnen von ihr erzählen?«

Priest zog sich einen Stuhl an Rucks Bett. Dabei sah er sich um. Bis auf ein gerahmtes Foto auf dem Nachttisch war kein einziger persönlicher Gegenstand zu erkennen. Priest fragte sich, ob Ruck das so wollte.

»Um Abbitte zu leisten?«, sagte Priest.

»*Abbitte?*«, höhnte Ruck. »Was wissen Sie denn schon davon?«

Priest beugte sich vor. »Ich weiß, dass das Ihre letzte Gelegenheit sein könnte, sie zu erhalten.«

»Glauben Sie wirklich, dass mir meine Sünden vergeben werden, wenn ich Ihnen Antworten liefere? Ziemlich vermessen von Ihnen, Mr. Priest.«

»Colonel Ruck, mit Verlaub, aber das ist mir scheißegal. Ihr Seelenfrieden interessiert mich nicht die Bohne. Ich will nur, dass den Menschen, die mir wichtig sind, nichts zustößt. Und denjenigen, die dafür verantwortlich sind, ihr schwarzes Herz herausreißen.«

Nun lächelte Ruck zum ersten Mal. »Das scheinen mir alles gute Gründe zu sein.«

Sobald Ruck zu Ende gesprochen hatte, bat er um ein Glas Wasser. Jessica reichte es ihm, und er trank so hastig, dass er etwas auf seine Brust verschüttete.

»Also sind Sie nach dem Militärdienst zur Polizei gegangen?«, fragte Priest.

»Richtig. 1949 bin ich zur Met. Damals gab es dort viele wie mich. Wir wussten nicht, was wir mit den Fähigkeiten anfangen sollten, die wir uns im Krieg angeeignet hatten. Außer der Polizeiarbeit fiel mir nichts ein, etwas anderes hatte ich nicht gelernt. Ich war ein guter Polizist, habe mich bis zum Detective Chief Inspector hochgearbeitet. Und all die Jahre über habe ich nach ihr gesucht. Nach Eva. Vergeblich, bis ich 1972 zu einem Mord in ein Hotel in Kensington gerufen wurde. Das lag zwar nicht in meinem Zuständigkeitsbereich, aber der Mörder hatte eine Nachricht für mich hinterlassen. Das Opfer war mit demselben Alkaloid vergiftet worden, dessen Formel mir Schneider im Verhör verraten hatte. Nur zwei Menschen wussten davon – ich und Eva Miller. Die Nachricht bestand aus der Zeichnung einer Eintagsfliege – als wäre ich schwer von Begriff.«

»Weshalb die Eintagsfliege?«

»Das war der Codename der Operation, die ich unmittelbar nach dem Krieg geleitet habe. Englands schmutziges kleines Geheimnis. Wir sollten so viele Informationen wie möglich über die Experimente sammeln, die die Naziärzte durchgeführt hatten. Sehen, ob etwas Brauchbares dabei war. Operation Eintagsfliege.«

Priest schnalzte mit der Zunge. »Also hat Eva diese Organisation gegründet? Eine Organisation, die immer noch aktiv ist?«

»Ich zweifle nicht daran, dass Eva viele Perverse gefunden hat, die nur gern bereit waren, ihre Pläne tatkräftig zu unterstützen.«

»Indem sie fürs Zuschauen bezahlten.«

»Ja.«

»Aber Eva ist tot. Und trotzdem besteht die Organisation weiter.«

Ruck nickte. Er wurde allmählich müde. »Offenbar hatte Eva Miller einen Lehrling. Es gibt jemanden, der ihre Arbeit fortsetzt.«

»Wer könnte das sein?«

»Wenn ich das wüsste, würde ich es Ihnen sagen. Ich war ihr zwei Jahrzehnte lang auf der Spur, besuchte jeden Tatort, der auch nur eine entfernte Verbindung zu Operation Eintagsfliege aufwies. Doch egal, wie viele Spezialeinheiten ich auf sie ansetzte, sie entwischte uns immer wieder. Wir kannten noch nicht einmal ihre Komplizen. Niemand sagte ein Sterbenswörtchen.«

»Ich weiß«, sagte Priest. »Ich habe alle Namen.«

Ruck starrte ihn an. »Sie haben die Namen?«

Priest wollte gerade antworten, als Jessica plötzlich durch den Raum stürzte und das Foto von Rucks Tisch nahm. Sie sah es sich einen Augenblick lang an und gab es dann wortlos an Priest weiter. Das vergilbte, an den Ecken überbelichtete Bild zeigte eine attraktive, lächelnde Frau. Sie kam Priest irgendwie bekannt vor.

»Ist das Eva?«, fragte Priest leise. Ruck nickte. Jessica sagte nichts. »Haben Sie sie geliebt?«

Ruck wandte sich ab. »Ja, ich denke schon. In gewisser Weise.«

»Haben Sie sie jemals wiedergesehen? Nach jener Nacht im Jahre 1946?«

»Ja. Einmal.«

14. November 1978

Ein Dorf in der Nähe von London

Ruck wachte auf. Irgendetwas hatte ihn geweckt.

Das war nichts Ungewöhnliches. Seit dem Krieg hatte er einen leichten Schlaf. Er erlaubte sich niemals einen völligen Rückzug in die Traumwelt. Beim kleinsten Geräusch war er wieder hellwach.

Doch diesmal war es ernst. Jemand war im Haus.

Er stand vorsichtig auf, um keinen Lärm zu machen, und nahm den Revolver aus der Schublade. Wenn er es tatsächlich mit einem Einbrecher zu tun hatte, wollte er das Überraschungsmoment ausnutzen. Man rechnete nicht damit, dass ein Mann seines Alters so wachsam war. Das war sein Vorteil.

Er schlich die Treppe hinunter. Das Licht einer Straßenlampe, das durch die dünnen Vorhänge fiel, reichte aus, damit er den Weg ins Wohnzimmer fand.

Er entsicherte die Waffe und hielt sie vor sich, jederzeit bereit, anzulegen und um die Tür zu feuern. Zwei Schüsse und dann wieder in Deckung. Genau, wie man es ihm beigebracht hatte.

Er spähte um die Tür herum.

»Hallo Bertie.«

Ruck ließ die Waffe fallen. Einen Augenblick lang glaubte er, dass seine Beine den Dienst versagten. Er musste sich an der Tür festhalten, um nicht umzufallen.

»Eva.«

»Entschuldige den unangekündigten Besuch.«

Er hatte eine ältere Version der jungen Frau vor sich, die schüchtern in der Ecke gesessen und sein Verhör mit Kurt Schneider protokolliert hatte. Doch sie war es ganz eindeutig, das erkannte er selbst im schwachen Licht.

Sie saß mit übergeschlagenen Beinen da und hielt eine unangezündete Zigarette zwischen den Fingern. Die Brille mit dem schwarzen Rahmen stand ihr gut, betonte ihre feinen Gesichtszüge. Ihr Haar war schlohweiß geworden.

»Hast du Feuer?«

Ruck ging durch das Zimmer, ohne den Blick von ihr zu nehmen, griff nach einer Streichholzschachtel auf dem Kaminsims, zündete eines an und hielt es ihr hin. Sie beugte sich vor, bis die Zigarette die Flamme berührte, und inhalierte tief.

»Danke.«

»Was willst du hier?«

Sie blies Rauch in den Raum. »Ich habe gehört, dass du nach mir suchst.«

Ruck biss die Zähne zusammen. Er empfand nur noch tiefe Verachtung für sie. Er sollte sie töten. Ihr in den Kopf schießen. Wie viele Leben würde er damit retten? Er ging zur Tür zurück und bückte sich, um den Revolver aufzuheben.

»Ich suche nach dir, um es zu beenden.«

»Was zu beenden?«

»Lass deine Spielchen.« Ruck richtete die Waffe auf sie. Furchtlos und beinahe neugierig betrachtete sie die Mündung.

»Bertie, ich bitte dich. Sei kein Idiot und steck das Ding weg, bevor du dir noch wehtust.«

»Ich bin nahe dran, Eva. Bald werde ich dich hinter Gitter bringen. Ich weiß alles. Ich weiß von euren Treffen, von den Männern, die dafür bezahlen, dass du vor ihren

Augen Unschuldige vergiftest. Ich weiß von der Eintagsfliege, Eva.«

»Wirklich? Schön für dich. Dann bring's hinter dich und erschieß mich.«

»Führe mich nicht in Versuchung!« Ruck trat einen Schritt vor.

Eva lächelte, stand auf und trat so nah an ihn heran, dass die Waffe in Griffweite war. Trotz des Zigarettenqualms konnte er ihren Duft riechen. Derselbe Duft wie vor dreißig Jahren. Er konnte das Zittern seiner Hände nicht verbergen.

»Bertie, wenn du mich wirklich erschießen wolltest, hättest du es längst getan. Also unterhalten wir uns doch ein bisschen.«

»Es ist nur eine Frage der Zeit, bis ich herausgefunden habe, wer alles zu deiner perversen Gruppe gehört.«

»Und was dann? Hm? Wird die wütende Menge mit Mistgabeln und Fackeln nach den Ungeheuern suchen und sie lynchen? Du enttäuschst mich, Bertie. Hast du gar keine Fantasie mehr?«

»Verdammt, Eva!«

»So gefällst du mir besser. Ein bisschen Testosteron macht dich wieder interessant für mich. Also hör gut zu, Schätzchen, das hier ist wichtig: Ich würde dir dringend raten, die Verfolgung meiner Freunde einzustellen.«

Ruck lachte, und die Waffe wackelte gefährlich hin und her. »Wer enttäuscht hier wen, Eva? Glaubst du wirklich, dass ich einfach so aufgebe?«

Sie nahm einen weiteren Zug von der Zigarette. »Eigentlich schon.«

Schweiß lief seinen Rücken hinunter. Alles verschwamm vor seinen Augen. »Eva, du bist wahnsinnig.«

»Überhaupt nicht, Bertie. Wie heißt es so schön? Nicht aufregen, sondern heimzahlen.«

»Was?«

»Ich will dich willkommen heißen, Bertie. In unserem Club. In unserer Gruppe. Eine Mitgliedschaft auf Lebenszeit. Wie wär's?«

»Niemals.«

»Oh, du hast leider keine Wahl. Weißt du, sollte man jemals herausfinden, wer alles zu unserer Organisation gehört – welcher Name wird wohl ganz oben auf der Liste stehen?«

»Nein …«

»Leider doch. Es ist eigentlich ganz simpel, oder? Niemand wird glauben, dass eine einfache Sekretärin hinter der geheimsten Geheimorganisation Londons steckt. Aber du? Das ist eine ganz andere Geschichte. Du hast deine Erfahrungen im Cage gemacht. Folter war dein Beruf, oder nicht?«

Ruck ließ die Waffe sinken. Draußen zwitscherten die ersten Vögel, und die Sonne ging hinter den Hügeln auf.

Der Morgen brach an.

Stille erfüllte den kleinen Raum des Altenheims, während Priest dies alles verdaute.

»Verstehen Sie jetzt, weshalb es keine Sühne für mich geben kann?«, flüsterte Ruck nach einer Weile.

»Aber Sie haben die Ungeheuer auf dieser Liste nicht erschaffen, Colonel.«

»Aber ich habe sie auch nicht aufgehalten. Wovor hatte ich Angst? Als Verrückter eingesperrt zu werden und gegen meinen Willen von weiß gekleideten Leuten mit künstlichem Lächeln Medikamente verabreicht zu be-

380

kommen?« Er sah sich um und lachte. »Wie es aussieht, ist mir dieses Schicksal nicht erspart geblieben.«

Priest dachte nach. »Sie sagten, dass Sie Einladungen zu diesen Treffen erhalten haben. Ist das immer noch der Fall?«

»Dieses elende Miststück hat mich jahrelang damit verhöhnt. Wahrscheinlich wollte sie mich damit daran erinnern, dass sie mich in der Tasche hatte. Und ihr Protegé setzt diese Tradition fort.«

»Sie haben erst kürzlich eine Einladung bekommen?«

Ruck winkte Priest näher und gab ihm die Eintagsfliege, die er aus der Schublade geholt hatte. Jetzt begriff Priest: Das Insekt war die Einladung.

»Also findet bald ein Treffen statt.« Priests Mund war mit einem Mal staubtrocken. *Kommen wir zu spät? Was ist mit Georgie und Hayley?*

»Öffnen Sie sie und sehen Sie nach.«

»Was?«

Ruck nahm das Insekt mit zitternden Fingern und hielt es ins Licht. Er legte es auf eine Handfläche und drückte mit dem Daumen sanft gegen den Hinterleib der Maifliege. Mit einem knirschenden Geräusch öffnete Ruck das Tier, als würde er eine Garnele schälen.

Im Inneren des Insekts steckte ein zusammengerollter Zettel, den Ruck an Priest weitergab. Priest rollte ihn auseinander und las laut vor. Eine Adresse und ein Datum mit Uhrzeit.

»O Gott«, sagte Jessica. »Das ist ja heute Abend.«

Bertie Ruck wartete noch ein paar Minuten. Sobald er sich sicher war, dass sie nicht zurückkamen, griff er unter das Kissen und tastete nach seinem Handy. Es war hinter das Kopfteil gerutscht, doch er bekam es trotz der schmerzhaften Arthrose in seinen Händen zu fassen.

Er starrte die Tasten an, bis er sie einigermaßen klar erkennen konnte. Inzwischen dauerte alles furchtbar lange: Das Aufstehen, das Pinkeln, die Zeit, bis die Tabletten wirkten. Erbärmlich. Er war schwach geworden.

Endlich leuchtete das Display auf, und er wählte die Nummer, wie man es ihm gezeigt hatte.

»Ruck hier. Sie sind gerade gefahren.«

Die Stimme am anderen Ende der Leitung zischte in sein Ohr. Er hatte gelernt, diese androgyne Stimme, die ihn nicht leben und nicht sterben lassen wollte, inbrünstig zu hassen.

»Nein. Ich habe gar nichts getan. *Sie* sind zu *mir* gekommen. Keine Ahnung, woher sie das wussten. Wie dem auch sei, es ist vollbracht.«

Ruck hörte zu, obwohl es ihm schon längst egal war.

»Ja«, sagte er. »Sie werden Ihre Gäste sein, wie gewünscht. Ich habe meine Schuld beglichen. Lassen Sie mich zufrieden.«

48

Priest betrachtete sich im Spiegel. Die Falten unter den Augen waren ihm ebenso neu wie die Narbe am Kinn. Hatte er sich geschnitten? Er betrachtete seine Hände. Wenn er die Haut zwischen den Fingern zusammendrückte, spürte er leichte Schmerzen. Doch so fest er sich auch kniff, der Schmerz wurde nicht stärker. Auch dass er wieder Nasenbluten hatte, war ihm kaum aufgefallen. In der Parodie der echten Welt, in der er sich gerade befand, waren solche Dinge nicht von Bedeutung.

Ein Piepen kündigte den Eingang einer SMS an. Sie war von Li, Georgies Mitbewohnerin. *Gibt's was Neues? Was machen Sie gerade?*

Ja, was machte er gerade? Er mühte sich mit den Manschettenknöpfen an seinem weißen Hemd ab, dann schlüpfte er in die Smokingjacke. Er wollte zu einer gesellschaftlichen Veranstaltung, da musste er wohl oder übel in einer solchen Aufmachung erscheinen. Priest holte die Glock aus dem Schlafzimmer und betrachtete sie. Sie war schwerer, als er in Erinnerung hatte, das Metall war zerkratzt und hatte seinen Glanz verloren. Ein kleiner und betäubter Teil seines Gehirns wurde in Alarmbereitschaft versetzt – die Mündung zeigte direkt auf sein Gesicht, sein Finger lag am Abzug. Dieses Bild kam ihm bekannt vor. Er hatte es vor langer Zeit gesehen, als man William verhaftet hatte, als seine Ehe mit Dee in die Brüche und seine Karriere den Bach hinunter gegangen war. Seine Eltern waren gestorben, seine Schwester hatte ihn gehasst, und er hatte getrunken. Eine Ewigkeit lang hatte er die Schreie der von seinem Bruder ermordeten Menschen gehört, wenn er die Augen schloss.

Priest dachte an alle, die er im Stich gelassen hatte.

Nicht schon wieder.

Er hatte Ruck die Gelegenheit gegeben, Abbitte zu leisten. Würde er dieselbe Chance erhalten?

Er warf die Pistole aufs Bett.

Bevor er ging, fütterte er die Fische noch mal. Nur für den Fall, dass er nicht zurückkehrte und Sarah sie die ersten Tage vergaß.

Jessica wartete vor ihrem Range Rover auf ihn. Er ging durch die Tiefgarage auf sie zu. Auch sie war nach Hause gefahren, um sich frisch zu machen. Ihre Frisur saß perfekt. Er nahm ihre Hand, küsste sie und sah ihr dabei tief in die Augen. Sie erwiderte seinen Blick.

»Glaubst du wirklich, dass wir einfach so vorfahren und ungebeten da reinspazieren können?«, fragte sie.

»Wieso ungebeten? Wir haben eine Einladung.«

»Wir geben uns also als Colonel Ruck samt Begleitung aus?« Sie klang skeptisch. »Ruck ist hundertdrei.«

»Das wissen sie ja nicht, weil er noch keine Einladung angenommen hat. Erst mal müssen wir reingelangen, dann sehen wir weiter.«

»Und wieso bist du dir so sicher, dass Georgie und Hayley dort sind?«

»Sicher bin ich mir nicht – der Kapuzenmann hat nur gesagt, dass Hayley *an einem ganz besonderen Ort* ist.

Die Adresse auf der Nachricht gehört zu einem Anwesen mitten im Nirgendwo. Wenn Hayley dort ist, haben sie Georgie auch dorthin gebracht.«

»Also gut. Ich fahre.«

Priest sah zum Volvo hinüber. »Wieso?«

»Ich glaube nicht, dass die anderen Gäste mit solchen Schrottlauben ankommen.«

Priest trat beiseite und drückte auf den Knopf des Funkschlüssels. Jessica drehte sich zu dem Piepen um, das nicht vom Volvo, sondern von einem anderen Fahrzeug in der Ecke der Tiefgarage stammte.

»Ein Aston Martin Rapide S?«, fragte sie. »Fünfhundertfünfzig PS, von null auf hundert in vier Komma neun Sekunden.«

Priest nickte beeindruckt. Allerdings hatte er keine Ahnung, ob diese Angaben auch stimmten.

»Warum fährst du einen alten Volvo, wenn du eine der luxuriösesten Limousinen aller Zeiten besitzt?«

Priest zuckte mit den Achseln. »In den Volvo passt mehr rein.«

Das Haus war von der Straße aus nicht zu sehen, lediglich ein Leuchtschimmer zeigte sich hinter einer Baumreihe. Alles andere lag in völliger Dunkelheit.

Priest fuhr Schrittgeschwindigkeit. Ein gewaltiges, mit goldenen Blattornamenten geschmücktes, schmiedeeisernes Tor tauchte im Licht der Scheinwerfer auf. Sobald sie näher fuhren, schälten sich drei große Gestalten aus den Schatten.

»Hast du den USB-Stick dabei?«, fragte Jessica.

Priest tätschelte seine Jacketttasche. »Das Einzige, womit wir verhandeln können.«

Er blieb stehen, sodass der näher kommende Mann mehrere zusätzliche Meter gehen musste. Dann ließ er das Fenster herunter, und ein großer, nach Zigarettenrauch riechender Glatzkopf beugte sich in den Wagen.

»Kann ich Ihnen helfen?«, fragte der Glatzkopf.

»Ruck«, sagte Priest.

»Selbstverständlich, Mr. Ruck. Herzlich willkommen. Wenn Sie so nett wären und mir die Schlüssel geben, damit mein Kollege Ihren Wagen parken kann? Ich werde Sie zum Haus begleiten.«

Jessica warf Priest einen nervösen Blick zu. Ein Parkservice machte eine schnelle Flucht so gut wie unmöglich.

»Sir?« Der Glatzkopf bemerkte ihr Zögern. »Ihr Wagen ist in guten Händen.«

Priest nickte Jessica zu, und sie stieg aus. Priest folgte ihr und überreichte dem Mann seinen Schlüssel. Dann warf er dem Aston einen letzten langen Blick zu. Ob er ihn wohl je wiedersehen würde?

»Madam, Sir, bitte hier entlang.«

Der Glatzkopf warf die Schlüssel seinem Kollegen zu und führte sie durch das Tor zu einem wartenden Golfwagen. Sie stiegen ein und wurden eine gewundene, von Bäumen gesäumte Einfahrt entlangchauffiert.

Viel zu sehen gab es nicht. Gelegentlich beleuchtete eine trübe Lampe die Eichen am Wegesrand, doch was sich hinter den Bäumen verbarg, war nicht mal zu erahnen. Sie kamen an einem großen Pförtnerhaus vorbei und erreichten mehrere Stallungen, die um einen fußballfeldgroßen Innenhof gruppiert waren. Das Anwesen musste riesig sein.

Der Wagen wurde langsamer und bog durch ein weiteres Tor, bis er im nächsten mit Kies bedeckten Hof zum

Stehen kam. Als sie ausstiegen, drückte Priest Jessicas Hand. Sie lächelte ihn unsicher an. Er versuchte, sich auf ihr Gesicht zu konzentrieren, doch zu seinem Entsetzen entglitt es ihm. Während er darum kämpfte, den Bezug zur Realität nicht zu verlieren, sah er sich selbst auf einen gewaltigen Barockbau zugehen. Endlich waren sie am Ziel – das Haus der Eintagsfliege.

Die warme Luft, die Priest entgegenschlug, war nach der Kälte eine Wohltat, doch es dauerte nicht lange, bis er erneut fröstelte. Seine Hände und Finger fühlten sich an, als würden sie einem anderen gehören. Er glitt in die Dissoziation und war völlig machtlos dagegen. *Verdammt, nicht jetzt.*

»Mr. und Mrs. Ruck«, verkündete der Glatzkopf wie aus weiter Entfernung.

Ein schlaksiger Mann in einem makellosen schwarzen Anzug kam auf sie zu und gab erst Priest und dann Jessica die Hand. Priest spürte den Handschlag nicht. *Hier und jetzt*, wiederholte er immer wieder im Geiste, *hier und jetzt.*

»Herzlich willkommen, Mr. Ruck. Und Mrs. Ruck natürlich. Willkommen im Haus der Eintagsfliege. Darf ich Ihnen den Mantel abnehmen?«

Wie betäubt gab ihm Priest seinen Mantel und taumelte ein paar Schritte zurück, bis sich eine starke Hand auf seine Schulter legte und ihn festhielt. Er drehte sich um und war sofort wieder bei klarem Verstand.

»Sir, dürfte ich bitte Ihre Einladung sehen?«

Jessica hatte ihren Mantel ebenfalls ausgezogen und dem Butler gegeben. Darunter trug sie ein blaues Abendkleid, das wie ein Wasserfall zu Boden fiel. Der Stoff schmiegte sich elegant an ihre Hüfte und ihre Taille. Um den weißen Hals trug sie eine einfache Goldkette mit einer einzigen Perle – nichts Extravagantes, doch sie passte ausnehmend gut zu den Perlenohrringen; ihre zurückhaltende Eleganz war atemberaubend.

»Sir?«

Der Butler sah ihn erwartungsvoll an und öffnete die Handfläche. Erleichtert merkte Priest, dass er ihn mit seinen eigenen Augen ansah. Jessica nahm seinen Arm.

Priest nahm den Umschlag aus der Jacketttasche und gab ihn dem Butler. Dieser spähte hinein, lächelte roboterhaft und reichte ihn an den Glatzkopf weiter, der ihn zu einer Reihe ähnlicher Umschläge auf einem Tisch hinter sich legte.

»Vielen Dank«, sagte der Butler. »Möchten Sie nach dem Vortrag das Spa benutzen?«

»Sie haben ein Spa hier?«, fragte Jessica.

»Aber selbstverständlich. Sollten Sie nicht darauf eingestellt sein, ist das überhaupt kein Problem. Handtücher werden Ihnen natürlich gestellt, Mrs. Ruck.«

»Danke«, murmelte Jessica.

»Die Reihenfolge der Programmpunkte hat sich geändert«, sagte der Butler. »Diesmal wird das Abendessen nach dem Vortrag stattfinden.«

»Weshalb das?«, fragte Priest.

Der Butler lächelte. »Es hat sich gezeigt, dass es ratsamer ist, wenn die Gäste dem Vortrag mit leerem Magen beiwohnen.«

Jessica drückte Priests Arm. *Der Vortrag.* Wenn Georgie und Hayley hier waren, mussten sie sie schnellstens finden. *Sonst würden eine oder beide die Hauptrolle bei dieser Vorführung spielen.*

»Einen Drink zur Einstimmung?«, fragte der Butler.

»Gern.«

»Sehr gut. Myers wird Sie zur Bar führen.«

Ein weiterer Mann im schwarzen Anzug trat vor und bedeutete ihnen, ihm zu folgen. Als sie gerade durch die Tür am gegenüberliegenden Ende gehen wollten, rief sie der Butler zurück.

»Mr. Ruck! Haben Sie nicht etwas vergessen?

Priest blieb stehen und drehte sich um. Waren sie aufgeflogen?

Der Butler hielt ihm zwei weiße Kapuzen hin.

Seit sein Kopf in der schlecht sitzenden Kapuze steckte, war Priest um einiges nervöser. Das Ding war nicht nur unangenehm stickig, es schränkte auch sein Sichtfeld ein. Der Stoff bildete einen Rand um die Augenschlitze. Wie Scheuklappen. *Immerhin bin ich im Hier und Jetzt. Und in meinem Körper.*

Myers führte sie durch ein Labyrinth aus mit Ornamenten und Ziergegenständen geschmückten Fluren. Ausgestopfte Tiere hingen neben Ölgemälden von lebensgroßen, arrogant wirkenden Edelmännern und viktorianischen, wie Puppen gekleideten Kindern. Ausnahmslos alle trugen Halskrausen. Der Plunder sollte wohl Erhabenheit ausstrahlen, doch Priest kam alles wie eine Filmkulisse vor.

Sie umrundeten eine weitere Ecke. In der Entfernung waren Gespräche und klirrende Gläser zu hören. Wahrscheinlich die Zuschauer, die gespannt auf den Höhepunkt des Abends warteten. Als er daran dachte, dass hier gleichzeitig zwei junge, verängstigte Frauen gegen ihren Willen festgehalten wurden, ballte er die Hände in den Taschen zu Fäusten. Ihm wurde übel.

Sie gingen eine ausladende Treppe hinauf. Der Lärm wurde lauter. Sobald sie oben angekommen waren, öffnete sich eine Doppeltür aus Mahagoni, und sie betraten einen großen Empfangsraum, in dem sich etwa fünfzig Menschen – hauptsächlich Männer im Abendanzug – tummelten. In der Ecke stand eine kleinere Gruppe von Männern, die sich mit ledernen Ellenbogenschonern und Designerjeans wohl einen intellektuellen Anstrich geben wollten. Von den wenigen Frauen war keine so attraktiv wie Jessica, die bereits die Blicke auf sich zog. Mehr als ein Augenpaar musterte interessiert ihren Körper.

»Ich werde Sie ankündigen, Sir«, flüsterte Myers.

»Nicht nötig.« Priest nahm Jessicas Arm und mischte sich unters Volk.

Jetzt gibt es kein Zurück mehr.

»Willst du was trinken?«, fragte Priest.

»Muss das sein?«

Am unteren Rand der Kapuze war eine Klappe, damit ihr Träger ungehindert essen und trinken konnte.

»Sonst machen wir uns verdächtig. Hier hat jeder ein Glas in der Hand.«

Jessica nickte. Der von vier Barkeepern bemannte Tresen zu ihrer Rechten zog sich durch den ganzen Raum. Es gab Bier vom Fass und kleine Schalen mit Erdnüssen. An der Wand standen lange Flaschenreihen. Als sie sich näherten, sahen sie, dass der Raum trotz seiner Ausdehnung nur eine Galerie im Zwischengeschoss darstellte, hinter dem sich ein weitaus größerer Saal öffnete. Sie lehnten sich gegen das Messinggeländer und sahen in den an einen Hörsaal erinnernden Raum hinunter. Auf einem Podium unter ihnen stand ein Tisch vor einem schweren weißen Vorhang.

390

»Hier findet also ...?«, Jessica führte die Frage nicht zu Ende.

»Ganz recht. Hier findet der *Vortrag* statt.«

»Irgendwie ist das alles hier merkwürdig«, sagte Jessica. »Von dem Mummenschanz mal abgesehen. Der Raum kommt mir irgendwie bekannt vor ...« Wieder verstummte sie. »Was jetzt?«

»Ich weiß nicht so recht. Durchsuchen wir das Haus. Georgie und Hayley sind hier irgendwo. Je schneller wir sie finden, desto besser.«

»Ja, bitte?« Der Barkeeper strahlte sie an. Mit seinem viktorianischen Zwirbelbart sah er wie ein Komparse bei einem Filmdreh aus. Er hatte sogar einen Lappen aus der Gesäßtasche hängen.

»Madam?«

»Eine Blue Margarita bitte.«

»Ausgezeichnete Wahl! Und für den Herrn?«

Priest zögerte. *Was zum Teufel ist eine Blue Margarita?* »Nur Tonicwater«, sagte er.

Der Barkeeper machte sich fröhlich pfeifend an die Arbeit. Falls er von den Grausamkeiten wusste, die unten auf der Bühne stattfinden sollten, so schien ihn das nicht zu kümmern. Priest sah sich um. Der einzige Ausgang führte zur Treppe, über die sie gerade gekommen waren. Dahinter glich das riesige Gebäude einem Labyrinth. Planlos darin herumzutappen und zu hoffen, die beiden Frauen auf gut Glück zu finden, war kein besonders schlauer Plan.

»Charlie«, sagte Jessica.

»Was?«

Er folgte ihrem Blick. Auf der gegenüberliegenden Seite redete Myers gerade aufgeregt auf zwei Männer ein, die ebenfalls schwarze Anzüge und dazu goldene Kummerbunde trugen. Myers deutete auf Priest und Jessica, woraufhin die beiden Männer durch die Menge auf sie zukamen.

Priest nahm einen Schluck von seinem Tonic und wandte sich ab, um möglichst unverdächtig zu wirken.

»Charlie? Was machen wir jetzt?«

»Trink und entspann dich«, sagte er. »Ich rede mit ihnen.«

Wenigstens hatte er jetzt keinen trockenen Mund mehr. Jessica legte eine Hand um seinen Arm, und er drückte sie. Ihre Handfläche war heiß; sie drohte die Nerven zu verlieren.

»Mr. Ruck?«

»Ja?«

Die Männer bezogen links und rechts von Priest Position. Er verspannte sich, spürte, wie ihn das Adrenalin durchflutete. Wenn es sein musste, würde er mit bloßen Händen gegen sie kämpfen. Er war zu weit gekommen, und es stand zu viel auf dem Spiel, als dass er jetzt aufgab. Georgie war nur seinetwegen in Gefahr. Er hatte sie in diese Lage gebracht, und er würde sie auch befreien. Und diese Männer würden ihn ganz sicher nicht aufhalten.

»Ihre Loge steht zu Ihrer Verfügung, Sir«, sagte einer der Männer.

»Meine *Loge?*« Priest versuchte, seine Überraschung zu verbergen.

»Sie haben einen Ehrenplatz, Mr. Ruck. Wenn Sie uns folgen möchten? Mrs. Ruck, Sie können dem Vortrag vom Balkon aus beiwohnen.«

Der Mann streckte den Arm in Richtung Tür aus. Priest

sah Jessica fragend an. Die hob die Hand zum Zeichen, dass sie allein zurechtkam.

Er wollte den Männern gerade folgen, als sie ihn aufhielt, ihm eine Hand auf die Schulter legte, sich vorbeugte und durch die Kapuze auf die Wange küsste.

49

Priest wurde von der Galerie über die Treppe und durch eine weitere Doppeltür in den Hörsaal geführt. Statt Stuhlreihen fand er den Publikumsbereich bis auf mehrere durch Trennwände abgetrennte, vor der Bühne aufgebaute Logen völlig leer vor. Die vier Logen waren leicht versetzt, sodass man, wenn man einmal saß, seinen Nachbarn nicht sehen konnte. In jedem Separee standen ein Stuhl und ein Schreibtisch, auf dem Papier, Stifte, ein Telefon und eine kleine Leselampe bereitgestellt waren.

»Ihre Loge, Mr. Ruck«, sagte der Mann und deutete auf das dritte Abteil von links. »Darf ich Ihnen noch etwas zu trinken bringen?

»Nein, vielen Dank.«

»Aber bitte, Sir.«

»Wann beginnt der Vortrag?«

»In etwa fünfundvierzig Minuten. Machen Sie es sich doch so lange bequem. Wenn Sie etwas brauchen, melden Sie sich per Telefon. Sie werden direkt mit Ihrem persönlichen Betreuer verbunden.«

»Vielen Dank.« *Fünfundvierzig Minuten, um Georgie und Hayley zu finden.*

Der zweite Mann zog den Stuhl zurück. Priest setzte

sich, woraufhin sich die beiden Männer verbeugten und entfernten.

Beim Hereinkommen war Priest aufgefallen, dass eine der anderen Logen bereits belegt war. *Noch ein Ehrengast.* Ein dicker, von einer Kapuze bedeckter Kopf spähte in seine Loge. »Wow, das ist ja wohl die Höhe!«, sagte der Mann, ein US-Amerikaner mit dem breiten Akzent der Südstaaten. »Da zahlt man achtundzwanzig Riesen für seinen Sitz, und dann ist er aus beschissenem Kunstleder.«

Jessica beobachtete, wie Priest durch die Menge geführt wurde. Sobald sich die Tür hinter ihm schloss, kam sie sich mutterseelenallein vor. Als hätte man einen Eimer mit eiskaltem Wasser über ihr ausgekippt.

»Noch eine Blue Margarita?«

Der Barkeeper mit dem Zwirbelbart grinste sie wieder breit an.

»Ja, bitte«, sagte sie und schob ihm das Glas zu. Es war leer, obwohl sie sich nicht erinnern konnte, es ausgetrunken zu haben. Sie bemerkte, dass sich die Anwesenden – hauptsächlich Männer mit Kapuzen – der Reihe nach zu ihr umdrehten, miteinander redeten und lachten. Sie ballte die Hand zur Faust und bohrte die Nägel in ihre Haut, doch sie spürte nichts.

Der Barkeeper stellte das nächste Glas vor sie, doch sie griff nicht danach, da sie aus dem Augenwinkel einen Mann bemerkte, der überheblich an der Bar lehnte. Sein Bauch schien jeden Augenblick aus dem Anzug zu platzen.

»Interessantes Getränk«, sagte er.

Jessica erkannte die Stimme. *Scheiße!*

»Was ist das denn?«

Sie drehte sich langsam um. *Scheiße! Scheiße! Scheiße!*

»Eine Blue Margarita«, zischte sie durch zusammengebissene Zähne.

»Hübsch. Ein hübscher Drink für eine hübsche Frau«,
sagte Detective Inspector McEwen.

*Bleib ruhig. Wahrscheinlich hat er mich gar nicht er-
kannt. Weshalb auch? Wir sind uns nur zwei Mal kurz
über den Weg gelaufen. Trotzdem ... ich habe seine Stimme erkannt, auch wenn er seine fette Visage in eine weiße
Kapuze gezwängt hat.*

»Goldie, mach mir auch so einen, und noch einen für
die Lady«, rief McEwen dem Barkeeper zu.

»Nein, vielen Dank.«

»Ich bestehe darauf. Sind Sie neu hier? Ich glaube, ich
habe Sie noch bei keinem Vortrag gesehen.«

Jessica nahm das Glas und trank einen Schluck – ganz
sachte, damit er das Zittern ihrer Hände nicht bemerkte.
»Ich war letztes Mal schon hier.«

»Nein, nein, daran könnte ich mich ganz bestimmt erinnern.«

Ihr wurde übel. Er war nur noch eine Armlänge von
ihr entfernt, nahe genug, dass sie seinen Knoblauchatem
und den abgestandenen Schweiß riechen konnte. Sie
holte tief Luft und kämpfte gegen die Panik an. Er durfte
auf keinen Fall merken, wie viel Angst sie hatte.

»Das dürfte eine interessante Vorstellung werden«,
sagte sie.

»In der Tat«, sagte McEwen. »Sehr interessant.«

Jessica musste ein Würgen unterdrücken. »Sind Sie
Arzt?«

»Aber nein, Süße. Ich bin beruflich an der heutigen
Darbietung interessiert. Man könnte sogar sagen, dass ich
zum Personal gehöre.«

Jessica stellte das Glas ab. »Zum Personal?«

»Ja, wie Goldie hier.« Er nickte dem Barkeeeper zu, der gerade ein Bierglas polierte und zurückgrinste. »Wir werden sozusagen in Naturalien bezahlt.«

Personal. Klar, mit seinem mickrigen Gehalt kannst du dir einen normalen Zuschauerplatz auch nicht leisten. Das erklärt auch, weshalb du nicht auf der Liste bist. Ich wette, dass keiner vom Personal auf der Liste ist. Und mit den »Naturalien« meinst du sicher, dass du umsonst zusehen darfst.

Jessicas Magen verkrampfte sich.

»Dann noch einen angenehmen Abend«, sagte sie. »Bitte entschuldigen Sie mich, ich muss mal wohin.«

Als sie gehen wollte, packte McEwen ihren Arm. Seine Hände waren heiß und klebrig. Er zog sie zu sich, sodass sie gegen seinen Bauch stieß. Er roch nach Alkohol.

»Einen Moment mal, Süße. Kennen wir uns nicht?«

»Nein«, antwortete sie eine Spur zu schnell. McEwens Schweinsäuglein starrten sie hinter der Kapuze an, sein Blick glitt über ihre Brüste bis zu den Hüften.

»Sind Sie sicher?«

»Ganz sicher.«

Er ließ sie los. »Kommen Sie schnell wieder her, ja?«

Sie nickte höflich und verschwand in der Menge.

50

Priest betrachtete das Telefon in seiner Loge. Es erinnerte an einen Apparat aus einem Hotelbadezimmer und verfügte nur über eine einzige Taste, die mit einem wohlbekannten Symbol geschmückt war.

»Wie nett. Eine Eintagsfliege«, murmelte er.

»Was meinen Sie?« Der Amerikaner lugte erneut hinter der Trennwand hervor.

Priest drückte auf den Knopf. Nach mehrmaligem Klingeln antwortete eine Frau.

»Ja, Mr. Ruck? Wie kann ich Ihnen behilflich sein?«

»Wann beginnt der Vortrag?«

»In etwa vierzig Minuten. Kann ich Ihnen etwas bringen?«

»Ich möchte mich vorher noch etwas frisch machen.«

»Selbstverständlich, Mr. Ruck. Ich schicke sofort jemanden zu Ihnen.«

Zwei Minuten später kam ein untersetzter Angestellter, der beinahe so groß, aber nicht so breit war wie Priest. Unter anderen Umständen hätte er sich wohl nicht mit ihm angelegt, aber die Zeit wurde knapp. Noch achtunddreißig Minuten.

»Bitte hier lang, Sir.«

Der Mann bedeutete Priest, ihm zu folgen. Sein Akzent

398

klang skandinavisch, möglicherweise dänisch. Priest ging ihm hinterher und wünschte, der Mann würde einen Zahn zulegen. *Nun mach schon, du Trantüte – die Zeit läuft!*

Sie brauchten drei Minuten bis zur Toilette. Noch fünfunddreißig. Der Mann öffnete Priest die Tür und folgte ihm dann hinein. Priest konnte keine Urinale entdecken, nur fünf Kabinen in einer Reihe.

»Ist das hier auch wirklich die Männertoilette?«, fragte Priest, da er kein Schild an der Tür gesehen hatte.

»Das ist die Toilette für unsere Premiumkunden, Sir.«

»Dann gibt es wohl keine Frauen unter den Premiumkunden, oder wie?«

»Meines Wissens nicht, Sir.«

Priest trieb seine Faust mit aller Kraft in den Magen des Mannes. Es war kein tödlicher Schlag, der Mann verlor noch nicht mal das Bewusstsein, doch Priest war zufrieden damit, dass er keine Gegenwehr leistete oder schrie, sondern nur schockiert und nach Atem ringend zu Boden sackte.

Jemanden bewusstlos zu schlagen war gar nicht so einfach. Zu fest, und der Betreffende stand nie wieder auf. Zu leicht, und er konnte noch um Hilfe rufen.

Priest beugte sich vor. »Hören Sie gut zu. Ich will Ihnen nicht wehtun, aber genau das wird passieren, wenn Sie mich nicht unbehelligt hier rausspazieren lassen. Alles klar?«

»We... wer zum Teufel sind Sie?«, fragte der Mann.

»Ich will die Frauen befreien.«

»Sind Sie wahnsinnig?«

»Wo sind sie?«

Zwischen Husten und Spucken gelang dem Mann ein

würgendes Lachen. »Sie sind völlig verrückt.« Der Mann holte Luft, stützte sich mit einer Hand an der Wand ab und machte Anstalten, sich aufzurichten.

Priest packte seine Hand und drehte sie am Gelenk herum. Mit einem Wimmern ging der Mann erneut zu Boden.

»Wo sind die Frauen für den heutigen Vortrag?«, fragte Priest etwas nachdrücklicher.

»Hier ist alles schwer bewacht – glauben Sie wirklich, dass Sie einfach so rausmarschieren können?«

Priest verstärkte seinen Griff. Der Mann wehrte sich, doch Priest war im Vorteil und noch dazu mehrere Kilo schwerer. Er stemmte das Knie auf die Brust des Mannes und drückte es ruckartig herunter.

»*Scheiße!*«

»Ich leide unter einer dissoziativen Störung, müssen Sie wissen.«

»Was?«

»Das bedeutet, dass ich mich schnell langweile. Und wenn mir langweilig ist, breche ich Ihnen erst das Handgelenk und dann die nächstbesten Knochen. Einfach nur zum Spaß.«

Ihre Blicke trafen sich. Priest erkannte Panik – der Mann schien seine Lage erkannt zu haben. Priest lockerte den Griff etwas, um ihm entgegenzukommen.

»Im Weinkeller«, keuchte der Mann. »Normalerweise sind sie im Weinkeller.«

Priest nickte, packte den Mann am Kragen und zerrte ihn zu einem Waschbecken hinüber. Dann löste er seinen Gürtel und fesselte den Mann damit an das Abflussrohr. Dabei zog er den Lederriemen so fest, dass er den Blutfluss in die Hände unterband. In wenigen Minuten würden sie taub und nutzlos sein. Sobald Priest fertig war, lachte der Mann, obwohl sein Gesicht immer noch schmerzverzerrt war.

Priest zog dem Mann einen Schuh und einen schwarzen Socken aus.

»Glauben Sie wirklich, dass Sie hier lebend rauskommen?«, fragte der Angestellte höhnisch.

Priest stopfte ihm den Socken in den Mund und band ihn mit einem Schnürsenkel fest. Dann packte er den Mann am Kinn und hob seinen Kopf, bis er ihm in die Augen sehen konnte.

»Keine Ahnung. Aber wenn das mit dem Weinkeller gelogen war, weiß ich ja, wo ich Sie finden kann.«

Jessica verließ die Bar und drängte sich an mehreren Kapuzengestalten vorbei, die sich leise unterhielten. Einer der Männer sah ihr hinterher. Ohne ihn zu beachten, bog sie nach links in einen Flur, von dem sie nicht wusste, wohin er führte. Egal – nur weg von McEwen. Gottlob hatte der Alkohol seine Aufmerksamkeit getrübt.

Sobald sie weit genug von der Menge entfernt war und die fröhlichen Gespräche kaum mehr zu hören waren, nahm sie die Kapuze ab. Ihr Kopf glühte, und sie bekam kaum Luft. Ihre Frisur war völlig durcheinander. *Und für so was bezahlen diese Leute Abertausende Pfund?*

Sie bog um eine weitere Ecke. Allmählich erlangte sie die Orientierung zurück, und wieder hatte sie das Gefühl, dass ihr dieses Haus vertraut war. Vorhin hatte sie es als Déjà-vu abgetan: Solche Flure mit alten Gemälden und dicken Seidentapeten gab es schließlich in allen Herrschaftshäusern, die für die Öffentlichkeit zugänglich waren.

Doch dafür war die Erinnerung zu deutlich.

Sie blieb vor einer Tür stehen und sah sie sich genau an. *Dahinter ist eine Treppe nach unten.* Da war sie ganz sicher. Sie öffnete die Tür, und tatsächlich führten Holzstufen in ein dunkles Untergeschoss. Jessica schluckte, als sie ein unbehagliches Gefühl überkam. Sie kannte dieses Haus, kannte seinen Grundriss.

Langsam ging sie in die Dunkelheit hinab.

Sie tastete nach dem Lichtschalter. Am Fuße der Treppe hing ein weiteres Ölgemälde, das eine Mutter mit einem Säugling in einem albernen Rüschenkleid zeigte. Im Laufe der Zeit war das Bild vergilbt, sodass nur noch das Gesicht der Mutter deutlich zu erkennen war. Ein weißes, melancholisches Antlitz auf einer dunklen Leinwand.

Eine Erinnerung aus der Kindheit suchte sie heim: Wie sie als sechsjähriges Mädchen in dem großen Zimmer gespielt hatte, das direkt hinter dieser Doppeltür lag.

Eine Tür. In den Rahmen darüber war ein Insekt geschnitzt.

Jessica erstarrte. Das war kein Déjà-vu. Sie war schon mal hier gewesen.

Jessica zu holen war viel zu riskant. Wenn er eine so kostspielige Loge aufgab, würde er mit Sicherheit Verdacht erregen. Sie war auf sich allein gestellt. Ihm blieben nur noch zweiundzwanzig Minuten.

Er hielt sich in der Nähe der Wand, wo die Bodendielen nicht ganz so laut knarrten, und lief, so schnell er es wagen konnte, einen weiteren Flur hinunter, bis er eine eiserne Wendeltreppe erreichte, die nach oben führte. Frustriert kehrte er um.

Er musste sich konzentrieren. Den Nebel vertreiben. Er hatte irgendetwas übersehen. Aber was? *Denk nach!*

Er ordnete alle Details neu an, mischte sie und setzte sie wieder zusammen. Das Foto des toten Miles Ellinder. Sandra Barnsdales Liste. Der verbitterte Bertie Ruck. Eva Millers Testament.

Giles hatte bei ihrem letzten Gespräch beiläufig etwas erwähnt. Wie war das noch? *»Der Teufel steckt im Detail.«*

Er griff nach dem Handy und rief den Autopsiebericht auf, den Giles ihm geschickt hatte. Dann die Namensliste. Er tippte etwas ins Suchfeld und ... *Treffer! Aber natürlich!*

Jetzt wusste Priest, was er zu tun hatte. Zu seiner Rechten war eine Doppeltür. *Ein Durchgang ...*

Er zog die Kapuze vom Kopf, warf sie in einen Blumentopf und strich sich das Haar zurecht. Dann trat er durch die Tür und folgte dem Klappern und lauten Rufen, bis er eine weitere Tür erreichte. Beinahe wäre er mit einem Kellner zusammengestoßen, der nur mit Mühe verhindern konnte, dass sein mit Canapés gefülltes Tablett zu Boden fiel.

»Vorsicht!«, rief der Kellner.

»Entschuldigung«, sagte Priest und drängte sich umständlich an ihm vorbei, wobei er ihm das weiße Tuch klaute und in seine eigene Gesäßtasche stopfte.

In der Küche herrschte Hochbetrieb. Es roch nach Fisch. Seezunge, wenn er sich nicht irrte. *So hat die ganze verdammte Geschichte ja angefangen.*

»Das Öl darf nicht zu heiß werden«, riet Priest einem Koch, der gerade eine Pfanne schwenkte. »So eine Seezunge verbrennt einem schnell mal.«

»Wer sind Sie denn?«, rief der Chefkoch, ein großer

Mann mit tiefen Falten im Gesicht, Priest über den silber-
glänzenden Herd hinweg zu.

»Mr. Ruck hat zwei Flaschen Château Mouton Roth-
schild verlangt«, sagte Priest.

Der Koch ahnte, dass hier etwas nicht stimmte. Er hatte
diesen Kellner noch nie zuvor gesehen. Priest vertraute
auf den menschlichen Instinkt, beunruhigenden Schlussfolgerungen im Zweifelsfall lieber keine Beachtung zu
schenken. Dieses Prinzip hatte ihm sein Vater beigebracht.

»Haben wir nicht«, sagte der Chefkoch knapp.

»Dann etwas Vergleichbares?« Priest wartete ab.

»Na schön. Marco, du gehst mit.« Der Koch nickte
einem Kellner mit militärisch kurzem Haarschnitt und
breiten Schultern zu, dessen Bizeps sich gefährlich unter
dem schwarzen Anzug spannte.

Zwanzig Minuten. Höchstens.

Marco führte Priest über mehrere Treppen und durch
mehrere Korridore. Sie gingen schnell, trotzdem war
jeder Schritt ein weiterer vergeudeter Augenblick. Priest
bezweifelte, dass ihm noch genug Zeit blieb.

Nach einer Biegung blieb Marco so unvermittelt stehen, dass Priest beinahe in ihn hineingelaufen wäre.

»Was ist?«, fragte Priest und kämpfte gegen die Panik
an.

»Sie arbeiten nicht hier.«

Priest drehte sich der Magen um. Er hatte den Chefkoch getäuscht, und jetzt wurde er von einem verfluchten Aushilfskellner enttarnt?

»Sie arbeiten nicht hier«, wiederholte Marco.

Priest spannte die Muskeln an.

»Wer sind Sie?«

»Derjenige, der Ihnen das Genick bricht, wenn Sie nicht tun, was ich sage.«

Marco nickte, als hätte er etwas Derartiges erwartet. Priest wurde mulmig zumute – hier war irgendetwas faul.

»Sie wollen die beiden Frauen befreien?«

»Stimmt!«, rief Priest erstaunt.

»Hat man Ihnen gesagt, dass sie im Weinkeller sind?«

Priest zögerte. Marco wirkte völlig unbeeindruckt. Priest schwieg.

»Die Angestellten wurden angewiesen, das zu sagen. Falls sich jemand unerlaubt Zutritt verschafft und sie verhört.«

Priest dachte an den an das Abflussrohr gefesselten Mann. Gut möglich, dass er ihn angelogen hatte, aber welcher Spur hätte Priest sonst folgen sollen? *Augenblick…*

»Und wer sind Sie?«, fragte Priest.

Die beiden Männer sahen sich an und kamen zu einer stillschweigenden Übereinkunft. Dann machte Marco kehrt.

»Hey…« Priest ergriff seinen Arm.

»Da unten.« Marco deutete mit dem Kinn auf eine Tür zur Linken. »Da geht's in den großen Saal. Danach führt eine Treppe nach unten in eine Zelle, dort werden die beiden Frauen gefangen gehalten. Aber beeilen Sie sich. Ich sage dem Chefkoch, dass Sie den Wein gefunden haben.«

Priest wandte sich der Tür zu. Auch auf ihr war ein schwarzes Insekt mit langen Flügeln zu erkennen.

Als er sich umdrehte, war Marco verschwunden.

51

Der große Saal im Haus der Eintagsfliege war kreisrund. Sechs gewaltige Steinsäulen stützten die Kuppeldecke. Bis auf das Mondlicht, das durch schmale Fenster am Fuß der Kuppel fiel, sowie mehrere schwache Lampen lag der Raum im Dunklen.

Gegenüber befand sich die Tür zu der Zelle, in der Georgie und Hayley gefangen gehalten wurden. Doch Priest war nicht allein. Er blieb wie angewurzelt stehen.

In der Mitte des Raums stand ein runder Tisch mit zwölf Stühlen. Auf einem dieser Stühle saß jemand und hatte Priest den Rücken zugekehrt. Obwohl die Tür beim Öffnen ein Geräusch gemacht hatte, das von den nackten Wänden widerhallte, regte sich die Gestalt nicht.

Direkt gegenüber von Priest stand eine weitere Person. Sie hatte eine Pistole auf ihn gerichtet. Obwohl ihr Gesicht von einer Maske verborgen war, erkannte Priest den Maskierten, der in seinen Familiensitz eingebrochen war. Der Kapuzenmann nickte Priest zu und bedeutete ihm, sich auf einen der Stühle mit den hohen Lehnen zu setzen. Priest gehorchte. Zum ersten Mal seit Tagen konnte er völlig klar denken. Eine merkwürdige Geistesruhe überkam ihn. *Das ist das Ende.*

Eine weitere, im Zwielicht verborgene Tür öffnete sich.

Niemand reagierte darauf. Jessica machte ein paar zögerliche Schritte in den Raum hinein und sah sich hektisch um: Der große Tisch, der Kapuzenmann dahinter, Priest, der in der Ecke saß, die schweigende, vor sich hin starrende Gestalt.

»Was soll das?« Ihre Stimme zitterte. Ob vor Angst oder Wut, konnte Priest unmöglich sagen. Sie hatte ebenfalls die Kapuze abgenommen.

Ihr entsetzter, hilfesuchender Blick war zu viel für ihn. Er wandte sich ab. Er wusste, was als Nächstes geschehen, was ihr gleich offenbart werden würde. Dieser Verrat war unverzeihlich.

Die Gestalt stand langsam vom Tisch auf. Die Stuhlbeine kratzten über den Marmorboden. In dem höhlenartigen Raum hallte jedes Geräusch zehnfach so laut wider.

Jessica blieb wie erstarrt stehen.

»Jessica«, sagte die Gestalt.

Einen Moment lang bewegte sich niemand.

Dann drehte sich Lucia Ellinder um und sah ihre Tochter an. Die zerbrechliche, beinahe schon lächerlich schwache Frau, die Priest im Dower House kennengelernt hatte, war nicht wiederzuerkennen. Jetzt stand eine Frau auf dem Höhepunkt ihrer Macht vor ihm.

»Was ... was machst du denn hier?«, stammelte Jessica schockiert.

Lucia Ellinder lächelte. »In gewisser Weise war ich schon immer hier.«

»Aber ... Daddy ...«

»Ist sehr krank, Liebes. Aber wir machen tapfer weiter, nicht wahr?«

»Ich verstehe nicht ...«

»Aber sicher verstehst du das, Jessica. Du verstehst es *nur zu gut.*«

Jessica sah Priest an. Die Verwirrung war einer trotzigen Miene gewichen. Wieder musste er sich dazu zwingen, ihrem Blick standzuhalten.

»Tut mir leid, Jessica«, sagte er. »Sie ist es. Die Eintagsfliege.«

»Das scheint Sie nicht zu überraschen, Mr. Priest.« Lucia Ellinder wandte sich ihm zu. Sie war fast ebenso groß wie er, und in dem einfachen schwarzen Kleid mit hohem Kragen und weißen Rüschenärmeln wirkte sie überaus ehrfurchtgebietend. Sie starrte Priest so durchdringend an, dass sich diesem die Nackenhaare aufstellten.

»Ich wusste es bereits«, sagte Priest lediglich.

»Natürlich wussten Sie es.«

»Du bist …?« Jessica sprach so leise, als hätte sie ihre Stimme verloren.

»Jessica, ich bitte dich«, rief Lucia. Diesen Ton hatte Jessica wohl nicht oft zu hören bekommen. Verblüfft taumelte sie mehrere Schritte zurück.

»Natürlich, wie könnte ich es sein? Deine erbärmliche Mutter? Für die du nicht einen Funken Respekt übrig hast?«

Jessica war völlig entgeistert. »Mom, ich …«

»Schweig! Ich mache dir keine Vorwürfe, Jessica. Wie hättest du es auch ahnen können? Dein Vater ist ein großer Mann, und ich stand zeitlebens in seinem Schatten. Zumindest denkt er das.«

»Aber … er liebt dich doch …«

»Ach, was für ein Blödsinn! Glaubst du wirklich, dass in unseren Kreisen aus Liebe geheiratet wird? Dein Vater liebt mich nicht halb so sehr wie seine Autos.« Sie machte eine wegwerfende Handbewegung. »Nun ...« Sie wandte sich Priest zu. »Jetzt würde ich doch gern die Schlussfolgerungen hören, zu denen Sie nach Ihren Ermittlungen gekommen sind. Immerhin hat Ihnen meine Familie zugesichert, Sie zu bezahlen. Da dürfen wir ja wohl auch wissen, was wir für unser Geld bekommen.«

»Dürfen Sie«, pflichtete Priest ihr bei. »Allerdings wurde ich damit beauftragt, herauszufinden, was Miles zugestoßen ist. Was Sie die ganze Zeit wussten.«

Jessica öffnete den Mund, brachte aber kein Wort heraus.

»Also dann, Mr. Priest«, sagte Lucia Ellinder herausfordernd. »Jessica hat die Wahrheit verdient, finden Sie nicht?«

Priest dachte einen Augenblick darüber nach. Ihn dazu zu zwingen, alles zu erzählen, war Teil des ausgeklügelten Plans. Der Kapuzenmann im Hintergrund trat von einem Fuß auf den anderen. Seit Priest in den Raum gekommen war, hatte er sich nicht von der Stelle gerührt. Priest schwante Übles; dies war der Augenblick der Entscheidung.

Er wollte sich räuspern, doch irgendetwas steckte in seiner Kehle. Die Luft war stickig und drückend, und der Gestank erinnerte ihn an seine Zeit als Streifenpolizist: Tod und Fäulnis.

Er riss sich zusammen.

»Am Anfang steht eine Frau namens Eva Miller«, sagte er langsam. »Während des Kriegs war sie Sekretärin und Stenotypistin und in den Wirren der Nachkriegszeit einem Geheimdienstoffizier zugeteilt, der Operation Eintagsfliege leitete. Das kleine schmutzige Geheimnis der britischen Regierung. Unmittelbar nach dem Krieg suchten alle nach Antworten. Alle wollten wissen, wofür Europa zerstört worden war. Eva hatte das Pech, in sehr jungen Jahren einem vom Tod besessenen Mann zu begegnen. Er verführte sie, sie verfing sich in seinem finsteren Netz, lernte den Geschmack der Furcht kennen und welche Macht sie verlieh. Sie setzte die Verkettung von Ereignissen in Gang, die zu dieser abartigen Veranstaltung hier führte. Sie war die erste Eintagsfliege.

Im Laufe der Zeit baute sie ein Netzwerk auf, rief einen ganz einzigartigen Club ins Leben, dessen Mitglieder ihm womöglich aus verschiedenen Gründen beitraten, die jedoch alle ein gemeinsames Interesse hatten – sie wollten die Arbeit der Naziärzte fortsetzen. Wenn die Alliierten gedacht hatten, dass die Menschenversuche der Vergangenheit angehörten, so hatten sie sich getäuscht. Für diese perverse Gruppe waren sie von großem Interesse. Sie strömten in Scharen zu Eva und waren bereit, viel Geld hinzublättern, um Zeuge dieser Experimente zu werden.

Doch selbst das geheimste Netzwerk bleibt nicht ewig geheim. Der Generalstaatsanwalt Sir Philip Wren stellte eine Spezialeinheit zusammen, um in Sachen Eintagsfliege zu ermitteln. Sie haben seine Familie bedroht und von ihm verlangt, die Ermittlungen einzustellen. Das hat auch funktioniert, bis ihm Sandra Barnsdale die Liste schickte. Und da Sie über Beziehungen in höchste Kreise verfügen, haben Sie schnell davon erfahren. Daraufhin stellten Sie Wren ein Ultimatum: Wenn er die Liste nicht aushändigte, wollten Sie seine Tochter entführen. Wie schlage ich mich bisher?«

»Ganz ausgezeichnet«, sagte Lucia. »Offenbar war es doch keine völlige Geldverschwendung, Sie zu engagieren.«

»Das Problem dabei war nur, dass mir Wren die Liste bereits geschickt hatte und nichts mehr besaß, womit er hätte handeln können. Bis auf den Namen der Person, der er die Daten zukommen ließ. Den hat er Ihnen genannt, aber Sie ließen Hayley trotzdem entführen.«

»Wren war uns schon lange ein Dorn im Auge. Er hatte eine Lektion verdient.«

»Dennoch mussten Sie die Liste zurückholen.«

»Ja, dass wir sie verloren hatten, war ein schwerer Schlag für uns.«

»Und Sie haben Miles losgeschickt, damit er sie mir wieder abnimmt.«

»Was?«, fiel ihm Jessica ins Wort. »*Du* hast Miles den Auftrag dazu gegeben?«

»Aber klar doch.« Priest stand auf.

»Sie haben recht«, pflichtete Lucia ihm bei. »Nachdem Miles versagt hatte, wollten wir die Daten über Hayley von Ihnen beschaffen. Immerhin kennen Sie sie persönlich. Leider stellte sie sich als ziemlich nutzlos heraus.«

»Charlie …«, krächzte Jessica. Sie hatte Tränen in den Augen, und ihre leise Stimme war im großen Saal kaum zu hören. »Charlie, das kann doch alles nicht wahr sein.« Ihr Blick ruhte auf ihrer Mutter.

Priest ging nicht auf sie ein. Er musste zum Ende kommen. Die Zeit lief ab. »Welche Rolle spielte Eva dabei?«, fragte er.

Lucia Ellinder lächelte wieder. »Sagen Sie es mir.«

»Es tut mir leid, Jessica«, sagte Priest sanft.

»Was?«, stammelte sie. »Raus damit!«

»Eva Miller ist deine Großmutter.«

Jessica erstarrte.

»Eva Miller und Bertie Ruck hatten ein Kind«, sagte

Priest. »Deshalb hat Ruck Eva gedeckt. Nicht, weil sein Name ebenfalls auf der Liste stand, sondern weil er wusste, dass Evas Tochter die Nachfolge ihrer Mutter angetreten hatte. Du hast das Foto auf seinem Nachttisch gesehen – die Familienähnlichkeit war nicht zu leugnen, oder? Lucia ist die Tochter von Eva und Bertie.« Priest sah Jessica besorgt an. Die geistige Klarheit, die ihn beim Betreten des Saals überkommen hatte, verflüchtigte sich zusehends, und der dunkle Schleier senkte sich wieder auf ihn. *Nicht jetzt, bitte nicht jetzt. Nur noch zehn Minuten …*

»Du hast mich hierhergebracht«, sagte Jessica zu ihrer Mutter. »In dieses Haus. Als ich noch klein war, richtig?«

»Ja«, sagte Lucia. Ihre Augen blitzten. »*Richtig!* Du erinnerst dich!«

»Ich erinnere mich an das Haus und an diesen Saal. Unser Vermächtnis, hast du gesagt. Das Geschenk, das unsere Familie der Welt gemacht hat.«

»Ich wollte es dir zeigen. Du hast dort drüben am Tisch gespielt.«

»Das war eine Lüge!«, rief Jessica. »Das ist kein *Geschenk,* sondern ein Gift! *Du* bist das Gift!«

»Du kannst deinem Schicksal nicht entrinnen, Jessica.«

»Du bist krank. Du brauchst Hilfe …« Als ihr etwas einfiel, verstummte sie. »Miles hat versagt. Hast *du* ihn dafür umgebracht?«

Lucia ließ langsam die Hände sinken und setzte sich wieder, wobei sie den beiden den Rücken zukehrte.

»Jessica, sie hat Miles nicht getötet«, sagte Priest. *Reiß dich zusammen!* Er kniff sich fest in die Nase, um den Kontakt zur Realität nicht zu verlieren. *Hier und jetzt!* Der Schmerz holte ihn in die Wirklichkeit zurück, doch für wie lange?

412

Neun Minuten.

Jessica wirbelte herum. Wieder starrten ihn diese durchdringenden Augen an.

»Wer um alles in der Welt war es dann?«, flüsterte sie.

»Niemand.« Priests Worte hallten durch den Saal wie ein Querschläger.

»Das verstehe ich nicht. Was soll das heißen, niemand?«

»Miles lebt noch.« Er deutete mit dem Kinn auf den Kapuzenmann. »Da steht er.«

Der Mann hatte die ganze Zeit über reglos mit verschränkten Armen dagestanden. Nur sein Brustkorb hatte sich langsam und regelmäßig gehoben. Jetzt zog er sich vorsichtig die Kapuze vom Kopf und ließ sie auf den Boden fallen.

Jessica keuchte vor Schreck auf, taumelte zurück und musste an einer Säule Halt suchen.

»Hallo Miles«, sagte Priest.

Miles Ellinder grinste breit. Er sah etwas gepflegter aus als an jenem Abend, an dem er Priest mit der Bohrmaschine bedroht hatte. Das frisch gewaschene, dunkle Haar war nach hinten gekämmt. Seine stecknadelgroßen, reptilienartigen Pupillen waren aus der Entfernung kaum zu erkennen. *Tote Augen,* dachte Priest. Genau wie die des Kapuzenmanns in seinem Haus. Dass er nicht gleich darauf gekommen war …

»Du lebst«, flüsterte Jessica entsetzt. »Aber wer …«

»Wer im Lagerhaus gepfählt wurde?«, fragte Priest. »Ein Migrant? Ein Obdachloser? Irgendjemand von der Straße?«

Lucia zuckte mit den Schultern. »Das ist jetzt wohl kaum von Interesse.«

»Wahrscheinlich kannten Sie noch nicht mal seinen

Namen«, sagte Priest. »Es gibt ja genug illegale Einwanderer ohne Papiere. Aber warum haben Sie ihn gepfählt? Das kommt mir selbst für Ihre Verhältnisse extrem vor.«

»Dann haben Sie doch noch nicht alles verstanden«, sagte Lucia höhnisch.

»Aber wie?«, wollte Jessica wissen. »Wieso dachte jeder, dass Miles der Tote war?«

»Weil seine Mutter den Leichnam identifiziert hat. Das stand im vorläufigen Autopsiebericht. Damals hielt ich das nicht für wichtig.«

Lucia stand auf und schob den Stuhl zurück. »Selbstverständlich habe ich den Leichnam identifiziert! Als treusorgende Ehefrau wollte ich das meinem kranken und trauernden Gatten ersparen. Außerdem ist es kein Geheimnis, dass Miles mein und nicht Kenneths Kind war.«

»Wenn eine Mutter ihren eigenen Sohn identifiziert, wird niemand wagen, dies anzuzweifeln«, sagte Priest. »Und außerdem gehört McEwen ja auch zu Ihrem Netzwerk, nicht wahr? Genau wie der Gerichtsmediziner, der die Autopsie durchführte. Habe ich recht?«

Lucia hob eine Augenbraue. »McEwen? Der Gerichtsmediziner? Sie übertreffen meine Erwartungen, Mr. Priest. Wer hätte gedacht, dass Sie allen meinen Handlangern auf die Spur kommen?«

Der Teufel steckt im Detail. »Das war nicht besonders schwierig. Derjenige, der Miles' Autopsiebericht unterzeichnet hat, steht auch auf der Liste.«

»Aber ...«, stammelte Jessica, »warum?«

»Miles wollte seinen eigenen Tod vortäuschen. Anscheinend teilt er die Vorliebe seiner Mutter für Melodramatik. Jedenfalls war das das größte Ablenkungsmanöver von allen.«

Lucia nickte und klatschte in die Hände. Priest hörte die gedämpften Gespräche der Menge in der Entfernung. Das Publikum wartete ungeduldig auf den Beginn der Vorstellung. In sechs Minuten war es so weit.

»Aber warum?«, fragte Jessica nochmals. »Warum hat Miles seinen Tod vorgetäuscht?«

»Aus zwei Gründen«, sagte Priest und sah Lucia an. »Zum einen führten Philip Wrens Ermittlungen ihn gefährlich nahe an die Ellinders heran. Miles musste sterben, damit sich deine Familie zum Opfer stilisieren konnte und nicht länger unter Verdacht stand. Richtig?«

Lucia nickte. »Wren war lästig, aber ihn zu ermorden hätte die ganze Sache um einiges verkompliziert. Ohne Zweifel hätte jemand seine Arbeit fortgeführt. Wir mussten die Ermittlungen in die falsche Richtung lenken. Außerdem konnte Miles so ungestört im Geheimen agieren.«

»Und als Sie erfuhren, dass Wren die Liste hatte, mussten Sie ihn sowieso aus dem Weg räumen.«

»Ich verstehe nicht …« Jessica sah Priest flehend an, als hätte er die Erklärung.

Hüte dich vor deinen Wünschen, Jessica.

»Ein weiterer Vorteil bestand darin, dass Sie durch Miles' Tod auch an mich herankamen«, fuhr Priest an Lucia Ellinder gewandt fort. »Sie mussten die Liste wiederbeschaffen und herausfinden, was ich wusste. Nachdem Miles dies nicht gelungen war, haben Sie seinen Tod inszeniert und meine Visitenkarte am Tatort zurückgelassen. Danach haben Sie Ihren Ehemann dazu gebracht, mich für die Aufklärung von Miles' Tod anzuheuern. Jessica sollte mir dabei auf die Finger sehen. So sollte ich mich immer tiefer ins Netz der Eintagsfliege verstricken. Und McEwen hatte einen Vorwand, um die Liste bei mir zu suchen – wie er es mit dem Durchsuchungsbefehl für meine Kanzlei ja vergeblich versucht hat.«

»Bravo, Mr. Priest.« Lucia Ellinder klatschte wieder.

»Wieso hast du mich da mit hineingezogen?«

»Das war deine Initiation. Du solltest die Herrlichkeit und den Schrecken deines Schicksals erkennen. Wie deine Mutter schon gesagt hat, Jessica: Das ist deine Bestimmung, dein Haus. Die Organisation soll dir übertragen werden, so wie sie Eva ihrer Tochter übertragen hat. Du bist die Auserwählte. Die nächste Eintagsfliege.«

Jessica schüttelte den Kopf »Das ist doch Wahnsinn«, flüsterte sie.

Lucia Ellinder streckte die Hand nach ihrer Tochter aus. »Jessica, siehst du denn nicht, welche Wunder wir vollbracht haben? Wir haben Kurt Schneiders Arbeit fortgesetzt.«

»Du folterst Menschen. Zur Unterhaltung.«

»Das ist *Leben*, Jessica. Durch Furcht bestimmen wir unsere Beziehung zu Gott. Erreichen das höchste Ziel. Durch die Macht und Kontrolle dieses Hauses können wir eine direkte Verbindung zu Ihm – zu unserem Schöpfer – herstellen.«

»Die Leute *bezahlen dich*, damit du Menschen folterst.«

»Und dieses Geld hat dir dein Leben im Luxus erst ermöglicht, Jessica. Vergiss das nicht. Die Geschäfte deines Vaters allein hätten uns nicht über Wasser gehalten. Aber es geht nicht um Geld. Es geht um die Eintagsfliege. Um *Evolution*.«

Jessica vergrub das Gesicht in den Händen. »Ich verstehe das alles nicht.«

»Aber *Sie*, nicht wahr?« Lucia Ellinder wandte sich wieder Priest zu.

»Das hier als irren Todeskult zu bezeichnen wäre zu einfach gedacht«, sagte Priest. »Evolution, sagen Sie? Darin liegt eine gewisse Ironie, immerhin geht es hier um Gott.«

Lucia lächelte noch breiter. »Nur weiter.«

»Sie glauben, dass Sie Gott näherkommen – ihn womöglich sogar sehen –, wenn Sie ein menschliches Wesen unvorstellbaren Qualen aussetzen. Wie ein Sexualritus, wo ein Orgasmus angeblich den Kontakt mit Gott herstellen soll, nur dass das bei Ihnen durch Schmerz und Leid geschieht.«

»Das ist das Hirnverbrannteste, was ich je ...«

»Die Vorstellung, Menschen zu opfern, um einen Gott zu besänftigen, ist so alt wie die Zivilisation«, gab Priest zu bedenken. »Hier handelt es sich gewissermaßen um die Evolution dieser Vorstellung. Genau das hat Kurt Schneider versucht.«

»Das darf doch alles nicht wahr sein ...«

»Wach auf! Das ist deine Bestimmung, mein Kind!« Lucia wurde plötzlich wütend und stürzte auf Jessica zu.

Priest musste sich mehr Zeit verschaffen. Seine Chancen schwanden zusehends. Miles war bewaffnet und höchstens zwanzig Meter von ihm entfernt. Auf diese Distanz konnte ihn selbst ein mittelmäßiger Schütze nicht verfehlen.

Eine Glocke ertönte. Niemand bewegte sich. Dann fielen erst wenige, dann immer mehr Regentropfen auf die Milchglasfenster des großen Saals. *Das war's. Die Zeit ist um.*

»Genug«, befahl Lucia. »Komm mit, Jessica.«

Miles hob die Waffe und scheuchte sie damit durch eine Tür in der gegenüberliegenden Wand. Priest dachte an Georgie. Welches Schicksal sie nun wohl erwartete? Als Lucia durch die Tür trat, warf er Jessica einen Blick zu. Ihre Wangen waren gerötet, und sie wirkte erschöpft, aber nicht besiegt. Im Gegenteil.

»Miles«, sagte sie verzweifelt, »was um alles in der Welt tust du denn da?«

»Das, wofür ich geboren wurde, Schwester.«

»Du wurdest doch nicht für so einen Wahnsinn geboren, Miles. Jetzt mach doch um Gottes willen die Augen auf!«

»Du sprichst von Gott, Schwester? Ich dachte, du glaubst nicht?«

»Tue ich auch nicht. Und du auch nicht, du Idiot. Das kannst du mir nicht erzählen.«

Er kicherte. »Nun, wieso trittst du nicht vor Ihn und fragst Ihn selbst?«

52

Miles führte sie durch eine weitere Tür, einen düsteren Flur und schließlich die breite Treppe zur Galerie über dem Hörsaal hinauf. Sobald sie die Doppeltür erreichten, hielt Miles inne. Das Publikum war deutlich zu hören. Offenbar hatte die Vorstellung noch nicht angefangen. Was bedeutete, dass auch Georgie und Hayley noch am Leben waren. Priest schwirrte der Kopf. Jetzt fiel ihm nichts mehr ein.

»Letzte Chance, Miles«, sagte Jessica in warnendem Ton.

Das schien Miles zu amüsieren. »Du hattest schon immer einen Stecken im Arsch, Jessica. Mir egal, ob du dich Mutter und mir anschließt – es liegt dir im Blut.« Er zog sie grob zu sich. »Gib's zu«, flüsterte er. »Du *willst* diese Schlampe leiden sehen.«

Priest spürte, dass Jessica vor Angst zitterte.

Miles scheuchte sie auf die Galerie, wo sich bereits ein ganzer Haufen von Kapuzenträgern versammelt hatte, sich am Geländer drängte und applaudierte. Der Lärm war ohrenbetäubend. Wenn es eine Hölle gab, dachte Priest, dann musste es an ihren Toren wohl ähnlich aussehen.

Miles führte sie an der Menge vorbei, die inzwischen auf das Doppelte angewachsen war. Man hatte Bildschirme aufgestellt, auf denen Lucia Ellinder zu sehen war, wie sie auf dem Podium stand und sich vor ihrem Publikum verbeugte.

»Willkommen, meine Freunde!« Über dem Johlen der Menge war sie kaum zu hören. »Willkommen!«

Priest drehte sich nach rechts, doch Miles rammte ihm die Waffe in die Rippen. Jessica zu seiner Linken starrte wie gebannt auf den Bildschirm. Sie legte ihre Hand in die seine, er drückte sie, sie drückte zurück. Dann wandte sie sich ihm zu. Sie hatte Tränen in den Augen. Lucia redete weiter, doch er hörte sie kaum noch. Auch die Geräusche der Menge wurden immer leiser, wie hinter geschlossenen Türen.

O Gott, bitte, nicht jetzt … er glitt in seine ganz persönliche Traumwelt hinüber.

Er sah sich am Rande einer Versammlung gesichtsloser Geister, die sich zum dissonanten Heulen eines unsichtbaren Orchesters im Gleichtakt bewegten – wie hypnotisiert von einer Energiequelle am gegenüberliegenden Ende des Hörsaals. Seine Hand umklammerte etwas Warmes und Tröstliches, das er nicht loslassen durfte, wenn er es nicht für immer verlieren wollte.

Plötzlich fiel die Menge in sich zusammen. Die Geister purzelten durcheinander wie die Zinnsoldaten, wurden von anderen niedergetrampelt. Es wurde lauter, er hörte panisches Geschrei. Vor seinen Augen zerstreute sich die Menge, wurde von bewaffneten, uniformierten Männern und Frauen auseinandergetrieben.

»Polizei! Auf den Boden! Auf den Boden!«

Priest trat zurück. In seinem gegenwärtigen Zustand war der Lärm unerträglich. Er wollte sich auf den Boden werfen, zu einer Kugel zusammenrollen und alles um sich herum aussperren, als ihn jemand am Revers packte und ihn gegen die Wand drückte.

»Priest!«

Er schüttelte die Verwirrung ab. *Hier und jetzt.*

»*Priest!*«

»Jessica?« Blinzelnd kehrte er in die Realität zurück.

»Priest, Miles entkommt!«

Sie deutete auf eine kleine Tapetentür, durch die Miles soeben hindurchschlüpfte.

Priest schubste zwei Zuschauer, die fliehen wollten, in die Menge zurück und riss die Tür auf.

Dann lief er blindlings einen breiten Flur hinunter. Durch Öffnungen in der Wand drang Licht. Das Gebäude war so alt, dass es noch über Geheimgänge verfügte, durch die sich die Dienerschaft früherer Zeiten ungesehen durchs Haus bewegt hatte. Noch eine Verbindung zwischen zwei Welten.

Die finstere Energie, die sich während der letzten Woche in ihm aufgestaut hatte, trieb ihn nun vorwärts. Er hörte den keuchenden Miles vor sich durch die Dunkelheit taumeln. Priest holte auf.

Hinter der nächsten Ecke befand sich eine Treppe, die nach oben in die Finsternis führte. Priest hörte Stiefelschritte auf den Stufen. Schweres, angestrengtes Atmen.

Priest wollte Miles gerade folgen, als zwei Schüsse durchs Treppenhaus hallten. Die Kugeln schlugen Holzsplitter aus dem Geländer und verfehlten ihn um mehrere Meter. Priest hielt inne und überlegte.

Dann kreischte eine Frau über ihm.

Priest warf alle Vorsicht über Bord und nahm drei Stufen auf einmal.

»Georgie!«, rief er.

»Charlie!«, antwortete ihre entfernte, gedämpfte Stimme.

Sobald Priest oben angekommen war, stürzte er durch eine Tür. Dahinter befand sich kein weiterer Flur, stattdessen stand er im heulenden Wind. Aus Schreck über die Kälte und den in sein Gesicht peitschenden Regen verlor er kurzzeitig die Orientierung. Dann stieg er auf das von Moos bedeckte Dach.

»Charlie!«

Georgies panische Stimme beunruhigte ihn noch mehr als der plötzliche Wechsel der Szenerie. Er spähte durch den Regen und sah, dass er auf einem großen, von vier oder fünf Türmen umgebenen Flachdach stand. Kleinere, mit grotesken Wasserspeiern besetzte Erkertürmchen ragten aus der Mauer. Auf der gegenüberliegenden Seite war Miles gerade so zu erkennen. Er stand am Rande des Dachs, hatte einen Arm um Georgie gelegt und hielt ihr die Pistole an den Kopf.

»Georgie!« Priest musste schreien, um sich über den strömenden Regen verständlich machen zu können. Langsam ging er vorwärts, bis sie nur noch etwa drei Meter trennten. »Miles – lassen Sie sie frei!«

»Sie können mich mal, Priest!«

Miles trat einen Schritt zurück. Noch zwei Schritte, und das Dach war zu Ende. Er würde Georgie mit in den Tod reißen.

»Georgie!«, rief Priest. »Sehen Sie mich an. Sehen Sie mich an!«

Sie schaffte es irgendwie, ihm den Kopf zuzudrehen. Sie war kreidebleich vor Angst, schien jedoch unverletzt.

»Georgie, alles wird gut«, versicherte er ihr.

Sie nickte unsicher.

»Sie sind ein guter Lügner«, sagte Miles. »Muss man als Anwalt wohl auch sein.«

»Es ist vorbei, Miles. Sie machen es nur noch schlimmer. Man wird Sie fassen, so oder so. Stellen Sie sich, und wir können über alles reden.«

Miles lachte. »Besonders verführerisch klingt das nicht.«

»Sie sind wohl kaum in der Position, um zu verhandeln, Miles.«

»Ich halte Ihrer Schlampe hier eine Waffe an den Kopf, Priest. Geben Sie mir den USB-Stick.«

»Was? Glauben Sie etwa immer noch, dass Sie damit davonkommen?«

»Was ich glaube, hat Sie nicht zu interessieren. Geben Sie mir einfach nur den verfluchten Stick!«

Miles meinte es ernst. Aus dem Augenwinkel bemerkte Priest, wie eine Gestalt auf einem der Türme Position bezog. Dem Winkel nach konnte Miles sie nicht sehen.

»Sie haben verloren«, rief Priest. »Der Spuk ist vorbei. Man hat Ihre Mutter in Gewahrsam genommen. Die Liste ist nutzlos.«

»Ich werde es tun, Priest«, rief Miles. »Im Vergleich zu meinen bisherigen Leistungen ist es ein Klacks für mich, ihr eine Kugel in den Kopf zu jagen.«

»Haben Sie dabei Gott gesehen, Miles? Oder sich nur einen runtergeholt?«

»Priest!«, rief Miles warnend.

Priest richtete den Blick auf Georgie, die ihn flehentlich anstarrte. *Ich werde sie nicht im Stich lassen. Ich werde nicht zulassen, dass sie ein weiteres Gespenst in meinem Kopf wird.* Langsam griff er in die Tasche und nahm den USB-Stick heraus.

Miles grinste. »Werfen Sie ihn rüber«, befahl er.

Priest sah Georgie noch mal an, dann warf er den Stick in die Luft. Er kam einen Meter vor Miles zum Liegen. Wütend riss dieser Georgie noch enger an sich und beugte sich vor, um ihn aufzuheben. In diesem Augenblick löste sich im Turm ein Schuss. Die Kugel durchschlug die Dunkelheit und bohrte sich in Miles' Arm. Schreiend ging er zu Boden. Dabei ließ er Georgie los, die sofort die Flucht ergriff.

Miles rappelte sich auf und erwiderte das Feuer, doch die Kugel traf den Turm, ohne Schaden anzurichten.

Priest warf sich auf Miles. Sie fielen zu Boden, die Waffe rutschte außer Reichweite. Priests Bein hing gefährlich über der Dachkante. Er verlor das Gleichgewicht und kippte zur Seite.

Marco – der Kellner – verließ den Turm und rannte über das Dach auf die beiden zu. Dabei rutschte er auf dem feuchten Moos aus. Bis er sich wieder aufgerappelt hatte, war Miles schon bei ihm und schlug ihm ins Gesicht.

Der Kellner fiel hintenüber. Blut spritzte aus seiner Nase, seine Waffe klapperte über das Dach. Marco wollte sich zum Turm zurückziehen, glitt jedoch ein weiteres Mal aus. Miles hob die Waffe auf.

Als Marco herumwirbelte, starrte er in die Mündung seiner eigenen Pistole. Priest sah sich verzweifelt um. Da erkannte er Miles' Waffe ein paar Meter zu seiner Rechten.

»Mach's gut, wer immer du Penner auch bist«, sagte Miles.

Priest sprang auf Miles' Pistole zu. Zu spät …

Der Schuss durchschnitt die Nacht wie ein Donnerschlag.

Marco ging zu Boden. Einen Augenblick lang glaubte Priest, nicht rechtzeitig geschossen zu haben – bis Miles Ellinder ins Taumeln geriet und sich die Seite hielt.

Und dann fiel er vom Dach.

Priest lief zur Kante und spähte in den Innenhof darunter. Dann nahm er das Magazin aus der Pistole, steckte es ein und lief zu Georgie hinüber.

»Alles in Ordnung?«, fragte er.

»War ein harter Tag.« Sie lächelte tapfer.

»Kann ich mir vorstellen.«

»Danke, dass Sie gekommen sind und mich gerettet haben, Charlie.«

Er nahm sie in die Arme. »Das ist meine Pflicht als fürsorglicher Arbeitgeber«, flüsterte er in ihr Haar.

»Guter Schuss«, bemerkte Marco und stand auf.

»Offenbar sind Sie nicht wegen dem Trinkgeld hier.«

»NDEU«, sagte Marco. »Antiterroreinheit.«

»Wie lange arbeiten Sie schon undercover an diesem Fall?«

»Seit ungefähr einem Jahr.«

»Meinetwegen wären Sie beinahe aufgeflogen.«

»Es war knapp, aber dafür haben Sie mir ja das Leben gerettet. Wer sind Sie überhaupt?«

Priest schniefte und nahm Georgie fester in den Arm. Es regnete nicht mehr ganz so stark, trotzdem war er völlig durchnässt. Und er hatte großen Durst.

Georgie weigerte sich, ihn loszulassen.

Priest zuckte mit den Schultern. »Nur ein Anwalt.«

53

Als sie vom Dach gestiegen und in den Innenhof zurückgekehrt waren, hatte die Met bereits alles unter Kontrolle. Streifenwagen verstopften die Einfahrt. Blaulicht tanzte kaleidoskopartig an den Steinmauern. Die Zuschauer wurden in Handschellen abgeführt und in Mannschaftswagen gesteckt. Die wenigen, die entkommen waren, würden die Hundestaffeln bald aufspüren. Im Obergeschoss hatte sich ein Mann aus Verzweiflung erschossen.

Der Untergang des Hauses der Eintagsfliege war ein erbärmlicher Anblick.

Priest und Jessica kauerten vor einem Krankenwagen und warteten, während man Georgie versorgte. Seit ihrer Rückkehr vom Dach hatten sie kein Wort gesagt. Priest fühlte sich wie betäubt und emotional völlig erschöpft.

Zwei Sanitäter schoben eine Trage an ihnen vorbei. Priest berührte Jessicas Arm. »Ich bin gleich wieder da«, sagte er und folgte den Sanitätern zu einem zweiten Krankenwagen.

»Wie geht es ihr?«, fragte er.

»Sie ist sehr schwach«, sagte ein Sanitäter, während er Hayley Wren in den Wagen hob. »Sie hat viel mitgemacht, mehr kann man im Augenblick nicht sagen.«

»Sie wurde mit genetisch verändertem Strychnin vergiftet«, sagte Priest. »Setzen Sie sich mit Detective Chief Inspector Rowlinson von der South Wales Police in Verbindung. Er kennt ähnliche Fälle und kann Ihnen bei der Behandlung behilflich sein.«

»Vielen Dank für den Hinweis. Sind Sie auch von der Polizei?«

»Nicht mehr.«

Sobald sie im Krankenwagen lag, öffnete Hayley ein Auge und sah Priest an. Zunächst erkannte sie ihn nicht, doch als sich die Türen schlossen, hob sie den Kopf und lächelte. Ein kleines Trostpflaster – offenbar war es selbst ihm noch möglich, Abbitte zu leisten.

Doch die Freude währte nur kurz.

»Ach du Scheiße«, murmelte er.

»Was?«, fragte Jessica.

»Meine Ex.«

Assistant Commissioner Dee Auckland marschierte zackig über den Schotter, das Gesicht zu einer hasserfüllten Fratze verzogen. Zwei Beamte begleiteten sie, die Priest als die Polizisten erkannte, die mit McEwen in Philip Wrens Haus gewesen waren. Seit er sie zum letzten Mal gesehen hatte, war sie sichtlich gealtert – die Krähenfüße um ihre Augen kannte er noch nicht. Priest spürte, wie Jessica sich verspannte.

»Hallo Schätzchen«, sagte er.

»Halt die Klappe, Priest. Was zum Teufel soll das hier werden?«

Priest überlegte in aller Ruhe. Seine kurze Ehe mit Dee Auckland war nicht zuletzt deshalb in die Brüche gegangen, weil er zu oft gesprochen hatte, ohne nachzudenken.

»Ich glaube, ich habe soeben den größten Skandal des einundzwanzigsten Jahrhunderts aufgedeckt«, sagte er.

Auckland holte tief Luft. Priest bereitete sich auf einen Anpfiff vor, doch jemand unterbrach sie.

»Das ist er! Da vorne! Nehmt das Arschloch fest!« McEwen watschelte mit hochrotem Kopf durch den Innenhof. Er hatte seine Fliege verloren, und sein Hemd stand offen, sodass der feiste, spärlich behaarte Bauch darunter zu sehen war. Sein ausgestreckter Finger deutete auf Priest.

Die beiden Beamten bei Auckland sahen sie unschlüssig an.

»DI McEwen«, sagte Auckland trocken. »Wieso sind Sie gleich noch mal hier?«

»Ich habe verdeckt ermittelt, Ma'am. Ich habe diese perversen Spinner observiert. Im Auftrag Ihres Vorgängers.«

»Verstehe. Aber wenn dem so wäre, müsste ich darüber Bescheid wissen, nicht wahr? Und aus welchem Grund sollten wir Charles Priest verhaften?«

»Behinderung der Staatsgewalt, Ma'am. Priest steckt da über beide Ohren mit drin.«

»Interessant. Nun …« Sie wandte sich den beiden Beamten an ihrer Seite zu. »Dann sollten wir ihn verhaften, oder?«

»Dee …«, protestierte Priest. Sie hob die Hand. Priest sah Jessica an.

»Vorausgesetzt«, sagte Dee ruhig, »dass DI McEwen erklären kann, weshalb der echte Undercover-Agent nichts von ihm weiß.«

Marco tauchte hinter einem Krankenwagen auf. Er hatte die Kellneruniform abgelegt und trug nun Zivilkleidung und eine schusssichere Weste. Mit verschränkten Armen baute er sich hinter McEwen auf und versperrte ihm den Weg.

»M… Ma'am?«, stotterte McEwen.

»Wir hatten bereits einen Agenten ins Haus der Eintagsfliege eingeschleust, Inspector. Das hier ist Graham Sanderson vom NDEU.«

»Also so was … ich wusste gar nicht …«

»Dass man Sie bei Ihrem schmutzigen Nebenerwerb beobachtet hat? Nein, offensichtlich wussten Sie das nicht.«

McEwen zog den Kopf ein. Seine kleinen Äuglein zuckten hin und her. Wie ein in die Ecke getriebenes Tier suchte er verzweifelt nach einem Ausweg.

»Und der?« Auckland sah Sanderson an und deutete dabei auf Priest.

»Ellinder hatte eine der Frauen als Geisel genommen und ist aufs Dach geflüchtet. Ich konnte die andere befreien, doch ohne das beherzte Eingreifen dieses Mannes wäre das Ganze wohl nicht so rosig ausgegangen. Ellinder wollte ihn erschießen, da habe ich das Feuer eröffnet.«

»Also gut.« Auckland wandte sich McEwen zu. »Sanderson, schaffen Sie ihn mir bitte aus den Augen.«

Sanderson nickte Priest zu, der die Geste mit einem schiefen Lächeln erwiderte. Der Undercoveragent zwang McEwen die Arme auf den Rücken und legte ihm Handschellen an. Der Schotte protestierte nur noch halbherzig.

Während Sanderson McEwen abführte, drehte sich Priest wieder zu Auckland um. Priest hätte schwören können, sie für den Bruchteil einer Sekunde lächeln zu sehen.

»Ich muss eure Aussagen aufnehmen, aber das hat Zeit bis morgen«, sagte sie. »Kriegst du das hin, Priest?«

»Ich werd's versuchen.«

»Ganz recht. Und jetzt geh mir aus den Augen, bevor ich es mir anders überlege.«

Priest wollte diesem geschenkten Gaul keinesfalls ins Maul schauen. Er nahm Jessicas Hand und ging zum Aston hinüber.

»Und Sie ...!«, rief Auckland.

Priest blieb stehen. Sie drehten sich um.

»Miss Ellinder.« Auckland deutete auf ihre ineinander verschränkten Hände. »Um Himmels willen, machen Sie sich nicht unglücklich.«

Sobald sie im Auto saßen, fuhr Priest mit den Händen übers Lenkrad. Das Blaulicht blinkte rhythmisch im Rückspiegel. Er sah Jessica an. Sie starrte ins Nichts.

»Was willst du deinem Vater erzählen?«, fragte er.

Sie seufzte tief. »Die Wahrheit.«

»Die wird er nur schwer verkraften.«

»Vielleicht bringt sie ihn sogar um.«

»Und Scarlett?«

Jessica schüttelte als Antwort nur den Kopf.

Priest betrachtete das Schauspiel im Rückspiegel. Vier uniformierte Beamte zerrten eine kreischende und um sich tretende Frau die Steintreppe hinunter. Ihr Kleid war zerrissen, sie ruderte mit Armen und Beinen, und die Beamten mussten sie mit aller Kraft festhalten. Schließlich schafften sie es, Lucia Ellinder in einen Mannschaftswagen zu bugsieren, doch selbst als sich die Türen geschlossen hatten, waren ihre Schreie noch durch den aufziehenden Nebel zu hören.

»Ungläubige! Gott hasst euch! Gott wird eure Seelen verschlingen, euch die Zungen herausreißen, eure Körper verstümmeln ...«

Priest klappte den Spiegel um. Jessica hatte nicht hingesehen, aber sie war nicht taub.

»Sie haben sie gefasst. Zum Glück«, flüsterte sie.

»Du hättest es unmöglich wissen können.«

»Aber ich hätte es wissen *müssen*.«

Priest nickte. Genau so war es ihm mit William ergangen.

Eine der hinteren Türen des Aston öffnete sich, und jemand stieg ein. Priest und Jessica drehten sich um.

»Georgie?«

»Hi.«

»Wieso sind Sie nicht im Krankenwagen?«, fragte Priest.

»Die haben mir Tabletten gegeben. Mir geht's ganz prima.«

»Georgie ...«

»Charlie, ich will kein Opfer sein. Können Sie nicht einfach losfahren, weg von hier?«

Priest sah Jessica an. Sie lächelte. Er seufzte. *Diese dickköpfigen Angestellten.* Er ließ den Motor an und fuhr die Einfahrt zur Straße hinunter.

»Charlie, bekomme ich die Überstunden bezahlt?«

»Darüber reden wir später.«

Er drückte aufs Gas, und das Haus der Eintagsfliege verschwand im Nebel hinter ihnen.

54

Auf Priests Drängen hin ließ sich Georgie zum nächsten Krankenhaus fahren. Glücklicherweise war sie nur leicht verletzt und brauchte bis auf einige Verbände und Ruhe keine weitere Behandlung.

Priest hatte angeboten, bei ihr zu bleiben. Sie hatte behauptet, dass jemand sie abhole. Das war zwar gelogen, doch sie ahnte, dass er Besseres zu tun hatte, als an einem Samstagabend in der Notaufnahme zu sitzen. Obwohl der junge Arzt darauf bestanden hatte, dass sie im Krankenhaus blieb, war sie in den frühen Morgenstunden zu Fuß nach Hause gegangen. Sie hatte niemandem erzählt, woher sie ihre Verletzungen hatte.

Nach mehreren Stunden unruhigen Schlafs stand sie auf, duschte, zog sich an und beauftragte einen Immobilienmakler, ihr eine Wohnung zu suchen, die näher am Büro lag. Als sie ihr Zimmer verließ, saß Li im Flur.

»Ich wollte dich nicht stören, deshalb hab ich hier gewartet.«

»Danke.«

Georgie setzte sich neben sie.

»Georgie, was zum Teufel ist mit dir passiert?«

Darüber musste Georgie nachdenken. *Was ist mit mir passiert?* Noch war ihr vieles davon schleierhaft, doch sie hatte ja noch ihr ganzes Leben vor sich, um sich Gedanken darüber zu machen. Und morgen musste sie wieder zur Arbeit.

»Ich suche mir eine neue Wohnung. Willst du mitkommen?«, fragte Georgie.

Li zögerte, dann lächelte sie und nickte. »Klar.«

Eine Weile saßen sie schweigend da, dann kam jemand die Treppe hinauf.

»Li, wo ... oh, du bist's.«

Als er Georgie erblickte, blieb Martin stehen und machte auf dem Absatz kehrt. Früher wäre Georgie in dieser Situation wohl rot angelaufen. Aber jetzt nicht mehr. Sie stand auf.

»Ach, Martin«, sagte Georgie, »warte doch mal.«

Er zögerte und überlegte, ob er sie nicht einfach ignorieren sollte. Dann blieb er stehen und sah zu ihr auf. »Ja?«

Georgie trat ein paar Schritte auf ihn zu, holte aus und schlug ihm mit der Faust mitten ins Gesicht. Martins Kinn knackte. Mit einem Schrei der Überraschung und des Schmerzes fiel er die Treppe hinunter. Li sprang auf.

»Du bist ein Vergewaltiger«, sagte Georgie. »Aber du hast mich *nicht* in deiner Gewalt.«

55

Priest schloss die Augen und lauschte Sarahs Stimme am anderen Ende der Leitung. Er konnte beim besten Willen nicht sagen, worum es in der letzten Viertelstunde des Telefonats gegangen war. Sarahs endlose Litaneien über die Nachteile der Frauen im Berufsleben waren zwar gerechtfertigt, aber auch ermüdend. Heute jedoch freute er sich darüber. Sie erinnerten ihn daran, dass er noch am Leben war.

»Weißt du, wie viel Prozent der größten Unternehmen hierzulande von Frauen geführt werden?«

»Keine Ahnung.«

»Ich auch nicht, aber nicht mehr als fünf, da wette ich.«

»Sarah«, sagte er, »du hast größere Eier als die meisten Männer.«

Die Antwort bekam er nicht mehr mit, da die Tür klingelte.

»Sarah, ich muss los. Grüß Tilly von mir, ja?«

Er öffnete die Tür. Wie immer spazierte Jessica wortlos und ohne ihn richtig anzusehen in den Raum. In Anbetracht dessen, was sie die letzten vierundzwanzig Stunden durchgemacht hatten, sah sie fabelhaft aus. Ihrer finsteren Miene nach zu urteilen, würde dies allerdings nur ein kurzer Besuch werden.

»Kann ich dir was zu trinken anbieten?«

»Ich bleibe nicht lange.«

Sie trug einen langen, cremefarbenen Designertrench-coat. Wie auch ihr Haar, das über ein Auge fiel, oder die Handtasche, die sie elegant über ihre Schulter geschlungen hatte, war auch der Mantel von zurückhaltender Eleganz.

»Du siehst ...« Er rieb sich das Kinn und suchte nach dem richtigen Wort, »... makellos aus.«

Wenn sie sich über das Kompliment freute, so zeigte sie es nicht. Höchstens in einem beinahe unmerklichen Zittern der Unterlippe.

»Meine Mutter wurde tatsächlich von einer Spezialeinheit observiert«, sagte sie. »Sie haben sie schon vor Monaten als ... na ja, als das identifiziert, was sie eben war.«

Priest nickte. »Das hättest du unmöglich wissen können.«

»Und wieso mache ich mir dann solche Vorwürfe?«

Darauf hatte er keine Antwort.

»Die Organisation hatte jahrzehntelang Bestand«, sagte Priest sanft. »Zuerst wurde sie von deiner Großmutter und dann von deiner Mutter geleitet. Die Verschwörung reicht bis in höchste Regierungskreise. Gerade werden überall im Land Verhaftungen vorgenommen. Bis zu einem gewissen Grad hatten sie jede Polizeibehörde der Nation infiltriert. Dazu Politiker, Banker, Anwälte. Sogar ein verdammter Geografielehrer.«

»Gehörte dieser Kellner auch zu Philip Wrens Spezialeinheit?«

»Ja. Ich glaube, dass unser Freund Colonel Ruck der erste Leiter dieser Einheit war. Genau wie das Haus der

Eintagsfliege von verschiedenen Leuten geführt wurde, hatte auch dieser Spezialtrupp mehrere Befehlshaber. Nach Rucks Pensionierung wurden erst ein MI5-Agent und später dann Wren Leiter der Einheit. Wahrscheinlich hat man Wren ausgewählt, weil er beim Militär war, aber nichts mit der Polizei zu tun hatte.«

Jessica sah zu Boden und schüttelte langsam den Kopf, als müsste sie immer noch verarbeiten, was geschehen war. Priest hätte sie gern in die Arme genommen und ihr gesagt, dass alles vorbei war. Doch das wäre nicht aufrichtig gewesen. Für sie würde es wohl nie vorbei sein.

»Wie hat es dein Vater aufgenommen?«, fragte er.

»Er hat seitdem kein Wort gesprochen und sich in seinem Büro eingeschlossen. Scarlett bleibt etwas länger, damit sie sich um ihn kümmern kann. Aber sie kann es kaum erwarten, wieder in die Staaten zurückzukehren und die ganze Sache zu vergessen.«

»Verständlich. Wusstest du, dass sie mir die Insektensammlung ihres Vaters gezeigt hat?«

»Mein Vater ist nur Hobbyentomologe«, sagte sie. »Ich habe mir seine Sammlung kürzlich noch einmal angesehen. Es sind gar keine Eintagsfliegen dabei.«

»Ach so. Und wir dachten alle …«

Jessica nickte. »Eins noch«, sagte sie und sah zu ihm auf. »Woher wusstest du, dass Miles nicht tot war?«

»Sicher war ich mir nicht.« Priest seufzte. »Der vorläufige Autopsiebericht, den Giles mir geschickt hatte, beinhaltete mehrere wichtige Details, die mir erst später aufgefallen sind. Zum Beispiel, dass Miles' Leichnam von deiner Mutter identifiziert wurde. Und dass der Toxikologiebefund negativ war.«

»Obwohl Miles drogensüchtig war.«

Priest nickte. »Der Gerichtsmediziner steht auch auf der Liste. Ich habe Dee bereits informiert. Er hat wohl mitbekommen, was passiert ist, und wollte sich aus dem Staub machen, aber sie haben ihn in Dover gefasst.«

»Wieso die Pfählung? Warum haben sie diesen armen Teufel gepfählt?«

Priest wandte sich ab. »Bei der Durchsuchung von Miles' Haus fand man eine ganze Vlad-der-Pfähler-Sammlung: Bücher, Poster, Comics, Spielfiguren, Kunstgegenstände, sogar einen Anhänger mit seinem Namen.« Er sah Jessica an. »Auch das hättest du unmöglich wissen können. Miles war besessen von einem der grausamsten Herrscher der Weltgeschichte. Um ihn zu ehren, beschloss er, seinen Tod auf diese Weise vorzutäuschen.«

Jessica schauderte. Sie ging zum Aquarium hinüber, wo sich die Feuerfische zwischen den kleinen Plastikbrücken tummelten, und legte die Hand auf die Glasscheibe.

»Das waren doch mal drei«, sagte sie leise. »Jetzt sind es nur noch zwei.«

»Einer ist gestorben. Ich glaube, ich habe sie überfüttert.«

Sie wandte sich zu ihm um. »Tut mir leid, Charlie Priest.«

»Was? Dass du nicht bleiben kannst oder dass mein Fisch gestorben ist?«

»Dass ich nicht bleiben kann. Ich kaufe dir einen neuen Fisch.«

»Also bist du hier, um Lebewohl zu sagen.« Priest blieben die Worte im Halse stecken.

Sie nickte bedächtig.

»Es führt kein Weg daran vorbei.«

Sie nahm seine Hand und hielt sie eine Weile. Ihre Berührung war warm, voller Leben und Zuversicht. Er wünschte, dass dieser Augenblick nie verging. Dann ließ sie ihn los und wandte sich zur Tür.

»Entschuldige, Charlie.«

»Nein. Warte.« Priest hob die Hand. »Jetzt willst du gleich sagen, dass wir uns nie wiedersehen«, sagte er. »Aber das muss nicht sein. Die Schuldgefühle erdrücken dich, stimmt's?«

»Charlie, diese Menschen …«

»Der Himmel sollte für uns alle blau sein, Jessica. Auch ich habe Schuldgefühle.«

»Was hast du da gesagt?«

»Dass ich auch Schuldgefühle habe.«

»Nein, davor.«

Priest schluckte. Es war ihm einfach so rausgerutscht. »Dass der Himmel für uns alle blau sein soll. Das hat meine Mutter immer gesagt.«

Jetzt geriet sie aus der Fassung.

»Siehst du, Jessica? Wir gehören zusammen.«

Sie biss sich auf die Lippe. Ihre Wangen waren rot, in ihren Augen standen Tränen. Schweigend standen sie da, während die Morgensonne durch die Wolken drang und die Wohnung mit strahlendem Licht erfüllte.

56

Priest studierte eingehend das Spielbrett. Ein schwieriger Zug. Bis auf eine kleine blaue Bastion in Osteuropa war das Brett voll mit den roten Soldaten seines Bruders.

William klopfte auf den Tisch.

»Brüderchen, ist es nicht offensichtlich, dass die statistische Wahrscheinlichkeit für dich, dieses Spiel noch zu gewinnen, gegen null geht?«

»Einen Augenblick.«

Priest zog eine Einheit nach Westen und würfelte.

»Ich spiele gern Risiko mit dir«, sagte William.

»*Wer ist es?* war mir lieber.«

»Kein Wunder, du bist ja auch ein lausiger Schachspieler – aber ein toller Bruder.«

William zählte die Würfelaugen zusammen und nahm hämisch lachend die vorrückende Figur aus dem Spiel.

»Wie geht es dir, Wills?«

»Ich hab mir Sorgen um dich gemacht, ob du's glaubst oder nicht.«

»Wirklich?«

»Ja. Überrascht es dich, dass ich zu so wohlwollenden und altruistischen Gedanken fähig bin? Nach allem, was ich getan habe?«

Priest deutete auf das Brett. »Du bist dran.«

»Bist du sicher? Willst du die Armee da nicht bewegen?« Er deutete auf ein Männchen am äußersten östlichen Spielfeldrand.

»Du bist dran«, wiederholte Priest.

William zuckte mit den Schultern. »Wie du meinst.« Er begutachtete seine Spielkarten und schob Verstärkung auf bereits von roten Soldaten besetzte Gebiete. »Hast du die Angelegenheit, die dich so viel Zeit gekostet hat, zu aller Zufriedenheit aus der Welt geschafft?«

»Sie wurde aus der Welt geschafft, mehr nicht.«

»In den Nachrichten heißt es, dass man einen Neonaziring ausgehoben hat. Hat das etwas damit zu tun?«

»Darf ich dich mal etwas fragen?«

»Aber sicher. Keine Geheimnisse unter Brüdern.«

»Als du diese Leute ermordet hast – bist du dabei irgendwann mal Gott begegnet?«

William wollte gerade würfeln. Er hielt inne und sah auf. Priest sah seinem Bruder in die Augen. Zum ersten Mal, seit er sich erinnern konnte, erkannte er so etwas wie Menschlichkeit darin.

»Nur einmal.«

»Wann?«

William saß einen Augenblick lang reglos da, dann würfelte er.

»Als ich mich gestellt habe. Als meine Arbeit vollbracht war.«

Als Priest Fen Marsh verließ, regnete es kaum noch. Er ging mit gesenktem Kopf und tief in den Taschen seines Regenmantels vergrabenen Händen über den Parkplatz. Okoro wartete mit verschränkten Armen neben dem Wagen.

»Wie geht's ihm?«, fragte er, als Priest näher kam.

»Ganz gut. Ich hab ihn beim Risiko geschlagen. Er hat's einfach nicht mehr drauf.«

»Das ist ein Glücksspiel, Priest.«

»Wie alles, oder?«

»Hmmm.« Okoro öffnete die Beifahrertür für Priest.

»Darf ich fahren?«

»Mit *meinem* Auto? Nein, Priest, du darfst nicht mit meinem Auto fahren. Du bist so erschöpft, dass du kaum laufen kannst. Wann hast du zum letzten Mal geschlafen?«

Widerwillig glitt Priest auf den Beifahrersitz. Okoro setzte sich hinters Steuer. Der Wagen roch nach neuem Leder.

»Schon komisch«, sagte Okoro. »McEwen hat die Eintagsfliege gleich am Anfang erwähnt. Warum? Das hätte er nicht tun müssen.«

»Überheblichkeit, Dummheit, was weiß ich. Ich glaube, McEwen wollte sich nur schlau vorkommen.«

Okoro sah Priest an, den Finger auf dem Startknopf. »Und was jetzt?«

Priest griff in seine Manteltasche, nahm einen Flachmann heraus, schraubte ihn auf und goss sich den letzten Schluck des warmen Whiskys in die Kehle.

»Fahr mich nach Hause, Okoro. Ich muss mich auf ein Date mit einer ehemaligen Klientin vorbereiten.«

Nachbemerkung des Autors

Ich danke den drei wichtigsten Menschen in meinem Leben – Oliver, Grace und Archie. Ohne eure Inspiration und euren Zuspruch hätte ich dieses Buch niemals geschrieben. Archie, du hattest zwar keine Ahnung, dass ich daran arbeitete, aber du hast mir auf deine Weise unermesslich geholfen. Vergiss mich nicht, wenn du mal berühmt bist.

Außerdem danke ich Pat Hazel – deine Unterstützung und deine Liebe zum Detail sind unerreicht. Dad wäre stolz auf uns beide.

Richard und Denise danke ich für ihre Hilfe, ihre Großzügigkeit und ihren Rückhalt. Ihr habt einen zerrupften kleinen Jungen mit großen Schriftstellerträumen vor vielen Jahren in eure Familie aufgenommen. Dafür ist euch der kleine Junge sehr dankbar.

Ich stehe bei Nicki Richards und den tollen Leuten von Totally Entwined tief in der Schuld. Ihr habt mir mit unerschöpflicher Geduld gezeigt, wie man schreibt.

Und schließlich gebührt meiner Frau Jo der größte Dank von allen. Einfach nur, weil sie es immer noch mit mir aushält.

Der Holocaust ist einer der dunkelsten Abschnitte der modernen Geschichte, ein unvorstellbares Verbrechen.

Bei meiner Recherche für dieses Buch habe ich viel gelesen. Ein besonders wichtiges Werk für mich war *Doctors from Hell* von Vivian Spitz – ein erschütternder Augenzeugenbericht über den Nürnberger Ärzteprozess.

Er fängt sie. Er filmt sie. Er foltert sie. Er ist der Meister des Todes.

512 Seiten. ISBN 978-3-7341-0414-5

An der Oberbaumbrücke wird die Leiche eines jungen Mädchens angespült. Der Körper weist grausame Folter- und Missbrauchsspuren auf. Es handelt sich um die Nichte des Berliner Justizsenators, und sie scheint nicht das einzige Opfer zu sein: Im Internet tauchen Videos auf, in denen junge Frauen auf perverse Weise zu Tode gequält werden. Viktor von Puppe, frisch aus dem Innenministerium zum Berliner LKA gewechselt, und seine Kollegen stehen unter Druck, doch in höheren Kreisen scheint nicht jeder an einer Aufklärung interessiert zu sein …

Lesen Sie mehr unter: **www.blanvalet.de**

Er ist der Richter. Er bringt den Tod.
Denn sein Gesetz ist die Rache.

560 Seiten. ISBN 978-3-7341-0515-9

Viele Jahre ist es her, seit Daniel Kuisma als Soldat im ehemaligen Jugoslawien diente und tief traumatisiert in seine finnische Heimat zurückkehrte. Nun führt ihn das Verschwinden eines Landmanns zurück nach Kroatien. Doch was zuerst wie die Entführung eines finnischen Botschafters aussieht, entpuppt sich als persönlicher Racheakt an Kuisma. Denn dieser war einst Mitglied einer geheimen Eliteeinheit, die Kriegsverbrecher aufspürte und den Behörden auslieferte. Nun hat jemand den Spieß umgedreht und macht aus dem Jäger Kuisma den Gejagten. Doch damit Daniel Kuisma den Drahtzieher finden kann, muss er in seine dunkle Vergangenheit eintauchen ...

Lesen Sie mehr unter: **www.blanvalet.de**